타임 패트롤

타임 패트롤

초판 1쇄 펴낸 날 / 2008년 9월 25일

지은이 • 폴 앤더슨 | 옮긴이 • 김상훈 | 펴낸이 • 임형욱 | 편집주간 • 김경실 |
책임기획 • 김상훈 | 편집장 • 정성민 | 디자인 • AM | 영업 • 이다윗 | 독자교열 • 김동석 김태진 이정석
펴낸곳 • 행복한책읽기 | 주소 • 서울시 중구 필동3가 15 문화빌딩 403호
전화 • 02-2277-9216,7 | 팩스 • 02-2277-8283 | E-mail • happysf@naver.com
필름출력 • 버전업 | 인쇄 제본 • 동양인쇄주식회사 | 배본처 • 뱅크북
등록 • 2001년 2월 5일 제2-3258호 | ISBN 978-89-89571-52-0 03840 값 • 12,000원

ⓒ 2008 행복한책읽기
Printed in Korea

THE TIME PATROL
by Poul Anderson

THE TIME PATROL : Copyright ⓒ 1991 by Poul Anderson
Translated by Kim, Sang-hoon
Korean Translation Copyright ⓒ 2008 by Happyreading Books.
This book is published in Korea by arrangement with the author Poul Anderson
and the author's agents, Ralph M. Vicinanza, Ltd., through Shinwon Agency Co.

· 이 책의 한국어판 저작권은 신원에이전시를 통해 폴 앤더슨의 에이전시인
  Ralph M. Vicinanza, Ltd.와 독점계약한 행복한책읽기에 있습니다.
· 저작권법에 의하여 한국 내에서 보호를 받는 저작물이므로 무단전재와 복제를 금합니다.

타임 패트롤
THE TIME PATROL

폴 앤더슨 / 김상훈 옮김

행복한책읽기

THE TIME PATROL

by

Poul Anderson

1991

틀림없이 나의 잘못을 지적해 줄
케니 그레이에게
그리고 그런 일은 하지 않을 분별이 있는
글로리아에게 바친다.

차 례

타임 패트롤

1

모집 : 21~40세의 남자. 독신자 우대. 군인 또는 기술자로서의 경력 및 튼튼한 신체 요함. 해외 출장을 포함한 업무. 고액 급여 보장. 기술 연구소. E. 45가 305 번지. 면접 9-12, 2-6.

"이 업무라는 것이 약간 색다르다는 점을 이해해 주시오." 고든 씨가 말했다. "그리고 기밀 사항에 해당된다는 점도. 비밀은 지킬 수 있겠지요?"

"대개의 경우에는 지킬 수 있습니다." 맨스 에버라드는 대답했다. "물론 지켜야 할 비밀의 내용에 달려 있습니다만."

고든 씨는 미소 지었다. 그것은 이를 드러내지 않고 입으로만 웃는, 에버라드가 지금까지 한 번도 본 적이 없는 기묘한 느낌의 미소였다. 구어체의 미국식 영어를 유창하게 구사했고 평범한 신사복을 입고 있었지만 고든 씨는 어딘가 이국적인 냄새를 풍겼다. 가무잡잡한 피부, 수염이 안 난 밋밋한 뺨, 백인종의 얇은 코에 걸맞지 않은 동양인의 눈 등의 용모에서 받는 인상과는 별개의, 꼬집어 말하기 힘든 이질적인 느낌이 있는 것이다.

"노파심에서 미리 말해 두지만 우리는 스파이가 아니오."

에버라드는 씩 웃어 보였다.

"그런 투로 들렸다면 죄송합니다. 제가 일반 국민만큼 신경과민이 됐다고는 생각하지 말아 주십시오. 어차피 기밀 문서 따위에는 가까이 가 본 적조차도 없습니다. 하지만 광고에는 해외 업무라는 말이 있었고, 또 요즘 같은 사회 분위기*에서는——아시다시피 여권을 압수당하고 싶지는 않으니까요."

에버라드는 떡 벌어진 어깨를 한 거구의 사내였다. 짧게 깎은 갈색 머리 밑으로 약간 거칠어진 얼굴이 보였다. 그의 눈 앞에는 자신의 이력서가 놓여 있었다. 그가 육군에서 제대한 후 기계 기사로서 여기저기서 일했다는 기록이다. 고든 씨는 그런 것은 전혀 거들떠보지도 않는 눈치였다.

사무실은 흔히 볼 수 있는 것이었고, 책상 하나와 의자 두 개, 서류 정리 캐비닛, 그리고 안쪽으로 통하는 문이 하나 있었다. 열린 창문을 통해 6층 아래 뉴욕 번화가의 소음이 들려왔다.

"독립 정신이군." 책상 너머의 사내가 말했다. "마음에 들었소. 일자리를 얻어 보려고 굽신거리는 작자들이 하도 많아 넌더리를 내던 참이었소. 물론 당신 정도의 경력이면 기를 쓰고 그럴 필요도 없겠지만. 맘만 먹으면 힘들이지 않고 취직할 수도 있겠군……. 요즘 유행하는 말로 '직업 재조정 기간' 중이라도 말이오."

"일 자체에 흥미를 느꼈습니다." 에버라드가 말했다. "보시다시피 저는 해외에서 일해 본 경험이 있기 때문에 다시 외국에 나가기를 희망하고 있습니다. 그렇지만 솔직히 말해서 이 회사에서 하는 일이 무엇인지 전혀 짐작이 가지 않는군요."

"갖가지 업무를 수행하고 있소. 그건 그렇고…… 당신은 전투 경험이 있군. 프랑스와 독일에서."

에버라드는 놀라서 눈을 깜박였다. 이력서에는 그의 전공(戰功) 기록이 포함되어 있었지만, 그는 고든 씨가 그것을 읽을 틈이 없었다는 것을 맹세코 단언할 수 있었다.

* 매카시즘을 뜻함

"흐음…… 당신 의자 팔걸이에 달린 손잡이를 꽉 쥐어 주지 않겠소? 고맙소. 그런데 육체적인 위험에 부닥칠 경우 당신은 어떤 식으로 반응하시오?"

에버라드는 벌컥 화를 냈다.

"아니, 도대체——"

고든씨는 책상 위에 놓인 장치를 힐끗 들여다보았다. 아무 특징도 없는 상자에 지침(指針) 한 개와 다이얼 두어 개가 달려 있을 뿐이었다.

"걱정 마시오. 국제주의에 대한 당신의 의견은?"

"잠깐, 이건——"

"공산주의는? 파시즘은? 여성에 대해서는? 당신 자신의 야망은? ……이걸로 끝이오. 당신은 대답할 필요가 없소."

"도대체 이건 무슨 짓입니까?"

에버라드는 거친 말투로 말했다.

"일종의 심리 테스트일 뿐이오. 개의치 마시오. 그것이 기본적인 정서 경향을 반영한다는 점을 제외하면 나는 당신 의견엔 아무 흥미가 없소."

고든 씨는 몸을 뒤로 젖히고 손으로 깍지를 꼈다.

"지금까지는 매우 유망하다고 할 수 있군. 자, 우리 사업 얘긴데 이것은 아까 말한 대로 고도의 기밀 유지를 필요로 하는 것이오. 우리는…… 이를테면…… 경쟁 상대를 깜짝 놀라게 할 계획을 짜고 있소."

그렇게 말한 후 그는 웃었다.

"의심이 간다면 FBI에 통보해도 좋소. 우리는 이미 조사를 받았고 전혀 문제가 없다는 판정이 내려졌으니까. 조회해 보면 알겠지만 실제로 우리는 전세계에 걸친 금융적, 기술적 사업을 운영하고 있소. 그러나 우리 활동에는 또 다른 측면이 존재하고, 지금 사람을 필요로 하고 있는 것은 바로 그 쪽이오. 우선 보증금을 백 달러 드릴테니 안쪽 방으로 가서 몇 가지 테스트를 받아 주시오. 세 시간 정도 걸릴 거요. 만약 불합격이면 거기서 끝나는 거고, 합격이라면 정식으로 계약을 맺고 내막을 밝힌 후 연수를 시작하겠소. 해볼 생각이 있소?"

에버라드는 망설였다. 빨리 결단을 내리라고 재촉받고 있는 듯한 느낌이었다. 사무실 한 칸에 무표정한 인물 한 명이 앉아 있다는 사실 이상의 그 무엇인가가 있다는 느낌이었다. 그렇지만······.

결정을 내렸다.

"모든 사정을 알고난 **다음에** 서명하겠습니다."

"마음대로 하시오." 고든 씨는 어깨를 으쓱해 보였다. "원하는 대로 해도 좋소. 당신이 그럴지 안 그럴지는 어차피 테스트를 해 보면 알 수 있는 일이오. 우리가 사용하는 기술은 극히 진보된 것이니까 말이오."

적어도 그 점에서는 완전히 사실이었다. 에버라드는 대뇌 촬영도, 연상 테스트, 미네소타 인격 목록 등, 현대 심리학에 관해 조금은 알고 있었다. 그러나 주위에서 웅웅거리며 깜빡거리고 있는 기계들은 전혀 본 적도 없는 것들이었다. 조수라는 사내가——흰 피부에 머리 털이라고는 전혀 찾아볼 수 없었고, 도무지 나이를 짐작할 수 없는 무표정한 얼굴을 하고 있었다——강한 악센트가 있는 어조로 연달아 퍼붓는 질문들은 도무지 갈피를 잡을 수가 없었다. 그리고 지금 머리에 쓰고 있는 이 금속 모자는 도대체 무엇인가? 여기 달려 있는 전선은 어디로 이어져 있을까?

그는 계기반을 흘깃 훔쳐보았지만, 그곳에 나타난 글자와 숫자는 전혀 본 적이 없는 것들이었다. 영어, 불어, 러시아어, 그리스어, 중국 어도 아니었고, 서기 1954년과는 아무런 인연도 없는 것처럼 보였다.

아마 그때부터 이미 진실을 깨닫기 시작했는지도 모른다.

　테스트가 진행되면서 일종의 기묘한 자각이 그의 내부에 생겨나기 시작했다. 맨슨 에머트 에버라드. 나이 서른. 전직 미육군 공병 중위. 아메리카, 스웨덴, 아라비아에서 설계 및 제작의 경험 있음. 여지껏 독신이지만, 결혼한 친구들을 점점 동경하기 시작하고 있다. 현재 여자 친구는 없으며, 가까운 친족도 전무. 상당한 애서가. 끈기 있는 포커 플레이어. 요트와 승마와 라이플 사격이 취미이며, 휴가 때는 캠핑과 낚시를 즐긴다. 물론 본인도 알고 있는 일들 뿐이었지만, 과거에는 고립되고 단락적인 지식에 불과했던 것들이었다. 그러나 갑자기 자신이 통합된 유기체라는 사실을 인식하고, 이들 특징이 전체 패턴의 불가피한 일면이라는 사실을 깨닫는다는 것은 실로 기묘한 느낌이었다.

　그는 피로에 지치고 땀에 젖은 상태로 방에서 나왔다. 고든 씨는 그에게 담배를 권했고, 조수가 그에게 넘겨준 일련의 코드화된 서류를 빠르게 훑어보았다.

　"…… 제스-20 피질(皮質)…… 이건 분화(分化)되지 않은 평가이군……. 항독소(抗毒素)에 대한 심리 반응…… 중추 통합 작용에 약간의 결함……."

　고든 씨의 이런 중얼거림에 간간이 악센트가 섞여 나오기 시작했다. 그러나 영어 발음이 어떤 식으로 타락할 수 있는지를 오랜 경험에 의해 숙지하고 있는 에버라드도 상대방의 노래하는 듯한 어조와 특이한 모음에 관해서만은 도무지 감을 잡을 수가 없었다.

　반 시간쯤 지난 후 고든 씨는 고개를 들었다. 에버라드는 침착을 잃고 이 거만한 처우에 대해 약간 분개하고 있었지만, 호기심 탓에 조용히 앉아 있었다. 고든 씨는 믿을 수 없을 정도로 새하얀 이를 드러내며 만족한 듯이 활짝 웃었다.

　"아, 드디어 한 명 찾아냈군. 내가 이미 스물네 명에 달하는 응모자들을 탈락시켰다는 사실을 알고 있소? 하지만 당신은 합격이오. 훌륭히 해낼 거요."

"뭘 해낸단 말입니까?"

에버라드는 맥박이 빨라지는 것을 의식하며 앞으로 몸을 내밀었다.

"패트롤이오. 당신은 일종의 경찰관이 되는 것이오."

"그래요? 어디서 말입니까?"

"모든 장소. 모든 시간에서. 자, 내가 하는 말에 충격을 받을지도 모르니까 단단히 마음의 준비를 하고 계시오. 우리 회사는 충분히 합법적이기는 하지만, 실은 명목상의 간판이자 자금원에 불과할 뿐이오. 우리의 진짜 업무는 시간을 순찰하는 일, 즉 타임 패트롤이오."

2

'학원'은 북아메리카 대륙 서부에 있었다. 시대는 점신세(漸新世)였다. 온난한 삼림과 초원에서 쥐를 닮은 인간의 조상이 거대한 포유류에게 밟혀 죽지 않으려고 도망다니기에 바빴던 시대이다. '학원'은 천 년 전에 설립되었고, 50만 년 동안—타임 패트롤이 필요로 하는 수의 생도가 졸업할 때까지—존속한 다음, 아무런 흔적도 남지 않도록 용의주도하게 파괴될 예정이었다. 그 다음에는 빙하기가 시작되고, 인류가 탄생하며, 서기 19352년(모레니아 지배력 7841년)에 이들 인류는 시간 항행법을 발견하고, 다시 점신세로 돌아가서 '학원'을 설립하는 것이다.

학원은 길고 나지막한 건물들로 이루어져 있었고, 이들 건물들은 거대한 고목들이 늘어선 잔디밭 위에 산재하고 있었다. 매끄러운 곡선과 끊임없이 변하는 외벽의 색채가 인상적이었다. 학원 부지 너머로는 언덕과 숲이 계속됐고, 그 끝에는 갈색의 대하(大河)가 흐르고 있었다. 밤이 되면 이따금 티타노테레*나 검치호(劍齒虎)의 먼 포효를 들을 수 있었다.

에버라드는 타임 셔틀——금속제의 거대한 상자——에서 발을 내디디며 목이 타는 듯한 느낌을 받았다. 12년 전——혹은 1500만 년에서 2000만 년 후의 미래——에 육군에 입대했던 첫날 받았던 느낌과 똑같았다. 즉 고독하고, 무력감에 시달렸으며, 어떻게든 그럴듯한 이유를 대고 집으로 돌아갈 길이 없는지 필사적으로 궁리하고 있었던 것이다. 다른 셔틀들에서도 사람들이 내리고 있었지만 별반 위안이 되지 않았다. 도합 50여 명의 젊은 남녀는 천천히 움직였고, 엉거주춤 한자리에 모였다. 입을 여는 사람은 없었고, 모두가 단지 서로를 쳐다보고 있을 뿐이었다. 에버라드는 후버 깃을 달고 중산모를 쓴 남자를 보았다. 1954년을 비롯, 온갖 스타일의 옷과 머리 모양이 망라되어 있었다. 팽팽한 무지갯빛의 퀼로트 스커트 차림에 녹색 립스틱을 바르고, 놀랄 정도로 웨이브진 노랑 머리의 저 젊은 여자는 도대체 어디서 온 것일까? 아니…… 어느 시대에서?

스물다섯쯤 되어 보이는 청년이 에버라드 곁에 서 있었다. 낡은 트위드 양복과 길고 갸름한 얼굴로 미루어 보건대 영국인이 틀림없었다. 겉으로는 온화한 태도를 견지하고 있었지만, 내심 지독한 고뇌에 빠져 있는 듯한 인상을 받았다.

---

* titanotheres, 에오세(신생대 3기 중 두번째 시대) 초기의 북아메리카와 올리고세(신생대 3기 중 세번째 시대)의 북아메리카, 아시아에 살았던 대형 유제(발굽이 있는 동물) 포유류.

"여어, 자기소개를 해도 나쁠 건 없겠군."

에버라드는 자신의 이름과 출신지를 댔다. 상대방도 수줍은 태도로 이에 응했다.

"찰스 위트콤, 1947년의 런던에서 왔습니다. RAF*에서 막 제대했고, 좋은 기회라는 생각이 들어서 지원했습니다. 지금은 별로 자신이 없습니다만."

"좋은 기회인지도 모르지."

에버라드는 급료 액수를 머리에 떠올리며 이렇게 대답했다. 초봉이 무려 만 오천 달러나 된다니! 그런데 일 년은 어떤 식으로 계산하는 것일까. 틀림없이 본인의 실제 지속 감각으로 산출해 내는 것이리라.

한 사내가 일동이 모인 곳으로 다가왔다. 홀쩍 마른 몸집의 청년이었고, 몸에 딱 맞는 잿빛 제복에 마치 별을 박아넣은 것처럼 반짝거리는 감청색 망토를 두르고 있었다. 그는 쾌활하게 미소 지으며 말을 걸었다. 이렇다 할 만한 악센트는 없었다.

"안녕하십니까, 여러분! 학원에 오신 것을 환영합니다. 영어는 모두 알고 계시겠지요?"

주위를 둘러보니 닳아 해진 독일군 군복을 입은 사내, 힌두교도 등이 눈에 띄었다. 국적은 가지각색인 것 같았다.

"그럼 여러분이 시간어Temporal를 습득하기 전까지는 영어를 사용하겠습니다."

사내는 손을 허리에 갖다대고 편한 자세로 섰다.

"제 이름은 다드 켈름입니다. 태어난 해는 크리스트 기원으로 9573년입니다만, 전공은 여러분의 시대입니다. 더 자세히 말하자면

---

* Royal Air Force, 영국 공군

1850년에서 2000년 사이이며, 여러분들은 모두 이 시대 출신입니다. 곤란한 일이 생길 경우에는 언제든지 책임자인 제게 말해 주십시오.

본 학원은 여러분이 예상했던 것과는 좀 다른 방식으로 운영되고 있습니다. 다수의 졸업생을 배출하는 것이 아니기 때문에 학교 교실이나 군대식의 복잡한 규율은 존재하지 않습니다. 여러분은 각자 일반 교육뿐만 아니라 개인 교육을 받게 됩니다. 진도가 더디다고 질책을 받는 일은 없습니다. 예비 테스트는 그럴 가능성이 있는 사람들을 사전에 솎아냈으므로, 여러분이 실패할 확률은 극히 낮습니다. 게다가 각자의 문화 환경에서 여러분들은 매우 높은 성숙도를 가진 어른들입니다. 그렇지만 개개인의 적성에는 차이가 있으므로, 개인의 가능성을 완전히 끌어내기 위해서는 각자가 개별 지도를 받을 필요가 있습니다.

통상적인 예절을 제외하면 형식적인 제약은 거의 없습니다. 공부뿐만 아니라 오락을 즐길 기회도 충분히 주어질 것입니다. 우리는 능력 이상의 일은 결코 요구하지 않습니다. 부연하자면 이 근처에서도 충분히 수렵과 낚시를 즐길 수 있고, 몇백 마일만 날아가 본다면 그야말로 천국처럼 생각될 겁니다.

자, 특별한 질문이 없다면 이제 저를 따라오십시오. 숙소로 안내해 드리겠습니다."

다드 켈름은 전형적인 방으로 일동을 데려가서 여러 가지 장치를 조작해 보였다. 이들 장치는 서기 2000년 경에는 아마 이렇게 되리라고 예상할 수 있는 종류의 것들이었다──안락하고 금세 몸에 딱 들어맞는 가구, 여러 가지 음료가 든 캐비닛, 방대한 기록 도서관에 저장된 시청각 오락물을 불러내서 투사할 수 있는 스크린 등이다. 상상을 초월할 정도로 발달된 설비는 아니었고, 에버라드도 별반 위화감을 느끼지 않았다. 후보생들은 '기숙사' 건물 안에 각자의 방을 가지고 있었다. 식사는 중앙 식당에서 제공되었지만, 원한다면 개인적으로 파티를 열 수도 있었다. 에버라드는 긴장이 풀리는 것을 느꼈다.

곧 입학 축하연이 벌어졌다. 코스 메뉴는 낯익은 것들이었지만 조용히 굴러다니면서 요리를 날라오는 기계들은 그렇지 않았다. 와인, 맥주, 담배도 얼마든지 있었다. 음식에 뭔가를 섞어 놓았는지 에버라드는 다른 사람들과 마찬가지로 들뜨고 행복한 기분을 맛보았다. 급기야 그는 피아노 건반을 두들기며 부기우기를 연주하기 시작했고, 대여섯 명이 음악에 맞춰 귀청이 찢어질 듯한 목소리로 꽥꽥거리며 노래했다.

다만 한 사람, 찰스 위트콤만은 구석에 홀로 앉아서 우울한 표정으로 술을 홀짝거리고 있었다. 현명하게도 다드 켈름은 그를 억지로 참가시키려고는 하지 않았다.

에버라드는 잘 해낼 수 있을 것 같다고 생각했다. 그러나 조직의 활동, 실체, 목적은 여전히 오리무중이었다.

그들은 강당에 모여서 켈름의 강연을 듣고 있었다.

"시간 여행이 발견된 것은 '코라이트의 이단(異端) 지배'가 와해되고 있었던 시대였습니다. 자세한 점들은 나중에 공부하기로 하고, 우선 그것이 몹시 소란스러운 시대였고, 거대 기업들 사이의 상업적, 계통적 적대 관계가 최고조에 달했던 시기라는 점만 유념해 주십시오. 우주적 규모의 분쟁에서 각 정부는 장기의 졸(卒)에 불과했습니다. 시간 여행 효과는 실은 순간이동을 연구하는 과정에서 생성된 부산물이었습니다. 여러분들 일부는 이해하시겠지만, 순간이동의 수학적 기반을 설명하기 위해서는 무한대의 불연속함수가 필요합니다……. 과거로 가는 여행이 그렇듯 말입니다. 나중에 물리학 시간에 배울 테니까 너무 이론적인 얘기는 피하고, 지금은 단지 그것이 4N차원 연속체상의 무한치적 관계의 개념과 관련이 있다는 점만을 지적해 두겠습니다. 여기서 N이란 전우주의 미립자의 총수를 의미하고 있습니다.

당연히 시간 여행을 발견한 '아홉 여신The Nine' 이란 그룹은 그것이 내포하는 가능성을 깨닫고 있었습니다. 상업적인 가능성, 이를테면 무역, 채광, 그 밖의 통상적인 기업 활동뿐만 아니라, 자신들의 적에게 치명적 타격을 가할 수 있다는 사실을 발견했던 것입니다. 아시다시피 시간은 자유롭게 조작될 수 있고, 과거는 개변될 수 있습——"

"질문이 있습니다!"

이렇게 말한 것은 1972년에서 온 엘리자베스 그레이라는 이름의 젊은 여성이었다. 그 당시 그녀는 유망한 물리학자였다.

"무슨 질문입니까?"

다드 켈름이 예의 바르게 물었다.

"지금 하신 설명은 논리적으로 불가능한 상황이라고 생각합니다. 우리가 이곳으로 왔다는 사실에 비추어 볼 때 시간 여행이 가능하다는 점은 인정해야겠지만, 한 사건이 **일어났다는** 사실과 일어나지 **않았다는** 사실은 양립할 수 없습니다. 그것이야말로 자가당착의 이론입니다."

"그것은 당신이 평면적인 논리에 집착하고 있기 때문입니다. 실제로는 이런 식입니다. 제가 과거로 돌아가서 당신의 아버지와 어머니가 만나는 것을 방해한다고 가정해 보십시오. 그럼 당신은 아예 태어나지 않습니다. 우주 역사의 그 부분에는 변경이 가해지고, 원래부터 그런 식이었다는 기록이 남게 됩니다. 물론 저는 사물의 '본래' 상태를 기억하고 있지만 말입니다."

"그럼 같은 일을 당신에게 적용하면 어떻게 됩니까? 당신의 존재도 소멸해 버리지 않나요?"

"아닙니다. 왜냐하면 저 자신은 제가 역사에 개입하기 전의 역사에 소속되어 있기 때문입니다. 당신을 예로 들어보지요. 만약 당신이, 흐음, 1946년으로 되돌아가서 당신의 부모님이 1947년에 결혼하는 하는 것을 저지했다고 해도, 역시 당신은 그해에 존재하고 있었다는 사실이 남습니다. 어떤 사건에 영향을 끼쳤다고 해서 당신의 존재가 없어지지는 않는다는 뜻입니다. 설령 당신이 1946년으로 되돌아가서 당신의 아버지가 될 예정인 사람을 사살하는 과정에서, 단 1 마이크로세컨드만 과거에 머물렀다고 하더라도 이 사실에는 변함이 없습니다."

"하지만 그럴 경우 나는——근본 없이 존재한다는 얘기가 돼요!" 그녀가 항의했다. "나는 생명, 기억…… 기타 모든 것을 가지고 있겠지만…… 이것들 모두가 무에서 생겨났다는 결과가 되지 않습니까?"

켈름은 어깨를 움츠려 보였다.

"그게 어쨌다는 겁니까? 당신은 인과율이, 더 정확히 말하자면 에너지 보존 법칙이 연속 함수만을 포함한다고 주장하고 있습니다. 그렇지만 사실상 불연속은 전적으로 가능한 것입니다."

그는 웃으며 강사용 탁자에 몸을 기댔다.

"물론 불가능한 일들도 있습니다. 이를테면 당신은 자기 자신의 어머니가 될 수는 없습니다. 이것은 유전학상으로 완전히 불가능한 일입니다. 만약 당신이 과거로 가서 당신의 아버지와 결혼한다면, 태어나는 아이들은 결코 당신이 될 수 없습니다. 왜냐하면 어느 아이도 당신 염색체를 반씩밖에는 가지고 있지 않기 때문입니다."

그는 헛기침을 했다.

"자, 여담은 이 정도로 해 두지요. 자세한 사항은 전부 다른 클래스에서 배우게 될 겁니다. 제가 지금 설명하고 있는 것은 일반적인 배경입니다. 아까 하던 말을 계속하자면, '아홉 여신'은 과거로 돌아가서 적들의 성장, 혹은 아예 탄생 자체를 저지할 수 있다는 사실을 깨달았습니다. 그러나 여기서 데이넬리아인들이 등장하게 됩니다."

그때까지는 밝고 자연스러웠던 켈름의 어조가 갑자기 진지해졌다. 불가지(不可知)한 존재 앞에서는 그조차도 일개의 무력한 인간에 불과한 것이다. 그는 조용한 목소리로 말했다.

"데이넬리아인들은 우리들의 미래——백만 년 이상의 미래에 속하는 종족입니다. 인류는 어떤 존재…… 도저히 형언할 수 없는 존재로 진화했던 것입니다. 아마 여러분이 데이넬리아인을 만나는 일은 결코 없을 것입니다. 만에 하나라도 그러는 일이 있다면…… 상당한 충격을 받을 것입니다. 그들에게는 선의도 악의도 없으며, 우리가 우리의 먼 조상인 식충(食蟲) 동물을 바라보듯이 우리들의 이해와 감정을 초월한 존재인 것입니다. 그런 존재와 직접 맞대면한다는 것은 별로 권장할 만한 일이 아닙니다.

그들은 단지 자신들의 존재를 보호하는 일에만 관심이 있을 뿐입니다. 그들이 출현했을 때 시간 여행의 발견은 먼 과거의 일이었고, 우매한 자, 탐욕스러운 자, 미친 자들이 과거로 가서 역사를 뒤집어엎으려고 했던 사례는 이미 수없이 존재했습니다. 그들은 시간 여행을 금지하려고 하지는 않았습니다. 왜냐하면 시간 여행은 그들 자신이 발생했던 환경의 일부였기 때문입니다. 그러나 그들은 그것을 규제할 필요가 있었습니다. '아홉 여신'의 음모는 저지됐습니다. 그리고 시간 항로를 순찰하기 위해 타임 패트롤이 탄생했던 것입니다.

졸업 후 여러분들은 대개 자기 자신의 시대에서 일하게 될 것입니다. 무임소 직에 임명되는 소수를 제외하면 말입니다. 전체적으로 보면 가족 친지들과 함께 평범한 삶을 살아가게 될 것입니다. 여러분들의 삶을 부분적으로 비밀에 부치는 대가로는 만족할 만한 높은 급료,

패트롤의 비호(庇護), 흥미로운 장소에서 보내는 휴가, 일 자체에서 얻을 수 있는 최상의 성취감 등을 들 수 있습니다. 하지만 언제나 출동할 수 있도록 대기하고 있어야 합니다. 이따금 곤란한 상황에 빠진 시간 여행자들을 구출해야 할 필요가 있습니다. 혹은 직접 출동해서 정치적, 군사적, 혹은 경제적인 정복자가 될 가능성이 있는 시간 범죄자들을 체포하는 경우도 있습니다. 때때로 패트롤은 손해를 그대로 감수하고, 그 대신 후세로 가서 그 효과를 상쇄시키는 방법으로 역사를 바람직한 궤도로 돌려놓기도 합니다.

여러분 모두에게 행운이 있기를 빕니다."

교습의 초기 단계는 육체적, 심리적인 단련에 주안점을 두고 있었다. 에버라드는 지금까지의 생활로 인해 자신이 심신 양면으로 얼마나 위축되어 있었는지를 깨닫고 놀랐다. 자기 가능성의 반도 채 발휘하지 못하고 있었던 것이다. 이 사실을 있는 그대로 받아들이기란 쉽지 않았지만, 근육이 완벽하게 통제되고, 단련된 감정이 한층 더 성숙해지고, 사고가 신속하고 정확한 것으로 연마되어 가는 과정에서 그는 크나큰 기쁨을 느꼈다.

조건 학습을 통해 에버라드는 타임 패트롤에 관한 비밀을 지킬 것을 철저히 주입받았다. 외부인에게 그 존재를 암시하는 행위조차도 금지되고 있었다. 이제 상황 여하를 막론하고 비밀을 누설하기란 달까지 도약하는 것만큼이나 불가능한 일이었다. 또 20세기로 돌아가면 갖게 될 위장 신분에 관해서도 그는 충분히 교육을 받았다.

시간어란 모든 시대에서 온 패트롤 대원들이 남에게 알려질 위험 없이 서로 의사 소통을 할 수 있도록 고안된 인공 언어였고, 에버라드가 경탄했을 정도로 논리적인 표현 구조를 가지고 있었다.

그는 전투에 관해서는 좀 알고 있다고 자부하고 있었지만, 청동기 시대의 레이피어*에서 대륙 하나를 괴멸시킬 수 있는 순환 폭탄까지 무려 오만 년 간에 걸쳐 개발된 온갖 전술과 무기에 관해서도 일일이 배워야 했다. 원래 시대로 되돌아갔을때 공급받는 무기 종류에는 제한이 있었지만, 임무를 위해 다른 시대로 소환될 경우 사용법을 몰랐다고 변명할 수는 없는 일이다.

학습 내용에는 역사, 과학, 예술, 철학뿐만 아니라, 세부적인 방언이나 풍습까지도 포함되어 있었다. 마지막 두 가지는 1850년에서 1975년 사이의 것들로 한정되어 있었다. 다른 시대를 방문할 기회가 생겼을 때에는, 최면 학습 장치를 써서 특수 교육을 받는 것이다. 그가 석 달 만에 모든 훈련을 마칠 수 있었던 것은 이런 기계들 덕분이었다.

타임 패트롤 조직에 관해서도 배웠다. '최상층'의 미래에는 불가사의한 데이넬리아 문명이 존재했다. 그러나 직접적인 교섭은 거의 없었다. 패트롤 자체는 반(半) 군사적인 조직이었고, 계급 제도를 시행하고 있기는 했지만 딱딱한 군율 따위는 없었다. 역사는 지역별로 분할되어 있었고, 각 지역의 패트롤 본부는 특정 대도시에 특별히 선정된 20년기 동안 자리잡고 있다(보통 무역회사 같은 명목상의 간판으로 위장되어 있었다). 그 밖에도 많은 지부가 있었다. 에버라드의 시대에는 세 개의 지역이 존재했다——구미 지역의 본부는 런던에 있었고, 러시아 지역 본부는 모스크바에, 아시아 본부는 베이징에 있었다. 각 본부는 1890—1910년의 평화로운 시기에 존재했고, 위장이 좀 더 어려워지는 후세에는 고든의 사무실 같은 작은 지부가 산재하고 있었다.

* rapier, 날이 가느다란 결투용 장검.

일반 패트롤 대원은 자신의 시대에서 평범한 생활을 영위했고, 정식 직업을 가지고 있는 것이 보통이었다. 다른 시기와의 연락은 조그만 로봇식 셔틀이나 전령을 통해 이루어졌고, 이들 셔틀은 일정 시각에만 메시지가 집중하는 일이 없도록 자동 조절 장치를 갖추고 있었다.

전체 조직은 너무나도 방대했던 탓에 그의 상상을 초월하고 있었다. 현재 그가 의식하고 있는 것은, 그가 뭔가 새롭고 자극적인 것에 참가했다는 사실뿐이었다.

교관들은 모두 친절했고, 말을 걸기도 쉬웠다. 그에게 우주선 조종을 가르쳐 주었던 백발의 교관은 3890년의 화성 전쟁에 참전했던 고참병이었다.

"자네들은 이해가 빨라서 좋군. 하지만 전(前) 공업시대에서 온 후보생들을 상대했을 때는 정말 지독하게 힘들었네. 결국 기초 이상을 가르치는 일을 포기해야 했어. 언젠가 시저 시대의 로마인이 하나 온 적이 있었네. 상당히 똑똑한 청년이기는 했지만 기계를 말처럼 다루면 안 된다는 점을 끝끝내 이해하지 못했지. 바빌로니아인에 이르러서는, 세계관에 시간 여행의 개념 자체가 파고들 여지가 없었네. 그래서 '신들의 전쟁' 운운하는 식으로 이해시키는 수밖에 없었지."

"그럼 우리들의 경우는 어떻습니까?"

위트콤이 물었다.

우주 비행사는 눈을 가늘게 뜨고 상대를 바라보았고, 잠시 후 "진실을 가르치지. 자네가 포용할 수 있는 범위 안에서 말야"라고 대답했다.

"이 일에는 어떻게 참가하시게 됐습니까?"

"오…… 나는 목성 근처에서 격추됐어. 산산조각이 나 버렸지. 패트롤은 내 잔해를 수용한 뒤 새로운 몸을 만들어 주었네. 내 종족은 이미 전멸한 뒤였고 나 자신도 이미 전사한 것으로 되어 있었기 때문에 집으로 돌아가 보았자 별반 의미가 없었어. '원리 군단'의 지시를 받으며 사는 것은 탐탁지 않았기 때문에 여기 남아서 이 직책을 맡기로 한 거야. 여기엔 좋은 친구들도 많고, 삶 자체가 편안한데다가 여러 시대로 가서 휴가를 즐길 수도 있네."

우주 비행사는 씩 웃었다.

"즐거움이 무엇인가를 알고 싶거든, '3차 모계제'가 퇴폐적인 단계로 접어들었던 시기로 한번 가 보게!"

에버라드는 아무 말도 없었다. 별들을 배경으로 자전하고 있는 거대한 지구의 장관에 넋을 잃고 있었기 때문이다.

동료 후보생들과도 금세 친해졌다. 패트롤 대원은 모두 지적이고 대담한 타입이 선발되었기 때문에 자연히 서로 마음이 맞았던 것이다. 후보생들 사이의 로맨스도 심심치 않게 있었다. 『제니의 초상』*에서 읽었던 것처럼 숙명적 비련일 필요는 없었다. 결혼은 얼마든지 가능했고, 부부는 적당한 연대를 선택해서 가정을 꾸밀 수 있었던 것이다. 에버라드 자신도 여성들에게 흥미를 가지고 있었지만, 이성을 잃을 정도로 빠지지는 않았다.

기묘하게도 그와 가장 친한 친구가 된 사람은 말수가 적고 침울한 위트콤이었다. 이 영국인에게는 어딘지 사람을 끄는 구석이 있었다. 교양이 있고 나무랄 데 없는 호인이었음에도 불구하고, 그는 언제나 우수에 찬 표정을 하고 있었다.

어느 날 두 사람은 말을 타고 밖으로 나갔다. 말의 먼 조상인 작은 동물들은 이 거대한 자손을 보고 놀라 사방으로 달아났다. 에버라드

---

* 미국 작가 로버트 네이선(Robert Nathan, 1894~1985)의 환상 소설. 시간 여행을 소재로 함.

는 라이플을 휴대하고 있었고, 전에 한 번 본 적이 있는 거대한 매머드를 잡을 것을 내심 기대하고 있었다. 두 사람 모두 패트롤 제복 차림이었다. 밝은 잿빛인 제복의 옷감은 뜨겁고 노란 태양 아래에서도 서늘하고 비단 같은 감촉을 주었다.

"왜 사냥을 허가하는지 궁금하군." 미국인이 입을 열었다. "이를테면 내가 이곳──아시아에서 검치호를 한 마리 쏜다고 가정해 보세. 그 범이 나중에 인간의 먼 조상인 식충 동물을 한 마리 잡아먹을 예정이었다고 한다면, 미래 전체가 바뀌는 일은 없을까?"

"아니, 그렇게 되지는 않네." 위트콤이 대답했다. 시간 여행 이론에 관해서는 영국인 쪽의 진도가 더 빨랐다. "시간 연속체는 마치 튼튼한 고무줄로 된 그물을 닮았다고 할 수 있네. 그런 것의 모양을 바꾸기란 쉽지 않아. 그것은 언제나…… '본래'의 모양으로 돌아가려는 경향을 가지고 있네. 식충 동물 한 마리는 문제가 되지 않아. 인류로 진화하는 것은 그 종의 유전적 집합 전체니까 말야.

마찬가지로 내가 만약 중세기에서 양을 한 마리 죽였다고 해서 그 자손을 멸절시킬 수는 없네. 1940년 당시에 존재했을 그 자손들은 역시 존재하고 있을 거야. 조상이 틀리더라도, 유전자 하나하나에 이르기까지 전혀 다르지 않은 상태로 말야. 왜냐하면 그렇게까지 긴 세월이 흐른 뒤에는 모든 양, 혹은 모든 인간은, 과거의 **모든** 양이나 인간의 자손이라고 할 수 있기 때문이네. 일종의 대상(代償) 작용이라고 할 수 있겠지. 세월이 흐르는 동안 어느새 다른 조상이 그 자리를 차지하고, 자네가 배제했다고 생각했던 유전자를 공급하게 되는 거야.

마찬가지로…… 흐음, 내가 과거로 돌아가서 부스가 링컨을 암살하는 것을 저지했다고 가정해 보게. 그럴 경우에도, 내가 정교한 예방 조치를 강구해 놓지 않는 한, 역시 다른 누군가가 링컨을 쏘고, 그 죄를 부스가 뒤집어쓴다는 사태가 벌어질 가능성이 많아.

결국 시간 여행이 허가되는 것은 전적으로 이 시간의 탄성(彈性) 탓이라고 할 수 있네. 만약 자네가 과거를 개변하고 싶다면, 정말 교묘하고 철저하게 그러지 않는다면 결코 성공 못할 거야."

갑자기 위트콤의 입술이 일그러졌다.

"이건 주입 교육이야! 우리는 역사에 개입하면 처벌받는다고 몇 번이나 되풀이해서 교육받네. 내가 과거로 돌아가서, 그 빌어먹을 히틀러 새끼를 요람 속에서 쏘아 죽이는 일은 허용되지 않아. 그대로 성장하게 내버려 두고, 전쟁을 일으키게 해서 결국 내 연인을 죽게 만드는 거야."

에버라드는 잠시 동안 묵묵히 말을 타고 나아갔다. 들려오는 것은 가죽 안장이 삐걱거리고 긴 수풀이 바스락거리는 소리뿐이었다.

"흠." 마침내 그가 입을 열었다. "뭐라고 위로해야 할지 모르겠군. 괜찮다면 좀더 자세히 얘기해 주지 않겠나?"

"얘기해 줄 수는 있지만 할 말은 그렇게 많지 않아. 그녀는 WAAF*의 대원이었고, 이름은 메리 넬슨이야. 우리는 전쟁이 끝나면 결혼할 예정이었네. 그녀는 1944년 11월 17일에 런던에 있었어. 그 날짜는 영원히 잊을 수가 없네. 그날 V 폭탄을 맞고 죽었어. 휴가 중이었기 때문에 어머니와 함께 스트리텀의 집에 있었고, 폭격 당시에는 가까운 친구집에 있었네. 그 친구집은 완전히 파괴됐지만, 그녀의 집은 전혀 피해를 입지 않았어."

위트콤의 뺨에는 핏기가 가서 있었다. 그는 공허한 눈으로 앞쪽을 응시했다.

"단지 몇 년만 과거로 돌아가서, 한 번만이라도 좋으니까 그녀 모습을 볼 수 있다면. 한 번만이라도 좋으니까…… 아냐, 안 돼! 그럴 수

---

* Women's Auxiliary Air Force, 공군 여자 보조 부대.

는 없어!"

에버라드는 서툰 동작으로 상대방의 어깨에 손을 얹었다. 두 사람은 말을 타고 묵묵히 앞으로 나아갔다.

교습은 계속됐다. 각자 진도에 차이가 있었던 대신 보강해야 할 분야도 많았기 때문에 후보생 전원이 함께 졸업할 수 있었다. 짧은 의식이 있은 후 성대한 파티가 열렸고, 감상에 잠긴 후보생들은 훗날 다시 만날 것을 재차 약속했다. 그리고 그들은 각자의 시대로, 출발했던 바로 그 시각으로 되돌아갔다.

에버라드는 고든의 축하를 받았고, 동시대의 타임 패트롤 대원의 목록을 수령한 다음(그중 몇 명은 군 정보부 같은 곳에 소속되어 있었다), 자기 아파트로 돌아갔다. 나중에는 그에게도 정보 수집 같은 미묘한 전담 임무가 주어지겠지만, 명령 대기 중인 지금으로써는——그는 세금 대책의 일환으로 '기술연구소 촉탁 고문' 이라는 직무를 받았다——매일 열 종류 이상의 신문을 읽으면서, 학원에서 배웠던 대로 시간 여행의 증거라고 생각되는 기사를 찾아내는 일이 전부였다.

이렇게 해서 그는 첫번째 임무와 조우했던 것이다.

3

신문의 표제를 읽을 때, 다음에 어떤 일이 일어날지를 미리 알고 있다는 것은 기묘한 느낌이었다. 그 탓에 긴장감은 줄어들었지만, 이

비극적인 시대에 관해 생각하면 조금 슬픈 느낌을 받았다. 과거로 돌아가서 역사를 바꾸고 싶다는 위트콤의 심정을 이해할 수 있었다.

그러나 한 인간의 능력에는 한계가 있는 법이다. 우연한 경우를 제외하면 역사를 개선하는 일은 불가능에 가까웠다. 모든 것을 뒤죽박죽으로 만들어 놓는 것이 고작일 것이다. 과거로 돌아가서 히틀러나 일본, 소비에트의 지도자들을 죽인다고 해도──아마 누군가 더 교활한 자가 그들을 대체할지도 모른다. 원자 에너지의 이용은 불발로 끝날지도 모르고, 금성의 화려한 르네상스는 결코 일어나지 않을지도 모른다. 정확한 예측 따위는 처음부터 존재하지 않는 것이다…….

그는 창밖을 내다보았다. 열기에 들뜬 듯한 하늘을 배경으로 도시의 불빛이 휘황찬란하게 빛나고 있었다. 거리는 자동차와 바쁘게 움직이는 얼굴 없는 군중들로 북적거리고 있었다. 이곳에서 맨해튼의 마천루는 보이지 않았지만, 이들 건물이 구름을 뚫을 듯이 오만하게 솟아 있다는 사실을 그는 알고 있었다. 그리고 이 모든 것들은 그가 보았던 인간 이전의 평화로운 풍경에서, 상상도 할 수 없는 먼 미래의 데이넬리아 시대에 이르기까지 도도하게 흐르고 있는 시간의 강물 위의 작은 소용돌이에 불과한 것이다. 도대체 몇 조, 몇백만 조 명의 인간들이 이 흐름 속에서 살고, 웃고, 울고, 일하고, 소망하고, 죽었던 것일까!

아아…… 그는 한숨을 쉬고, 파이프에 불을 붙인 다음 돌아섰다. 밖에 나가서 한참 산책을 하고 온 후였지만 초조한 느낌은 여전했다. 그의 몸과 마음은 뭔가 하고 싶어서 근질거리고 있었다. 그렇지만 벌써 밤도 깊었고…… 그는 책장 쪽으로 가서 아무 책이나 뽑아 들고 읽기 시작했다. 빅토리아 여왕과 에드워드 7세 시대의 이야기를 모은 책이었다.

책을 훑어보던 중 눈에 띈 한 구절이 그를 놀라게 했다. 애들턴에서 일어났다는 참극과, 고대 브리튼의 고분에서 발견된 기묘한 소장품에 관한 얘기였다. 그 이상의 정보는 없었다. 흐음. 설마 시간 여행이 관련되어 있지는 않겠지? 그는 쓴웃음을 지었다.

그러나…….

아냐. 이건 미친 생각이야.

하지만 조사해 본다고 해서 해가 될 것은 없었다. 문제의 사건은 1894년 영국에서 일어난 것으로 되어 있었다. 『런던 타임즈』의 오래된 신문철을 찾아보면 될 것이다. 어차피 따로 할 일이 있는 것도 아니니까…… 신문을 읽는다는 단조로운 임무가 그에게 주어진 것도 혹시 그런 이유에서인지도 모른다. 지루함을 주체 못하던 끝에 신경이 예민해지고, 모든 가능성을 파고들려는 생각을 하게 되는 것이다.

다음 날 아침 그는 개관과 동시에 공립 도서관의 계단을 오르고 있었다.

기록은 있었다. 신문은 1894년 6월 25일 이후 며칠 동안 이 사건을 보도하고 있었다. 애들턴은 켄트 주의 작은 마을이었고, 윈덤 경이 소유하는 제임스 1세 시대의 장원(莊園)과 시대를 확인할 수 없는 고분이 있는 곳으로 세상에 알려져 있었다. 윈덤 경은 열성적인 아마추어 고고학자였고, 대영박물관의 고고학 전문가이자 친척인 제임스 로더 하이디와 함께 고분의 발굴에 착수했다. 윈덤 경이 발견한 것은 좀 빈약한 매장실이었고, 소장품은 부식되어서 거의 원형을 알아볼 수 없는 몇몇 유품과 인마(人馬)의 뼈 등이었다. 그것 말고도 궤짝 하나가 놀랄 정도로 양호한 상태로 보존되어 있었고, 뚜껑을 열어 보니 정체는 알 수 없었지만 납합금 내지는 은합금으로 추정되는 잉곳*이 들어 있었다. 그 즉시 윈덤 경은 중한 병에 걸려 쓰려졌다. 그가 치명적인

---

* ingot, 제련(製鍊) 후 주형(鑄型)에 부어 넣어 고체화시킨 금속덩이.

독물에 중독되었다는 사실은 명백했다. 궤 속을 들여다보지 않았던 로더하이디는 무사했고, 상황 증거는 그가 윈덤 경에게 정체불명의 동양산 독물을 투여했음을 시사하고 있었다. 윈덤 경이 사망한 25일에 스코틀랜드 야드는 로더하이디를 체포했다. 로더하이디의 가족은 유명한 사립 탐정에게 이 사건의 조사를 의뢰했고, 탐정은 놀랄 정도로 치밀한 추리에 입각한 동물 실험을 통해 윈덤 경을 죽인 것은 궤짝에서 발산된 '살인 방사능'이라는 사실을 입증해냈다. 피고는 무죄 방면되었으며, 그 궤짝 및 내용물은 영불 해협에 버려졌다. 이렇게 해서 사건은 모든 사람이 만족할 만한 결말을 보았던 것이다.

에버라드는 길고 조용한 열람실에서 꿈쩍도 않고 앉아 있었다. 이 기사만으로는 정보가 충분하지 않았지만, 사건 자체는 줄잡아 말하더라도 실로 많은 것들을 암시하고 있었다.

그럼 왜 빅토리아 시대의 패트롤 지부는 이 사실을 조사하지 않았을까? 아니면 이미 조사했던 것일까? 그랬을지도 모른다. 물론 그들이 그 결과를 광고하고 다녔을 리가 없었다.

그렇지만 일단은 메모를 보내는 편이 나을 것이다.

아파트로 돌아가서 지급받은 소형 메시지 박스 하나를 꺼내서 그 안에 보고서를 집어넣고, 제어 단추를 1894년 6월 25일의 런던 본부에 맞췄다. 발송 단추를 누르자 빈 공간에 공기가 빨려 들어가는 쉬익 소리와 함께 상자는 사라졌다.

상자는 몇 분 후에 되돌아왔다. 뚜껑을 열어 보니 꼼꼼하게 타이프 친 글자로 뒤덮인 종이가 한 장 들어 있었다——그렇다. 물론 당시에는 이미 타이프라이터가 발명되어 있었던 것이다. 그는 패트롤 학교에서 습득한 기술을 써서 순식간에 메시지를 읽었다.

근계(謹啓).

1954년 9월 6일에 보내 주신 서한을 틀림없이 수령했음을 알리며, 귀하의 근면함에 사의를 표합니다. 보고해 주신 사건은 현지 시점에서 방금 막 발생했지만, 런던 본부는 목하 여왕 폐하의 암살 저지, 발칸 반도 사태, 중국과의 통탄할 만한 아편 거래 문제 등으로 몹시 분주한 상태입니다. 물론 이들 문제를 모두 해결한 다음 예의 사건 조사에 착수할 수도 있습니다만, 동시에 두 장소에 출몰하는 행위 따위는 남의 눈에 띌 경우 불필요한 호기심을 불러일으킬 가능성이 있으므로 피하는 편이 타당할 듯합니다. 고로 귀하와 적당한 영국인 대원 한 분이 본부로 왕림해 주셔서 직접 조사에 착수해 주신다면 감사하겠습니다. 다른 연락이 없는 한 1894년 6월 26일 자정에 올드 오즈본 로드 14-B 번지에서 대기하고 있겠습니다. 그럼 이만 총총.

J. 메인웨더링

그 다음에는 이런 수식어투성이의 편지에는 어울리지 않는 시공(時空) 좌표가 기입되어 있었다.

에버라드는 고든 씨를 불러내 허가를 받은 후 '회사'의 창고에서 타임 호퍼를 탈 수 있도록 조처했다. 그리고 나서는 1947년의 찰리 위트콤에게 메시지를 송출했고, 단 한 마디 "물론이네"라는 대답이 씌인 메모를 받은 후 창고로 갔다.

타임 호퍼는 모터사이클에서 바퀴와 킥스탠드를 뗀 듯한 모양을 하고 있었고, 안장 두 개와 반중력 추진 장치를 갖추고 있었다. 다이얼을 위트콤의 시대에 맞춘 에버라드는 메인 스위치에 손을 댔고, 다음 순간 다른 창고 안에 있었다.

1947년의 런던. 그는 잠시 그대로 앉아서 지금보다 일곱 살 젊은 자신이 미국에서 대학을 다니고 있다는 사실에 관해 생각했다. 이윽고 위트콤이 경비원을 밀어제치고 다가와서 에버라드의 손을 잡았다. 위트콤은 수척한 얼굴에 예의 기묘하게 매력적인 미소를 짓고 있었다.

"다시 만나서 반갑네. 빅토리아 시대라고 했지?"

"응. 뒤에 타게."

에버라드는 다이얼을 재조정했다. 이번에는 사무실에, 완전히 비밀이 보장된 내실 안에 출현할 예정이었다.

다음 순간 사무실 내부가 그의 주위에서 실체화했다. 예상과는 달리 오크제 가구, 두꺼운 융단, 불꽃이 너울거리는 가스등에 둘러싸인 중후한 느낌의 방이었다. 전등은 이미 발명되어 있었지만, 덜하우지 앤드 로버츠 사는 견실하고 극히 보수적인 수입 상점으로 알려져 있었다. 메인웨더링 본인이 의자에서 일어나 그들을 맞았다. 커다란 몸집에, 북슬북슬한 구레나룻을 기르고 외알 안경을 낀 탓에 거만한 인상을 주었지만, 그의 거동에는 활력이 넘쳐흐르고 있었다. 그의 옥스포드식 악센트는 너무나도 유창한 탓에 에버라드는 거의 알아들을 수 없을 지경이었다.

"뵙게 되어서 반갑습니다, 신사 여러분. 편한 여행이었겠지요? 아, 그렇군…… 실례했네…… 신참자가 맞군? 처음에는 누구나 다 조금씩 당혹스러워 하기 마련이네. 나 자신도 21세기를 처음 방문했을 때 받은 충격을 기억하고 있지. 대영제국은 흔적도 없이 사라져 있었고……. 그러나 돌이켜 보면 그건 자명한 이치이고, 언제나 경이로움을 잃지 않는 우주의 한 단면에 불과하다고 할 수 있겠지. 대접다운 대접을 못 해 드려서 유감이지만, 정말 지독하게 바쁜 상태라서. 1917년의 광신적인 독일인 한 명이 부주의한 인류학자에게서 시간 여행의 비밀을 알아낸 다음 타임 머신을 훔쳐 냈고, 여왕 폐하를 암살할 작정

으로 런던에 와 있네. 우리는 현재 온갖 수단을 총동원해 그를 찾아내
려 하고 있어."

"찾을 수 있습니까?"

위트콤이 물었다.

"오, 물론 그럴 수 있네. 비밀리에 일을 진행시켜야 하기 때문에
실로 골치 아픈 일이기는 하지만 말야. 생각 같아선 사립 탐정을 고용
하고 싶지만, 그럴 만한 자격이 있는 유일한 인물은 너무나도 유능해
서 비밀이 발각될 위험이 있었네. 그 탐정은, 불가능한 것들을 모두
소거(消去)해 버리면, 남아 있는 가능성이 아무리 얼토당토않은 일이
라고 해도 진실이어야 한다는 수사 원칙에 입각해서 활동한다고 들었
네. 따라서 시간 여행조차도 그에게는 완전히 불가능한 일이 아닐 가
능성이 있었네."

"틀림없이 지금 애들턴 사건 해결에 관여하고 있는, 아니 내일 관
여하게 될 탐정과 동일 인물일 겁니다." 에버라드가 말했다. "그렇지
만 별 문제는 없을 겁니다. 그 사내가 로더하이디의 누명을 벗겨 줄
테니까요. 정말로 문제가 되는 것은 고대 브리튼족들 사이에서 뭔가
수상한 음모가 진행되고 있었다는 점입니다."

"정확히 말하자면 고대 색슨인들이라고 해야 옳아." 이미 데이터
를 체크해 본 위트콤이 끼어들었다. "브리튼인과 색슨인을 구별 못하
는 사람들이 참 많지."

"색슨인과 주트인을 구별 못하는 것과 마찬가지로 말야." 메인웨
더링이 대꾸했다. "내 기억이 맞는다면 켄트는 유틀랜드*의 침략을
받았네…… 아, 흐음. 자, 여기 제군의 옷이 있네. 자금, 그리고 서류
도 여기 모두 준비해 놓았네. 나는 이따금 가장 작은 규모의 작전을

---

* Jutland, 지금의 덴마크. 독일의 북부, 북해와 발트 해 사이에 돌출한 반도.

준비하기 위해서도 우리 본부 요원들이 얼마나 많은 일들을 처리해야 하는지를 제군들 같은 외근 요원들이 좀 알아줬으면 좋겠다고 생각할 때가 있네. 어흠! 실례. 작전 계획은 짜 놓았나?'

에버라드는 입고 있던 20세기의 옷들을 벗으며 대답했다.

"예. 대략 준비해 놓았습니다. 우리 두 사람 모두 의심을 사지 않고 행동할 수 있을 정도로는 빅토리아 시대에 관해 알고 있습니다. 그렇지만 저는 이대로 미국인으로 남을 필요가 있습니다……. 아, 서류에도 그렇게 기입해 놓으셨군요."

메인웨더링은 슬픈 듯한 표정을 지었다.

"자네 말대로 이 고분 사건이 후세의 유명한 문학 작품에 남을 정도로 알려졌다면, 지금부터 셀 수 없을 정도로 많은 메모를 받게 되겠군. 자네가 보낸 것이 제일 처음이었어. 그 후에도 1923년과 1960년에서 각각 한 통씩 받았네. 정말이지, 로봇 비서를 쓸 수만 있다면 얼마나 좋을까!'

에버라드는 갑갑한 양복을 입느라 애를 먹고 있었다. 그의 옷 사이즈는 이 사무실의 파일에 기록되어 있었기 때문에 치수 자체에는 아무런 하자도 없었지만, 지금까지 입고 있었던 옷이 상대적으로 얼마나 편했는지를 모르고 있었던 것이다. 이 빌어먹을 조끼라니! 그는 말했다.

"그런데 이 사건 자체는 결국 무해한 것이었을 가능성이 많습니다. 실제로 우리가 이곳으로 올 수 있었으니까, 후세에는 전혀 악영향을 끼치지 못했다고 볼 수 있지 않습니까?'

"현 시점까지는 그랬지." 메인웨더링이 대답했다. "그러나 이제 제군이 주트 시대로 거슬러 올라가서 악인을 찾아내야 한다는 점을 생각해 보게. 만약 제군이 실패한다면 어떻게 되겠는가? 제군이 쏘기 전에 그자가 제군을 먼저 쏠지도 모르네. 우리가 뒤이어 파견한 대원들도 그자가 파 놓은 함정에 빠질지도 모르네. 그런 다음 그자가 산업 혁명인지 뭔지는 모르겠지만 자신의 목적을 달성하기라도 한다면? 역사는 바뀌게 되는 거야. 개변 시점 이전에 그곳에 갔던 제군들은 계속 존재할 수 있네…… 비록 시체가 되었더라도 말야……. 그러나 여기 있는 우리들은 처음부터 존재하지도 않았다는 얘기가 되어 버리네. 지금 우리들 사이의 이 대화는 없었던 것이 되는 거야. 호라티우스가 말했듯이 —"

위트콤은 웃었다.

"걱정 마십시오! 저희는 우선 현 시점에서 그 고분을 조사해 보고, 다시 이곳 본부로 돌아와서 사후책을 논의할 작정이니까요."

그는 허리를 굽히고는 가지고 온 20세기 여행 가방에서 장비를 꺼내서 꽃무늬 천으로 치장된 지독하게 큰 글래드스톤* 가방에 옮겨 담기 시작했다. 총이 두 자루, 그의 시대에는 아직 발명되지 않았던 물리 및 화학 기구 몇 개, 그리고 문제가 생겼을 경우 본부를 불러낼 수 있는 초소형 무전기 등이었다.

메인웨더링은 가지고 있던 브래드쇼 철도 안내서를 보았다.

"내일 아침에 차링 크로스 발 8시 23분 편에 타면 되겠군. 여기서 역까지는 반 시간 정도 잡으면 되네."

"오케이."

에버라드와 위트콤은 다시 호퍼에 타고 그 자리에서 사라졌다. 메인웨더링은 한숨을 쉬었고, 하품을 한 다음 부하 사무원에게 지시를 내리고 집으로 돌아갔다. 다음 날 아침 7시 45분에 호퍼가 실체화하자 사무원이 그들을 기다리고 있었다.

---

* Gladstone, 상자 모양의 슈트케이스를 부드럽게 해 사용하기에 편리하게끔 만든 가방.

4

에버라드는 자신이 시간을 여행했다는 사실을 비로소 실감하고 있었다. 물론 머릿속으로는 충분히 이해하고, 감명을 받고 있었지만, 감정적으로는 조금 전까지만 해도 단지 이국적인 풍물에 불과했던 것이다. 지금 이륜 마차(관광객을 끌기 위한 시대착오적 마차가 아닌, 먼지에 뒤덮인 흠집투성이의 상용 마차)를 타고 한 번도 본 적이 없는 과거의 런던 거리를 달려가며, 20세기에 비하면 매연은 많지만 가솔린 배기 가스 냄새는 전혀 포함되어 있지 않은 공기를 마시고, 차창을 스쳐 지나가는 군중들——중산모나 실크 해트를 쓴 신사들, 검댕투성이의 인부들, 긴 스커트를 입은 여자들, 즉 무대 배우가 아니라, 말하고, 땀을 흘리고, 웃고, 음울한 표정으로 생업에 종사하고 있는 진짜 인간들——을 보고 그는 자기 자신이 정말로 **이곳**에 와 있다는 사실을 절실하게 느꼈다. 지금 이 순간 그의 어머니는 아직 태어나지도 않았고, 그의 조부모는 갓 결혼해서 가정을 꾸민 참이며, 미합중국의 대통령은 그로버 클리블랜드, 대영제국의 군주는 빅토리아 여왕이었다. 키플링은 현재 집필 중이며 미국에서의 마지막 인디언 봉기는 아직 시작되지 않았…… 이 모든 사실들이 뒤통수를 치듯 한꺼번에 엄습해 왔던 것이다.

위트콤은 에버라드에 비하면 좀더 침착한 편이었다. 그러나 그는 영국이 영광에 가득 차 있었던 시대의 광경을 조금이라도 놓칠새라 한시도 눈을 떼지 않고 주위를 관찰하고 있었다. 그는 중얼거렸다.

"이제야 알 것 같군. 역사가들은 이 시대가 부자연스럽고 딱딱한 격식에 얽매이고, 문명의 탈에 가려진 야만적인 시대였는지, 아니면 몰락 직전의 서구 문명이 피운 마지막 꽃이었는지 결론을 내리지 못했어. 그렇지만 이 사람들을 보니 알 수 있을 것 같군. 그들이 말한 모든 것들이 사실이었어. 선악을 막론하고 말야. 왜냐하면 그건 소수의 사람들에게 일어난 일이 아니라, 몇 백만 명의 개인적 삶에 관련되어 있기 때문이지."

"옳은 말이네. 그건 어느 시대에나 해당되는 말이 아닐까."

에버라드가 말했다.

기차는 낯익은 모습을 하고 있었고, 1954년 당시의 영국 철도 객차와도 별반 달라 보이지 않았다. 이 사실에 대해 위트콤은 '신성한 전통' 운운하며 냉소적인 반응을 보였다. 몇 시간 후 기차는 두 사람을 세심하게 가꾼 화단으로 둘러싸인 한적한 시골역에 내려놓았다. 그들은 그곳에서 이륜 마차를 불러 타고 윈덤 경의 장원으로 갔다.

예의 바르게 몇몇 질문을 한 다음 경관은 그들을 장원으로 들여보내 주었다. 그들은 자칭 고고학자들이었고, 에버라드는 미국, 위트콤은 오스트레일리아에서 온 것으로 되어 있었다. 윈덤 경을 방문할 작정으로 와서, 그가 횡사했다는 소식을 듣고 충격을 받았다는 줄거리였다. 메인웨더링은 온갖 장소에 끈을 대고 있는 것 같았다. 그들에게 대영박물관의 유명한 권위자가 써준 소개장까지 준비해 주었던 것이다. 스코틀랜드 야드에서 온 경감은 두 사람이 고분을 들여다보는 일을 허가해 주었다.

"사건은 이미 해결됐고, 더 이상 단서를 찾을 수도 없을 겁니다. 저기 계신 저 선생은 찬성하시지 않는 것 같지만 말입니다. 헛헛!"

사립 탐정은 이 말에 쓴웃음을 지었고 눈을 가늘게 뜨고 흙무덤으로 다가가는 그들을 바라보았다. 그는 큰 키에 마른 몸집, 매처럼 매서운 얼굴을 하고 있었고, 떡 벌어진 체격에 콧수염을 기르고 한쪽 다리를 저는, 서기(書記)처럼 보이는 사내를 대동하고 있었다.

고분은 길고 높았고, 매장실을 발굴했을 때 생긴 흔적을 제외하고는 풀로 뒤덮여 있었다. 과거에 매장실은 건목만 친 나무판으로 덮여 있었지만, 이것들은 이미 오래 전에 썩어 무너진 후였고, 그 잔해 같아 보이는 나뭇조각들이 땅 위에 흩어져 있었다. 에버라드가 입을 열었다.

"신문에는 금속제 궤짝에 관한 기사가 있었는데, 그것을 봐도 될까요?"

경감은 고개를 끄덕이며 쾌히 승낙했고, 옆에 서 있는 헛간으로 그들을 안내했다. 헛간 안 테이블 위에는 주요 발굴품이 진열되어 있었다. 문제의 궤짝을 제외하면 나머지는 모두 부식된 금속과 뼛조각뿐이었다.

"흐음."

위트콤은 생각에 잠긴 듯한 눈초리로 작은 궤짝의 매끄럽고 밋밋한 표면을 바라보았다. 푸른 광택을 가진 궤짝이 아직 발명되지 않은 녹슬지 않는 합금의 일종이라는 데에는 의심의 여지가 없었다.

"정말 불가사의한 물체야. 원시적인 데가 전혀 없군. 기계로 만들었다고 해도 하등 이상할 것이 없지 않나, 응?"

에버라드는 조심스럽게 다가갔다. 궤짝의 내용물이 무엇인지 그는 대략 짐작하고 있었고, 이른바 원자 시대의 시민인 그가 조심성을 보이는 것은 당연한 일이었다. 그는 가방에서 카운터를 꺼내 궤짝 쪽에 들이댔다. 지침이 흔들렸다. 조금이긴 했지만······.

"흥미로운 기계를 가지고 계시군요. 그게 뭔지 물어봐도 되겠습니까?"

경감이 물었다.

"실험적인 검전기(檢電器)입니다."

에버라드는 적당히 둘러댔다. 그는 조심스럽게 궤짝 뚜껑을 들어

올린 다음 위쪽에 카운터를 댔다.

하느님 맙소사! 사람 하나를 하루 만에 간단히 죽일 수 있을 정도의 방사능이었다! 무겁고 둔한 광택을 가진 잉곳을 흘낏 보자마자 그는 궤짝 뚜껑을 쾅 닫았다.

"이건 조심해서 다뤄야 합니다."

그는 떨리는 목소리로 말했다. 누가 이 물건을 여기로 가져다 놓았건 간에, 방사능 차단법을 알고 있는 시대에서 와서 천만 다행이었다!

사립 탐정은 소리 없이 그들 뒤로 와서 서 있었다. 그의 예리한 얼굴에는 목표를 발견한 사냥꾼 같은 표정이 떠올라 있었다.

"그럼 당신은 내용물이 무엇인지 알아보셨군요?"

그는 조용한 목소리로 물었다.

"예, 그런 것 같습니다."

에버라드는 베크렐이 방사능을 발견하려면 앞으로 2년은 더 기다려야 된다는 사실을 생각했다. X선의 발견조차도 1년 뒤의 얘기인 것이다. 주의할 필요가 있었다.

"그러니까…… 인디언 지구에서 이와 비슷한 유독한 광물이 있다는 얘기를 들은 적이 있는데—"

"매우 흥미롭군요."

탐정은 커다란 파이프에 담배를 재어 넣기 시작했다.

"수은 증기 같은 것입니까?"

"그럼 로더하이디가 이 상자를 고분 안에 집어넣었다는 말이군?"

스코틀랜드 야드의 수사관이 중얼거렸다.

"바보 같은 소리는 이제 작작 하게!" 탐정이 잘라 말했다.

"나는 로더하이디가 완전히 결백하다는 결정적인 증거를 세 가지나 가지고 있어. 단 하나 내가 알아낼 수 없었던 것은 윈덤 경의 실제 사인이었네. 하지만 이 신사분이 지금 말했듯이 흙무덤 안에 치명적인 유독 물질이 함께 매장되어 있었다고 한다면…… 아마 도굴꾼들을 막기 위한 것이었을까? 그렇다손 치더라도 고대 색슨인들이 어떻게 아메리카의 광물을 손에 넣었는지 의문이 드는군. 아마 초기의 페니키아인들이 대서양을 건넜다는 가설에는 어느 정도 신빙성이 있는지도 모르겠군. 나는 웨일스어에 칼데아*적인 요소가 섞여 있다는 내 가정을 증명하기 위해 개인적으로 좀 연구를 해 본 적이 있네. 이것이 그 가정을 뒷받침해 줄지도 모르겠군."

에버라드는 고고학이라는 학문에 대해 지금 자신이 저지르고 있는 행위에 일말의 가책을 느꼈다. 아니, 어차피 이 상자는 영불 해협 밑으로 가라앉아 영원히 잊혀질 운명에 처해 있는 것이다. 그와 위트콤은 적당한 구실을 대고 서둘러 그곳을 떠났다.

런던으로 돌아가는 기차의 객실에서 두 사람만 있게 되자 위트콤은 호주머니에서 썩은 나뭇조각을 하나 꺼냈다.

"고분에서 슬쩍 가져왔네. 해당 연도를 추정하는 데 도움이 될 거야. 방사선 탄소 카운터를 건네주겠나?"

그는 나뭇조각을 기계에 집어넣고 몇몇 스위치를 조작했고, 계기를 읽었다.

"1430년 플러스 마이너스 10년이군. 그러니까 그 고분이 만들어진 시기는…… 흠음…… 기원 464년이 되네. 주트족이 켄트에 막 정착하기 시작했던 시기군."

에버라드가 중얼거렸다.

"만약 그 잉곳이 그렇게도 오래 그곳에 있었다면, 처음에는 도대체 어떤 상태였을까? 그렇게 긴 반감기가 지난 후에도 그 정도로 강한 방사능을 가지고 있다니 생각하기 힘든 일이군. 하지만 미래에서는

---

* Chaldea, 페르시아 만 연안의 고대 왕국.

내 시대의 원자물리학에서는 상상조차 할 수 없는 일을 할 수 있다 해도 하등 이상할 건 없겠군."

그들은 결과를 메인웨더링에게 보고했고, 반나절 동안 런던을 관광했다. 그동안 메인웨더링은 시간을 가로질러 메시지를 보냈고, 패트롤 본부의 거대한 기구를 움직이기 시작했다. 에버라드는 빅토리아 시대의 런던에 흥미를 느꼈고, 그 더러움과 빈곤에도 불구하고 이 도시에 매료되는 것을 느꼈다. 위트콤의 눈에 먼 곳을 바라보는 듯한 표정이 깃들었다.

"여기서 살았더라면 좋았을 텐데."

그가 말했다.

"정말? 이 정도의 의학과 치과 기술밖에는 없는 곳에서 말인가?"

"그래도 폭탄은 떨어지지 않으니까 말야."

위트콤은 도전하는 듯한 어조로 대꾸했다.

사무실로 돌아가 보니 메인웨더링은 이미 준비를 끝내 놓고 있었다. 연미복 차림에 뒷짐을 진 그는 엽궐련을 뻐끔거리면서 쉴 새 없이 방안을 돌아다녔고, 곧 빠른 말투로 말하기 시작했다.

"그 금속의 정체를 거의 알아낼 수 있었네. 30세기 경의 아이소토프* 연료인 것 같다는 말이었어. 조사한 바에 따르면 잉 제국의 한 상인이 자신의 원료와 그곳의 신스로프를 물물교환하기 위해 서기 2987년을 방문했네. 이 신스로프라는 물질의 정체는 역사의 공백 기간에 묻혀서 잊혀진 채로 남아 있네. 물론 그 상인은 용의주도하게 토성계에서 온 무역상으로 가장하고 있었네. 그런 예방책에도 불구하고 결국 실종됐지만 말야. 그가 타고 갔던 타임 셔틀도 마찬가지로 사라졌네. 아마도 2987년의 누군가가 그의 정체를 알아차리고 타임 머신을

* isotope, 동위 원소.

빼앗기 위해 그를 살해한 거야. 패트롤은 그 사실을 통보받았지만, 타임 머신의 흔적을 찾을 수는 없었어. 결국은 5세기의 영국에서 회수됐다는 말이었어. 발견자는 두 명의 패트롤 대원이었고, 그 이름은, 허헛! 에버라드와 위트콤으로 되어 있었네."

"우리가 이미 성공했다면, 이젠 아무 문제도 없지 않습니까?"

미국인은 씩 웃어 보였다.

메인웨더링은 이 말에 충격을 받은 듯했다.

"하지만 자네! 자네들이 아직 성공했다고는 할 수 없어. 제군들과 나의 시간적 지속 감각에서 보면 그 일은 아직 실행되지 않은 채로 남아 있네. 그리고 역사에 그렇게 기록되어 있다고 해서 당연히 성공할 것이라고 생각하면 절대로 안 돼. 시간은 확고한 것이 아니고, 인간에게는 자유 의지가 있네. 만약 제군이 실패한다면 역사는 바뀔 것이고, 제군들이 성공했다는 기록은 처음부터 아예 존재하지 않은 것으로 되어 버리네. 그럼 그런 기록이 있었다는 사실을 나는 제군들에게 말하지 않았을 거야. 패트롤이 실패했다고 기록된 소수의 사례를 보면, 실제로 그런 일이 일어났다는— '일어났다는' 이란 단어는 적절하지 않을지도 모르지만—점에는 의심의 여지가 없네. 패트롤은 지금도 그런 사례들을 개선하려고 노력하고 있는 중이야. 그 결과 마침내 성공할 수 있다면, 역사는 바뀌고, 우리는 '언제나' 성공했다는 기록이 남게 되는 거야. 조금 말장난을 하자면, 템푸스 논 나스키투르, 피트 Tempus non nascitur, fit*라고나 할까."

"예, 예, 물론 알고 있습니다. 농담을 좀 해 본 겁니다. 자, 그럼 준비를 시작하지요. 템푸스 퓨지트Tempus fugit**라는 말도 있으니까 말

---

* 시간은 생겨나는 것이 아니라, 맞아떨어지는 것이다.
** 세월은 살과 같다.

입니다."

에버라드가 장난삼아 각운을 맞춰 대답했기 때문에 메인웨더링은 약간 얼굴을 찡그렸다.

패트롤조차도 로마인들이 영국을 떠난 후 로마-브리튼 문명이 붕괴하고 주트족이 침입을 개시한 암흑 시대에 관해서는 별로 아는 바가 없다는 사실이 곧 밝혀졌다. 별로 중요한 시대가 아니었기 때문이다. 서기 1000년의 런던 본부는 얼마 안 되는 자료와 함께 적당한 의류를 보내왔다. 에버라드와 위트콤은 최면 학습 장치 밑에서 한 시간 동안을 무의식 상태로 보냈다. 눈을 떴을 때는 라틴어 및 색슨족과 주트족의 방언 몇 가지를 유창하게 할 수 있었고, 풍습 등에 관해서도 충분히 숙지하고 있었다.

옷은 실로 입기 거북한 것들이었다. 바지, 셔츠, 거친 양모제 웃옷에 가죽 망토 등이었고, 이것들에는 묶어도 묶어도 끝이 없을 정도로 많은 가죽끈과 천 끈이 달려 있었다. 아마로 만든 긴 가발로 현대의 헤어스타일을 감추었고, 깨끗하게 깎은 수염은 5세기에도 일상적이어서 남의 눈을 끌 염려는 없었다. 위트콤은 도끼를, 에버라드는 장검을 휴대했다. 이들 무기는 모두 고탄소강으로 만들어져 있었지만, 두 사람 모두 웃옷 밑에 찔러넣은 26세기제 소형 음파 충격총을 더 신뢰하고 있었다. 갑옷은 포함되어 있지 않았지만, 타임 호퍼의 새들백에는 모터사이클용 방호 헬멧 두 개가 들어 있었다. 어차피 모든 장비는 수제(手製)였던 시기이므로, 이들 헬멧이 남의 이목을 끌 염려는 많지 않았고 진짜 투구보다도 훨씬 더 튼튼하고 편하다는 이점이 있었다. 이것들과 함께 피크닉용의 도시락과 빅토리아 시대의 양질의 맥주가 든 옹기 항아리를 몇 개 가지고 가기로 했다.

"훌륭하네."

메인웨더링은 이렇게 말하고 호주머니에서 회중시계를 꺼내 보왔다.

"그럼…… 네 시 경에 여기서 기다리고 있으면 어떻겠나? 제군이 죄수를 데리고 올 경우를 위해 무장 경비원을 몇 명 대동하고 있겠네. 그러고 나서는 함께 차를 마시기로 하지." 그는 그들과 악수했다.

"좋은 사냥이 되기를 비네!"

에버라드는 호퍼에 걸터앉은 다음 서기 464년의 여름 밤 자정, 애들턴 고분에 좌표를 맞추고 스위치를 넣었다.

5

보름달이 떠 있었다. 그 아래에는 넓고 황량한 땅이 펼쳐져 있었고, 검은 숲이 지평선을 뒤덮고 있었다. 어딘가에서 이리가 울부짖었다. 너무 후세로 온 탓인지 흙무덤은 아직도 그곳에 있었다.

그들은 반중력 장치를 작동시켜 공중으로 상승했고, 어둡고 빽빽하게 우거진 숲 전체를 내려다보았다. 고분에서 일 마일 가량 떨어진 곳에 촌락이 하나 있었다. 통나무를 잘라 만든 큰 집 한 채가 보였고, 작은 광장을 중심으로 그보다 작은 건물들이 옹기종기 모여 있었다. 마을은 휘영청 밝은 달빛에 푹 잠겨 있었고, 쥐죽은 듯이 고요했다.

"경작지군. 주트족과 색슨족 대다수는 자작농이었고, 토지를 얻기 위해 이곳으로 왔네. 브리튼인들은 이미 몇십 년 전에 이곳에서 쫓겨났던 것 같군."

위트콤이 주위의 정적을 깨지 않으려는 듯 작은 목소리로 말했다.

"어떻게 무덤이 생겼는지를 알아낼 필요가 있어. 좀더 과거로 가서 고분이 만들어졌던 시점을 확인해 볼까? 아니, 역시 지금 물어보는 것이 더 안전할지도 모르겠군. 어떤 소동이 있었던 간에, 지금쯤이면 이미 흥분도 상당히 가라앉았을 테니까 말야. 내일 아침이면 어떻겠나?"

에버라드가 말했다.

위트콤은 고개를 끄덕였다. 에버라드는 호퍼를 눈에 띄지 않는 덤불 속에 착륙시킨 후 다섯 시간 미래로 점프했다. 북동쪽에서 눈부신 아침 햇살이 비쳐 왔고, 긴 수풀 위에서는 이슬이 반짝거리고 있었다. 새들이 귀가 아플 정도로 시끄럽게 지저귀고 있었다. 안장에서 내린 두 사람은 빈 호퍼를 초고속으로 상승시켰고, 지상에서 10마일 상공에 정지시켰다. 다시 호퍼가 필요한 경우에는 헬멧에 내장된 초소형 무전기로 소환할 수 있도록 되어 있었다.

두 사람은 당당히 모습을 드러낸 채로 마을을 향해 걸어갔다. 주위를 에워싸고 으르렁대는 사나운 개들은 장검과 도끼의 편평한 부분으로 철썩 때려서 쫓았다. 광장 안으로 들어가 보니 땅바닥에는 포석 대신에 진흙과 거름이 잔뜩 깔려 있었다. 흙과 윗가지를 엮은 오두막집에서 담황색 머리카락의 벌거벗은 어린애 두 명이 멍하게 입을 벌린 채로 그들을 쳐다보았다. 오두막 바깥에 앉아서 작고 비쩍 마른 소의 젖을 짜고 있던 소녀가 작은 비명 소리를 냈다. 돼지에게 먹이를 주고 있던, 떡 벌어진 체격에 좁은 이마를 가진 머슴은 곁에 놓아둔 창으로 손을 뻗쳤다. 에버라드는 코를 찡그리며 '고귀한 북유럽인'의 혈통 운운하는 20세기의 호사가들에게 이 광경을 보여주고 싶다고 생각했다.

희끗희끗한 턱수염을 기른 인물이 한 손에 도끼를 쥐고 통나무집 입구에서 나왔다. 이 시대의 사람들이 그렇듯 그도 20세기의 평균에 비해 십여 센티미터쯤 키가 작았다. 그는 한동안 수상쩍다는 듯이 방문자들을 훑어보았고, 이윽고 인사말을 건넸다.

에버라드는 예의 바른 웃음을 띄고 말했다.

"저는 우파 헌딩슨이라는 사람이고, 이쪽은 제 동생인 크누비입니다. 유틀란트(지금의 덴마크) 상인이고, 장사를 하기 위해 켄터베리로 왔습니다. (그는 이 시대식으로 칸트-와라-비리그라고 발음했다.) 배를 끌어올렸던 해안에서 나와 돌아다니던 중에 길을 잃었고, 밤새 헤매다가 이곳에 도착했습니다."

"나는 아엘프레드의 아들 울프노스라고 하오. 안으로 들어와서 함께 아침을 드시면 어떻겠소."

농부는 대답했다.

통나무집은 넓고 어두웠으며, 연기가 자욱한데다가 시끄럽게 떠드는 사람들로 붐비고 있었다. 울프노스의 자식들, 그 자식들의 처자, 울프노스의 땅을 가는 농군들과 그들의 처자, 손자들까지 모두 한곳에 모여 있었던 것이다. 아침 식사란 커다란 나무 접시에 한가득 든 설익은 돼지고기였고, 뿔잔에 담긴 싱겁고 시큼한 맥주가 딸려 나왔다. 대화를 시작하는 것은 어려운 일이 아니었다. 오지에 사는 여느 촌사람들과 마찬가지로 이들은 남의 얘기를 하기 좋아했던 것이다. 곤란했던 것은 유틀란트 반도에서 일어나고 있는 일에 대해 그럴듯한 거짓말을 꾸며 낼 필요가 있다는 점이었다. 울프노스는 바보가 아닐뿐더러 두 사람의 말에서 잘못된 점을 한두 번 지적했다. 그러나 에버라드는 절대로 물러서지 않았다.

"틀린 얘기를 들으신 것 같군요. 바다를 건너는 동안 소식은 사실과 상당히 동떨어지게 마련이니까요."

에버라드는 이들이 옛고향과 이토록 긴밀한 관계를 유지하고 있다는 사실에 놀랐다. 그러나 날씨와 작물 얘기에 이르러서는 그의 고향인 20세기의 미국 중서부와 그다지 큰 차이가 없었다.

고분 얘기를 자연스럽게 꺼낼 수 있었던 것은 훨씬 시간이 지나서였다. 울프노스는 얼굴을 찡그렸고, 살찐 몸집에 이빨이 모조리 빠진 그의 처는 벽에 걸린 투박한 목제 우상을 향해 황급하게 액을 막는 손짓을 했다. 주트인은 중얼거렸다.

　　"그런 일들은 입에 담지 않는 편이 낫소. 그 요술사가 내 땅에 묻히지 않았더라면 좋았을 텐데. 하지만 그는 작년에 돌아가신 내 아버지와 가까운 사이였고, 아버지의 마음을 돌릴 수는 없었소."

　　이 말에 위트콤은 귀를 쫑긋 세웠다.

　　"요술사? 그게 무슨 얘깁니까?"

　　울프노스는 그르렁거리는 듯한 어조로 말했다.

　　"말해 주는 게 낫겠군. 그는 스테인이란 이름의 이방인이었고, 6년쯤 전에 켄터베리에 나타났소. 잉글랜드어도 브리튼어도 전혀 하지 못했던 것으로 보아 아주 멀리서 온 것이 틀림없소. 하지만 헨기스트 왕은 그를 손님으로 받아들였고, 그는 곧 말을 배웠소. 스테인은 왕에게 여러가지 진기한 선물을 바쳤고, 또 능란한 조언자이기도 했기 때문에 왕은 점점 그를 믿고 의지하기 시작했소. 번개를 쏘는 지팡이를 가지고 있었기 때문에 아무도 그에게 반항하는 자는 없었소. 그 지팡이로 바위를 깬 적도 있고, 한번은 브리튼인과 전쟁이 있었을 때 적을 태워죽였다는 얘기도 들었소. 그자를 보덴*이라고 생각한 사람들도 있었소. 결국 죽었으니까 그건 사실이 아니었지만."

　　에버라드는 조금 흥분을 느꼈다.

　　"아, 그랬었군요. 그럼 살아 있는 동안 그자는 무슨 일을 했습니까?"

　　"오…… 아까도 말했듯이 왕에게 현명한 조언을 했소. 그는 우리

* Woden, 앵글로색슨족의 주신이며 북구 신화의 오딘에 해당.

켄트인들에게 이 땅에서 브리튼족을 쫓아내지 말고, 고향에서 더 많은 친족을 불러오는 대신 원래 주민들과 손잡고 평화롭게 살라고 했소. 우리들의 힘과 그들의 로마 지식을 합치면, 강대한 왕국을 만들 수 있다는 말이었소. 옳은 말이었는지도 모르지만, 나는 책이나 목욕탕 따위의 시시한 것들에는 관심이 없소. 하물며 그들이 숭배하는 그 괴상한 십자가 신이라니……. 어쨌든 그는 3년 전에 누군가에게 살해당했고, 산제물하고 적들에게 빼앗기지 않았던 유품과 함께 이 땅에 매장되었소. 일 년에 두 번은 산제물을 바치니까, 그의 유령이 우리를 못살게 구는 일은 없을 거요. 하지만 아직도 어딘가 찜찜한 것은 사실이오."

위트콤은 숨을 들이켰다.

"3년 전이라고 했습니까? 그랬었군요……."

그들에게 작별을 고하고 나오는 일은 쉽지 않았고, 울프노스는 소년 하나를 보내 그들을 강까지 안내 하게 하겠다는 고집을 꺾지 않았다. 에버라드는 그렇게 멀리까지 걷고 싶지는 않았기 때문에 가던 도중 픽 웃으며 호퍼를 불러내 착륙시켰다. 그는 위트콤과 함께 안장에 올라탔고, 당장이라도 튀어나올 것 같은 눈으로 그들을 쳐다보는 소년을 향해 엄숙한 말투로 말했다.

"너희들이 너희 집에서 보덴과 투노르*를 대접했다는 사실을 알라. 우리들은 앞으로도 너희들을 지켜줄 것이다."

그러고 나서는 3년 과거로 되돌아갔다.

"자, 이제부터 힘든 일이 남아 있네."

에버라드는 잡목 숲 속에서 마을을 바라보며 말했다. 밤이었고, 고분은 눈에 띄지 않았다. 요술사 스테인은 아직 살아 있는 것이다.

* Thunor, 천둥의 신.

"어린애에게 마법을 보여주는 것은 식은 죽 먹기지만, 그 왕의 오른팔이라는 사내를 삼엄하게 경계되고 있는 큰 도시 한복판에서 빼낸다는 건 쉬운 일이 아냐. 게다가 상대는 광선총을 가지고 있다고 했어."

"우리가 성공했다는—성공할 것이라는 점은 명백하지 않나."

위트콤이 말했다.

"아니. 그건 결정적인 일이 아냐. 만약 우리가 실패한다면 3년 후 울프노스는 아까와는 다른 얘기를 할 것이고, 아마 스테인은 그때도 살아 있겠지—그럼 우리는 그에게 두 번 살해당하는 거야! 잉글랜드는 암흑시대에서 신고전 시대로 이행할 것이고, 우리가 아는 1894년 이전의 역사와는 완전히 동떨어진 문화를 발전시킬지도 몰라……스테인의 목적이 무엇인지 궁금하군."

그는 호퍼를 띄워 올려 켄터베리 상공으로 날아갔다. 밤바람이 어둠 속에서 그의 뺨을 스쳐갔다. 이윽고 아래쪽에 도시가 나타났다. 그들은 작은 잡목 숲에 착륙했다. 옛 두로베르눔Durovernum의 반쯤 폐허가 된 로마 성벽이 달빛을 희게 반사하고 있었다. 성벽에서 군데군데 검게 보이는 장소는 주트족들이 나중에 흙과 목재로 수리해 놓은 곳일 것이다. 해가 진 후에는 아무도 들어갈 수 없었다.

호퍼는 또다시 두 사람을 낮시간—정오 가까운 시각—으로 데려다 주고, 공중으로 올라갔다. 구멍투성이의 로마 가도를 지나 도시로 들어가며 에버라드는 두 시간 전, 3년 후에 먹었던 아침밥이 위에 얹히는 것을 느꼈다. 교통은 상당히 번잡했고, 통행인 대다수는 삐걱거리는 소달구지에 농산물을 싣고 시장으로 가는 농부들이었다. 성문 앞에 서 있던 험악한 인상의 문지기 두 명이 그들을 가로막고 용건을 물었다. 두 사람은 자신들이 타넷*의 상인이 보낸 대리인이며, 직공들을 구하러 켄터베리로 왔다고 대답했다. 위트콤이 로마 동전 두어

개를 슬쩍 쥐어주니까 문지기들은 퉁명스러운 태도를 누그러뜨렸고, 창을 내리고 손을 흔들어 두 사람을 통과시켜 주었다.

시내는 떠들썩하게 붐볐지만, 이번에도 제일 처음으로 에버라드를 맞이한 것은 푹 썩은 듯한 고약한 냄새였다. 주트족의 군중 속에서 가끔 로마계 브리튼인의 모습을 볼 수 있었다. 주위의 야만인들과 닿는 것조차도 질색이라는 듯이 초라한 튜니카**를 추스르며 오만한 태도로 진흙탕 속으로 나아가는 그들의 모습은 우스꽝스러움을 넘어 애처로울 정도였다.

과거에는 어느 부자의 저택이었던 이끼투성이의 폐허 속에 상상을 초월할 정도로 더러운 여관이 한 채 서 있었다. 아직 물물교환이 주종을 이루던 시대였기 때문에 에버라드와 위트콤이 가지고 있던 화폐는 높은 가치를 가지고 있었다. 식당에서 공짜술을 몇 순배 돌린 후 필요한 정보는 모두 얻을 수 있었다.

헹기스트 왕의 궁전은 시내 한복판에 있소…… 실은 낡은 건물을 그 이방인 스테인의 지시로 겉만 말쑥하게 치장했을 뿐이지만……. 그렇다고는 해도, 우리의 용감한 왕이 바지저고리라는 뜻은 아니니까 오해하지는 마시오, 외국인 양반들……. 오, 불과 한 달 전의 일이오…… 오, 그래, 스테인 말이지! 바로 궁전 옆에 있는 집에서 살고 있어. 기묘한 작자이고, 신이라는 자들도 있지…… 여자라면 사족을 못 쓰는 걸 보니 사실인지도 모르겠군……. 맞소, 브리튼족과의 평화 협상 막후에는 그가 있다는 소문이오. 덕택에 그 잘난 체하는 계집애 같은 놈들이 속속 나타나서 뻐기고 다닌단 말씀이야. 그 탓에 이제 우리 같은 정직한 주트족들도 마음 놓고 놈들의 피를 볼 수도 없게 되었

---

* Thanet, 켄트 주 북동부의 섬.
** tunic, 로마인의 긴 겉옷.

소……. 물론 스테인은 매우 현명한 인물이오. 그 사내를 욕할 생각은 추호도 없소. 어쨌든 그는 번개를 던질 수 있으니까 괜한 소리를 했다간…….

빌린 방으로 돌아온 후 위트콤이 입을 열었다.

"이제 어떻게 할 생각이지? 가서 체포하는 건가?"

"아니, 그런 일이 가능하다고 생각하지 않네." 에버라드는 신중한 어조로 대답했다. "계획이 하나 있기는 하지만, 그건 그자의 진짜 목적이 무엇인지에 달려 있어. 우선 알현을 신청해 보기로 하지."

침대용 짚멍석에서 일어나며 그는 몸 여기저기를 긁적거렸다.

"빌어먹을! 이 시대가 정말 필요로 하는 건 문맹 퇴치가 아니라 벼룩 잡는 약이야!"

스테인의 집은 면밀하게 개수(改修)되어 있었고, 기둥이 늘어선 정면 현관은 주위의 구지레한 환경에 비하면 눈이 아플 만큼 새하얗고 깨끗했다. 현관 계단에서 어슬렁거리고 있던 두 명의 위병은 그들이 다가오는 것을 보고 긴장하며 몸을 곧추세웠다. 에버라드는 위병들에게 돈을 쥐어주고 위대한 요술사가 틀림없이 흥미를 가질 만한 뉴스를 들려주기 위해 이곳을 방문했다고 말했다.

"그분에게 '내일에서 온 사람'이 왔다고 전해 주게. 이건 암호야, 알겠나?"

"무슨 뜻인지 알 수 없지 않나?"

위병이 불평했다.

"암호는 뜻이 통하지 않아도 돼."

에버라드는 거만한 말투로 대답했다.

주트인은 슬픈 듯한 표정으로 고개를 휘휘 저으며 안으로 들어갔다. 하여간 요즘 외국에서 들어오는 풍습이라니!

"이래도 괜찮을까? 정체를 미리 알아 버렸으니까 우리를 경계할 거야."

위트콤이 물었다.

"이렇게라도 하지 않으면, 생판 본 적도 없는 이방인에게 VIP 알현을 허가해 줄 리가 없네. 이봐, 이건 비상 사태야! 그는 아직 영속적인 업적을 남기지 않았고, 후세의 전설로 남을 만큼의 일도 하지 않았지만, 만약 헨기스트가 브리튼인들과 실제적인 연합을 이룬다면……."

위병은 다시 돌아와서 그르렁거리듯이 뭐라고 말했고, 계단을 지나 기둥으로 둘러싸인 안마당으로 그들을 안내했다. 기둥 너머에는 넓은 아트리움*이 있었고, 깨진 대리석과 빛 바랜 모자이크 장식에 걸맞지 않는 현대적인 곰가죽 깔개가 눈에 띄었다. 투박한 목제 벤치 앞에 한 사내가 서 있었다. 그들이 홀에 들어서자 그는 한쪽 손을 들어올렸다. 에버라드는 30세기제 광선총의 가는 총신을 보았다.

사내는 조용하게 말했다.

"양손을 옆구리에서 떼고 눈에 보이는 곳에 두도록. 안 그러면 번개로 너희들을 내려칠지도 몰라."

허를 찔린 위트콤은 훅하고 숨을 들이켰지만, 에버라드는 이미 이런 상황을 예상하고 있었다. 그렇다고는 해도 뱃속에 차가운 응어리가 맺히는 것만은 어쩔 수가 없었다.

요술사 스테인은 작은 몸집의 사내였고, 어딘가의 브리튼인 저택에서 손에 넣었음직한 화려하게 수놓은 튜니카를 입고 있었다. 유연해 보이는 몸에 커다란 머리통을 가지고 있었고, 제멋대로 헝크러진 검은 머리카락 밑의 얼굴은 밉상이었지만 어딘가 애교스러운 데가 있

---

* atrium, 안뜰이 딸린 홀.

었다. 입가에는 긴장한 듯한 일그러진 미소가 떠올라 있었다.

"이드거, 이자들의 몸을 뒤져 봐. 옷 속에 숨기고 있는 것이라면 뭐든지 압수하란 말이다."

주트인 위병은 서툰 동작으로 두 사람의 몸을 뒤졌고, 음파충격총을 찾아내어 바닥에 던졌다.

"이제 가도 좋아."

스테인이 말했다.

"이들은 위험하지 않습니까, 주인님?"

위병이 물었다.

스테인의 미소가 커졌다.

"내가 손에 쥐고 있는 것이 보이지 않나? 필요없어. 나가 봐."

이드거는 휘적거리며 방에서 나갔다. 에버라드는 생각했다. '적어도 우리에겐 아직 장검과 도끼가 남아 있어. 하지만 광선총이 우리를 겨냥하고 있는 한 별반 쓸모가 없군.'

스테인의 이마가 갑자기 땀으로 번들거렸다.

"내일에서 왔다고 했지. 이런 일이 있지는 않을까 생각하고 있었어. 후세의 영어를 말할 줄 아나?"

위트콤이 입을 열려고 있지만, 에버라드는 황급히 앞질러 말했다. 목숨을 건 도박이었다.

"어떤 말을 의미하시는 겁니까?"

"이런 말이다."

스테인의 입에서 영어가 흘러나오기 시작했다. 기묘한 악센트였지만, 20세기인의 귀로 알아듣지 못할 정도는 아니었다.

"너희들이 언제, 어디에서 왔는지, 목적이 무엇인지를 모두 알고 싶단 말이다. 사실대로 말하지 않으면 당장 태워 죽이겠다."

에버라드는 고개를 가로젓고 주트어로 대답했다.

"모르겠습니다. 무슨 말인지 알아들을 수가 없습니다."

위트콤은 에버라드를 흘낏 쳐다보고 입을 다물었다. 동료의 작전에 따르기로 한 것 같았다. 에버라드의 두뇌는 빠르게 회전하고 있었다. 필사적으로 대범한 태도를 견지하고 있었지만, 마음속으로는 단 한 번의 실수가 죽음과 직결된다는 사실을 자각하고 있었다.

"저희 시대의 말은 이런 식입니다……."

그러고 나서 그는 가능한 한 알아듣기 힘들도록 왜곡한 멕시코계 스페인어의 문장을 빠르게 말했다.

"그건…… 라틴계 언어가 아닌가!"

스테인의 눈이 번득였다. 광선총을 든 손이 떨렸다.

"너희들은 **어느** 시대에서 왔지?"

"크리스트 기원 20세기에서 왔고, 나라 이름은 리오네스입니다. 서부 대양(大洋) 너머에 있는 대륙이고—"

"아메리카!" 스테인은 헐떡였다.

"아메리카라는 이름으로 불린 적이 있나?"

"없습니다. 무슨 뜻인지 모르겠습니다."

스테인의 몸이 사시나무처럼 떨리기 시작했다. 그는 가까스로 자제심을 되찾고 말했다.

"로마 말은 할 줄 아나?"

에버라드는 고개를 끄덕였다.

스테인은 날카로운 웃음소리를 냈다.

"그럼 이제부터는 그걸 쓰기로 하지. 이 지방의 지독하게 촌스러운 언어에는 정말 진절머리가 나네……."

그의 라틴어는 조금 변칙적이었고, 이 시대로 와서 배운 게 명백했지만 충분히 유창했다. 그는 광선총을 흔들어 보이고 말했다.

"내 무례를 용서해 주게. 하지만 나는 조심할 필요가 있어."

"당연한 말씀입니다. 아…… 제 이름은 멘시우스이고, 이쪽은 제 친구인 이우베날리스입니다. 당신이 추측한 것처럼 미래에서 왔습니다. 저희는 역사학자이고, 저희 시대에서는 시간 여행이 막 발명된 참입니다."

에버라드가 말했다.

"정확히 말하자면 내 본명은 로저 슈타인이고, 서기 2987년에서 왔네. 내 이름을…… 들어 본 적이 있나?"

"물론입니다. 실은 저희들은 역사상의 중요 인물이었던 이 스테인이라는 수수께끼의 인물을 찾기 위해 과거로 온 겁니다. 저희는 그가 혹시…… 시간 여행자pergrinator temporis가 아닌가 하고 의심하고 있었습니다. 역시 그랬었군요."

슈타인은 광선총을 흔들면서 열에 들뜬 사람처럼 왔다갔다하기 시작했다. 그러나 달려들기에는 너무 거리가 멀었다.

"3년. 내가 이곳으로 온 지 3년이라는 세월이 흘렀어. 밤잠을 자다가도 몇 번씩 벌떡 깨어나서 내가 정말로 성공할 수 있을지에 대해 고민하곤 했지……. 말해 줘. 자네들의 세계는 통일되어 있나?"

"지구뿐만 아니라 다른 행성들도 한 정부 아래 통일되어 있습니다. 이미 훨씬 전부터 그랬습니다."

에버라드는 이렇게 대답하기는 했지만 내심 전율하고 있었다. 그의 목숨은 슈타인의 계획이 무엇인지를 제대로 간파할 수 있는가 여부에 달려 있는 것이다.

"그럼 인민들은 자유로운가?"

"자유인입니다. 그러니까, 명목상의 황제가 군림하고는 있지만, 법률은 인민이 선출하는 상원에서 제정됩니다."

사내의 추한 얼굴에 일종의 신성함에 가까운 표정이 떠올랐다.

"내가 꿈꾸어 왔던 대로군. 고맙네."

그는 속삭였다.

"그럼 당신은 자신의 시대를 떠나 과거로 온 것입니까…… 역사를 창조하기 위해?"

"아니. 개변(改變)하려고 왔다는 편이 옳겠지."

그러고 나서 마치 몇 년이나 억지로 참고 있었다는 듯이 말의 홍수가 쏟아져 나왔다.

"나 또한 역사가였네. 우연한 기회에 토성의 달에서 왔다고 하는 상인을 만났지. 그러나 나는 그곳에서 살아 본 적이 있었기 때문에 금세 그가 가짜라는 사실을 꿰뚫어 보았고, 조사하던 중에 진상을 알았어. 그는 아주 먼 미래에서 온 시간 여행자였네.

이해해 줬으면 좋겠지만, 내가 살던 시대는 실로 참담한 시대였네. 사이코그래픽[心誌學的] 역사학이 전공이었던 나는 우리를 괴롭히는 전쟁, 빈곤, 폭정 등의 현상이 인간의 천부적인 악에서 비롯된 것이 아니라, 순전한 인과관계에 의한 것이라는 사실을 깨닫고 있었어. 기계 문명의 발흥기에 세계는 이미 어떻게 할 수 없을 정도로 분할되어 있었고, 그 결과 전쟁은 점점 더 크고, 파괴적인 것으로 변해 갔네. 물론 평화로운 기간도 있었고, 그중에는 상당히 오래 계속된 것들도 있었지. 하지만 병인(病因) 자체가 너무나도 깊은 곳에 뿌리박고 있었고, 투쟁은 우리 문명의 필요불가결한 일부였다고 해도 좋을 거야. 나는 가족 모두를 금성인의 습격으로 잃었기 때문에 더 이상 잃을 것은 아무것도 없었어. 그래서 나는 타임 머신을 빼앗았네…… 원래 주인을…… 처치한 다음에 말야.

나는 가장 큰 오류를 암흑시대에서 찾아야 한다고 봤네. 로마는 광대한 제국을 통일한 다음 평화를 유지했고, 평화가 계속되는 한은 언제나 정의가 생겨날 여지가 있어. 그러나 그 과정에서 로마제국의 국력은 피폐했고, 바야흐로 붕괴하려 하고 있었네. 각지를 침입한 야만족들은 활력에 차 있었고, 또 그 나름대로 기여하는 바가 있었지만, 쉽게 타락한다는 결점이 있었어.

그러나 이곳에 잉글랜드가 남아 있었네. 이곳만은 썩어 가고 있는 로마의 주류 사회로부터 고립되어 있었어. 현재 유입되고 있는 게르만족들은 불결하고 덩치만 큰 멍청이들이지만, 강건한데다가 배우려는 의욕을 가지고 있어. 내가 아는 역사에 따르면 그들은 브리튼인들의 문명을 완전히 쓸어버렸고, 그것을 대체할 만한 문화도 없었기 때문에 결국 후세의—사악한—서구 문명이라고 칭하는 문명에 완전히 흡수되고 말았네. 그래서 나는 좀더 나은 대안을 찾았네.

그것은 쉬운 일이 아니었어. 현대식 무기와 왕에게 바칠 신기한 진상품이 있었음에도 불구하고, 다른 시대의 풍습을 익히고 살아남기가 얼마나 어려운지를 절실하게 깨달았네. 그렇지만 나는 이제 헨기스트의 존경을 받고 있고, 점차 브리튼족들의 신망도 얻고 있네. 픽트족* 이라는 공통의 적을 이용해서 양 민족을 통합할 작정이야. 잉글랜드는 하나의 왕국으로 통일되고, 색슨의 힘과 로마의 지식을 합치면 어떠한 침입자도 격퇴할 수 있을 거야. 물론 그 과정에서 크리스트교가 필요하게 되겠지만, 나는 그것이 사람의 마음을 속박하는 일 없이 교화하고, 계몽하는 올바른 크리스트교가 되도록 이끌 생각이네.

언젠가 잉글랜드는 구주 대륙 전체를 흡수할 수 있는 위치에 서게 되겠지. 최종적으로는 전세계를. 나는 반 픽트 동맹을 발족시킬 수 있을 때까지 이곳에 머무르고, 나중에 다시 오겠다는 약속을 하고 사라질 작정이네. 만약 내가 향후 몇 세기에 걸쳐서, 이를테면 50년 간격으로 재출현한다면 나는 살아 있는 전설, 신으로 추앙받겠지. 그렇게 하면 역사가 궤도에서 어긋나지 않도록 감독할 수 있을 테니까."

* Picts, 스코틀랜드 동부 및 북동부에 거주하던 선주민.

"성 스타니우스에 대해서는 책에서 많이 읽었습니다."

에버라드는 천천히 말했다.

"나는 승리했어! 세계에 평화를 가져올 수 있었던 거야!"

슈타인이 외쳤다. 눈물이 뺨을 타고 흘러내렸다.

에버라드는 그에게 다가갔다. 슈타인은 아직은 완전히 그를 신용하지는 않았는지 광선총으로 그의 배를 겨냥했다. 에버라드는 자연스러운 동작으로 상대방의 주위를 돌았고, 슈타인도 몸 전체를 돌리며 그를 감시했다. 그러나 슈타인은 자신의 의도가 성공했다는 증거를 듣고 흥분한 나머지 위트콤의 존재를 잊고 있었다. 에버라드는 어깨 너머로 영국인에게 눈짓했다.

위트콤은 도끼를 던졌다. 에버라드는 바닥에 몸을 던졌다. 슈타인은 비명을 질렀고, 쉭쉭 소리를 내며 광선이 발사됐다. 그의 어깨는 도끼에 맞아 반쯤 절단되어 있었다. 위트콤이 달려들어 슈타인의 총을 든 손을 잡아 눌렀다. 슈타인은 절규하며 억지로 팔을 움직여 총을 겨누려고 했다. 에버라드도 일어나서 동료에게 가세했다. 다음 순간 세 사람의 몸이 뒤엉켰다.

광선이 다시 한 번 번득였고, 다음 순간 시체가 된 슈타인의 몸이 두 사람의 팔 안에서 축 늘어졌다. 시체 가슴의 끔찍한 상처에서 흘러나온 피가 그들의 웃옷을 흠뻑 적셨다.

호위 두 명이 뛰어들어왔다. 에버라드는 바닥에 있던 자신의 충격총을 재빨리 집어들고 출력을 최대한도로 올렸다. 위병이 던진 창이 그의 팔을 스쳤다. 그는 두 번 총을 쏘았다. 육중한 체구의 위병들은 바닥에 쓰러졌다. 앞으로 몇 시간 동안은 깨어나지 못할 것이다.

에버라드는 몸을 숙이고 귀를 기울였다. 내실 쪽에서 여자의 비명 소리가 들려왔지만, 아트리움으로 들어오는 사람은 아무도 없었다.

"어찌 됐든 성공한 것 같군."

에버라드는 거칠게 숨을 몰아쉬며 말했다.

"응."

위트콤은 눈앞에 쓰러져 있는 시체를 멍하게 내려다보았다. 처량할 정도로 왜소하게 보였다.

"죽일 생각은 없었어. 하지만 시간은…… 비정하네. 어차피 처음부터 이렇게 될 운명이었는지도 모르겠군."

에버라드가 말했다.

"패트롤 재판에 회부되어 추방 행성에 유폐되는 것보다는 나아."

위트콤이 말했다.

"이론적으로 볼 때 적어도 그는 강도 살인범에 해당되네. 하지만 꿈 하나만은 정말로 원대한 걸 가지고 있었군."

"그리고 우리는 그걸 저지했어."

"어차피 역사가 저지했을지도 몰라. 그럴 가능성이 더 많았을 거야. 한 개인의 능력이나 지혜가 역사 전체에 얼마나 많은 영향을 끼칠 수 있겠나? 인간의 비극 대부분은 슈타인 같은 선의의 광신자 때문에 생겨났다고 생각하네."

"그럼 그냥 팔짱을 끼고, 시류를 그대로 받아들이란 말인가?"

위트콤이 반문했다.

"1947년 당시의 자네 친구들을 생각해 보게. 슈타인을 방치해 놓았더라면 그들은 결코 존재하지 않았을지도 몰라."

위트콤은 망토를 벗고 옷에서 피를 닦아 내려고 했다.

"이제 가야 해."

에버라드가 말했다. 그는 빠른 걸음으로 내실을 향해 갔다. 슈타인의 애첩이 공포에 질린 커다란 눈으로 그를 바라보고 있었다.

내실로 들어가기 위해서는 자물쇠를 충격총으로 부술 필요가 있었다. 방 안에는 잉 제국 시대의 타임 셔틀이 한 대, 무기와 보급품이 든 상자 몇 개, 그리고 몇 권의 책이 놓여 있었다. 에버라드는 연료가 든 상자를 제외한 모든 물건을 타임 셔틀에 실었다. 연료 상자는 그대로 두고 갈 필요가 있었다. 그러면 미래에 그는 이 사실을 알게 되고, 신이 되려고 했던 사내를 저지하기 위해 돌아오는 것이다.

"자네가 이걸 타고 1894년의 창고로 가면 어떤가. 나는 호퍼를 타고 가겠네. 본부 사무실에서 만나는 거야."

위트콤은 그를 잠시 응시하고 있었다. 핏기가 가신 얼굴이었다. 에버라드는 상대방의 표정이 마치 무엇인가를 결심한 듯 굳어지는 것을 보았다.

"좋아, 그렇게 하지." 영국인이 말했다. 그는 어두운 미소를 짓고 에버라드의 손을 굳게 쥐었다. "그럼 잘 있게, 친구."

에버라드는 거대한 강철제 원통으로 들어가는 동료의 뒷모습을 바라보았다. 두 시간 후에는 1894년으로 가서 함께 차를 마실 예정임을 감안하면 묘한 말이었다.

건물에서 나가서 군중 속으로 들어가며 에버라드는 불길한 예감을 받았다. 찰리는 원래 좀 괴짜이기는 했지만…….

도시에서 벗어나 시 외각의 잡목 숲으로 들어갈 때까지 그는 아무런 방해도 받지 않았다. 그는 타임 호퍼를 착륙시켰고, 다른 사람의 눈에 띌 위험에도 아랑곳 않고 맥주가 든 작은 항아리를 꺼내 꿀꺽꿀꺽 마셨다. 그러고 나서는 과거의 잉글랜드를 마지막으로 한번 본 다음 1894년으로 점프했다.

메인웨더링은 약속했던 대로 호위들과 함께 그를 기다리고 있었다. 지부장은 피가 말라붙은 옷을 입은 대원이 단신으로 귀환한 것을 보고 깜짝 놀란 얼굴을 했지만, 에버라드는 모든 것이 잘 됐다는 말로 그를 안심시켰다.

몸을 씻고 옷을 갈아입은 다음 지부장에게 일의 전말을 상세히 보고하기까지는 좀 시간이 걸렸다. 그때쯤이면 위트콤은 이미 이륜마차로 도착해 있어야 했지만, 그의 모습은 보이지 않았다. 메인웨더링은 무전기로 창고를 불러냈고, 찌푸린 표정으로 에버라드를 돌아보며 말했다.

"아직도 도착하지 않았네. 뭔가 잘못 됐을 가능성이 있나?"

"그럴 리가 없습니다. 고장을 내려고 해도 낼 수 없는 기계입니다." 에버라드는 입술을 깨물었다. "무슨 문제가 생겼는지 저도 모르겠습니다. 아마 제 말을 잘못 알아듣고 1947년으로 갔을지도 모르겠군요."

1947년도로도 문서 조회를 해 보았지만 위트콤은 그쪽 지부에도 나타나지 않았다는 사실이 판명되었다. 에버라드와 메인웨더링은 나가서 차를 마셨다. 그들이 다시 돌아왔을 때도 위트콤은 돌아와 있지 않았다.

"광역 본부에 연락하는 편이 낫겠군. 응? 지금 뭐라고 했나? 그들이라면 찾을 수 있을 거야."

메인웨더링이 말했다.

"아니, 잠깐만 기다려 주십시오."

에버라드는 잠시 생각에 잠긴 채로 서 있었다. 아까부터 어떤 무서운 상상이 그의 마음속에 싹트고 있었던 것이다.

"뭔가 짐작이 가는가?"

"예. 조금 마음에 걸리는 일이 있습니다."

에버라드는 빅토리아 시대의 의상을 벗기 시작했다. 손이 떨리고 있었다.

"20세기의 옷을 가져다 주시겠습니까? 제가 직접 가서 그 친구를 찾아낼 수 있을지도 모릅니다."

"우선 자네의 추측과 의도하는 바를 패트롤 본부에 보고해야 할 필요가 있네."

메인웨더링이 지적했다.

"빌어먹을 패트롤이 어떻게 되건 제가 알 바 아닙니다."

에버라드가 말했다.

6

1944년의 런던. 이른 겨울 해는 이미 진 후였고, 칠흑 같은 어둠에
잠긴 거리에서는 차가운 바람이 불고 있었다. 어딘가에서 폭발음이
들렸고, 지붕 위에서 거대한 깃발 같은 불길이 치솟았다.

에버라드는 자신의 호퍼를 보도에 세워 두고——V 폭탄이 떨어질
때 밖에 나오는 사람은 없다——어둠 속을 천천히 더듬어 나아갔다.
11월 17일. 그의 훈련된 기억력은 이 날짜를 쉽게 생각해냈다. 메리
넬슨이 죽은 날이다.

길 모퉁이에 있던 공중전화 박스로 들어가서 전화번호부를 조사해
보았다.

넬슨이라는 성은 상당히 많았지만, 스트리템 지역에 사는 메리 넬
슨은 단 한 명뿐이었다. 물론 이것은 어머니의 이름일 터이므로, 딸도
같은 이름이라는 가정 하에서 행동하는 수밖에 없었다. 폭탄이 떨어
진 시각도 모르고 있었지만, 확인하는 방법이 있었다.

전화 박스에서 나오자마자 화염과 폭음이 엄습해 왔다. 그가 보도
로 몸을 날려 엎드리자 그가 있던 자리로 유리 파편들이 날아왔다.
1944년 11월 17일. 현재의 자신보다 젊은 맨스 에버라드는 미 육군

공병 중위로서 영불해협 너머 어딘가에서 독일군과 교전하고 있을 것이다. 정확히 어디 있었는지는 기억할 수 없었지만, 멈춰 서서 생각에 잠기는 일 따위는 하지 않았다. 그런 일은 중요하지 않았다. 적어도 그 위험에서는 살아남을 것이라는 사실을 알고 있었으니까 말이다.

호퍼를 향해 달려가는 그의 등 뒤에서 또 새로운 화염이 치솟았다. 안장에 뛰어 올라탄 그는 기계를 띄워 올렸다. 런던 상공 높은 곳에서 내려다보니 광막한 어둠과 불길밖에는 눈에 들어오지 않았다. 발푸르기스의 밤*을 방불케 하는 생지옥 같은 광경이었다!

스트리템은 뚜렷하게 기억에 남아 있었다. 사무원, 청과물 상인, 기계공들이 사는 무미건조한 벽돌집들이 늘어선 거리. 유럽을 석권한 무력에 끝까지 맞서 싸웠던 소시민들의 도시였다. 1943년 경 이곳에는 한 처녀가 살고 있었고…… 결국 다른 누군가와 결혼했다는 소식을 나중에 들었다.

그는 낮게 비행하며 주소를 확인해 보려고 했다. 그렇게 멀리 떨어지지 않은 곳에서 화염이 치솟았다. 그 충격으로 공중에서 호퍼가 비틀거렸을 때 하마터면 안장에서 굴러 떨어질 뻔했다. 목적지로 급행하던 도중 집 한 채가 무너지고, 그 잔해가 불길에 휩싸이는 것을 보았다. 넬슨가에서 겨우 세 블록밖에 떨어지지 않은 곳이었다. 너무 늦었던 것이다.

아니다! 그는 시간을 확인했고——10시 30분 정각이었다——두 시간 과거로 되돌아갔다. 역시 밤이었지만, 아까 파괴된 집은 어둠 속에 멀쩡하게 서 있었다. 한순간 그 집에 살고 있는 사람들에게 경고를 하

---

* Walpurgisnacht, 발푸르기스의 밤(대수녀원장이자 선교사인 발푸르기스의 유골이 아이히 슈테트로 이장된 5월 1일)에는 마녀들이 하르쯔 산맥의 최고봉인 브로켄 산에 모인다는 이야기가 있다.

고 싶다는 생각이 머리를 스쳤다. 아니, 그러면 안 된다. 지금 이 순간에도 전세계에서는 셀 수 없을 정도로 많은 사람들이 죽고 있는 것이다. 그는 슈타인이 아니다. 역사의 무거운 짐을 스스로 어깨에 짊어질 생각은 없었다.

그는 쓴웃음을 짓고 호퍼에서 내린 다음 울타리의 문을 열고 들어갔다. 슈타인 흉내를 낼 생각은 없었지만, 빌어먹을 데이넬리아인처럼 되고 싶지도 않았다. 그가 현관문을 두드리자 문이 열렸다. 중년 부인이 의아한 표정으로 어둠 속에 선 그를 쳐다보았다. 물론 이런 상황에서 평복의 미국인은 기묘하게 비칠 것이다.

"실례지만, 혹시 미스 메리 넬슨을 아십니까?"

"예…… 알고 있습니다만." 그녀는 잠시 머뭇거렸다.

"이 근처에 살고 있습니다. 조금 후면 돌아오는데요. 친구신가요?"

에버라드는 고개를 끄덕였다.

"실은 그녀에게서 메시지를 전해달라는 부탁을 받고 왔습니다. 미시즈…… 그러니까……."

"엔더비입니다."

"아, 맞습니다. 미시즈 엔더비, 요즘은 좀 건망증이 생겨서. 미스 넬슨은 정말 미안하지만 올 수 없다고 했습니다. 하지만 10시 반에 부인과 가족 모두를 데리고 자기 집으로 와 달라고 했습니다."

"가족 모두? 하지만 아이들은——"

"무슨 일이 있더라도 아이들을 데리고 오십시오. 한 사람도 빠짐없이. 뭔가 깜짝 놀랄 일을 준비해 놓고 있고, 그때가 되어야 보여 드릴 수 있기 때문이라고 했습니다. 꼭 가서야 합니다."

"메리가 그랬다면…… 예, 알겠습니다. 그러지요."

"10시 30분에 한 사람도 빠짐없이 와야 합니다. 그럼 그때 뵙겠습니다, 미시즈 엔더비."

에버라드는 가볍게 고개를 숙여 보이고 다시 거리로 돌아왔다.

그가 할 수 있는 일은 했다. 다음에는 넬슨 가족 차례이다. 그는 호퍼를 타고 세 블록을 나아간 후 어두운 골목에 세워 두었다. 이제 그도 슈타인과 마찬가지로 죄인이었다. 추방 행성이란 어떤 곳일까?

잉 제국의 타임 셔틀은 눈에 띄지 않았다. 숨기기에는 너무 큰 기계였으므로, 찰리는 아직 도착하지 않았다는 얘기가 된다. 그때까지는 임기응변으로 버티는 수밖에 없었다.

현관문을 두드리며 자신이 엔더비 일가를 구했다는 사실이 어떤 의미를 가지는가에 대해 생각해 보았다. 아이들은 장성하고, 자신들의 아이를 가질 것이다. 이들이 전혀 유명하지 않은 영국 중산층의 한 가족에 불과하다는 점에는 의심의 여지가 없지만, 그 이후 몇 세기 동안에는 이들 중에서도 중요 인물이 태어날지도, 혹은 태어나지 못할지도 모르는 것이다. 물론 시간은 그렇게 간단히 왜곡될 수는 없다. 극소수의 예외를 제외하면 엄밀한 혈통은 문제가 되지 않는다. 인간의 광범한 유전자 집합과 전체 사회만이 문제가 되는 것이다. 그러나 이 경우가 바로 그 극소수의 예외에 해당될 수도 있었다.

젊은 여성이 문을 열어주었다. 작은 몸집의 예쁜 처녀였고, 화려한 미모는 아니었지만 산뜻한 제복 차림이 잘 어울렸다.

"미스 넬슨?"

"예?"

"저는 에버라드라고 합니다. 찰리 위트콤의 친구입니다. 들어가도 되겠습니까? 실은 당신이 들으면 놀랄 만한 뉴스가 있습니다."

"이제 막 나가려는 참인데요."

그녀는 미안한 듯한 어조로 말했다.

"아니, 그러면 안 됩니다."

이것은 무례한 대사였다. 그녀의 표정이 화난 듯이 굳어졌다.

"실례했습니다. 설명할 기회를 주시겠습니까?"

그녀는 그를 살풍경하고 어지러진 응접실로 안내했다.

"자리에 앉으시죠, 에버라드 씨. 부디 너무 큰 소리로 얘기하지는 말아 주세요. 아침 일찍 일어나기 때문에, 가족들은 모두 자고 있으니까요."

에버라드는 편한 자세로 의자에 앉았다. 메리는 소파 가장자리에 앉아서 커다란 눈으로 그를 쳐다보았다. 울프노스와 이드거가 이런 여성의 조상일 수가 있는 것일까. 그렇다…… 이렇게 긴 세월이 흐른 후에는 틀림없이 어딘가에서 피가 섞였을 것이다. 슈타인조차도 조상의 한 사람일지도 모른다.

"당신도 공군에 계신가요? 찰리와 만난 것도 그곳에서?"

"아니, 저는 정보부 소속입니다. 제가 사복을 입고 있는 것도 그런 이유에섭니다. 마지막으로 그를 본 것이 언제인지 가르쳐 주시겠습니까?"

"벌써 몇 주일 전이에요. 찰리는 지금 프랑스에 주둔하고 있어요. 빨리 전쟁이 끝났으면 좋겠군요. 벌써 진 것이 뻔한데도 독일인들은 계속 싸우고 있으니 정말 한심한 일이라고 생각하지 않으세요?"

그녀는 이렇게 말하고 묻는 듯한 태도로 고개를 갸우뚱해 보였다.

"그런데 아까 말하신 뉴스란 뭐죠?"

"말하자면 이렇습니다."

그는 대륙의 전황이 어쩌니저쩌니 하는 식의 두서없는 대화를 계속하며 가능한 한 시간을 끌었다. 유령과 마주 앉아 대화한다는 것은 기묘한 체험이었다. 그러나 조건 학습 탓에 진실을 말할 수는 없었다. 그러고는 싶었지만, 그러려고 입을 열 때마다 혀가 얼어붙는 것이다.

"……그리고 이곳에서는 빨간 잉크 한 병 값이 얼마—"

"제발." 그녀는 급하게 그의 말을 가로막았다.

"이제 용건을 말해 주시겠어요? 오늘 밤 약속이 있어서요."

"오, 죄송합니다. 정말이지 죄송합니다. 실은 그 얘기 말인데—"

현관문을 노크하는 소리가 그를 구했다.

"실례합니다."

그녀는 이렇게 중얼거렸고, 등화관제용 커튼을 지나 문을 열러 갔다. 에버라드는 그녀 뒤를 어슬렁어슬렁 따라갔다.

그녀는 작은 비명을 지르며 뒤로 물러섰다.

"찰리!"

위트콤은 아직도 피에 젖어 있는 주트족의 의상에도 개의치 않고 그녀를 힘껏 껴안았다. 그러나 에버라드가 현관 홀에 들어서자 영국인의 얼굴에 공포의 표정이 떠올랐다.

"자네는……."

위트콤은 음파충격총을 뽑으려고 했지만, 에버라드는 이미 자기 것을 뽑아 들고 있었다.

"바보짓은 하지 말게. 나는 자네 친구이고, 자넬 도우러 여기로 왔어. 도대체 무슨 미친 짓을 할 작정으로 있었지?"

"나는…… 메리가 여기 머무르도록…… 이곳에서 못 떠나게 하려고 했어—"

"그럼 패트롤이 자네를 찾지 못할 거라고 생각하고 있었나?"

에버라드는 여기서 시간어로 말을 바꿨다. 두려움에 떠는 메리 앞에서는 이 말을 쓰는 수밖에 없었다.

"내가 떠났을 때 메인웨더링은 이미 의심하기 시작하고 있었어. 우리가 이 일을 제대로 처리하지 못한다면 패트롤의 전 지부가 경고를 받을지도 몰라. 역사의 잘못은 수정되고, 아마 그녀는 죽어야 하겠지. 그리고 자네는 추방당하는 거야."

"난……."

위트콤은 헐떡거렸다. 그의 얼굴은 공포 탓에 가면처럼 얼어붙어 있었다.

"그럼 자네는…… 그녀를 그냥 보내서 죽게 할 셈인가?"

"아니. 하지만 좀더 신중하게 행동할 필요가 있네."

"우린 도망칠 거야…… 어딘가 멀리 떨어진 시대로…… 필요하다면 공룡 시대라도 상관없어."

메리는 위트콤의 팔을 뿌리쳤고, 크게 입을 벌려 비명을 지르려고 했다.

"조용히! 당신의 목숨이 걸린 일이고, 우린 당신을 구하려 하고 있어. 나는 못 믿더라도 찰리는 믿을 수 있지 않나?"

이렇게 말한 에버라드는 영국인에게 고개를 돌리고 다시 시간어로 말했다.

"이봐 친구, 어느 장소, 어느 시대에도 자네와 메리가 숨을 수 있는 곳이란 없네. 메리 넬슨은 오늘 밤 죽었어. 역사엔 그렇게 나와 있어. 1947년에 그녀는 존재하지 않았어. 이것도 역사야. 나도 이미 난처한 입장에 빠졌네. 메리가 방문할 예정이었던 가족은 폭탄이 떨어질 때 그 집에서 나와 있을 거야. 자네가 아무리 메리와 함께 도망친다고 해도, 결국 잡힐 거야. 패트롤 대원이 아직 이곳에 도착하지 않았다는 사실 자체도 완전히 행운에 지나지 않네."

위트콤은 침착을 되찾으려고 애쓰고 있었다.

"그럼 만약 내가 메리를 데리고 1948년으로 도망친다고 가정해 보게. 1948년이 돼서 갑자기 그녀가 다시 나타나지 않았다고 단언할 수는 없지 않는가? 그것도 역사의 일부일지도 몰라."

"이봐, 그건 **불가능**해. 해 보라구. 그녀에게 4년 미래로 점프하겠다고 말할 수 있나?"

위트콤은 신음했다.

"비밀을 누설할 수는──그런 조건 학습을 받았으니까──"

"맞아. 자네가 그녀 앞에 모습을 드러내는 일 자체가 이미 재량권을 넘어선 행위일지도 모르지만, 진실을 말하는 것은 아예 불가능한 일이야. 자네는 거짓말밖에는 할 수 없어. 어쨌든, 어떻게 설명해 줄 작정인가? 만약 그녀가 계속 메리 넬슨으로 남는다면, 그녀는 WAAF의 탈영병으로 간주될 거야. 만약 거짓 신원을 택한다면, 출생 증명서, 학적부, 배급 기장 따위의 20세기 생활에 필수적인 서류는 어떻게 할 셈인가? 절망적이네, 친구."

"그럼 어떻게 하면 된단 말인가?"

"패트롤에 직접 맞서서 끝까지 싸우는 수밖에 없네. 그대로 잠깐 기다리고 있게."

에버라드는 냉정 그 자체였다. 두려움을 느끼거나 자기 자신의 행동에 의문을 품을 여유가 없었다.

다시 거리로 나간 그는 호퍼가 5년 후의 정오에 피커딜리 광장에 나타나도록 계기를 조작했다. 메인 스위치를 손바닥으로 내려치고 호퍼가 사라지는 것을 본 다음 다시 집으로 돌아왔다. 메리는 위트콤의 품에서 몸을 떨며 흐느끼고 있었다. 가련한 연인들이여!

"오케이. 이제는 기다리기만 하면 돼."

에버라드는 그들을 응접실로 데려간 다음 총을 든 채로 소파에 앉았다.

오래 기다릴 필요는 없었다. 타임 패트롤의 잿빛 제복을 입은 사내 두 명을 태운 호퍼가 출현했다. 그들은 손에 총을 쥐고 있었다. 에버라드는 출력을 낮춘 마비 광선으로 그들을 쓰러뜨렸다.

"자, 찰리, 이리 와서 묶는 걸 도와 줘."

메리는 아무 말도 못하고 구석에서 움츠리고 있었다.

패트롤 대원들이 마비에서 깨어나자 에버라드는 그들 앞에 서서 차가운 미소를 지었다. 그는 시간어로 물었다.

"우리들은 무슨 죄로 고발당하게 되나?"

"이미 알고 있지 않나." 포로 한 명이 침착한 목소리로 말했다. "우리들은 본부의 지령을 받고 자네들을 추적했네. 다음 주를 조사해 보고 폭격으로 죽을 예정이었던 가족을 자네가 미리 피난시켰다는 사실을 알아냈어. 그러고 나서 위트콤의 기록에 따르면 자네는 위트콤이 오늘 밤 죽을 예정인 이 여자를 구하는 것을 돕기 위해 이곳으로 왔다는 사실이 판명됐어. 더 이상 사태가 악화되기 전에 우리를 놓아주는 게 나을걸."

"나는 역사를 바꾸지 않았어. 데이넬리아인들은 아직도 미래에 존재하지 않나?"

에버라드가 말했다.

"물론 그렇지만——"

"엔더비 가족이 죽을 예정이었다는 건 어떻게 알아냈나?"

"그들의 집은 폭탄을 맞았고, 그들의 말에 따르면 집을 나오라고 한 사람은 바로——"

"아, 하지만 중요한 점은 그들이 집을 나왔다는 사실이네. 그건 이미 기록되었어. 이제 과거를 바꾸려는 자는 자네들이라는 얘기가 되네."

"하지만 여기 있는 이 여자는——"

"자네는 혹시 메리 넬슨이라는 여성이, 이를테면 1850년에 런던에 정착한 뒤 1900년 경에 늙어 죽지 않았다고 단언할 수 있나?"

갸름한 얼굴의 상대방은 씩 웃었다.

"너무 무리하고 있지 않나? 성공할 리가 없네. 패트롤 전체를 상대로 싸울 수는 없어."

"그럴 수 없다고? 나는 자네들이 엔더비 일가에게 발견되도록 여기 남겨두고 갈 수 있네. 나는 내 호퍼를 나만이 아는 시간에 공공 장소에 나타나도록 조정해 놓았어. 그렇게 하면 역사에 어떤 영향을 줄 거라고 생각하나?"

"패트롤에서 수정 조치를 취하겠지…… 자네가 5세기에서 그랬던 것처럼 말야."

"아마 그럴지도 모르겠군! 그렇지만 그들이 내 간원에 귀를 기울여 준다면 일은 훨씬 간단해질 거야. 데이넬리아인을 불러 줘."

"뭐라고?"

"지금 말한 대로야. 필요하다면 자네들의 호퍼를 빌려서 백만 년 미래로 갈 용의도 있어. 우리들의 간청을 고려해 준다면 얼마나 수고를 덜 수 있는지 직접 만나 지적해 줄 작정이네."

그럴 필요는 없다.

에버라드는 숨을 들이켜며 뒤를 돌아다보았다. 마비총이 손에서 떨어졌다.

형체를 알아볼 수 없는 것이 눈앞에서 눈부신 빛을 발하고 있었다. 도저히 똑바로 바라볼 수 없었다. 그는 바싹 마른 목에서 흐느끼는 듯한 소리를 내며 뒷걸음질쳤다.

그대의 간원은 참작되었다.

소리 없는 목소리가 말했다.

그것은 그대가 태어나기 몇십 세기 전에 이미 알려졌고 검토되었던 사항이다. 그러나 그대의 존재 자체가 시간 사슬의 필수적인 일환이었다. 만약 그대가 오늘 밤 실패했더라면, 자비는 내려지지 않았을 것이다.

우리에게 찰스와 메리 위트콤으로 알려진 인물들이 빅토리아 시대의 영국에서 살았다는 사실은 단순한 기록상의 문제에 지나지 않는다. 메리 넬슨이 찾아가 만났던 가족과 함께 1944년에 죽었고, 찰스 위트콤이 일생 동안 독신으로 지내다가 패트롤 복무 중에 순직했다는 사실 또한 기록상의 문제일 뿐이다. 이들 사실 사이의 모순은 지적되었고, 아무리 작은 패러독스도 시공 연속체의 구조에 치명적인 약점이 된다는 점을 감안했을 때, 이 두 사실 중 하나가 존재했다는 사실을 완전히 말소함으로써 역사를 수정할 필요가 있었다. 그대의 행동이 어느 쪽을 선택할지를 결정했다.

에버라드의 떨리는 두뇌 어딘가에서 패트롤 대원들이 갑자기 해방되었다는 사실을 자각했다. 또 자신의 호퍼가 대낮에 실체화한 순간 눈에 보이지 않는 손이 그것을 낚아챘다는…… 낚아채고 있다는…… 낚아챌 것이라는 사실도 깨닫고 있었다. 이제 역사에는 이렇게 기록될 것이다.

'WAAF 대원 메리 넬슨, 행방불명. 엔더비 일가의 집 근처에서 폭사한 것으로 추정됨. 자신들의 집이 파괴됐을 당시 엔더비 일가 전원은 메리 넬슨의 집에 있었음. 찰스 위트콤, 1947년에 실종. 익사한 것으로 추정됨.'

에버라드는 메리가 진상에 대한 설명을 듣고, 절대로 그 사실을 발설하는 일이 없도록 조건 학습을 받은 뒤 찰리와 함께 1850년으로 보내졌다는 사실을 알고 있었다. 두 사람은 빅토리아 여왕의 치세 하에서 언제나 약간의 위화감을 느끼며 중산 계급의 생활을 영위할 것이다. 찰리는 종종 자신이 타임 패트롤 대원이었던 당시를 회상하며 무거운 기분이 될 것이고…… 고개를 돌려 자신의 처와 아이들을 바라보고 그건 그다지 큰 희생이 아니었다고 자위할 것이다.

그가 여기까지 깨달았을 때 데이넬리아인이 사라졌다. 머릿속에서 소용돌이치던 어둠이 사라지면서 점점 밝아진 눈으로 두 명의 패트롤 대원을 보았을 때, 나 자신의 운명은 이제 어떻게 되는 것일까 하는 생각이 뇌리를 스쳤다. 첫번째 사내가 말했다.

"자, 누군가가 잠에서 깨기 전에 여기서 떠나는 게 낫겠군. 소속 시대로 자네를 되돌려보내 주겠네. 1954년이었지?"

"그 후에는 어떻게 되는 건가?"

에버라드가 물었다.

패트롤 대원은 어깨를 으쓱해 보였다. 자연스러운 동작이었지만, 아까 데이넬리아인이 출현했을 때 받았던 충격을 완전히 감추지는 못하고 있었다.

"지부 주임 앞으로 출두하도록. 자네가 정시(定時) 임무에는 적임이 아니라는 사실은 명명백백해졌으니까 말야."

"그럼…… 이대로 해고되는 건가?"

"그렇게 목에 힘줄 필요는 없어. 백만 년에 걸친 패트롤 활동에서 이런 식의 사건이 일어난 것이 이번이 처음이라고 생각하나? 이럴 경우에는 이미 정규 절차가 있네.

물론 지금부터 자네는 더 많은 훈련을 받아야 해. 자네 같은 타입은 무임소직에 적합해. —— 때와 장소를 가리지 않고, 필요한 시대, 필요한 장소로 파견되는 거지. 자네 마음에도 들리라고 생각하네."

에버라드는 힘없이 호퍼에 올라탔다. 다시 내렸을 때는 10년의 세월이 흘러 있었다.

왕과 나

1

20세기 중엽의 뉴욕, 어느 날 저녁 맨스 에버라드는 닳아 헤진 실내용 상의를 걸치고 칵테일을 만들고 있었다. 그때 초인종이 울렸다. 그는 화난 듯이 뭐라고 투덜거렸다. 지난 며칠 동안의 격무로 지칠대로 지친 탓에, 와트슨 박사의 옛이야기를 제외한 그 어느 것과도 마주치고 싶지 않았던 것이다.

흥, 누군지는 모르겠지만 쫓아 버리면 되겠지. 그는 험악한 표정으로 실내화를 끌며 방을 가로질러 가 문을 열고는 차가운 어조로 "예?"라고 말했다.

다음 순간, 그는 마치 방금 자유낙하 상태로 돌입한 초기의 우주선에라도 타고 있는 듯한 기분을 맛보았다. 눈부시게 반짝이는 별들 한가운데에서 그는 무중력 상태로 힘없이 서 있었다.

"오. 당신인지 미처 몰랐어…… 들어와."

신시아 데니슨은 한순간 멈칫했고, 그의 등 뒤에 있는 홈바를 쳐다보았다. 그쪽 벽에는 아카이아 청동기 시대의 창 두 자루가 교차된 형태로 걸려 있었고, 그 위로는 말총 장식이 달린 동시대의 투구가 전시되어 있었다. 그것들은 검게 반짝였고, 믿기 힘들 정도로 아름다웠다. 그녀는 침착하게 말문을 열려고 했지만 결국 실패했다.

"마실 것을 한 잔 주시겠어요, 맨스? 지금 당장?"

"물론이지."

그는 입을 꽉 다물고 그녀가 코트를 벗는 것을 도왔다. 그녀는 현관문을 닫고 호메로스 시대의 무기에 뒤지지 않을 만큼 청결하고 기능적이며 현대적인 스웨덴제 소파로 와서 앉았다. 핸드백을 열고 담배를 꺼내는 그녀의 손은 떨리고 있었다. 한동안 그녀는 그의 얼굴을 보려고 하지 않았고, 에버라드도 그녀 쪽을 보지 않았다.

"아직도 아이리시 위스키에 얼음인가?"

이렇게 묻는 그의 목소리는 어딘가 먼 곳에서 들려오는 듯했고, 타임 패트롤에서 받은 훈련을 잊어버린 그의 몸은 술병과 유리잔 사이에서 서툴게 움직이고 있었다.

"예. 아직도 기억하고 있었군요."

그녀가 라이터를 켰을 때 난 찰칵 소리가 조용한 방에서 깜짝 놀랄 정도로 크게 울렸다.

"몇 달밖에 되지 않았어."

달리 적당한 대답이 생각나지 않았기 때문에 그는 이렇게 대꾸했다.

그녀는 공중에 연기를 내뿜고 그것을 바라보았다.

"엔트로피적 시간. 규칙적이고, 변경되지 않았고, 하루가 24시간인 시간…… 내 경우엔 그것뿐예요. 나는 내가, 내가 결혼했던 날 이후 거의 계속 그렇게 지내 왔어요. 개인적, 생물학적, 생명선상(生命線上)의 시간으로 여덟 달 반. 키이스와 나는…… 하지만 당신한테는 얼마나 시간이 흘렀죠, 맨스? 당신이 키이스의 들러리를 서 줬던 때부터, 도대체 몇 년이나 다른 시대로 가서 지내고 있었던 거죠?"

그녀는 언제나 약간 높고 가느다란 목소리로 말했다. 그가 그녀에게서 찾을 수 있었던 유일한 결점이었다. 그녀의 몸집이 정말 작다는 사실을 제외하면 말이다——그녀의 키는 겨우 150센티미터밖에는 되지 않았다. 그래서 그녀는 많은 감정을 담을 수 있을 만큼 풍부한 성량을 가지고 있지 못했다. 그러나 그녀가 비명이 나오려고 하는 것을 가까스로 억누르고 있다는 사실을 그는 알 수 있었다.

그는 술잔을 건넸다.

"전부 들이켜. 한 방울도 남기지 말고 말야."

그녀는 조금 목이 메이기는 했지만 단숨에 술을 들이켰다. 그는 두 잔 째를 따라 주고 나서 자신이 마실 스카치 앤드 소다를 만들었다. 의자를 끌어당겨 앉은 그는 자신의 헤진 웃옷 호주머니 깊숙한 곳에서 파이프와 담배를 꺼냈다. 아직도 손이 떨리고 있었지만, 극히 미세한 움직임이었기 때문에 그녀가 눈치 챌 것 같지는 않았다. 무슨 뉴스건 간에 그녀가 한꺼번에 모든 것을 털어놓으려고 하지 않은 것은 현명한 행동이었다. 두 사람 모두 침착해질 필요가 있었던 것이다.

이제는 그녀를 정면으로 바라볼 수 있었다. 전혀 변하지 않았다. 그녀는 섬세하고 거의 완벽한 몸매를 갖추고 있었고, 검은 드레스가 그 사실을 강조하고 있었다. 해바라깃빛 머리카락이 어깨 위에 드리워져 있었고, 부드러운 곡선을 그린 눈썹 밑에는 푸르고 커다란 눈이 있다. 약간 위를 향한 귀여운 코에 입술이 언제나 조금 열려 있었다. 화장이 그다지 짙지 않기 때문에 조금 전에 울었는지에 대해선 알 수 없었지만, 당장이라도 울음을 터뜨릴 것 같은 표정이었다.

에버라드는 성급한 동작으로 파이프에 담배를 재워 넣기 시작했다.

"오케이, 신시아. 이젠 얘기해 줄 수 있어?"

신시아는 몸을 떨고 나서 입을 열었다.

"키이스 일이에요. 없어져 버렸어요."

"뭐? 임무 수행 중에 말야?"

에버라드는 고쳐 앉았다.

"예. 달리 어디서 그랬겠어요? 고대 이란. 그곳으로 가서 아직도 돌아오지 않았어요. 일주일 전 일이에요."

그녀는 유리잔을 소파 팔걸이 위에 얹어 놓고 손가락을 꼬았다.

"물론 패트롤은 수색해 보았어요. 오늘 막 그 결과를 들은 거예요. 찾지 못했어요. 그이에게 무슨 일이 일어났는지도 알 수 없었다는 말이었어요."

"맙소사."

에버라드가 낮게 말했다.

"키이스는 언제나…… 언제나 당신을 가장 친한 친구로 생각하고 있었어요. 얼마나 자주 당신 얘기를 하곤 했는지 모를 거예요. 솔직히 말해서, 맨스, 난 우리가 당신에게 신경을 쓰지 못했다는 걸 알고 있어요. 하지만 당신은 언제나 집에 없었고……."

그녀는 소리치듯이 말했다.

"그건 괜찮아. 설마 날 어린애 취급하는 건 아니겠지? 난 바빴어. 게다가 당신과 키이스는 신혼이었잖아."

그러니까 마우나 로아* 기슭의 밝은 달빛 아래에서 내가 당신을 그 친구에게 소개해 줬던 그날 밤 후 일어난 일이었지. 타임 패트롤은 따분한 격식 따위는 개의치 않아. 신시아 커닝햄 같은 젊은 여성도— '학원'에서 갓 졸업한데다가 자신이 태어난 세기에 소속해 있을 뿐인 일개 사무원도, 근무가 끝나면 계급이 높은 베테랑…… 이를테면 나 같은 남자…… 와 마음껏 사귈 수 있는 거야. 그럴 경우 그 남자가 자신의 변장 기술을 발휘해서 그녀를 슈트라우스 시대의 비엔나로 데려가서 왈츠를 추거나, 셰익스피어 시대의 런던으로 데려가서 연극을 관람하지 말라는 법은 없어. 마찬가지로, 톰 레러 시대의 뉴욕에 있는 조그맣고 재미있는 술집들을 함께 돌아다니거나, 카누에 탄 인간들이 도착하기 천 년 전의 하와이로 가서, 햇빛과 파도 사이에서 술래잡기를 할 수도 있는 거야. 패트롤의 동료가 이들 두 사람과 동행하는 것도 얼마든지 자유롭지. 물론 나중에 그녀와 결혼하는 것도 말야.

에버라드는 파이프에 불을 댕겼다. 연기에 얼굴이 가려졌을 때 그는 말했다.

"처음부터 찬찬히 얘기해 줘. 당신과 키이스를 마지막으로 만난

---

* Mauna Loa, 미국 하와이 섬의 대부분을 차지하는 아스피테(순상 화산) 형의 화산.

이후의 일을. 내 시간으로는 2년 내지 3년쯤 됐군. 그러니까 나는 키이스가 최근 무슨 연구를 하고 있었는지도 몰라."

"그렇게 오래 됐어요? 그럼 이 시대에서 한 번도 휴가를 얻지 않았단 말인가요? 우린 정말 당신이 찾아와 주기를 바라고 있었어요."

그녀는 깜짝 놀란듯이 말했다.

"이제 변명은 그만해 둬! 그럴 생각이 있었으면 언제나 들를 수 있었어."

그는 내뱉듯이 말했다.

그녀의 요정 같은 얼굴에 마치 따귀를 맞은 듯한 표정이 떠올랐다. 그는 흠칫했고, 방금 자기 입에서 나온 말에 경악했다.

"미, 미안해. 물론 나도 만나고 싶었어. 하지만 아까 말했듯이…… 우리 무임소 직들은 언제나 지독하게 바쁘고, 시공을 쉴 새 없이 튀어 돌아다녀야 해. 뜨거운 철판 위에서 튀는 벼룩처럼 말야…… 정말이지 이건."

그는 억지로 미소를 지어 보였다.

"당신도 나를 알잖아, 신시아. 요령이 없다고나 할까. 하지만 그런 건 문제가 되지 않아. 난 내 손으로 키메라* 전설을 하나 만들어 놓고 왔어. 고대 그리스 시대에 말야. 그곳에서 난 딜라이오포드dilaiopod라는 이름으로 알려져 있어. 왼발이 두 개 달려 있고, 그것들 모두가 입 속에 있는 기묘한 괴물이지."**

그녀는 입술을 비틀어 의례적으로 조금 웃어 보였고, 재떨이에 올려 놓았던 담배를 집어들었다.

---

* chimaera, 그리스 신화에 나오는 괴수. 머리는 사자, 몸통은 양, 꼬리는 뱀의 모양을 하고 있으며 불을 내뿜음.
** 멍청하다는 뜻이다.

"난 아직도 기술 부문의 사무원에 불과해요. 하지만 그 덕택에 본부를 포함해서 이 지역에 있는 전 지부의 정보를 가깝게 접할 수 있어요. 그래서 난 키이스를 수색하기 위해 어떤 조치가 취해졌는지를 정확히 알 수 있었고…… 그건 절대로 충분한 조치가 아니었어요! 이대로 그이를 포기해 버리자는 거나 마찬가지예요! 맨스, 만약 당신이 도와 주지 않는다면 키이스는 죽어 버리고 말 거예요!"

그녀는 몸을 떨며 입을 다물었다. 서로에게 좀더 시간을 주기 위해 에버라드는 머릿속으로 키이스 데니슨의 경력을 반추해 보았다.

1927년 매사추세츠 주 캠브리지의 상당히 부유한 집안에서 출생. 스물세 살 때 뛰어난 논문을 제출하고 고고학 박사학위 취득. 학부 시절에는 대학 권투의 선수권자이기도 했으며, 전장 30피트의 켓치*로 대서양을 횡단하기도 했음. 1950년에 징집당한 후 한국전에서 뛰어난 전공을 세움.

아마 좀더 인기가 있는 전쟁이었더라면 상당한 명성을 얻었을지도 모른다. 그러나 이런 일들을 조금이라도 알기 위해서는 상당 기간 그와 사귀어 볼 필요가 있었다. 그는 대화에 능했고, 메마르고 세련된 유머 감각의 소유자였다. 그러나 자신에 관해서는 거의 말하지 않았다. 일단 처리해야 할 임무가 주어지면, 불필요한 풍파를 일으키는 일 없이 묵묵히 그 일을 처리하곤 했다.

맞아. 제일 잘난 친구가 이 여자를 손에 넣었던 거야. 키이스는 마음만 먹으면 간단하게 무임소 대원이 될 수 있었어. 하지만 그는 이곳에 뿌리를 가지고 있었고, 나는 없었지. 아마 나보다 안정된 성격일지도 모르겠군.

1952년에 제대한 뒤 하는 일 없이 지내고 있었을 때, 데니슨은 패트롤 대원 한 명의 권유로 패트롤에 입대했다. 그는 시간 여행이 존재

* ketch, 쌍돛 범선

한다는 사실을 대다수의 사람들보다 더 쉽게 받아들였다. 유연한 정신을 가졌고, 무엇보다도 그는 고고학자였던 것이다. 훈련이 끝난 다음 그는 운 좋게도 자신의 흥미와 패트롤의 요구가 일치한다는 사실을 깨달았다. 그는 동부 인도-유럽 선사 시대의 전문 연구원이 되었고, 많은 점에서 에버라드보다도 더 중요한 인재였다.

이유는 이렇다. 무임소 대원은 시공선(時空線)을 종횡무진으로 돌아다니며 사고를 당한 사람들을 구하고, 범법자들을 체포하고, 인류 운명의 짜임틀을 안전하게 보존하고 있다. 그러나 아무런 기록도 없이 어떻게 그런 일을 할 수 있겠는가? 최초의 상형문자가 출현하기 훨씬 전에도 전쟁과 방랑, 발견과 성취 따위는 엄연히 존재했고, 이것들은 시공 연속체 전체에 영향을 끼치고 있는 것이다. 타임 패트롤은 사실을 알아야 했다. 그 추이(推移)를 관찰하고, 기록하는 일이 전문 연구원의 임무였다.

그에 덧붙여, 키이스는 내 친구였어.

에버라드는 입에서 파이프를 뗐다.

"알았어, 신시아. 무슨 일이 일어났는지 말해 줘."

2

그녀는 갸날프기는 하지만 이제는 거의 침착하게 들릴 만치 가라앉은 목소리로 말했다. 그만큼 강하게 자신의 감정을 억누르고 있었던 것이다.

"그이는 몇몇 아리아족의 이주 경로를 조사하고 있었어요. 알다시피 그들에 관해서는 거의 알려진 바가 없어요. 우선 역사에 기록이 확실하게 남아 있는 지점부터 시작해서, 계속 과거로 거슬러 올라가야 해요. 그래서 이번 임무에서 키이스는 기원전 558년의 이란으로 갈 예정이었어요. 그이 말로는 메디아* 시대의 종반에 해당된다는 했어요. 그곳 사람들에게 질문을 해 보고 관습을 배운 다음 그 전 시대로 거슬러 올라가는 식으로…… 하지만 이런 일들은 이미 전부 알고 있겠군요, 맨스. 나와 만나기 전에, 한 번 그이를 도와준 적이 있으니까 말예요. 그인 자주 그 얘기를 하곤 했어요."

"오, 그때는 혹시 문제가 생길 경우에 대비해서 동행했던 거야." 에버라드는 어깨를 움츠려 보였다.

"그 친구는 돈 강에서 힌두의 쿠시 산맥까지 이동한 한 선사 부족에 관해 연구하고 있었지. 그 부족의 족장에게 우리가 지나가던 사냥꾼이라고 말하고 손님으로 맞아줄 것을 부탁했고, 몇 주일 동안 그들의 소달구지 수송대와 동행한 적이 있었어. 재미있는 경험이었지."

그는 광대한 초원과 끝없는 하늘, 말 위에서 바람을 가르며 영양을 뒤쫓는 기분, 모닥불가에서 벌이는 축연 그리고 어떤 처녀의 머리카락에서 나던 나무를 태우는 달콤씁쓸한 내음을 생각해 냈다. 잠시 그는 자기가 이들 부족의 일원으로 살다가, 죽었으면 좋았을텐데 하는 몽상에 잠겨 있었다.

신시아는 말을 이었다.

"키이스는 이번엔 혼자서 갔어요. 그이가 소속된 부문에서는 언제나 인원이 부족했고, 아마 그건 패트롤 전체가 마찬가지라고 할 수 있겠군요. 감시해야 할 시간은 몇천 년이나 되고, 실제로 그걸 할 수 있는 몇몇 사람들의 수명은 한정되어 있으니까요. 그이는 전에도 혼자

* Media, 기원전 7~6세기에 이란 북서부에 있던 고대 국가.

간 적이 있어요. 난 언제나 걱정하곤 했지만, 그이 말로는…… 방랑하는 목동 차림에, 도둑맞을 만한 물건은 전혀 지니고 있지 않기 때문에…… 이란 고원에 있는 편이 브로드웨이를 횡단하는 일보다 훨씬 더 안전하다고 했어요. 하지만 이번만은 사실이 아니었어요!"

에버라드는 재빨리 끼어들었다.

"그럼 이랬단 말이지. 키이스는 정보를 수집할 목적으로—일주일 전이라고 했나?—떠났고, 그걸 정보 센터에 보고한 다음 자기가 떠난 날로 다시 돌아올 예정이었어." 왜냐하면 자기가 없는 사이 조금이라도 더 당신이 나이를 먹는 걸 원할 바보 멍청이는 없기 때문이지. "하지만 돌아오지 않았단 말이지."

"예."

그녀는 새 담배를 꺼내 물고 지금까지 피우던 것에 대고 불을 붙였다.

"나는 곧 걱정하기 시작했고, 보스에게 조사를 부탁했어요. 그는 내 부탁을 받아들여 일주일 후—오늘—로 문의했고, 키이스가 아직 돌아오지 않았다는 대답을 얻었어요. 정보 센터에서도 그가 나타나지 않았다고 했어요. 그래서 우린 각 광역 본부의 기록을 조사해 보았어요. 그 결과…… 결과에 의하면…… 키이스는 끝내 돌아오지 않았고, 그의 자취조차도 전혀 찾을 수 없었다는 말이었어요."

에버라드는 조심스레 고개를 끄덕였다.

"그랬었군. 물론 광역 본부의 기록대로 수색 지령이 내려졌겠지."

끊임없이 변화하는 시간은 수많은 패러독스를 낳는다. 도대체 얼마나 자주 이런 생각을 했을까.

패트롤 대원이 실종됐을 경우, 어딘가의 기록에 수색이 행해졌다는 이유만으로 수색이 행해지지는 않는다. 그러나 그렇게라도 하지 않으면 어떻게 실종자를 찾을 수 있단 말인가? 당신이 과거로 돌아가서 이미 일어났던 일에 변경을 가하는 일은 물론 **가능**하고, 그 결과 실종자를 찾아낼 수 있을지도 모른다──이럴 경우 당신이 제출한 보고서에는 '언제나' 성공 사실이 기록되어 있었던 것으로 되고, '원래의' 진상을 알고 있는 사람은 오직 당신뿐인 것이다.

그런 식으로 모든 것이 뒤죽박죽이 될 가능성은 상존했다. 패트롤이 주요 패턴에 영향을 끼치지 않는 근소한 변화에 대해서도 엄격한 태도를 견지한다고 해서 하등 이상할 것이 없었다.

"우리 지부는 고대 이란의 광역 본부에 있는 친구들에게 그 사실을 알렸고, 그들은 그 시점을 조사하기 위해 수색대를 파견했겠군. 키이스의 출현 예정 지점에 대해 그들은 어림짐작밖에는 못 했겠지. 내말이 맞지? 확실히 어느 지점에 스쿠터를 숨길 수 있을지를 몰랐기 때문에, 키이스는 정확한 시공 좌표를 제출하지 않았던 거야."

신시아는 고개를 끄덕였다.

"그렇지만 내가 이해할 수 없는 건 바로 그 점이야. 왜 그 친구들은 스쿠터를 발견하지 못했지? 키이스에게 무슨 일이 일어났건 간에, 스쿠터 자체는 어딘가에, 이를테면 동굴 같은 곳에 숨겨져 있어야 해. 패트롤은 탐지기를 가지고 있어. 적어도 그들은 스쿠터만큼은 탐지할 수 있었어야 했고, 그걸 찾은 다음에는 그 시점에서 과거로 거슬러올라가서 키이스를 찾을 수 있었을 텐데 말야."

그녀는 뺨이 홀쭉해질 정도로 강하게 연기를 빨아들였다.

"해 봤어요. 하지만 그곳은 정말 황량하고 위험한 장소이고, 수색하기 힘들었다는 말을 들었어요. 결국 아무런 결과도 얻을 수 없었고, 어떤 단서도 찾을 수 없었어요. 만약 그 사람들이 정말로, 정말로 꼼꼼하게 찾아보았다면 그럴 수 있었을지도 몰라요──1마일, 한 시간 단위로 말예요. 하지만 그들은 그럴 수가 없었어요. 알다시피 그 시대의 그 지역은 매우 중요한 곳이에요. 미스터 고든은 분석표를 보여주었어요. 기호 전부를 이해할 수는 없었지만, 쉽사리 손을 대기에는 너무나도 위험한 시대라는 말이었어요."

에버라드는 커다란 손으로 파이프의 대통을 감싸 쥐었다. 파이프의 온기에는 어딘가 그를 안심시키는 요소가 있었다. 위험한 시대라는 말을 들을 때마다 그는 오싹 한기를 느끼곤 하는 것이다.

그는 입을 열었다.

"알았어. 원하던 만큼 철저하게 수색을 벌일 수 없었다는 거군. 왜냐하면 그런 행동은 너무 많은 현지인들을 놀라게 하고, 그 결과 나중에 결정적인 시기가 왔을 때 그들이 역사와는 다른 행동을 취할 가능성이 있기 때문이야. 흐으음. 그렇지만 변장해서 그들 사이에 들어가 직접 질문하는 방법이 남아 있었을 텐데?"

"몇몇 패트롤 전문가들이 이미 그렇게 해 봤어요. 페르시아 현지로 가서 몇 주 동안이나요. 하지만 현지인들에게서는 어떠한 단서도 얻어 낼 수 없었어요. 그 부족들은 정말 미개하고 의심이 많으니까요……. 아마 우리 대원들이 메디아 왕의 스파이일 가능성을 두려워했는지도 몰라요. 왕국의 통치를 싫어하고 있었다고 했으니까…… 결국 패트롤은 아무런 흔적도 찾지 못했어요. 게다가 이 사건 탓에 패턴이 영향을 받았다는 증거는 어차피 어디에도 없었으니까. 그들은 키이스가 살해당했고, 스쿠터는 어딘가로 사라졌다고 믿고 있어요. 또 설령—"

신시아는 벌떡 일어섰고, 갑자기 고함을 질렀다.

"설령 어느 골짜기에 있는 해골이 하나 늘었다고 해도, 그 사람들에겐 무슨 큰 문제는 아니란 말이죠?"

에버라드도 일어섰다. 그는 그녀가 그의 품안으로 뛰어들어 마음껏 흐느끼도록 내버려 두었다. 에버라드 자신도 자기가 이렇게까지 당혹하리라고는 미처 예상하지 못했다. 이제서야 겨우 그녀 생각을 하지 않고 있던 차에, 그러니까, 하루에 열 번 정도밖에는──그녀는 다시 그 앞에 나타났던 것이다. 이제 처음부터 다시 그녀를 잊으려고 노력해야 한단 말인가.

그녀는 탄원하듯이 말했다.

"이 시점에서 돌아갈 수는 없는 건가요? 누군가가 지금으로부터 일주일 전으로 되돌아가서, 그이에게 가지 말라고 할 수는 없는 건가요? 그게 그렇게 힘든 일인가요? 그걸 금지하는 법을 만든 것은 도대체 어떤 괴물들이죠?"

"괴물이 아니라 보통 사람들이었어. 만약 우리가 스스로의 개인적 과거에 손을 대기 위해 과거로 돌아가기 시작한다면, 곧 모든 것이 뒤죽박죽이 된 끝에, 결국 아무도 존재하지 않았던 것으로 되어 버릴 거야."

"하지만 백만 년, 아니 그 이상의 세월이 흐르는 동안에는──틀림없이 예외가 있었을 거예요!"

에버라드는 대답하지 않았다. 그런 예외가 있었다는 사실을 그는 알고 있었다. 또 키이스 데니슨의 경우는 그런 예외에 해당되지 않을 것이라는 사실도 알고 있었다. 패트롤 관계자들은 성인군자는 아니었지만, 자신들의 법을 자신들의 목적을 위해 파기하거나 하지는 않았다. 패트롤은 여느 조직과 마찬가지로 인명 피해를 감수했고, 술잔을 들어 죽은 자의 명복을 빈다. 그리고 그들이 살아 있던 시기로 되돌아가서 그들의 모습을 바라보는 일 따위는 하지 않는 것이다.

이윽고 신시아는 그의 품에서 나와 다시 술잔을 집어들고 단숨에 들이켰다. 노란색 앞머리가 이마 위에서 소용돌이쳤다.

"미안해요."

그녀가 말했다. 그녀는 손수건을 꺼내 눈가를 훔쳤다.

"그렇게 소리 지를 생각은 없었어요."

"괜찮아."

그녀는 방바닥을 내려다보았다.

"당신이라면 키이스를 도울 수 있을 거예요. 정규 패트롤 대원들은 그걸 포기했지만, 당신은 그럴 수 있어요."

이것은 그가 확답할 수 있는 종류의 간원이 아니었다.

"그럴 수는 있어. 그렇지만 성공하리라는 보장은 없어. 현존하는 기록에 의하면, 만약 내가 시도했다고 해도 나는 결국 실패한 것으로 되어 있는 거야. 그리고 시공에 가해지는 변경은, 설령 이번 경우처럼 아무리 하찮은 것이라고 해도 결코 장려되지 않아."

"키이스에게는 절대로 하찮은 일이 아녜요."

그녀가 말했다.

"신시아, 그 사실을 당신처럼 그런 식으로 표현하는 여자는 정말 드물어. 대다수의 여자들은 이렇게 말했겠지. '내게는 절대로 하찮은 일이 아녜요' 라고 말야."

그는 중얼거렸다.

그녀의 눈이 그의 눈과 마주쳤다. 잠시 동안 그녀는 아무 말 없이 서 있었다. 곧 그녀는 속삭였다.

"미안해요, 맨스. 난 미처 깨닫지…… 그러니까, 난 이렇게 생각했어요. 당신에겐 그렇게 오랜 시간이 흘렀으니까, 이제는—"

"무슨 소리를 하고 있는 거지?"

그는 변명하듯이 말했다.

"패트롤의 심리학자들이 어떻게든 당신을 도울 수는 없을까요?"

그렇게 묻고 그녀는 다시 고개를 떨구었다.

"그 사람들은 우리가 무자격자들에게 시간 여행이 존재한다는 사실을 아예 발설하지 못하도록 조건지울 수도 있었으니까…… 이런 일도 가능하지 않을까요. 그러니까, 조건 학습을 통해서 그런 상태에서 벗어나도록——"

"그만해 둬."

에버라드는 거친 말투로 말했다.

그는 잠시 동안 파이프 대를 씹고 있다가 말했다.

"오케이. 내게도 한 두 가지 새로운 생각이 있어. 만약 어떤 식으로든 키이스가 구조된다면, 내일 정오가 되기 전에 당신에게 돌아올 수 있을 거야."

"그 순간으로 나를 데려가 줄 수는 없나요, 맨스?"

그녀는 몸을 떨기 시작했다.

"그럴 수는 있지만, 그럴 생각은 없어. 어쨌든 당신은 내일까지 좀 쉴 필요가 있으니까. 이제 당신을 집까지 바래다 주고 당신이 수면제를 먹는 것을 확인하겠어. 그런 다음엔 다시 이곳으로 돌아와서 이 상황을 숙고해 볼 생각이야."

그는 입술을 비틀어 억지 미소를 지어 보였다.

"이젠 그만 떠는 게 어때? 난 깊이 생각할 필요가 있다고 했잖아."

"맨스……."

그녀의 손이 그의 손을 감싸쥐었다.

그는 갑자기 어떤 희망이 솟는 것을 느꼈고, 그런 자신을 저주했다.

3

기원전 542년, 한 사내가 산에서 쿠르Kur 분지로 내려왔다. 사내는 당당한 갈색 거세마에 타고 있었다, 이 말은 다른 군마보다도 덩치가 컸기 때문에 다른 곳에서는 산적의 밥이 되기 십상이었을 것이다. 그러나 대왕은 자신의 영토에서 철저한 법치를 행하고 있었기 때문에, 황금이 든 자루를 가진 처녀 혼자서라도 아무런 사고 없이 페르시아를 횡단할 수 있다는 얘기가 있을 정도였다. 이것은 맨스 에버라드가 키이스 데니슨이 목표로 했던 시기에서 16년 후인 지금을 택해 온 이유 중 하나였다.

또 하나의 이유를 들자면, 기원전 558년에 시간 여행자가 소동을 일으켰다고 해도, 지금쯤이면 세인의 관심도 이미 수그러졌을 것이라는 계산이 있었다. 키이스에게 무슨 일이 일어났건 간에, 좀더 간접적인 접근 방식을 택하는 쪽이 성공 가능성도 높았다. 적어도 정공법은 모조리 실패했던 것이다.

마지막으로, 아케메네스* 지역 본부의 조사에 의하면 기원전 542년의 가을은 키이스가 실종된 뒤로는 처음으로 상대적인 안정을 누렸던 시대였다. 기원전 558에서 553년은 안산의 페르시아 왕, 쿠루-쉬**와 종주국 메디아의 왕 코레시 사이의 관계가 점점 악화되었던 시기였다. 결국 키루스의 반란은 3년 동안 계속됐고, 내전이 제국 전체를 뒤흔들었다. 그리고 마침내 페르시아는 북방의 인접국을 정복했던 것이다. 그러나 키루스는 승리의 기쁨을 맛볼 틈도 없이 잇단 역반란(逆叛亂)과 투란 인***의 침략에 맞서 싸워야 했다. 향후 4년에 걸쳐 국내를 평정한 그는 동쪽으로 세력을 뻗어 가기 시작했다. 이는 다른 인접국의 군주들을 긴장시켰고, 바빌론, 이집트, 리디아, 스파르타는 그를 격멸하기 위해 동맹을 맺었다.

* Achaemenes, 기원전 550년경부터 기원전 331년경까지 통치한 고대 페르시아 왕조.
** Kuru-sh, 아케메네스 제국을 창건한 정복자. 후세에는 Koresh 혹은 키루스라는 이름으로 알려져 있다.
*** 중앙아시아의 유목 민족.

기원전 546년 리디아의 크리서스 왕이 페르시아를 침공했다. 페르시아는 크리서스를 격파하고 리디아를 병합했지만, 리디아인들이 재차 반란을 일으켰기 때문에 처음부터 다시 이들을 토벌해야 했다. 눈엣가시인 이오니아, 카리아, 리키아 등의 그리스 식민지에도 대처해야 했다. 휘하의 장군들이 제국 서부에서 이런 일들을 하고 있는 동안, 키루스 자신은 동부를 누비며 사나운 기마 민족의 침입을 격퇴해야 했다. 방치해 놓으면 이들은 그의 도시를 전부 불태워 버릴 것이 뻔했기 때문이다.

그리고 지금 겨우 한시름 놓을 수 있는 시기가 온 것이다. 페르시아가 역사상 유례가 없을 정도의 관대함으로 피정복국들을 통치하고, 그 지역의 관습을 존중하는 것을 깨달은 길리기아는 싸우지 않고 굴복할 것이다. 키루스는 동부 변경을 자신의 귀족들에게 맡기고, 자신은 신영토의 결속에 전념할 것이다. 또다시 바빌론과의 전쟁이 터지고, 메소포타미아를 획득하게 되는 것은 기원전 539년의 일이었다. 그럼 키루스에게는 다시 한 번 평화로운 시기가 찾아오게 된다. 그리고 아랄 해 너머의 야만족들의 세력이 너무 강해졌을 때, 왕은 다시 한 번 원정군을 이끌고 나아가, 그곳에서 전사할 것이다.

맨스 에버라드는 마치 희망이 넘치는 봄날을 방불케 하는 파사르가다에*로 들어갔다.

하지만 실제로 이런 화려한 비유가 들어맞는 시대 따위는 존재하지 않는다. 그는 허리를 굽히고 낫질을 하는 농부들과 삐걱거리는 소달구지에 짐을 싣고 있는 일꾼들 사이로 한참 동안 말을 달렸다. 그루터기만 남은 보리밭에서 잔뜩 먼지가 일면서 그의 눈을 자극했다. 누더기를 입은 어린애들이 창문이 없는 진흙 오두막 앞에 우두커니 서

---

* Pasargadae, 고대 페르시아 아케메네스 제국의 첫번째 수도.

서 엄지손가락을 빨며 지나가는 그를 쳐다보았다. 시끄럽게 꼬꼬거리면서 가도(街道)를 왔다갔다하던 닭 한 마리는 말을 탄 왕가의 전령이 전속력으로 달려오는 것을 보고 흠칫했지만, 말발굽을 미처 피하지 못하고 깔려 죽고 말았다. 말을 타고 근처를 지나가던 대여섯 명의 창기병(槍騎兵)들은 헐렁한 바지에 미늘갑옷, 창촉이나 깃털로 장식된 투구, 화려한 줄무늬 망토 등으로 치장하고 있었지만, 먼지와 땀으로 범벅이 되어 있다는 점은 다른 병사들과 같았다. 그들이 큰 소리로 외설스런 농담을 주고받는 소리가 들렸다.

햇볕에 말려 만든 벽돌로 쌓은 담 뒤에는 매우 아름다운 정원이 딸린 귀족들의 저택이 있었지만, 이런 경제 체재로 부양할 수 있는 장원(莊園) 수는 한정되어 있을 것이다. 파사르가다에는 90퍼센트까지는 오리엔트의 도시였다. 창문이 없는 오두막집 사이로 난 악취를 풍기는 진흙 길, 땟국물이 흐르는 터번에 지저분한 긴옷, 노천 시장에서 고함을 지르는 장사치들, 추한 상처를 보라는 듯이 내보이고 동냥하는 거지들, 지쳐빠진 낙타와 무거운 짐에 비틀거리는 당나귀들을 끌고 가는 상인들, 고기 부스러기 더미에 달려드는 개들, 마치 세탁기에 빠진 고양이가 내는 듯한 선술집의 음악, 팔을 풍차처럼 휘두르며 욕설을 하는 사내들——도대체 동양의 신비 운운하는 얘기를 처음 꺼냈던 작자는 누구인가?

"한 푼만 적선합쇼! 나으리, 제발 한 푼만! 그러시면 미트라 신*의 은총이 있을 겁니다!"

"이걸 보십시오! 제 아버지의 수염에 걸고 맹세컨대, 지금 보시는 이것보다 더 훌륭하고 뛰어난 말굴레는 일찍이 만들어진 적이 없습니다! 주인님은 정말 행운아이십니다, 이런 터무니없이 싼 값으로……."

* Mithras, 고대 페르시아 신화 중 태양 · 빛 · 전투 · 곡물의 신.

"이쪽으로 오십시오! 손님, 이쪽입니다. 페르시아 최고의—아니 전세계에서 최고의 여관이 여기서 겨우 네 집 건너에 있습니다. 저희 여관의 침상은 백조 깃털로 채워져 있고, 제 아버지는 데비 여신께 올릴 만한 최고의 술을 대접하고, 제 어머니는 이 세상 끝까지 명성이 자자한 필라프를 만듭니다. 그리고 손님을 끝없는 달의 환락으로 안내해 드릴 제 세 여동생들이 기다리고 있고, 이들은 극히 저렴한 가격으로……."

에버라드는 뒤따라와서 시끄럽게 외쳐 대는 어린애들을 무시하고 계속 앞으로 나아갔다. 그들 중 하나가 그의 발목을 잡아당겼다. 그는 욕설을 내뱉고 발로 찼지만, 상대방은 미안한 기색도 없이 씩 웃었다. 가능한 한 여관에 머물고 싶지는 않았다. 페르시아인들은 같은 시대의 다른 민족들에 비해 청결한 편이었지만, 불청객인 버러지들이 집에 들끓는다는 점은 같았다.

그는 자신이 완전히 맨몸인 것처럼 느끼지 않으려고 애썼다. 작전시 패트롤 대원들은 보통 비장의 수를 숨기고 있는 법이다. 이를테면 웃옷 안에 감춰 놓은 30세기의 충격총이라든지, 숨겨 놓은 반중력 타임 스쿠터를 불러올 수 있는 초소형 무전기 따위이다. 그러나 소지품 검사를 받을 위험이 있을 경우는 예외였다. 에버라드는 그리스인 복장을 하고 있었다. 튜니카, 샌들, 긴 양모 망토를 걸쳤고, 허리에는 장검을, 말의 껑거리끈에는 투구와 방패가 매달려 있었다. 이것으로 전부였다. 시대착오적인 것은 무기에 쓰인 강철뿐이었다. 문제가 생기더라도, 현지 지부에 구원을 요청할 수조차 없는 것이다. 빈곤하고 파란만장한 이 과도기에는 이렇다할 시간 무역이 존재하지 않았다. 가장 가까운 패트롤 본부는 페르세폴리스 광역 본부였고, 그것도 한 세대 미래에 위치해 있었다.

앞으로 나아감에 따라 길의 폭이 넓어지기 시작했고, 노천 상인들이 줄어 들면서 집들도 점점 커지기 시작했다. 마침내 그는 네 채의 저택에 둘러싸인 광장에 도착했다. 이들 저택의 담 너머로 가지를 친 나무가 보였다. 마른 체구에 가볍게 무장한 젊은 위병들이 여기저기에 앉아 있었다. 직립 부동 자세로 보초를 선다는 행위는 아직 생겨나기 전인 것이다. 에버라드가 다가가자 그들은 경계하는 듯한 눈초리로 활에 화살을 메우면서 일어섰다. 그냥 광장을 가로질러 가 버릴 수도 있었지만, 그러는 대신 그는 말머리를 돌려 지휘관처럼 보이는 사내에게 말을 걸었다.

"안녕하십시까, 대장님. 태양신의 밝은 은총이 있기를 바랍니다. 저는 하룻밤 잘 곳을 찾아 온 여행자입니다. 누군가 저의 별 볼 일 없는 외국 이야기를 흔쾌히 들어주실 유지는 없으신지요?"

한 시간의 수면 학습으로 익힌 페르시아어가 그의 입에서 술술 흘러나왔다.

"그대가 장수하기를."

위병이 말했다. 에버라드는 박시시*를 건네면 안 된다는 사실을 알고 있었다. 키루스 대왕의 씨족에 속하는 페르시아인들은 높은 자긍심을 가진 강인한 민족이었고, 사냥꾼, 유목민, 전사였던 것이다. 그는 동서고금을 막론하고 이런 타입의 민족들에 공통된 예의 바르고 위엄 있는 어투로 말했다.

"나는 대왕의 종복인 리디아의 크리서스를 섬기는 자입니다. 물론 주군께서는 기꺼이 침식을 제공하실 것입니다. 귀공의 존함은——"

"아테네에서 온 메안더라고 합니다."

에버라드는 대답했다. 이것으로 그의 장대한 골격, 흰 피부, 짧은

---

* baksheesh, 인도 터키 등지에서 행해지는 팁이나 뇌물 수수 관행.

머리카락을 설명할 수 있을 것이다. 하지만 진짜처럼 보이는 반 다이크 수염을 턱에 붙이는 일만은 생략할 수가 없었다. 헤로도토스**는 결코 최초의 그리스인 세계 여행가가 아니었으므로, 아테네인이 여기 왔다고 해서 큰 물의를 일으키거나 하지는 않을 것이다. 이와 동시에, 마라톤 전투***가 있기 반 세기 전인 지금, 유럽인의 존재는 사람들의 호기심을 자극하기에 충분할 정도로 신기했다.

노예가 불려 오고, 그 노예가 집사장에게 가서 보고했고, 집사장은 또 다른 노예를 보내서 이방인을 대문 안으로 안내했다. 안쪽의 정원은 기대했던 대로 서늘했고, 녹음이 우거져 있었다. 이 저택 안에서 그의 짐을 도둑맞을 위험은 전혀 없었다. 음식과 술도 좋은 것들을 대접받을 수 있을 것이다. 그리고 크리서스 본인이 나와서 오랜 시간 손님과 말을 나누리라는 점도 확실했다. **운이 따라 주는군.** 에버라드는 속으로 중얼거리고 권유받은 대로 뜨거운 물로 목욕을 했고, 향유를 바른 다음 새옷으로 갈아입었다. 금욕적인 느낌의 간소한 객실로 대추야자와 와인이 운반되어 왔다. 긴의자가 있었고, 전망도 좋았다. 단지 하나 엽궐련이 없다는 점이 아쉬웠을 뿐이었다.

그러니까, 손에 넣을 수 있는 것들 중에서 그렇다는 뜻이다.

그러나 만약 키이스가 이미 죽었다면…….

"빌어먹을, 쓸데없는 생각은 집어치워."

에버라드는 중얼거렸다.

** Herodotos, 고대 그리스의 역사가. '역사의 아버지' 라 불림.
*** 기원전 490년, 그리스의 마라톤 들판에서 아테네 군이 페르시아의 대군을 물리친 전투.

4

해가 지자 금세 공기가 쌀쌀해졌다. 램프가 거창한 의식(儀式)과 함께 점화되었고——불은 신성시되기 때문이다——화롯불도 타오르기 시작했다. 노예 하나가 그의 앞에 엎드려 만찬이 준비되었음을 알렸다. 에버라드는 노예를 따라 미트라교의 상징인 태양과 황소 그림 벽화로 치장된 긴 복도를 나아갔다. 곧 그는 두 명의 창병이 지키고 있는 문간을 지나 환하게 불을 밝힌 작은 방으로 들어갔다. 달콤한 향기가 코를 자극했고, 바닥에는 호화로운 융단이 깔려 있었다. 그리스의 예법에 따라 식탁 앞에는 두 개의 긴의자가 놓여 있었지만, 식탁 위에 놓인 금접시와 은접시들은 그리스 취미와는 동떨어진 것들이었다. 몇몇 노예 급사들이 벽 옆에서 대기하고 있었고, 내실 쪽에서는 어딘가 중국풍의 느낌을 주는 현악이 흘러나오고 있었다.

리디아의 크리서스는 정중한 태도로 고개를 가볍게 숙였다. 과거에는 상당한 미남이었을 것 같은 단정한 용모였지만, 그의 부와 권세가 세상에 널리 알려지게 된 최근 몇 년 동안 부쩍 늙은 것처럼 보였다. 희끗희끗한 수염에 머리를 길게 기른 그는 그리스풍의 클라미스*를 입고 있었지만, 뺨에는 페르시아식으로 연지를 바르고 있었다.

"뵙게 되어 반갑소, 아테네의 메안더여."

그는 그리스어로 말하고 얼굴을 갖다 댔다.

에버라드는 예법대로 상대방의 뺨에 입을 맞췄다. 메안더의 신분

* chlamys, 고대 그리스인이 입었던 짧은 겉옷.

이 자신보다 조금밖에 낮지 않다는 사실을 암시한 크리서스의 이 제스처는 호의였다고 할 수 있었다. 비록 그가 마늘 냄새를 풍겼더라도 말이다.

"영광입니다, 크리서스 님. 이렇게 융숭하게 대접해 주셔서 정말 감사합니다."

"이렇게 우리끼리만 호젓하게 만찬을 나누는 것은 결코 그대를 가볍게 보아서가 아니오. 단지……."

과거에 왕이었던 사내는 주저하다가 말을 이었다.

"나는 지금까지 언제나 그리스인들에 대해 혈족에 가까운 감정을 품어 왔고, 중요한 의논을 하려면 이렇게 하는 편이 ――"

"저 같은 자에게는 과한 영광입니다."

에버라드는 이렇게 대답했고, 잠시 의례적인 덕담이 오간 후에야 겨우 음식에 손을 댈 수 있었다. 에버라드는 미리 준비해 둔 자신의 여행담을 술회했다. 크리서스는 이따금 놀랄 만큼 날카로운 질문을 던져 에버라드를 당황케 했지만, 패트롤 대원은 곧 이런 질문을 회피하는 방법을 터득했다.

크리서스가 말했다.

"확실히 시대는 급속히 변하고 있소. 신시대의 여명기에 그대가 이곳으로 올 수 있었던 것은 행운이었소. 일찍이 세계는 이토록 위대한 대왕의 통치를 받은 적이 없었소."

크리서스의 얘기는 한동안 이런 식으로 계속됐고, 이것이 대왕의 스파이 노릇을 하는 자신의 부하들 몇몇에게 일부러 들려주기 위한 말이라는 데에는 의심의 여지가 없었다. 다만 이 경우 크리서스의 말은 진실이었지만 말이다. 그는 말을 계속했다.

"우리 대왕님은 신들의 가호를 받고 있소. 신들이 어떻게 그를 비호했는지를 처음부터 알고 있었더라면 ―― 그러니까, 그것이 내가 믿고 있었던 대로 단순히 꾸며 낸 얘기가 아니라, 진실이었다는 사실을 알고 있었더라면 — 결코 그에게 대항할 생각을 하지는 않았을 것이오. 그가 선택된 자라는 사실에는 의심의 여지가 없기 때문에."

에버라드는 그리스인답게 와인에 물을 섞어 마시며 그리스인보다는 좀 덜 젊잖은 민족으로 가장했더라면 좋았을 텐데 하고 생각했다.

"그건 무슨 얘기입니까, 크리서스 님? 저는 단지 대왕님이 메디아 왕 아스티아게스의 신하로서 이 지방을 영유하고 있던 캄비세스 왕의 자식이었다는 사실을 알고 있을 뿐입니다. 그 이외에 또 다른 얘기가 있습니까?"

크리서스는 앞으로 몸을 내밀었다. 깜박이는 등불 아래서 그의 양눈이 기묘한 빛을 발하고 있었다. 에버라드의 시대에는 이미 먼 과거의 것이 되어 있었던, 공포와 열광이 한데 융합된 디오니소스적인 표정이었다.

"내 말을 잘 듣고, 고향으로 돌아가서 사람들에게 전해 주시오. 아스티아게스는 자기 딸인 만다네를 캄비세스와 결혼시켰소. 자신의 압정 하에 있는 페르시아인들 사이에서 불온한 움직임이 있다는 사실을 알고 있었기 때문에, 그들의 지도자들을 자기 가문의 친족으로 만들려고 했던 것이오. 그러나 캄비세스 왕은 곧 병에 걸려 쇠약해졌소. 만약 그가 죽고 갓난애였던 왕자 키루스가 안샨의 왕위를 계승한다면, 아스티아게스와는 아무런 혈연 관계가 없는 페르시아 귀족들에 의한 섭정이 시작될 우려가 있었소. 또 그는 키루스가 메디아 왕국을 멸망시킬 것이라는 꿈의 계시도 받고 있었던 것이오.

그래서 아스티아게스 왕은 자신의 친척이자 왕가의 심복인 아우르바가우슈(크리서스는 이 이름을 하르파구스라고 발음했다. 현지인들의 이름을 모두 그리스식으로 바꾸고 있었기 때문이다)에게 왕자를 제거하라고 명했소. 하르파구스는 만다네 왕비의 저항을 뿌리치고 갓난애를 빼앗았소. 캄비세스는 너무 병이 깊어 왕비를 도울 수 있는 상태가 아니었고, 페르시아도 아무런 준비 없이 반란을 일으킬 수는 없었소. 그러나 하르파구스는 도저히 갓난애를 죽일 수가 없었소. 그는 산에 살고 있던 목동의 처가 낳은 사산아와 왕자를 바꿔치기했고, 목동에게는 비밀을 지킬 것을 맹세시켰소. 죽은 갓난애는 왕자의 옷을 입혀 산 속에 버려졌소. 곧 메디아 왕가의 관리들이 소환되었고, 갓난애가 죽어 있는 것을 확인한 다음 매장했소. 우리의 키루스 대왕은 목동의 아들로 성장했소.

그 사건 이후 20년의 세월이 흘렀지만 캄비세스 왕은 더 이상 후사도 얻지 못했고, 몸소 장자의 죽음을 복수할 만큼 건강하지도 못했소. 그러다 마침내 그도 죽었고, 더 이상 페르시아인들에게 복종을 요구할 수 있는 후계자는 아무도 없게 되었소. 아스티아게스 왕은 다시금 분쟁 가능성을 두려워하기 시작했소. 이때였소. 키루스가 사람들 앞에 나타난 것은. 그의 신원은 많은 징표에 의해 확인되었소. 과거에 자신이 저지른 행위를 후회하고 있었던 아스티아게스는 키루스를 환영하고 그를 캄비세스 왕의 후계자로 인정했소.

향후 5년 동안 키루스는 아스티아게스 왕의 신하로 있었지만, 점점 메디아인들의 압정에 불만을 품기 시작했소. 엑바타나*에 살던 하르파구스도 복수심에 불타고 있었소. 키루스의 건으로 명령에 따르지 않은 벌로 아스티아게스는 하르파구스에게 제 자식을 먹게 했던 것이오. 그래서 하르파구스는 몇몇 메디아인 귀족들과 음모를 꾸몄고, 키루스를 자신들의 맹주로 선택했소.

페르시아는 반란을 일으켰고, 3년 전쟁 끝에 키루스는 두 나라의

---

* Ecbatana, 고대 메디아 왕국, 페르시아 제국의 중심 도시. 오늘날의 이란 하마단에 해당함.

지배자가 되었던 것이오. 물론 그는 그 이후 더 많은 나라들을 병합했소. 신들이 이토록 공공연하게 자신들의 의향을 표시한 적이 일찍이 있었다고 생각하오?'

에버라드는 한동안 조용히 긴의자에 누운 채로 있었다. 차가운 밤바람에 정원의 고엽이 바스락거리는 소리가 들려왔다.

"지금 말하신 얘기가 사실입니까? 근거 없는 소문이 아니라?'

그가 물었다.

"나 자신 페르시아 궁정의 신하가 된 이후 몇 번이나 확인해 보았소. 대왕님 자신이 직접 내게 보증해 주셨고, 하르파구스를 위시해서 직접 사건에 연루된 자들도 그것이 사실임을 맹세하고 있소."

자신의 주군의 증언을 인용한 이상, 이 리디아인이 거짓말을 하고 있다고는 생각하기 힘들었다. 페르시아의 상류 계급은 광신적일 만큼 정직함에 집착하기 때문이다. 그럼에도 불구하고, 패트롤에 입대한 이래 에버라드는 이토록 놀랄 만한 얘기를 들어본 적이 없었다. 왜냐하면 지금 들은 얘기는 바로 헤로도토스의 책에 씌어 있는 것과 똑같았고——샤 나메*에도 약간 수정이 가해진 형태로 남아 있다——이것이 전형적인 영웅 신화라는 점은 누가 보아도 명백했기 때문이다. 본질적으로는 동일한 얘기가 모세, 로물루스**, 지구르트***, 기타 몇백 명이나 되는 영웅들에게도 전해져 내려오고 있는 것이다.

리디아인의 얘기가 사실이라고 믿을 만한 이유는 그 어디에도 없었고, 키루스가 자기 아버지의 궁전에서 완벽하게 정상적인 방식으로 성장했으며, 명백한 장자 상속권에 입각해서 왕위에 오른 후 통속적

---

* Shah Nameh, 10~11세기 페르시아의 서사 시인 피르다우시가 35년에 걸쳐 지은 장편 서사시.
** Romulus, 군신 마르스와 알바 롱가의 왕녀 사이에서 태어난 전설상의 로마 건국자.
*** Sigurd, 게르만족의 지크프리트에 해당하는 북구 신화의 영웅.

인 이유에서 반란을 일으켰다는 사실을 의심할 만한 이유 또한 전혀 없었다.

단지, 이 황당한 얘기가 복수의 증인에 의해 확인됐다는 사실만 제외하면!

여기에는 수수께끼가 존재했다. 이로 인해 에버라드는 본래의 목적을 자각했다. 그는 감탄했다는 듯이 적당히 맞장구를 쳐가며 조금씩 자신이 원하는 방향으로 대화를 끌고 가다가 마침내 이렇게 말했다.

"지금으로부터 16년 전에 파사르가다에에 이방인 한 사람이 나타났다는 소문을 들은 적이 있습니다. 가난한 양치기 차림이었지만, 실은 기적을 행하는 강대한 마법사였다고 했습니다. 그는 여기서 세상을 떠났을지도 모릅니다. 혹시 여기에 관련된 얘기를 들은 적이 있으십니까?"

그는 대답을 기다렸다. 내심 긴장하고 있었다. 이것은 키이스 데니슨이 무명의 산적에게 살해당했거나, 낭떠러지에서 떨어져서 목이 부러졌거나, 아니면 다른 비슷한 사정에 의해 목숨을 잃지는 않았다는 육감에서 나온 질문이었다. 만약 그가 죽은 것이 사실이라면, 패트롤이 이 부근을 수색했을 때 스쿠터만은 남아 있어야 했기 때문이다. 데니슨을 찾기에는 수색 범위가 너무 넓었을지도 모르지만, 어떻게 탐지기로도 타임 호퍼를 찾지 못했단 말인가?

그 때문에 에버라드는 뭔가 더 복잡한 사정이 있었을 것이라고 생각했다. 그리고 키이스가 어떻게든 살아남았다고 한다면, 틀림없이 문명이 있는 이곳으로 왔을 것이었다.

"16년 전이라고 했소? 그때 나는 이곳에 없었소. 그리고 어차피 당시 이 땅에는 수많은 기적과 전조(前兆)가 있었을 것이오. 왜냐하면 키루스가 산에서 내려와 정당한 권리에 의해 안샨의 왕위에 오른 것은 바로 그때였으니까 말이오. 메안더여, 그 일에 관해서 나는 전혀 아는 바가 없소."

크리서스는 자신의 턱수염을 잡아당기며 말했다.

"저는 그 인물을 꼭 찾고 싶어서 이곳에 왔습니다. 왜냐하면 제가 받은 신탁에 의하면……."

"그럼 하인들이나 시민들에게 물어 보면 어떻소? 나도 궁전으로 가서 물어 보겠소. 당분간 이곳에 머물러 주시겠소? 아마 대왕님께서 몸소 그대를 만나겠다고 하실지도 모르오. 외국인들에게는 언제나 관심을 보이시니까 말이오."

그리고 이 회견은 끝났다. 크리서스는 내키지 않는 듯 씁쓸한 미소를 지으며, 페르시아인들은 일찍 자고 일찍 일어나는 일을 신조로 삼고 있기 때문에, 내일 동틀녘에는 왕궁에 가야 한다고 말했다. 노예가 에버라드를 침실로 안내했다. 방에 들어가니 예쁜 여자가 기대에 찬 듯한 미소를 지으며 그를 기다리고 있었다. 그는 2400년 미래의 도덕을 생각하며 한순간 주저했다. 하지만—그런 건 아무래도 좋다. 신들이 하사하는 것들은 무엇이든 일단 받아 두는 법이다. 알고 보면 의외로 인색한 작자들인 것이다.

5

말을 탄 병사 수십 명이 저택 앞 광장에 나타나서 큰 소리로 아테네인 메안더에게 면회를 요청한 것은 동이 튼 지 얼마 되지도 않아서였다. 에버라드는 아침을 먹다 말고 밖으로 나갔다. 그는 회색 말을 바라보았고, 고개를 들어 수염투성이인데다가 매처럼 매서운 느낌을 주는 근위병 지휘관의 얼굴을 보았다. 이들 근위병들은 '불사대(不死隊)' 라는 이름으로 불리고 있었다. 툭하면 움직이려고 하는 사나운 군마를 익숙한 솜씨로 다루고 있는 이들의 모습은 상당히 인상적이었다. 망토와 투구의 깃털 장식이 바람에 나부끼고, 쇠붙이가 쩔렁거리고, 가죽이 삐걱거린다. 매끄럽게 연마된 미늘갑옷이 눈부신 아침 햇빛을 받고 반짝이고 있었다.

"킬리아크[千人隊長]께서 그대를 부르셨다."

대장이 내뱉듯이 말했다. 그가 실제로 의미한 것은 그리스가 아닌 페르시아의 칭호였다. 이 경우에는 근위대의 사령관이자 페르시아 제국의 재상을 의미했다.

에버라드는 잠시 그 자리에 선 채로 이 사실을 반추하고 있었다. 온몸의 근육이 긴장해 있었다. 결코 정중한 초대라고는 할 수 없었던 것이다. 그러나 도저히 선약이 있어서 유감이라고 말할 수 있는 분위기가 아니었다.

"물론 말씀에 따르겠습니다. 몸소 만나 주시겠다니 영광입니다. 재상님께 드릴 작은 선물을 가지고 즉시 돌아오겠습니다."

"킬리아크께서는 그대를 당장 데려오라고 하셨다. 말을 타도록."

저택을 경비하고 있던 궁병(弓兵) 하나가 오무린 양손바닥을 내밀어 주었지만 에버라드는 그의 도움을 받지 않고 안장에 올라탔다. 등자가 아직 발명되지 않은 시대에서는 매우 쓸모 있는 기술이었다. 대장은 무뚝뚝하게 고개를 끄덕였다. 그는 말머리를 휙 돌려 광장에서 나갔고, 근위병들의 선두에 서서 스핑크스와 유력자들의 저택이 늘어선 대로로 말을 달렸다. 노천 시장만큼은 혼잡하지 않았지만, 기수, 말이 끄는 전차(戰車), 가마, 통행인들이 황급히 길에서 비켰다. 불사대 병사들은 그 누구도 결코 비켜 가거나 하지 않기 때문이다. 그들은 그들을 위해 활짝 열린 궁전의 대문을 전속력으로 통과했다. 말발굽에 채인 자갈이 사방으로 튀었다. 분수에서 솟구치는 물이 반짝거리고 있는 잔디밭을 단숨에 지나 궁전의 서쪽 건물 앞에서 급정지했다.

요란한 색깔로 채색된 궁전은 몇몇 부속 건물과 함께 넓은 축대 위에 서 있었다. 대장은 말에서 뛰어내린 다음 따라오라고 짧게 손짓했고, 대리석 층계를 성큼성큼 올라가기 시작했다. 에버라드는 다른 병사들에게 둘러싸여 대장 뒤를 따랐다. 도주를 염려해서인지 병사들은 안장 앞가지에 걸려있던 가벼운 전투용 도끼를 빼 들고 있었다. 그들은 긴 옷에 터번 차림으로 부복한 노예들 앞을 지나 붉고 노란 열주(列柱) 사이를 통과했고, 아름다운 모자이크 세공으로 장식된 회랑을 나아갔다. 에버라드는 도저히 그 아름다움을 감상할 기분이 아니었지만 말이다.

곧 그들은 십여 명의 위병이 지키고 있는 문을 지나 넓은 방에 들어섰다. 화려한 돔을 받치고 있는 날렵한 기둥들이 보였고, 아치 모양의 창문을 통해 늦게 핀 장미꽃 향기가 흘러들어오고 있었다.

이곳에서 불사대 병사들은 무릎을 꿇고 공손하게 머리를 조아렸다. 이 친구들 하는 대로 따라 하면 문제는 없겠군. 에버라드는 이렇게 생각했고, 무릎을 꿇고 페르시아 융단에 입을 맞췄다. 긴의자에 앉아 있던 사내는 고개를 끄덕이고 명령했다.

"고개를 들고 일어서라. 그리스인에게 쿠션을 가져다 주도록."

병사들은 일어서서 에버라드 곁에 도열했다. 누비아인 노예 하나가 방석을 들고 황급하게 앞으로 나왔고, 그것을 주인의 발치에 내려놓았다. 에버라드는 그 방석 위에 책상다리를 하고 앉았다. 입 안이 바싹 타는 듯했다.

킬리아크──에버라드는 크리서스가 이 사내를 하르파구스라고 불렀다는 사실을 기억해 냈다──는 앞으로 몸을 기울였다. 긴의자 위에 깔린 호랑이 가죽과 깡마른 몸에 걸친 호화로운 진홍색 로브와는 대조적으로, 이 메디아인은 상당히 연로한 느낌이었다. 어깨까지 내려오는 긴 머리는 철회색이었고, 매부리코에다가 가무잡잡한 얼굴은 온통 주름투성이였다. 그러나 신참자를 바라보는 그의 시선은 기민하고 빈틈이 없었다.

"흐음, 아테네에서 왔다는 자가 바로 너로군."

그의 입에서 흘러나온 페르시아어에는 북부 이란의 투박한 악센트가 있었다.

"네가 이곳에 나타나서 몇 가지 질문을 했다는 사실을 오늘 아침 귀족인 크리서스를 통해 들었다. 이 경우에는 국가의 안녕이 관련되어 있을 가능성이 있으므로 네가 찾는 것이 무엇인지를 내게 말해 보라."

그는 반짝거리는 보석으로 치장된 손으로 턱수염을 쓰다듬고는 차디찬 미소를 떠올렸다.

"너의 목적이 무해한 것으로 판명된다면, 어쩌면 내가 도울 수 있을지도 모르니까 말이다."

그는 고의적으로 첫대면시의 통상적인 예절을 생략했고, 메안더에게 다과를 권한다거나 해서 현지에서는 신성 불가침에 가까운 손님으로 대우해야 하는 상황 자체를 기피하고 있었다. 이것은 심문이지 인사가 아니었다.

"예, 나으리, 무엇을 알고 싶으십니까?"

에버라드가 물었다. 물론 충분히 짐작이 갔다. 그는 문제가 생길 것을 예상하고 있었다.

"너는 16년 전에 양치기 복장을 하고 파사르가다에 나타나서 많은 기적을 일으킨 마법사를 찾고 있다고 들었다. 왜 그런 자를 찾고 있고, 그 일에 관해서 너는 또 어떤 일들을 알고 있는가? 시간을 끌어

거짓말을 꾸며낼 생각은 하지 말라——당장 이실직고하지 못할까!"

그는 긴장되고 귀에 거슬리는 쉰 목소리로 말했다.

"나으리, 저는 델포이에서 피시스트라투스*의 1차 학정이 시작된 지 아…… 3년째에 페르시아의 수도로 간 한 목동의 운명을 알아낼 수 있다면 제 운이 트일 것이라는 신탁을 받았습니다. 그 이상의 사실은 전혀 알지 못합니다. 신탁이라는 것이 얼마나 이해하기 힘든 것인지는 나으리도 잘 알고 계실 것입니다."

"흐으음."

야윈 얼굴에 공포의 표정이 떠올랐고, 하르파구스는 가슴 앞에서 미트라교에서 태양의 상징을 의미하는 십자를 그었다. 그는 거친 어조로 물었다.

"그래서 지금까지 무엇을 알아냈나?"

"아무것도 알아내지 못했습니다, 나으리. 아무도 그런 일은 알고 있지 못했——"

"거짓말하지 말라!"

하르파구스가 날카롭게 외쳤다.

"그리스인은 모두 거짓말쟁이다. 조심해서 입을 놀리는 편이 나을 것이다. 네놈은 부정한 일에 관련되어 있단 말이다. 누구한테서 그 얘기를 들었는가?"

에버라드는 킬리아크의 입가가 신경질적으로 경련하는 것을 보았다. 그 자신도 뱃속에 차가운 응어리가 맺히는 것을 자각하고 있었다. 그는 하르파구스가 영원히 묻어 버렸다고 생각하고 있던 모종의 비밀을 우연히 파헤쳐 버린 듯했다. 자신의 손님인 에버라드를 마땅히 보호하려고 들 크리서스와 충돌할 위험조차도 불사할 정도로 중대한 그

---

* Pisistratus, 기원전 6세기 초~527, 아테네의 참주.

무엇인가를. 그리고 지금까지 남의 입을 막기 위해 발명된 방법 중 가장 확실한 것은 비수의 일격이었다……. 고문틀에 묶어 놓고, 펜치를 써서 상대방이 알고 있는 것을 전부 쥐어짜낸 다음에 말이다……. 하지만 도대체 나는 무엇을 알고 있단 말인가?

"아무도 모르는 일입니다. 단지 신탁이 그렇게 명했을 뿐이고, 어젯밤 이전에 이 사실을 알고 계셨던 분은 신탁의 목소리이자 저를 이곳으로 보내신 태양신*뿐이십니다."

그는 쉰 목소리로 말했다.

이런 상황에서도 신의 소명 운운하는 상대방의 대담함에 경악한 하르파구스는 날카롭게 숨을 들이켰다. 그러나 곧 거의 눈에 보일 정도로 양어깨에 힘을 넣고 말했다.

"이 일에 관해서 단지 네놈, 그리스인의 증언을 믿으라는 건가— 신탁을 받았을 뿐이고, 우리의 국가 비밀을 정탐하러 온 것이 아니라는? 설령 신이 너를 이곳으로 보낸 것이 사실이라고 해도, 그건 네놈이 저지른 죄를 죽음으로 벌하려고 그런 것일지도 모른다. 이 일에 관해서는 추후에 심문하겠다."

그는 대장에게 고개를 끄덕여 보였다.

"이자를 지하로 압송하라. 대왕님의 이름으로."

대왕!

이 단어는 에버라드의 뇌리에서 불타올랐다. 그는 벌떡 일어서서 절규했다.

"맞아, 대왕님을 만나게 해 주시오! 신은 내게 말하셨소…… 징조가 있을 거리고……. 그게 있으면, 자신의 말을 페르시아의 대왕에게 전하라고 하셨소!"

* 이 경우에는 휘버스 아폴로를 의미함.

"저놈 잡아라!"

하르파구스가 고함을 질렀다.

위병들은 몸을 획 돌리며 이 명령에 따르려고 했다. 에버라드는 뒤로 몸을 날리며 목청껏 키루스 대왕을 만나게 해 달라고 소리 질렀다. 지금은 붙잡혀도 좋다. 그러면 이 얘기는 왕의 귀에 들어갈 것이고…… 두 사내가 도끼를 치켜들고 그를 벽가로 몰아넣었다. 다른 자들도 그들 뒤로 계속 몰려오고 있었다. 병사들의 투구 너머로 하르파구스가 긴의자 위로 뛰어올라가는 것이 보였다.

"밖으로 데려가서 목을 베라!"

메디아인이 명령했다.

"나으리, 이자는 대왕님을 만나게 해달라고 했습니다만."

대장이 항의했다.

"주문을 걸 작정인 것이다! 이제야 정체를 알았다! 그놈은 악마의 자식이자 아리만*의 앞잡이란 말이다! 죽여라!"

"아냐, 기다려 줘! 내 접근을 막아서, 대왕님께 말씀을 전하지 못하게 하려는 자는 바로 이 역적이란 말이다……. 날 놓으란 말이다, 이 빌어먹을 놈들아!"

에버라드가 절규했다.

누군가가 에버라드의 오른팔을 붙들었다. 그는 몇 시간 동안을 감옥 안에서 보낼 용의가 있었다. 그러는 동안 이들의 왕초가 이 사실을 전해듣고 그를 이곳에서 꺼내 줄 것이라고 지레짐작했던 것이다.

그러나 실제 상황은 아무래도 좀더 절박하게 돌아갔다. 그는 왼쪽 훅을 날렸고, 상대방의 코가 찌부러지는 소리를 들었다. 병사는 비틀

---

* Ahriman, 고대 페르시아의 신. 조로아스터교에서 선신 아후라마즈다Ahuramazda와 대립하는 악신(惡神).

112

거리며 뒷걸음질쳤다. 에버라드는 병사의 손에서 도끼를 낚아챘고, 몸을 획 돌려 왼쪽에서 가해진 도끼의 일격을 받아넘겼다.

근위병들이 육박해왔다. 에버라드의 도끼가 쇠에 부딪치며 쨍하는 소리를 냈고, 그대로 앞으로 미끄러지면서 누군가의 손가락 마디를 짓이겼다. 그는 이곳에 있는 사람들 대다수보다 팔이 더 길었다. 그러나 그가 이들을 막아 낼 가능성은 지옥불 속에 던져진 셀로판제 눈뭉치만큼도 없었다. 도끼날이 획 소리를 내며 그의 머리를 향해 날아왔다. 그는 몸을 날려 기둥 뒤로 피했다. 돌조각이 튀었다. 포위망에 구멍이 뚫렸다——그는 강렬한 카운터 펀치를 날렸고, 쿵 소리를 내며 쓰러지는 갑옷 차림의 사내 위를 뛰어넘어 돔 아래의 빈 공간으로 달려갔다.

하르파구스는 황급히 몸을 곧추세우며 로브 속에서 기병(騎兵)용 칼을 뽑았다. 늙은이가 용기는 있군. 에버라드는 킬리아크의 측면을 우회해서 상대방이 자신과 근위병 사이에 오도록 했다. 도끼와 칼날이 맞부딪쳤다. 에버라드는 킬리아크에게 육박하려고 했다……. 일단 몸이 맞붙게 되면, 페르시아인들은 그에게 도끼를 던질 수 없을 것이다. 그러나 그들은 이미 그의 등 뒤로 돌고 있었다. 빌어먹을. 이렇게 해서 패트롤 대원이 또 한 명 순직하게 되는 건지도 모른다…….

"멈춰라! 모두 부복하라! 대왕님의 행차이시다!"

이 목소리는 세 번 되풀이해서 낭랑하게 울려 퍼졌다. 근위병들은 그 자리에 얼어붙어, 문간에 우뚝 서서 소리를 지르고 있는 진홍색 로브 차림의 거인을 응시했고, 양탄자 위에 납작 엎드렸다. 하르파구스는 손에서 칼을 떨어뜨렸다. 한순간 에버라드는 상대방의 골통을 깨부술 뻔했지만, 곧 냉정을 되찾았고, 바깥 홀에서 들려오는 병사들의 흐트러진 발소리를 듣고는 자신의 무기를 떨어뜨렸다. 한순간 그와 킬리아크는 거칠게 숨을 몰아쉬며 상대방의 얼굴을 노려보고 있었다.

"그럼…… 대왕은 얘기를 듣고…… 그 즉시…… 왔단 말이군."

에버라드는 헐떡이며 말했다.

메디아인은 고양이처럼 그 자리에 웅크리며 쉰 목소리로 내뱉듯이 말했다.

"그럼 몸조심하는 게 나을 것이다! 나는 네놈의 일거일동을 감시할 것이다. 만약 네놈이 대왕님의 마음속에 독을 불어넣는다면, 네놈에게도 독을, 아니면 비수를 선사할 것이다……."

"대왕님! 대왕님이 납신다!"

전령이 커다란 목소리로 선언했다.

에버라드는 하르파구스에 뒤이어 바닥에 엎드렸다.

불사대 한 무리가 빠른 걸음으로 방에 들어와서 도열했고, 긴의자까지 계속되는 통로를 만들었다. 시종 한 사람이 뛰어들어와 그 통로 위에 특제 태피스트리를 깔았다. 다음 순간 키루스가 방에 들어섰다. 긴 근육질의 다리로 성큼성큼 걸을 때마다 나부끼는 로브 자락이 눈에 들어왔다. 몇몇 신하가 그 뒤를 따랐다 — 왕의 면전에서 무기를 휴대하는 특권을 부여받은, 강인한 심복들이다. 그 뒤로는 양손을 쥐어틀며 융단을 깔거나 악사들을 불러 올 짬이 없었다는 것을 한탄하고 있는 노예 의전관이 따라오고 있었다.

주위의 침묵을 깨고 대왕의 목소리가 울려퍼졌다.

"이건 무슨 소동인가? 짐과 만나고 싶다는 그 이방인은 어디 있는가?"

에버라드는 슬쩍 고개를 들어 상대방을 엿보았다. 키루스는 장신에 어깨가 넓었고, 호리호리한 몸을 하고 있었다. 크리서스가 말했던 것보다는 더 늙어 보였지만 — 그가 마흔일곱 살이라는 사실을 생각해낸 에버라드는 오한을 느꼈다 — 16년에 이르는 전쟁과 사냥 탓에 그 몸은 아직도 유연함을 잃지 않고 있었다. 대왕은 가무잡잡하고 홀쭉한 얼굴에 담갈색 눈을 하고 있었다. 왼쪽 뺨에는 칼자국이 나 있었으며, 곧은 코에 잘생긴 입술이었다. 흰 머리가 조금 섞인 검은 머리는 뒤로 빗겨져 있었고, 턱수염은 페르시아인의 습관에 비하면 짧게 다듬어져 있었다. 그 높은 지위가 허용하는 범위 내에서 가능한 한 간소한 복장을 하고 있었다.

"노예가 급히 짐에게 와서 말해 준 그 이방인은 어디 있는가?"

"바로 접니다, 대왕님."

에버라드가 말했다.

"고개를 들라. 그대의 이름을 말하라."

에버라드는 일어서서 작은 목소리로 말했다.

"여어, 키이스."

6

대리석 퍼골라*에는 덩굴이 뒤죽박죽으로 얽혀 있었다. 그 탓에 주위를 빙 둘러싼 채로 그들을 호위하고 있는 궁병들의 모습은 거의 눈에 띄지 않았다. 키이스 데니슨은 벤치 위에 무너지듯이 앉았고, 잎새 그림자가 정자 바닥에 그린 무늬를 바라보았다. 그는 일그러진 미소를 지으며 입을 열었다.

"적어도 우리가 하는 말을 누가 엿들을 염려는 없군. 영어는 아직

---

* pergola, 뜰이나 평평한 지붕 위에 나무를 가로 세로로 얽어 놓고 등나무 따위의 덩굴성 식물을 올려 만든 정자.

생기지도 않았으니까 말야."

잠시 후 그는 약간 서툰 악센트로 말을 이었다.

"이따금 이 상황에서 가장 견디기 힘든 일은 바로 이게 아닌가 싶을 때가 있어. 단 일 분도 자신의 시간이 없다는 것 말이네. 그나마 할 수 있는 것이라곤 내가 있는 방에서 모든 자들을 몰아내는 일 정도야. 그러면 이자들은 문 바로 밖이나 창문 밑에 딱 붙어서 나를 지키고, 내 말을 엿들으려고 하지. 정말 이자들의 잘난 충성심 따위는 지옥에나 떨어져 버렸으면 좋겠다고 생각할 때가 있네."

"프라이버시라는 것도 아직 생겨나지 않았어. 전 역사를 통틀어 보더라도, 자네 같은 VIP들에게 사적인 시간 따위는 거의 주어지지 않았네."

에버라드는 지적했다.

데니슨은 피곤한 듯이 고개를 들었다.

"아까부터 신시아는 어떻게 지내고 있느냐고 묻고 싶었지만, 물론 그녀에게는 그렇게 긴 시간이 아니었겠군——아니, 아닐 거라고 해야 옳겠지. 일주일 정도일까. 그런데 자네 혹시 담배 가지고 온 것 없나?"

"스쿠터에 남겨 두고 왔네. 일부러 그런 걸 가지고 오지 않더라도, 문제가 될 만한 일은 얼마든지 널려 있을 거라고 예상했거든. 설마 자네가 이 모든 혼란의 중심 인물일 줄은 꿈에도 몰랐네."

"나도 이렇게 될 줄은 몰랐어. 정말, 황당하기 이를 데 없는 얘기야. 시간 패러독스가——"

데니슨은 어깨를 움츠렸다.

"도대체 무슨 일이 일어났던 건가?"

데니슨은 눈을 비비고 한숨을 쉬었다.

"나도 모르는 새 이 시대의 톱니바퀴 사이에 말려들어가 버렸던 거야. 이젠 그 이전에 일어났던 일들이 마치 꿈처럼 비현실적으로 느껴질 때도 종종 있네. 크리스트교 세계, 대위법 음악, 권리장전* 따위는 정말로 존재했던 것일까? 과거에 내가 알고 지냈던 사람들에 이르러서는 말할 필요도 없네. 자네도 이 시대에 소속되어 있지는 않아, 맨스. 지금 이 순간에도 혹시 꿈에서 깨어나는 것이 아닐까 하고 반신반의하고 있을 정도야……. 자넨 무슨 일이 일어났는지 알고 싶다고 했지.

이 시대의 정세가 어떻게 돌아가고 있는지는 알고 있나? 메디아인과 페르시아인은 인종적으로도, 또 문화적으로도 아주 가까운 친척이나 마찬가지네. 하지만 당시에는 메디아인 쪽이 권력을 잡고 있었네. 그들은 아시리아인**들의 풍습을 많이 도입하고 있었지만, 이들 풍습은 페르시아인의 관점에서 보면 그리 탐탁한 것들이 아니었네. 우리들 대다수는 목장주거나 자작농이기 때문에, 우리가 누군가에게 예속된다는 것은 물론 옳은 일이 아냐──"

데니슨은 눈을 깜박였다.

"이런, 또 그렇게 말해 버렸군! '우리' 라니, 난 도대체 누구 얘기를 하고 있는 거지? 어쨌든, 페르시아의 정계 상황은 불온했네. 20년 전 메디아 왕국의 아스티아게스 왕은 갓난애였던 키루스 왕자를 살해하라고 지시했지만, 당시에는 자신의 행동을 후회하고 있었네. 키루스의 부친이 죽어 가고 있었고, 후계자 문제가 내란으로 발전할 가능성이 있었기 때문이지.

---

* Bill of Rights, 미국 연방 정부가 국민의 기본적 인권을 보장하고자, 북미 합중국 헌법에 덧붙인 열 개 조항의 법률.
** Assyria, 아시아 서남부, 티그리스 · 유프라테스 강 상류 지역에 세운 셈계 아시리아인의 제국. 중기 아시리아 왕국을 거쳐 신(新)아시리아 제국은 기원전 612년에 메디아와 신바빌로니아에 멸망됨.

그런 상황 하에서 내가 산에 나타났던 거야. 나는 시간과 공간 양쪽을 조금씩 정찰할 필요가 있었네 —— 며칠간 몇 마일을 돌아다니며 스쿠터를 숨길 만한 좋은 장소를 찾았던 거야. 나중에 패트롤이 그것을 발견하지 못했던 것은 바로 그 이유에서였네…… 적어도 부분적으로는 말야. 결국 나는 스쿠터를 동굴에 감춰 두고 도보로 그곳을 떠나왔지만, 출발하자마자 재난을 당하고 말았네. 페르시아인들이 반란을 일으키는 것을 미연에 방지하기 위해, 메디아 왕국군이 그 지방을 통과하고 있었던 거야. 그들의 척후 하나가 내가 나타나는 광경을 목격하고 내가 왔던 길을 되돌아가 보았네 —— 정신을 차려 보니 어느새 나는 그들에게 사로잡혀 있었고, 장교 한 명이 동굴에 감춰 놓은 저 장치는 도대체 뭐냐고 나를 엄하게 문초하고 있었네. 그의 부하들은 나를 일종의 마법사로 간주하고 외경하고 있는 듯했지만, 그보다도 자신들이 두려워하고 있다는 사실을 남에게 간파당하는 걸 더 두려워하고 있었어. 당연히 이 소문은 그들과 현지인 사이로 들불처럼 삽시간에 퍼져 나갔네. 급기야는 한 이방인이 놀랄 만한 상황 하에서 출현했다는 사실을 그 지방 전체가 알게 되었던 거야.

메디아군의 사령관은 바로 하르파구스 본인이었네. 악마처럼 머리가 좋고 교활하다는 점에서는 동시대에서 뒤따를 자가 없을 정도의 인물이었지. 그는 나를 이용 가치가 있다고 판단했네. 그는 내게 놋쇠로 만들어진 말을 움직여 보라고 명령했지만, 결코 타게는 해 주지 않았어. 하지만 나는 기회를 엿보다가 시간 도약 스위치를 누르는 일에 성공했네. 수색대가 그것을 찾지 못했던 것은 바로 그 이유에서야. 이 시대에서는 겨우 몇 시간 동안만 존재했었고, 그 후에는 아마 시원(始原)까지 거슬러 올라갔겠지."

"적절한 조치였네."

에버라드가 말했다.

"오, 난 시대 착오적 사물의 존재를 금하고 있는 명령에 따랐을 뿐이네."

데니슨은 일그러진 미소를 지어 보였다.

"하지만 그때만 해도 난 패트롤이 날 구조해 주리라고 생각하고 있었어. 만약 그들이 와 주지 않을 거라는 사실을 알았더라면, 그렇게 선량하고 자기 희생적인 패트롤 대원 노릇을 계속했을지 의문이군. 결코 내 스쿠터를 사라지게 하지 않고, 자력으로 탈출할 기회가 올 때까지 하르파구스의 말에 고분고분 따르고 있었을지도 모르는 일이지."

에버라드는 잠시 어두운 눈초리로 상대방을 바라보고 있었다. 키이스는 변했다. 나이만 먹은 것이 아니다. 이방인들 사이에서 보낸 십여 년의 세월이 그가 상상했던 것 이상으로 깊은 각인을 새겨 놓고 있었던 것이다.

"만약 자네가 미래를 바꾸려고 했다면, 신시아의 존재 자체를 위태롭게 할 가능성이 있었어."

에버라드가 말했다.

"맞아, 사실이야. 나는 그때…… 그런 생각을 했던 걸 기억하고 있어……. 그건 도대체 얼마나 오래 전의 일이었을까!"

데니슨은 앞으로 몸을 기울였고, 턱을 괸 자세로 퍼골라의 덩굴 커튼을 응시했다. 그는 억양이 없는 목소리로 말을 이었다.

"물론 하르파구스는 불같이 노했네. 한순간 날 죽이는 것이 아닌가 하고 생각했을 정도였어. 나는 도살장으로 끌려가는 짐승처럼 꽁꽁 묶인 채로 압송되었네. 그렇지만 아까 말했듯이 나에 관한 소문은 이미 널리 퍼져 있었고, 그 과정에서 소문은 부풀었으면 부풀었지 결코 수그러들지는 않았네. 하르파구스는 그점에 주목했네. 그는 내게 양자 택일할 기회를 줬네. 자기가 하라는 대로 행동하지 않으면, 그

자리에서 목을 따 버리겠다는 말이었어. 내게 무슨 선택의 여지가 있었겠나? 그때는 이미 과거 개변의 위험성 운운할 단계가 아니었어. 나는 곧 내가 역사에 이미 기록되어 있는 역할을 수행하고 있다는 사실을 깨달았네.

즉, 하르파구스는 한 양치기를 매수해서 자신의 얘기가 사실임을 증언하게 했고, 나를 캄비세스의 아들 키루스라고 하며 세상에 내놓았던 거야."

에버라드는 별로 놀란 기색도 없이 고개를 끄덕였다.

"하르파구스는 어떤 목적에서 그런 일을 했나?"

"당시는 아직 메디아 왕국의 지배력을 공고히 할 생각밖에는 없었어. 자신의 꼭두각시인 왕을 안샨의 왕위에 오르게 하면, 당연히 아스티아게스에게 충성해야 할 터이고, 결과적으로 페르시아인들을 통제할 수 있으니까 말야. 나는 미처 생각할 틈도 없이 그 일에 휘말려 들어갔고, 망연자실한 상태에서 그가 하라는 대로 하고 있었네. 패트롤 호퍼가 당장이라도 나타나서 나를 이 진흙탕에서 꺼내 줄 것을 계속 기대하면서 말야. 이 경우 이란 귀족들의 진실 애호벽이 우리에게 유리하게 작용했네—내가 스스로 키루스임을 맹세했을 때 내가 위증을 하고 있다고 의심한 자는 거의 없었어. 단지 아스티아게스는 몇 가지 모순점을 묵살했던 것 같지만 말야. 그리고 그는 자신이 명령했던 대로 키루스를 처치하지 않았다는 명목으로, 하르파구스에게 특별히 잔혹한 벌을 내렸네. 키루스는 결국 쓸모가 있었음에도 불구하고 말야—여기서 이중의 아이러니는, 20년 전에 하르파구스가 정말로 그 명령을 실행에 옮겼다는 점이야!

나 자신도 향후 5년 동안 점점 아스티아게스의 폭정에 분노를 느끼게 되었네. 지금 돌이켜 생각해 보면, 그렇게 지독한 폭군이었기보다는 단지 전형적인 고대 오리엔트의 전제 군주였을뿐이라는 생각도 들지만, 한 사내가 참을 수 없을 정도의 고통을 감수하는 걸 싫어도 곁에서 보고 있어야 하는 자의 입장에서는 인정하기 쉬운 일이 아냐.

그래서 복수심에 불타는 하르파구스는 반란을 꾀했고, 나는 그가 제시한 수령 역할을 받아들였네."

데니슨은 씁쓸한 미소를 지었다.

"어쨌든 나는 키루스 대왕이고, 위대한 인물이 될 숙명을 지고 있지 않았던가? 처음에는 많이 고생했네. 메디아인들은 몇 번이나 되풀이해서 우리를 격파했지. 그렇지만 맨스, 자넨 이걸 이해할 수 있겠나? 나는 점점 그걸 즐기고 있었던 거야. 개인용 참호 속에 웅크리고 앉아서, 적의 포화가 영원히 계속되는 것은 아닐까 하고 생각하는 식의 비참한 20세기식 전쟁과는 전혀 달랐네. 오, 물론 전쟁은 이곳에서도 충분히 비참하네——특히 자네가 졸병이고, 전염병이 돌거나 할 때는 말이야. 그리고 병은 언제나 발생하는 법이네. 하지만 싸울 때는, 알겠나, 자신의 두 손을 써서 정말로 싸우는 거야! 그리고 난 내가 그런 일에 재능이 있다는 사실을 발견하기까지 했네. 곡예에 가까운 방법을 써서 몇 번이나 대승리를 거둔 적도 있었네."

에버라드는 상대방이 점점 생기를 되찾는 것을 보았다.

"이를테면, 숫적으로 우리를 압도하는 리디아군의 기병대와 싸웠던 적이 있었지. 우리들은 하역용 낙타들을 선봉에 세웠고, 그 뒤에 보병을, 후미에는 기병들이 뒤따르게 했네. 크리서스의 말들은 낙타 냄새를 맡자마자 놀라 줄행랑을 쳤지. 아마 지금도 도망치고 있을걸. 그렇게 해서 놈들을 깨끗이 소탕해 버렸던 거야!'

다음 순간 데니슨은 몸을 움찔했고, 입을 다물었다. 그는 잠시 에버라드의 눈을 들여다보다가 입술을 깨물었다.

"미안하네. 잊고 있었어. 과거에 나는 킬러가 아니었다는 사실을 이따금 생각해 내곤 하네——전투가 끝난 뒤에, 시체가 널려 있는 광

경을 보면, 특히 신음하는 부상자들을 보면 더욱 그 사실을 통감하곤
했어. 하지만 그땐 정말 어쩔 수 없었어, 맨스! 싸울 수밖에 없었던 거
야! 우선 반란이 일어났네. 그때 하르파구스와 협력하지 않았더라면,
내가 얼마나 오래 목숨을 부지했으리라고 생각하나? 그리고 이 나라
자체를 돌보아야 했네. 리디아인들이나 동방의 야만족에게 우리 영토
를 침략해 달라고 부탁한 기억은 없어. 투란인들에 의해 약탈당한 도
시를 본 적이 있나, 맨스? 그건 먹느냐 먹히느냐의 문제였고, 적어도
우리가 누군가를 정복했을 경우에는, 쇠사슬에 묶인 포로를 끌고다니
면서 구경거리로 삼지도 않았고, 그들의 토지와 관습을 유지하도록
허용해 주었네…… 미트라 신의 이름에 걸고, 맨스, 도대체 내게 어
떤 선택의 여지가 남아 있었겠나?"

에버라드는 정원의 나무들이 산들바람에 바스락거리는 소리에 귀
를 기울이며 조용히 앉아 있었다.

"아니, 이해할 수 있네. 단지 너무 고독하지 않았었기를 빌 따름이
네."

"고독에는 익숙해졌네."

데니슨은 신중한 목소리로 대꾸했다.

"하르파구스와는 억지로 사귀게 된 사이지만, 흥미로운 인물이고,
크리서스는 알고 보면 매우 좋은 사내였네. 마법사 코바드는 독창적
인 아이디어를 가지고 있는데다가, 현재 체스 시합에서 나를 이길만
한 용기를 가진 유일한 인물이지. 그리고 물론 축연에, 사냥에, 여자
에…… 그래. 그것 말고 내가 할 수 있었던 일이 도대체 뭐였겠나?"

그는 도전하는 듯한 눈초리로 상대방을 처다보았다.

"아무것도. 16년은 긴 세월이네."

에버라드가 말했다.

"내 본처인 카산다네는 지금까지 내가 감수해야 했던 많은 고통을

충분히 보상해 주고도 남는 여자야. 하지만 신시아는——맨스, 난 이
제 어쩌란 말인가!'

데니슨은 일어서서 에버라드의 양어깨에 손을 얹었다. 그의 손가
락이, 어깨가 아플 정도로 꽉 살을 파고들었다. 십여 년 이상 도끼,
활, 고삐를 다뤄 온 손인 것이다. 페르시아의 왕은 커다란 목소리로
힐문했다.

"자넨 날 어떻게 여기서 빼 줄 건가?"

7

에버라드도 일어서 정자 가장자리까지 걸어갔다. 그는 허리띠에
엄지손가락을 끼우고 고개를 숙인 채 섬세한 돌 세공 너머를 응시했
다.

"어떻게 해야 될지 나도 모르겠네."

그는 대꾸했다.

데니슨은 주먹 쥔 손으로 자기 손바닥을 쳤다.

"난 바로 그걸 두려워하고 있었네. 해가 바뀔 때마다 그 두려움은
점점 깊어만 갔네. 설령 패트롤이 나를 찾아낸다 하더라도, 그때는 이
미…… 제발 나를 도와 줘, 맨스."

"하지만 그건 불가능해!"

에버라드는 쉰 목소리로 내뱉었다. 그는 등을 돌린 채로 서서 말을
이었다.

"잘 생각해 보게. 자네도 이미 숙고해 본 일이 아닌가. 자넨 별 볼

일 없는 야만인 족장이 아니란 말일세. 무슨 짓을 하건 간에 백 년 후에는 아무런 흔적도 남기지 못하는 그런 인물이 아니란 말야. 자네는 페르시아 제국을 건국한 키루스이고, 중요한 시대의 주요 인물이네. 만약 키루스가 사라진다면, 우리의 미래도 사라져 버리고 말아! 신시아가 있는 20세기는 결코 존재하지 않게 된다는 뜻이네."

"자넨 정말 그렇게 확신하고 있나?"

데니슨은 상대방의 등에 대고 애원하듯이 말했다.

에버라드는 이를 악문 채로 대답했다.

"이곳으로 오기 전에 벼락 공부를 하고 왔네. 더 이상 자신을 속이려 들지 말게. 우리는 페르시아인들에 대해 편견을 가지고 있어. 한때 그들이 그리스의 적이었다는 역사적 사실과, 우리 문화의 현저한 특징을 헬레니즘으로부터 물려받았다는 사실 때문에 말야. 하지만 페르시아인들은, 적어도 그리스인들에게 필적할 만큼 중요한 존재인 거야!

자네는 그 사실을 직접 목격했네. 사실 우리 시각으로 보면 그들은 상당히 잔인한 민족이었을지도 모르지. 그러나 그점에서는 이 시대 전체가 마찬가지였네. 그리스인들을 포함해서 말야. 물론 페르시아인들에겐 민주주의의 개념이 없지. 하지만 이들이 스스로의 사고방식을 깨뜨리고 그런 유럽식의 발상을 하기를 기대하는 것 자체가 무리 아닌가? 정말로 중요한 점들은 이거야.

페르시아인들은 피정복 민족을 존중하고, 회유하려는 노력을 한 최초의 정복 민족이었네. 그들은 자신들의 독자적인 법을 지켰고, 극동과의 안정된 접촉을 가능케 할 만큼 넓은 지역을 평정했으며, 한 민족이나 한 지방에 한정되지 않는 생명력을 가진 세계 종교 조로아스터교를 탄생시켰네. 자넨 크리스트교의 교리와 의식 중 얼마나 많은 부분이 미트라 신앙에서 비롯된 것인지를 알고 있나? 설령 몰랐다 하

더라도, 내 말을 믿게. 얼마든지 예를 들 수 있으니까. 유대교에 대해
선 말할 나위도 없겠군——자네, 즉 키루스 대왕이 그들을 몸소 구출
하게 되니까 말야. 기억하고 있나? 자네는 바빌론을 정복하고, 유대인
들 중 끝까지 정체성을 잃지 않았던 자들의 귀향을 허락해 주는 거야.
만약 자네가 없었다면 그들은 다른 열 지파*들과 마찬가지로 다른 민
족들 사이에 파묻혀 버리고, 역사에서 영원히 사라져 버렸을 거야.

쇠퇴기에 접어든 후에도 페르시아 제국은 여전히 여러 문명의 모
체가 되었네. 알렉산더 대왕의 세계 원정도 결국은 페르시아의 판도
를 통째로 인수한 것에 지나지 않는다는 걸 아나? 헬레니즘은 그렇게
해서 당시의 세계 전체로 전파되었던 거야! 또 페르시아의 후계 국가
들이 있다는 사실도 무시할 수 없네——폰투스, 파르티아, 피르다우
시, 오마르**와 하피즈***의 페르시아, 우리가 알고 있는 이란과 20
세기 이후의 미래의 이란…….”

에버라드는 뒤로 획 돌아섰다.

“만약 자네가 여기서 도망친다면, 그들은 여전히 지구라트****를
건설하고, 내장점*****을 치고 있겠지——말을 달려 유럽의 숲 속을
돌아다니고, 아메리카는 아직 발견되지도 않았을 걸——앞으로 3천
년 후에도 말야!”

데니슨은 어깨를 축 늘어뜨렸다. 곧 그는 대꾸했다.

---

* Ten Tribes, 이스라엘은 12지파로 북쪽에 왕국을 세웠던 10지파는 아시리아에 정복당
한 후 이민족에게 동화되어 역사에서 사라졌다.
** Omar, 오마르 하이얌(1048~1131). 페르시아의 시인·수학자·천문학자.
*** Hafiz, 페르시아의 서정 시인(1326?~1390?).
**** Ziggurat, 하늘에 있는 신과 지상을 연결시키기 위한 것으로 메소포타미아의 각지
에서 발견되는 고대의 네모 반듯한 계단 모양의 성탑(聖塔).
***** 시체의 내장을 보고 미래를 예측하는 점술.

"응. 아마 그렇게 되리라고 짐작하고 있었네."

그는 뒷짐을 지고 잠시 동안 정자 안을 돌아다녔다. 한 걸음씩 걸을 때마다 그의 가무잡잡한 얼굴은 더 늙어 가는 듯했다.

그는 거의 혼잣말하듯 중얼거렸다.

"앞으로 13년이군. 13년 뒤에 나는 유목 민족과의 싸움에서 전사하게 되어 있어. 세부는 확실히 모르지만, 어떻게 일이 돌아가든 간에 상황이 나를 그렇게 몰아가는 거야. 또 그러면 안 된다는 이유가 어디 있나? 지금까지 내가 한 행동은 싫든 좋든 간에 모두 상황에 의해 강요받은 것들이었어……. 지금까지 내가 쏟아 부은 노력과 교육에도 불구하고, 내 아들 캄비세스는 새디스틱한 무능력자가 되어 버리고, 결국은 다리우스 1세*가 제국을 구원하게 된다는 사실을 난 알고 있어─하느님!"

그는 길게 늘어진 소매로 자신의 얼굴을 가렸다.

"미안하네. 난 자기 연민을 혐오하지만, 이번만은 도저히 어쩔 수 없었어."

에버라드는 상대방의 모습에서 눈을 떼고 벤치에 앉았다. 데니슨의 거친 숨소리가 들려왔다.

잠시 후 대왕은 두 개의 술잔에 와인을 따랐고, 에버라드 곁에 앉은 다음 메마른 어조로 말했다.

"미안하네. 이젠 괜찮아. 그리고 난 아직도 단념하지 않았어."

"자네 문제를 본부에 문의해 볼 수도 있네."

에버라드는 약간 빈정거리는 투로 말했다.

데니슨도 그에 못지않게 냉소적인 어조로 대꾸했다.

---

* Darius, 페르시아의 왕(재위 521~486 BC). 캄비세스의 왕위를 찬탈한 반란자를 처단하고 조로아스터교를 국교로 정하는 등 제국의 질서를 회복함.

"고맙네, 친구. 그 작자들의 태도가 어떤지는 나도 잘 알고 있어. 우리는 소모품이네. 본부는 행여나 내가 쓸데없는 유혹에 빠지지 않도록 키루스의 전 생애를 방문 금지 구역으로 선포하고, 나한테는 그럴싸한 메시지를 보낼걸. 내가 한 문명국의 절대 군주이고, 궁전, 노예, 고급 술, 요리사, 예인, 애첩, 사냥터를 원하는 대로 얼마든지 손에 넣을 수 있다는 점을 지적하고, 도대체 이런 상황에서 무엇이 불만인가? 하는 취지의 메시지를 말야. 아냐, 맨스, 이건 우리 두 사람 사이에서 해결해야 할 문제야."

에버라드는 손톱이 손바닥에 파고들 만큼 꽉 주먹을 쥐었다.

"자넨 날 실로 난처한 입장에 빠뜨렸네, 키이스."

"난 단지 자네더러 이 문제를 고려해 달라고 부탁하고 있을 뿐이야──빌어먹을, 아리만의 이름에 걸고, 자넨 그렇게 해야 해!"

그의 손가락이 또다시 아플 정도로 그의 어깨를 파고들었다. 동방의 정복자는 위압적인 어조로 그에게 명령했다. 과거에 키이스는 결코 그런 투로 말하지는 않았을 것이라고 에버라드는 생각했다. 그는 노여움을 느꼈다.

만약 자네가 집으로 돌아가지 못하고, 신시아가 자네가 결코 돌아오지 못할 것이라는 말을 듣는다면…… 그럼 그녀가 이곳으로 와서 자네와 합류할 수도 있어. 왕의 하렘에 외국 여인이 한 명 더 추가되었다고 해서 역사가 바뀌는 것은 아니니까 말야. 하지만 만약 그녀에게 가기 전에 본부로 가서, 이 문제는 해결 불가능이라고 보고한다면…… 결국 이건 사실이 아닌가?…… 키루스 대왕의 치세는 금지 구역으로 지정되고, 그녀는 자네에게 오지 못할 거야.

데니슨은 전보다는 좀더 침착해진 어조로 말했다.

"그 일이라면 나도 충분히 생각해 보았네. 예상되는 결과에 대해서는 나도 자네만큼 잘 알고 있어. 그렇지만 난 자네에게 당시 몇 시간 동안 내 타임 머신을 놓아 두었던 동굴을 보여줄 수 있네. 그러면 자네는 내가 그곳에 출현했던 순간으로 돌아가서 내게 경고해 줄 수 있지 않을까."

"안 돼. 그건 불가능해. 두 가지 이유를 들 수 있네. 우선 그런 행위를 금하는 규칙이 있고, 이 규칙은 현명한 것이네. 상황에 따라서는 예외를 인정해 줄 가능성도 있지만, 두번째 이유 때문에 안 돼. 자넨 키루스야. 그들은 한 사내를 위해 전 미래를 말살하는 일을 하지는 않을걸."

그럼 나는 한 여자를 위해서 그럴 수 있을까? 잘 모르겠군. 그런 상황이 오지 않았으면 좋겠군……. 신시아는 사실을 알 필요가 없어. 그러는 쪽이 오히려 그녀를 위하는 일이라고 할 수 있겠지. 나는 무임소 직의 직권을 행사해서 하급 직원들에게 이 사실을 감출 수 있고, 신시아에게는 단지 키이스가 돌이킬 수 없는 상황 하에서 죽었고, 그 결과 이 시대 전체를 시간 여행 금지 구역으로 설정할 수밖에 없었다고 하는 거야. 물론 그녀는 한동안 슬퍼하겠지. 하지만 그녀는 영원히 비탄에 잠겨 있기에는 너무 젊고 건강해…… 맞아, 이건 치사한 트릭이지. 그렇지만 긴 안목에서 보면, 그녀를 이곳으로 데려와서 노예와 별반 차이가 없는 지위를 감수하게 하고, 남편이 정략상의 이유로 결혼해야 했던 적어도 한 다스는 되는 공주들과 그를 공유하도록 하는 것보다는 낫지 않을까? 그러는 대신, 모든 것을 깨끗이 잊어버리고, 자신의 시대에서 새출발을 하는 편이 낫지 않단 말인가?

데니슨이 입을 열었다.

"흐음. 난 단지 그 생각을 선택에서 제외시키기 위해 말해 보았을 뿐이네. 그렇지만 틀림없이 뭔가 다른 길이 있을 거야. 생각해 보게, 맨스. 16년 전, 이곳에 하나의 상황이 존재했고, 다른 모든 것들은 바로 이 상황으로부터 파생됐네. 인간의 변덕이 아니라, 사물의 순수한 논리에 입각해서 말야. 만약 내가 이곳에 나타나지 않았다면? 그럼 하르파구스는 다른 가짜 키루스를 찾아 내지 않았겠나? 왕의 진짜 신분 따위는 이 경우 중요하지 않네. 다른 키루스와 나 사이에는 일상 생활의 세세한 점에서 수많은 차이가 있었을 거야. 그건 당연한 일이지. 하지만 그가 만약 도저히 어쩔 수 없을 정도의 저능아이거나 광인이 아니었고, 어느 정도 사리 분별이 있고 관대한 인물이었다면—적어도 내가 그점에서는 합격이라는 사실은 인정해 주겠지—그럼 그의 생애는 모든 중요한 부분에서, 그러니까 역사서에 실리는 중요한 행위라는 관점에서 보면 나와 다르지 않았을 거라고 생각되지 않나? 이점에 관해서는 자네도 나만큼이나 잘 알고 있네. 결정적 시점을 제외하면, 시간은 언제나 본래의 모습으로 돌아가려고 하는 거야. 사소한 차이들은 세월이 흐르면서 점점 그 중요성을 잃어 가게 되네. 네거티브[負] 피드백이라고나 할까. 그와는 반대로 포지티브[正] 피드백이 작용해서, 시간 경과에 따라 그 영향력이 소멸하는 대신 계속 배가하는 현상은 극소수의 키 포인트에서만 일어나네. 자네도 그걸 잘 알고 있지 않나!"

"물론 알고 있네. 그렇지만 자네의 얘기로 미루어보건대, 그 동굴에 자네가 출현했다는 사실 자체가 결정적인 영향을 끼쳤던 거야. 자네의 출현이 하르파구스의 머릿속에 그 아이디어를 불어넣었다는 말이네. 만약 그런 일이 없었다면, 흐음, 쇠퇴기에 접어들고 있었던 메디아 제국은 와해됐을 것이고, 아마 리디아나 투란인들의 밥이 되는 광경을 상상하기란 힘들지 않네. 왜냐하면 페르시아인들이 필요로 하고 있던 신성 왕권의 정당한 후계자 따위는 결국 나타나지 않았을 것이기 때문이야⋯⋯. 난 그럴 수는 없어. 데이넬리아인에게서 직접 허가를 받지 않는 이상, 동굴 속의 그 순간으로 가까이 갈 생각은 없네."

데니슨은 들어 올린 술잔 너머로 그를 응시했고, 술잔을 내린 후 계속 그를 바라보았다. 그의 표정이 얼어붙으며 마치 전혀 본 적이 없는 사내의 얼굴처럼 변했다. 그는 입을 열고 속삭이듯이 말했다.

"자네는 내가 돌아가는 걸 원하지 않는군, 그렇지?"

에버라드는 벤치에서 벌떡 일어났다. 술잔이 손에서 떨어졌고, 쨍그랑 소리를 내며 바닥에 부딪쳤다. 와인이 피처럼 바닥에 흘렀다. 그는 고함을 질렀다.

"입 닥쳐!"

데니슨은 고개를 끄덕였다.

"나는 왕이야. 내가 이 손가락 하나만 까닥하면 저들 위병이 자네를 갈가리 찢어 놓겠지."

"나한테 도움을 요청하는 방법치고는 참 독창적이군."

에버라드가 으르렁거렸다.

데니슨의 몸이 움찔했다. 그는 잠시 꼼짝도 않고 앉아 있다가, 벤치에서 일어섰다.

"미안하네. 자넨 이것이 내게 얼마나 큰 충격이었는지 모를 거야……. 오, 물론 이건 나쁜 생활이 아니었네. 대다수의 인생보다 훨씬 더 흥미롭고, 거의 살아 있는 신으로 추앙받는 일에도 점점 익숙해지게 되지. 아마 바로 그것 때문에 13년 후 나는 야크사르 강* 너머의 평원으로 진군하게 되는지도 모르겠군. 내 일거일동을 주시하는 용맹스러운 젊은 부하들의 눈이 있기 때문에, 내게는 선택의 여지가 없는 거야. 빌어먹을, 그때 가서는 그럴 가치가 있는 일이라고 믿고 있을지도 모르겠군."

그는 억지웃음을 지어 보였다.

"후궁들 중 몇 명은 글자 그대로 절세 미인이라네. 그리고 내겐 언제나 카산다네가 있었어. 그녀를 내 왕비로 삼은 이유는 어딘가 신시

---

* Jaxartes, 톈산 산맥에서 발원하여 아랄 해로 흘러 듦. 길이 2,204킬로미터.

아를 생각나게 하는 부분이 있기 때문인지도 모르겠군. 지금 와서는 그렇게 확신이 있는 것도 아니네. 나에게 20세기는 더 이상 현실이 아냐. 좋은 말은 스포츠카에서는 얻을 수 없는 만족을 주네……. 또 난 이곳에서의 내 업적이 가치 있는 것이라는 사실을 알고 있고, 이것은 아무나 얻을 수 있는 종류의 지식이 아니지…… 응, 아까는 명령조로 말해서 미안했네. 가능하기만 하다면 자네가 날 도우리라는 사실을 알고 있네. 결국 불가능하다는 결론이 나오기는 했지만, 난 자네를 탓할 생각이 없고, 자네가 나 때문에 가책을 느낄 필요도 없어."

"제발 좀 그만 해 둬!"

에버라드는 내뱉듯이 말했다.

마치 머릿속에 톱니바퀴가 가득 차 있고, 그것들이 무의미하게 공전하고 있는 듯한 기분이었다. 천장을 보니 그림이 그려져 있었다. 한 젊은이가 황소를 죽이고 있는 광경이었고, 그 황소는 태양이자 인간이었다. 기둥과 덩굴 너머의 정원에서는 목각 인형처럼 무표정한 얼굴을 한 미늘갑옷 차림의 위병들이 시위를 메운 활을 들고 순회하고 있었다. 하렘이 있는 궁전의 한 모퉁이가 언뜻 눈에 들어왔다. 그곳에서는 마음 내킬 때 이따금 들르곤 하는 왕을 기다려야 하는 자신들의 처지를 다행으로 여기고 있는 백 명, 혹은 천 명에 달하는 젊은 여인들이 있다.

도시를 에워싼 성벽 너머로는 추수를 기다리는 들이 펼쳐져 있었고, 농부들은 '대지의 여신'에게 바칠 산제물을 준비하고 있을 것이다. 지모(地母) 신앙은 아리아인들이 처음으로 이 땅에 왔을 당시에도 이미 오래된 것이었고, 아리아인의 도래 자체가 이미 역사의 여명 이전의 어둠 속에 묻혀 있는 것이다. 성벽 너머 훨씬 높은 곳에는 늑대, 사자, 멧돼지, 그리고 악귀가 횡행한다는 산악 지대가 보였다. 모든 것들이 너무나도 이질적이었다.

에버라드는 자신이 낯선 것들에 충분히 익숙해져 있다고 생각하고 있었지만, 갑자기 자신의 시대로 도망쳐서 자신이 소속된 사람들 사이에 숨어서, 이 모든 것을 잊고 싶다는 충동에 사로잡혔다.

그는 조심스런 목소리로 말했다.

"우선 몇몇 동료들과 의논해 보겠네. 이 시대 전체를 상세하게 조사해 볼 수 있을 거야. 어느 시점에서, 일종의 분기점 같은 것이 존재할지도 모르니까…… 이건 혼자서 처리하기에는 너무 벅찬 일이야, 키이스. 일단 미래로 돌아가서, 다른 사람의 조언을 들어 보기로 하겠네. 뭔가 해결책을 찾아내면 당장…… 바로 오늘 밤으로 되돌아오겠네."

"자네 스쿠터는 어디 있나?"

데니슨이 물었다.

에버라드는 손을 흔들어 보였다.

"산속에 두고 왔네."

데니슨은 수염을 쓰다듬었다.

"더 자세히는 알려 줄 생각이 없는 모양이군, 그렇지? 그래 그게 현명한 것일지도 모르겠군. 타임 머신을 어디서 손에 넣을 수 있을지 안다면, 나도 냉정을 유지할 수 있을지 의문이니까 말야."

"그런 뜻이 아니었어!"

에버라드는 고함을 질렀다.

"오, 신경 쓰지 말게. 그런 걸로 싸울 필요는 없어."

데니슨은 한숨을 쉬었다.

"좋아. 그럼 미래로 돌아가서 무슨 일을 할 수 있는지 알아 봐 주게. 호위를 딸려 보낼까?"

"아니, 안 그러는 편이 낫겠어. 꼭 필요한 것은 아니지 않나?"

"응. 우리는 이 지방을 센트럴 파크보다 더 안전하게 만들어 놓았다네."

"그렇다면 별로 안전하다고 할 수는 없겠군."

에버라드는 손을 내밀었다.

"다만 내 말은 돌려줘. 그놈을 잃고 싶지는 않으니까 말야. 특수한 훈련을 받아 시간 여행에도 익숙한 패트롤 말이거든."

그는 상대방의 눈을 쳐다보았다.

"돌아오겠네, 틀림없이. 어떤 결론이 나오건 간에 말야."

"알고 있네, 맨스."

데니슨이 말했다.

그들은 나란히 서서 정자를 나왔고, 위병과 문지기에게 손님의 출발을 고하는 복잡한 절차를 밟았다. 데니슨은 랑데부 장소로 궁전의 한 침실을 지정했고, 향후 일 주 동안에는 밤마다 그곳에 있겠다고 말했다. 그런 다음 에버라드는 왕의 발에 입을 맞췄고, 왕이 그 자리를 떠나자 말에 올라타고 천천히 성문을 통과했다.

공허한 기분이었다. 실제로 할 수 있는 일은 아무것도 없었다. 그런데도 그는 직접 돌아와서 그 사실을 왕에게 고하겠다고 약속했던 것이다.

8

그날 오후 늦게 그는 구릉 지대를 나아가고 있었다. 아름드리 삼목(杉木)들이 졸졸거리며 흐르는 차가운 시내와 길 위에 어두운 그림자를 드리우고 있었다. 그가 들어선 샛길은 점점 바큇자국투성이의 고갯길로 변해 갔다. 건조한 토양에도 불구하고 이 시대의 이란에는 아직도 이런 삼림이 약간 남아 있었다. 말은 피로에 지친 채 그를 태우고 터벅터벅 나아가고 있었다. 말을 죽이지 않으려면 어딘가에서 양치기 오두막을 찾아내 머물게 해 달라고 부탁하는 수밖에 없을 것이다. 그러나 그럴 생각은 없다. 다행히 보름달이 떠 있었고, 동이 트기 전에 스쿠터가 있는 곳까지 가기 위해서라면 그는 자기 발로 걸어갈 용의도 있었다. 어차피 잠이 올 것 같지 않았다.

그렇지만 길고 마른 수풀과 잘 익은 야생 딸기가 자라 있는 장소를 보았을 때는 좀 쉬어 가고 싶은 유혹을 느꼈다. 새들백에는 와인이 든 가죽 주머니와 식량이 들어 있었고, 그는 새벽부터 아무것도 입에 대지 않았던 것이다. 그는 말을 다독였고, 스쿠터가 있는 장소를 향해 갔다.

무엇인가가 그의 주의를 끌었다. 길 훨씬 뒤쪽, 오후의 밝은 햇볕 아래서 흙먼지가 일고 있었다. 그가 보고 있는 동안에도 흙먼지는 점점 커졌다. 아마 몇몇 기수가 전속력으로 말을 달려 오고 있는 것 같았다. 왕의 전령일까? 하지만, 하필이면 왜 이쪽으로 오고 있단 말인가? 불안감이 그의 신경을 자극했다.

그는 투구 캡을 머리에 쓴 다음 그 위에 투구를 뒤집어썼고, 버클을 조였다. 한쪽 팔에는 방패를 끼웠고, 언제든지 뽑을 수 있도록 칼집에서 짧은 검을 조금 빼 놓았다. 물론 저 사내들은 아마 그에게 인사말을 건네고 그냥 지나갈 것이다. 그러나…….

이제는 기수가 여덟 명이라는 사실을 알 수 있었다. 모두 좋은 말을 타고 있었고, 뒤에는 한 떼의 예비 말들을 끌고 오고 있었다. 그럼에도 불구하고 그들이 탄 말은 상당히 지쳐 있는 듯했다. 먼지투성이의 말 옆구리에는 땀자국이 줄줄이 나 있었고, 역시 땀에 젖은 갈기가 목덜미에 찰싹 달라붙어 있었다. 오랜 시간 전속력으로 달려온 것 같왔다. 기수들은 불룩한 흰 바지, 셔츠, 가죽 장화, 망토, 챙이 없는 높은 모자 등을 차려입고 있었다. 왕의 신하나 직업 군인으로 보이지는 않았지만, 산적들처럼 보이지도 않았다. 기수들은 장검과 활과 올가미밧줄로 무장하고 있었다.

다음 순간 에버라드는 선두에서 말을 달리고 있는 사내의 잿빛 수염을 알아보았다. 머릿속에서 무엇인가가 폭발하는 듯한 느낌이었다——하르파구스!

뭉게뭉게 솟아오르는 먼지 구름 속에서도 그는 볼 수 있었다——하르파구스의 뒤를 따르는 기수들이, 고대 이란인의 기준으로 보아도 실로 사나워 보이는 사내들이라는 것을.

에버라드는 커다란 목소리로 혼잣말하듯이 말했다.

"이런. 한꺼번에 몰려 오시는군."

그의 두뇌는 빠른 속도로 회전하기 시작했다. 지금은 두려워할 때가 아니라, 생각해야 할 때인 것이다. 그리스인 메안더를 잡으려는 목적을 제외하면, 하르파구스에게는 구릉지대까지 말을 달려 올 만한 이유가 없었다. 물론 스파이와 밀고자들이 횡행하는 왕의 궁정에서, 하르파구스가 한 시간 이내에 모든 사실을 알아낼 수 있었다고 해서 하등 이상할 것이 없었다. 그는 이방인과 왕이 알아들을 수 없는 언어로 대등하게 말을 나눴고, 왕이 그 사내를 북쪽으로 가도록 해 주었다는 사실을 보고받았을 것이다. 킬리아크가 적당한 이유를 대고 궁전을 나와, 심복들을 불러 모은 다음 추적을 개시하기까지는 좀 시간이 걸렸을 터이다.

그렇지만 왜? 왜냐하면 십여 년 전에 '키루스'가 하르파구스가 손에 넣고 싶어했던 어떤 기계를 타고 이 산중에 나타났기 때문이다. 이 메디아인은 바보가 아니었으므로, 키이스가 자신에게 들려준 모호한 얘기로는 결코 만족하지 않았을 것이다. 그가 어느 날 대왕의 고향에서 온 또 다른 마법사가 출현할 것을 예견했다 하더라도 무리가 아니었다. 그리고 이번만은 그 기계를 절대로 놓치지 않을 작정인 것이다.

에버라드는 더 이상 시간을 허비하지 않았다. 추적자들은 이미 백 미터 뒤까지 쫓아오고 있었다. 북슬북슬한 눈썹 밑에서 형형하게 빛나는 킬리아크의 눈빛까지 볼 수 있었다. 그는 말에 박차를 가해 길에서 벗어났고, 목초지를 가로질러 갔다.

"멈춰!"

등 뒤에서 들은 적이 있는 목소리가 외쳤다.

"멈춰라, 그리스인!"

에버라드는 지칠 대로 지친 말에 계속 박차를 가했다. 그의 몸 위로 삼목의 그림자가 길게 떨어졌다.

"멈추지 않으면 쏘겠다! …… 멈춰라! …… 좋아, 쏴! 죽이면 안 된다! 말을 쏘란 말이다!"

숲 가장자리에 도달한 에버라드는 안장에서 미끄러져 내렸다. 그는 화살깃이 바람을 스치는 날카로운 소리와 여러 개의 화살촉이 어딘가에 꽂히는 소리를 들었다. 말이 비명을 질렀다. 에버라드는 뒤를 흘낏 돌아다보았다. 불쌍한 짐승은 무릎을 푹 꿇고 있었다. 빌어먹을, 누군가가 꼭 이 대가를 치르게 하겠어! 그러나 그는 단신이었고, 상대는 여덟 명이었다. 그는 서둘러 숲 속으로 뛰어들어갔다. 화살 한 대가 그의 왼쪽 어깨를 스치고 지나가 곁의 나무에 깊숙이 박혔다.

서늘하고 달콤한 냄새가 나는 황혼 속에서, 그는 허리를 굽히고 지그재그로 달려갔다. 이따금 낮은 위치에 있는 나무 줄기가 그의 얼굴을 때렸다. 숲이 좀더 무성했더라면 추적자를 따돌리는 알곤킨 인디언의 트릭을 쓸 수도 있었겠지만, 적어도 땅바닥은 부드러웠기 때문에 샌들 소리는 거의 나지 않았다. 페르시아인들의 모습은 보이지 않았다. 그들은 거의 본능적으로 말을 달려 그의 뒤를 쫓았던 것이다.

뒤이어 들려온 나무 부러지는 소리, 땅에 격하게 떨어지는 소리, 커다란 욕설은 그의 선택이 얼마나 적절한 것이었는가를 증명하고 있었다.

잠시 후 그들은 말에서 내려 그를 뒤쫓았다. 그는 고개를 기울였다. 물이 흐르는 희미한 소리…… 그는 그 소리를 쫓아 바위투성이의 가파른 사면을 올라갔다. 이들 추적자들이 이런 상황에서는 아무 쓸모도 없는 도시 병사라고 치부해 버릴 수는 없었다. 적어도 그들 중 몇 명은 산악 지대에 익숙해 있을 터이고, 그가 남긴 어떠한 작은 흔적도 놓치지 않고 따라올 수 있는 관찰력을 가지고 있을 것이다. 무슨 수를 쓰든 그들을 따돌릴 필요가 있었다. 그런 다음에야 어딘가에 몸을 숨기고, 하르파구스가 궁정의 용무를 처리하기 위해 부득이 돌아가야 할 때까지 조용히 기다릴 수 있는 것이다. 숨이 차오르기 시작했다. 뒤쪽에서 무엇인가를 결정한 듯한 어조로 명령을 내리는 목소리를 들었지만, 무슨 말인지는 알아들을 수 없었다. 그러기에는 너무 멀었다. 게다가 귓속에 울려 퍼지는 자신의 맥박 소리가 너무 컸다.

하르파구스가 왕의 손님인 줄 뻔히 알면서도 에버라드에게 활을 쏘았다면, 다시 왕에게 가서 그 사실을 보고하도록 그를 놓아 둘 리가 없었다. 우선 그를 생포한 다음, 고문으로 그 기계가 있는 장소와 사용법을 알아내고, 차가운 강철 칼날로 최후의 일격을 가할 속셈인 것이다. **맙소사.** 에버라드는 피가 몰려 욱신거리는 머리로 생각했다. 실수에 실수를 거듭한 끝에, 이 작전은 결국 패트롤 대원이 하면 안 되는 일들을 하나도 빠짐없이 기록한 매뉴얼이 되어 버리고 말았어. 금기 사항 제1조에는── '자기 것도 아닌 여자 일을 너무 깊게 생각한 나머지, 초보적인 경계를 게을리하지 말 것'이라고 쓰여 있겠군.

그는 곧 높고 축축한 둑 위로 나왔다. 발치에서는 시냇물이 소용돌이치며 계곡 쪽으로 흐르고 있었다. 그들은 그가 여기까지 왔다는 사실을 알겠지만, 그가 시내를 따라 어느 쪽으로 갔는지는 동전을 던져 결정하는 수밖에 없을 것이다…… 그런데, 난 어느 쪽으로 가야 할까?…… 개울 바닥의 진흙은 차갑고 미끄러웠다. 아마 상류로 가는 편이 나을 것이다. 그러면 스쿠터가 있는 곳과 더 가까워지게 되고, 하르파구스는 에버라드가 왕에게 도움을 청하기 위해 하류 쪽으로 되돌아갔을 가능성이 더 많다고 판단할지도 모른다.

발은 개울 바닥에 박혀 있는 돌에 채여 금세 멍투성이가 되었고, 차가운 물 때문에 거의 감각을 잃어 가고 있었다. 양쪽 둑에는 나무가 벽처럼 자라 있었기 때문에 머리 위에서는 시시각각 그 푸르름을 더해 가는 하늘이 기다랗게 이어지고 있었다. 높은 하늘에서 유유히 날고 있는 독수리가 보였다. 공기는 점점 더 차가워지고 있었다.

그러나 한 가지 다행이라고 할 만한 일이 있었다. 시냇물은 마치 착란 상태에 빠진 뱀처럼 구불구불 굽이치고 있었기 때문에, 미끄러지거나 비틀거리면서도 에버라드는 처음에 물에 들어갔던 지점으로부터 재빨리 모습을 감출 수 있었던 것이다. 대략 일 킬로미터쯤 나아가는 거야. 그런 다음, 아래쪽으로 처진 나뭇가지 따위를 붙잡으면 흔적을 남기지 않고 개울 밖으로 나갈 수 있을지도 모르겠군. 몇 분이 천천히 흘렀다.

잘하면 스쿠터가 있는 곳까지 갈 수 있겠지. 그 즉시 미래로 가서 상사들에게 도움을 요청하는 거야. 그들이 어떤 도움도 주지 않으리라는 사실을 나는 잘 알고 있어. 그들의 존재와 소유물들을 안전하게 지키기 위해 한 사내를 희생시키는 일을 그들이 주저하리라고 생각하나? 따라서 키이스는 앞으로도 계속 이곳에 머물러야 해. 13년 뒤에 야만인의 칼을 맞고 죽을 때까지 말야. 그러나 신시아는 13년 후에도 아직 젊어. 남편이 언제 죽을지를 뻔히 알면서도 이 시대로 와서 악몽 같은 세월을 보내다가, 시간 항행이 금지된 세계에서 단 한 사람의 이방인으로 남아서, 광기에 빠진 캄비세스 2세의 궁정에서 고립되고, 두려움이 가득한 상태로 살아 가야 하는 거야…… 안 돼. 무슨 일이 있더라도 그녀에게는 진실을 숨

거야 해. 그냥 키이스가 죽었다고 믿게 하고, 고향에 그대로 머무르게 하는 거야. 키이스도 그것을 원하겠지. 일이 년쯤 지나면 그녀도 다시 행복하게 될 거야. 내가 그녀를 행복하게 해 줄 수 있어.

그는 개울 바닥의 바위가 샌들만 신은 그의 발을 얼마나 아프게 하고 있는지, 걸을 때마다 자신의 몸이 얼마나 휘청거리는지, 물 흐르는 소리가 얼마나 시끄러운지를 더 이상 자각하지 못하고 있었다. 그러나 개울이 굽이치는 부분을 돌자마자 그는 페르시아인들을 보았다.

두 사람이 짝을 지어 물길을 헤치며 하류로 오고 있었다. 강의 신성함을 더럽히지 않는다는 종교적 터부를 범할 정도로 에버라드의 생포는 중요했던 것이다. 또 다른 두 명이 위쪽의 둑 양편에서 나무 사이를 누비며 다가오고 있었다. 그들 중 한 사람은 하르파구스였다. 그를 본 페르시아인들이 칼집에서 칼을 뽑는 소리가 들렸다.

"멈춰! 움직이지 마, 그리스인! 항복하란 말이다!"

에버라드는 꼼짝도 않고 그 자리에 우뚝 섰다. 시냇물이 그의 발목을 휘감으며 흘러갔다. 물을 철벅이며 그에게 다가오는 두 사람은 짙은 그림자 속에 잠겨 있었고, 비현실적인 느낌을 주었다. 어두웠던 탓에 그들의 얼굴은 보이지 않았고, 단지 흰 의상과 굽은 칼날의 번득임만이 눈에 들어왔다. 그제서야 그는 무슨 일이 일어났는지를 깨달았다. 이들 추적자들은 그가 개울로 들어간 자국을 발견했고, 두 편으로 갈라져서 상류와 하류를 뒤지기 시작했던 것이다. 개울을 헤쳐 나가야 했던 에버라드보다 딱딱한 지면을 달렸던 그들이 더 빨리 움직일 수 있는 것은 당연했다. 그들은 에버라드가 갔으리라고 생각되는 거리 이상을 나아간 다음, 다시 왔던 길을 거꾸로 돌아오기 시작했던 것이다. 강의 굴곡을 따라 움직여야 했기 때문에 처음보다는 속도가 느렸지만, 그들에게는 목표물을 수중에 넣었다는 확신이 있었다.

"생포해야 한다. 어쩔 수 없는 경우에는 불구로 만들어도 괜찮지만, 산 채로 잡으란 말이다."

하르파구스가 거듭 주의를 주었다.

에버라드는 소리를 지르며 강둑 쪽을 향해 나아갔다.

"좋아, 늙은이. 먼저 싸움을 건 건 당신이야."

그는 영어로 내뱉듯이 말했다. 개울을 헤쳐 오던 두 사내는 고함을 지르며 그를 향해 돌진해 왔다. 그중 한 명이 발을 헛디디고 물에 얼굴을 처박았다. 반대편 둑에 있던 사내는 엉거주춤한 자세로 사면을 미끄러져 내려왔다.

사면의 진흙은 미끄러웠다. 에버라드는 방패의 아래쪽 끝을 땅에 찍어가며 힘겹게 둑으로 올라갔다. 하르파구스는 침착한 태도로 그에게 다가왔다. 에버라드가 다가서자 노 귀족의 장검이 번득이며 그의 머리 쪽을 내리쳤다. 에버라드는 머리를 움직여 투구로 칼날을 받았다. 칼은 둔한 소리를 내며 뺨가리개로 미끄러져 내렸고, 그의 오른쪽 어깨에 얕은 상처를 입혔다. 어깨는 단지 뜨끔했을 뿐이었고, 다음 순간에는 싸우는 데 바빠서 더 이상 신경을 쓸 여유가 없었다.

이길 수 있으리라고는 생각하지 않았다. 하지만 생포당할 생각은 없었고, 죽을 때까지 싸우면서 이들에게 충분한 대가를 치르게 할 생각이었다.

그는 풀밭으로 나왔고, 방패를 들어올려 자신의 눈을 찌르려던 장검 끝을 아슬아슬하게 피했다. 하르파구스는 이번에는 무릎 쪽을 공격해 왔다. 에버라드는 자신의 짧은 검으로 상대방의 칼을 쳐냈다. 메디아인의 장검이 공기를 갈랐다. 그러나 이런 접근전에서 가볍게 무장한 아시아인이 중무장을 한 그리스 보병에게 맞먹을 가능성은 거의 전무했다. 2세대 후에는 역사가 그 사실을 증명해 줄 것이다. 빌어먹을. 에버라드는 생각했다. 만약 내게 흉갑과 정강이받이만 있었다면, 이들 네 명쯤은 문제없었을 텐데! 에버라드는 자신의 대형 방패를 교묘하게 사용했다. 그는 공격과 방어가 되풀이될 때마다 방패를 앞으로 내밀었고, 틈만 있으면 긴 장검 밑으로 파고들어 무방비 상태인 하르파구스의 배를 찌르려고 시도했다.

잿빛 수염을 기른 킬리아크는 긴장된 표정으로 씩 웃어 보였고, 재빨리 옆으로 물러났다. 이것은 물론 시간을 벌기 위한 행위였고, 실제로 효과가 있었다. 다른 세 사람이 마침내 강둑으로 올라왔고, 고함을 지르며 돌진해 왔다. 그러나 이들의 공격은 무질서했다. 개개인은 뛰어난 전사였음에도 불구하고, 이들 페르시아인들은 유럽식의 집단 전투 방법을 터득하지 못했던 것이다. 바로 그 때문에 그들은 마라톤과 가우가멜라*에서 패배를 맛보게 된다. 그러나 갑옷을 입지 않은 한 사람이 네 사람에게 대항하는 것은 불가능에 가까웠다.

에버라드는 근처에 있던 나무를 등지고 섰다. 첫째 사내가 막무가내로 돌진해 와서 그의 그리스 방패를 칼로 쳤다. 그 순간 타원형 청동방패 뒤에서 튀어나온 에버라드의 칼이 번득였다. 그의 팔에 부드러우면서도 어딘가 무거운 느낌을 주는 저항이 전해져 왔다. 과거의 경험에서 그는 이 느낌이 무엇인지를 알고 있었고, 칼을 잡아뺀 다음 재빨리 옆으로 물러섰다. 페르시아인은 그 자리에 주저앉았다. 상처에서 선혈이 솟구쳤다. 그는 한 번 신음소리를 냈고, 자신이 이미 죽은 것이나 다름없다는 사실을 깨닫고는 체념한 듯이 하늘을 우러러보았다.

그의 동료들은 이미 에버라드의 좌우 측면으로 육박하고 있었다. 머리 위에 드리워진 나무 줄기 때문에 올가미밧줄은 아무 쓸모도 없었다. 결국 직접 싸워 이기는 수밖에 없었다. 패트롤 대원은 방패를

---

* Gaugamela, 기원전 331년, 마케도니아의 알렉산더 대왕이 티그리스 강 상류에 있는 가우가멜라에서 페르시아의 다리우스 3세 군을 격파시킴.

들어 왼쪽에서 날아온 공격을 막았다. 그 탓에 오른쪽 늑골이 무방비 상태가 되었지만, 상대방은 그를 죽이지 말라는 명령을 받았기 때문에 큰 위험은 되지 않았다. 오른쪽에 있던 사내가 에버라드의 발목을 모로 후려쳤다. 에버라드는 껑충 뛰어올랐고, 상대방의 칼은 공중을 갈랐다. 그러자 왼쪽 사내가 낮은 찌르기를 시도했다. 에버라드는 둔한 아픔을 느꼈고, 장딴지에 상대방의 칼이 꽂혀 있는 것을 보았다. 몸을 비틀어 칼을 빼냈다. 촘촘한 나뭇가지 사이를 뚫고 비친 한 줄기 햇빛이 그의 상처를 믿기 힘들 정도로 선명한 핏빛으로 물들였다. 에버라드는 상처 입은 다리가 푹 꺾이는 것을 느꼈다.

"맞아, 그렇게 해. 놈을 쓰러뜨려!"

3미터 정도 떨어진 곳에서 하르파구스가 외쳤다.

에버라드는 손에 든 방패 가장자리 너머로 고함을 질렀다.

"정말 네놈들의 왕초는 재칼처럼 겁이 많은 한심한 놈이군. 나한테서 꼬리를 감추고 도망친 다음, 스스로는 할 용기도 없는 일을 네놈들에게 시키고 있지 않나!"

이것은 계산된 모욕이었다. 그를 향한 공격이 일순간 멈췄다. 그는 비틀비틀 앞으로 나아가며 목쉰 소리로 내뱉었다.

"너희 페르시아인들이 어차피 메디아인의 개가 될 생각이라면, 적어도 사내다운 놈의 개가 될 생각은 없나? 자신의 주군을 배신하고, 겨우 한 명뿐인 그리스인 앞에서도 도망치는 이런 작자의 말을 듣는 대신?"

이렇게 먼 옛날, 또 이렇게 서양에 근접해 있었음에도 불구하고, 동양인은 이런 식으로 자신의 체면이 깎이는 일을 절대로 감당할 수 없을 것이다. 물론 하르파구스는 결코 비겁자가 아니었다. 에버라드는 자신의 조롱이 얼마나 부당한 것인지를 잘 알고 있었다. 그러나 킬리아크는 욕설을 내뱉고 그를 향해 돌진해 왔다. 에버라드는 매부리코의 여윈 얼굴과 불타는 듯한 두 눈을 언뜻 보았다. 그는 다리를 절며 앞으로 나아갔다. 두 명의 페르시아인은 순간적이나마 주저하는 듯한 기색을 보였다. 에버라드와 하르파구스가 칼을 마주치기에는 충분한 시간이었다. 메디아인의 칼이 상하로 움직였다. 그리스식 투구와 방패에 맞고 튀어나온 칼날은 뱀처럼 번득이며 또다시 에버라드의 다리를 모로 후려쳤다. 에버라드의 눈앞에서 헐거운 흰색 튜닉이 펄럭거렸다. 그는 혼신의 힘을 다해 검을 찔러 넣었다.

그는 상대방에게 치명상을 입히기 위해 잔인하지만 숙달된 동작으로 칼을 비틀어 뺐고, 오른쪽 뒤꿈치를 축 삼아 재빨리 몸을 돌린 후 자신을 향해 날아온 칼날을 방패로 받아넘겼다. 잠시 동안 그와 페르시아인은 일 대 일로 격렬하게 칼싸움을 벌였다. 자신의 등 뒤를 향해 우회하고 있는 다른 한 명의 모습이 시야 한쪽에 들어왔다. 그는 마치 남의 일인듯 무심한 투로 생각했다. 흐음, 어쨌든 신시아에게 위험한 인물을 한 사람 죽일 수 있었으니까…….

"기다려! 멈춰라!"

그 목소리는 갸냘픈 떨림에 불과했고 시냇물 흐르는 소리보다도 작았지만, 전사들은 뒤로 물러서서 무기를 내렸다. 누워서 하늘을 바라보며 죽어 가고 있던 페르시아인조차 고개를 돌려 그쪽을 보았다.

하르파구스는 자신의 피가 고인 웅덩이 속에서 몸을 일으키려고 안간힘을 쓰고 있었다. 피부는 잿빛으로 변해 있었다.

그는 속삭였다.

"그만 둬…… 멈춰. 기다려. 여기에는 어떤 목적이 개입되어 있어. 그렇지 않다면, 미트라께서 내게 이런 운명을 내리셨을리가 없다……."

그는 어딘가 위엄이 깃든 태도로 에버라드를 손짓해 불렀다. 에버라드는 칼을 떨어뜨리고 절름거리며 다가가서 그 곁에 무릎을 꿇고 앉았다. 메디아인은 에버라드가 내민 양팔에 무너지듯이 몸을 맡겼다.

피에 젖은 수염 사이로 쥐어짜는 듯한 목소리가 말했다.

"그대는 대왕의 고향에서 왔소. 지금 와서 그 사실을 부정할 필요는 없소. 하지만 이것만은 알아 주시오……. 크샤야바르샤의 아들 아우르바가우슈는…… 결코 배신자가 아니라는 사실을."

이렇게 말하며 그는 오만한 태도로 어깨에 힘을 넣었다. 마치 임박한 죽음에 대해 조금 기다리라고 명령하듯이.

"나는 대왕의 출현 뒤에 어떤 힘이──그것이 천국의 힘이었는지, 지옥의 힘이었는지는 지금도 알지 못하지만──개입되어 있다는 사실을 알고 있었소. 나는 그 힘을 이용했고, 대왕을 이용했소. 나를 위해 그랬던 것이 아니라, 나 자신의 주군인 아스티아게스 왕에게 충성을 맹세했기 때문이었소. 주군은 키루스를…… 키루스가 될 수 있는 인물을 필요로 하고 있었소……. 왕국이 산산조각 나는 것을 막기 위해서. 그 후, 그의 무자비한 행위를 보고 나는 등을 돌렸소. 그러나 나는 여전히 메디아인이었소. 나는 키루스에게서 메디아의 유일한──최상의──희망을 보았던 거요. 왜냐하면 대왕은 우리들에게도 좋은 주군이셨기 때문이오──그의 영토에서 우리 메디아인은 페르시아인을 제외하면 그 어떤 민족보다도 더 좋은 예우를 받고 있소……. 이게 무슨 뜻인지 알겠소, 대왕의 고향에서 온 자여?"

희미한 눈동자가 움직이며 에버라드의 얼굴을 들여다보려고 했지만, 이미 그럴 기력이 남아 있지 않았다.

"나는 그대를 사로잡을 작정이었소──기계를 빼앗아서 그 용도를 알아낸 다음, 그대를 죽이려고 했소……. 부정하지는 않겠소……. 그러나 결코 나 개인의 이익을 위해서 그런 것은 아니었소. 왕국의 이익을 위해 그랬던 것이오. 나는 그대가 대왕을 다시 고향으로 데려갈 것을 두려워했소. 대왕이 그것을 절실히 원하고 있다는 것을 알고 있었으니까 말이오. 그러면 남은 우리는 어떻게 하란 말이오? 제발 자비를 베풀어 주시오. 그대가 지금 우리의 자비를 필요로 하고 있는 것처럼."

"알았소. 대왕은 이곳에 머무를 것이오."

에버라드가 대답했다.

하르파구스는 한숨을 내쉬었다.

"고맙소. 나는 그대가 진실을 말하고 있다고 믿소……. 본심이 아니라고는 생각하고 싶지도 않소……. 그럼 내 죄는 용서받은 것이오?"

그는 불안한 듯한 갸냘픈 목소리로 말을 이었다.

"옛 주군의 명을 받고 내가 저질렀던 살인은——갓 태어난 젖먹이를 산에 내버리고 죽도록 놓아 둔 죄는——용서받았단 말이오? 왕국을 멸망의 위기에 빠뜨린 것은…… 바로 그 왕자의 죽음이었지만…… 하지만 나는 다른 키루스를 찾았소! 나는 왕국을 구했던 것이오! 그걸로 속죄가 되었소?"

"당신은 용서받았소."

에버라드는 말했고, 남의 죄를 용서할 자격이 자신에게 있을까 하고 생각했다.

하르파구스는 눈을 감았다.

"그럼 떠나도록."

그는 비록 갸냘프기는 했지만 과거의 그를 연상케 하는 명령조로 말했다.

에버라드는 그를 땅 위에 내려놓고 절뚝거리며 그 자리를 떠났다. 페르시아인 두 사람이 자신들의 주인 곁에 무릎을 꿇고 앉아 어떤 의식을 행하기 시작했다. 세번째 사내는 다시 자신만의 명상으로 되돌아갔다.

에버라드는 나무 밑에 앉아 망토를 길게 찢어내 상처를 싸맸다. 장 딴지의 상처는 빨리 치료할 필요가 있었다: 우선 스쿠터가 있는 곳까 지 가야 한다. 결코 유쾌한 여정은 아니겠지만 어떻게든 갈 수 있을 터이고, 일단 돌아가기만 하면 패트롤의 의사가 20세기의 의술보다 훨씬 더 진보된 미래의 의학 기술을 이용해서 몇 시간만에 그의 몸을 원상 복구시켜 줄 것이다. 그는 별로 중요하지 않은 시대의 작은 지부 로 갈 생각이었다. 20세기로 돌아가면 꼬치꼬치 질문당할 것이 뻔했 기 때문이다. 그런 사태만은 절대로 피해야 했다. 만약 상사들이 그의 계획을 알아차린다면, 그들은 아마 그것을 금지할 것이다.

해결책은 갑자기 머리에 번득인 영감이 아니라, 지친 그의 머리에 천천히 떠오른 자각의 형태로 나타났다. 아마 잠재 의식 속에서는 이 미 오래 전부터 알고 있었던 해답이었을지도 모른다. 그는 나무 줄기 에 등을 기대고 호흡을 가다듬었다. 다른 네 명의 페르시아인들이 왔 고, 무슨 일이 일어났는지를 동료에게 들었다. 이따금 공포와 자존심 이 뒤섞인 눈초리로 흘깃거리며 남몰래 액을 막는 손짓을 할 때를 제 외하면 모두 에버라드를 무시하고 있었다. 이윽고 그들은 주인의 시 체와 빈사 상태의 동료를 어깨에 지고 숲 속으로 사라졌다. 어둠이 짙 어졌다. 어딘가에서 부엉이가 울었다.

9

대왕은 침대 위에서 몸을 일으켰다. 커튼 너머에서 무슨 소리가 나는 것을 들었던 것이다.

왕비 카산다네가 어둠 속에서 몸을 뒤척이는 기색이 있었다. 가냘픈 손이 그의 얼굴을 만졌다.

"나의 태양, 무슨 일이십니까?"

그녀가 물었다.

"모르겠소. 아무것도 아니오."

그는 언제나 베개 밑에 넣어 두는 검을 더듬어 찾았다.

그녀의 손바닥이 그의 가슴으로 미끌어져 내렸다. 그녀는 갑자기 몸을 떨며 속삭였다.

"그렇지 않으십니다. 가슴이 마치 전쟁터의 북처럼 울리지 않습니까."

"이곳에 그냥 계시오."

그는 장막을 걷어 내고 밖으로 나왔다.

아치 모양의 창문 너머로 짙은 보랏빛 하늘이 보였고, 휘영청한 달빛이 흘러들어오고 있었다. 벽가에 있는 청동 거울이 달빛을 눈이 부실 정도로 밝게 반사하고 있었다. 맨 살에 닿는 공기가 차갑게 느껴졌다.

검은 금속으로 된 물체가 마치 제2의 그림자처럼 창문을 넘어 들어왔다. 두 개의 조종간을 잡고 있던 탑승자는 계기반 위의 조그만 제어 스위치를 만졌다. 물체는 아무런 소리도 내지 않고 융단 위에 내려 앉았다. 탑승자가 내렸다. 그리스풍의 튜닉과 투구를 쓴 거구의 사내였다.

데니슨은 달빛 속으로 한 걸음 나아갔다.

"맨스! 정말로 와 줬군!"

"뭔가 다른 대사는 없나?"

에버라드는 비꼬는 듯한 어조로 대꾸했다.

"누군가가 우리 목소리를 들을 염려는 없겠지? 아무도 날 보지 못했다고 생각하네. 지붕 바로 위에서 실체화한 다음 반중력 추진으로 천천히 내려왔으니까 말야."

"문 밖에 위병들이 있네. 하지만 내가 저 종을 치거나 소리를 지르지 않는 이상 안으로 들어오지는 않을 거야."

"좋아. 옷을 입게."

데니슨은 검을 떨어뜨렸다. 그는 한순간 꼼짝도 않고 서 있다가, 곧 열에 들뜬 어조로 반문했다.

"그럼 날 구해 줄 방법을 찾았단 말인가?"

"아마 그럴지도 모르겠군. 아마."

에버라드는 상대방을 외면했고, 기계의 제어반을 손가락으로 두들겼다. 잠시 후 그는 입을 열었다.

"묘수가 하나 있네, 키이스. 성공할지도 모르고, 못할지도 모르지만 말야. 그걸 실행에 옮기기 위해서는 자네의 도움이 필요해. 성공한다면 자넨 집으로 돌아갈 수 있네. 본부는 그걸 기정 사실로 받아들이고 약간의 규칙 위반은 기꺼이 눈감아 줄 거야. 하지만 실패할 경우, 자네는 오늘 이밤으로 되돌아와서 남은 생애를 키루스로서 보내야 해. 그럴 수 있겠나?"

데니슨은 몸을 떨었다. 차가운 공기 때문만이 아니었다. 그는 나직하게 말했다.

"그럴 수 있을 거야."

에버라드는 거친 목소리로 말했다

"난 자네보다 힘이 세네. 그리고 무장한 사람은 나 혼자여야 해. 필요하다면 억지로라도 자넬 이곳으로 데리고 올 용의가 있네. 제발 내가 그런 일을 하지 않도록 해 줘."

데니슨은 길게 숨을 들이켰다.

"그러지는 않겠네."

"그럼 행운의 여신이 우리를 도와주길 기원해야겠군. 자, 옷을 입게. 설명은 가면서 해 주겠네. 이 시대와 작별인사를 하고, 다시는 보지 않을 각오를 하게 ── 만약 내 계획대로 된다면, 자네, 혹은 그 누구도 이곳을 보는 일은 다시는 없을 테니까 말야."

새벽이 오기 전 노예가 치울 수 있도록 구석에 던져 둔 옷을 집으려던 데니슨이 문득 멈췄다.

"뭐라고?"

"우리가 역사를 다시 쓰는 거야. 혹은 처음 역사를 원상 복구시키려는 건지도 모르겠군. 그건 나도 잘 모르겠네. 어쨌든 빨리 와서 타게!"

"하지만 ──"

"뭘 꾸물거리고 있나! 내가 자네와 헤어졌던 바로 그날로 돌아온 이유가 자네한테 좀더 시간 여유를 주기 위해서라고 생각하나? 지금 이 순간에도 난 칼을 맞은 한쪽 다리를 끌면서 산 속을 기어가고 있단 말이네. 빨리 와!"

데니슨은 결단을 내렸다. 어둠에 잠겨 얼굴을 볼 수는 없었지만, 그는 매우 낮고 뚜렷한 목소리로 말했다.

"직접 가서 작별을 고해야 할 사람이 하나 있네."

"뭐라고?"

"카산다네. 이곳에서 ── 하느님, 그녀는 14년 동안이나 내 아내였어! 그녀는 내게 세 명의 자식을 낳아 주었고, 과거 두 번 열병에 걸렸을 때는 나를 밤새워 간호해 주었고, 내가 절망에 빠졌을 때마다 나를 위로해 주었네. 메디아 군이 이곳 성문 앞까지 쳐들어왔을 때는 파사르가다에의 여자들을 모두 데리고 나와 우리를 격려해 줬고, 결국 우리는 이길 수 있었어⋯⋯. 5분만 시간을 줘, 맨스."

"알았네, 알았어. 환관을 그녀 방으로 보내 여기로 데려오려면 어차피 그 이상 걸리겠지만—"

"그녀는 이 방에 있네."

데니슨은 침대의 장막 속으로 사라졌다.

에버라드는 한동안 뒤통수를 얻어맞기라도 한 듯이 우뚝 서 있었다.

자네는 내가 오늘밤 이곳에 올 것을 예상했고, 내가 자네를 신시아에게 데려다 주기를 기대하고 있었어. 그래서 카산다네를 불러다 놓았던 거야.

이윽고 칼자루를 꽉 쥔 손가락 끝이 아파 오기 시작하는 것이 느껴지고—

오, 이젠 작작 해 둬, 에버라드. 이 독선적이고 잘난 체하는 멍청한 작자야.

이윽고 데니슨이 되돌아왔다. 옷을 입고 스쿠터의 뒷좌석에 올라타는 동안 그는 아무 말도 하지 않았다. 에버라드는 순간적으로 공간을 이동했다. 침실이 사라졌고, 훨씬 아래쪽으로는 휘영청한 달빛에 흠뻑 젖은 산들이 보였다. 차가운 돌풍이 공중에 떠 있는 그들을 휘감으며 지나갔다.

"이제 엑바타나로 가겠네."

에버라드는 계기반의 조명을 켠 다음 파일럿용의 메모 용지에 미리 기입해 둔 수치를 읽으며 제어 장치를 조절했다.

데니슨은 깜짝 놀란 듯했다.

"엑—오, 하그마탄을 말하는 거군? 메디아 왕국의 구 수도 말이지? 그렇지만 지금 그곳은 단지 여름의 이궁(離宮)에 지나지 않는데."

"목적지는 36년 전의 엑바타나야."

에버라드가 말했다.

"응?"

"생각해 보게. 미래의 역사 학자들은 헤로도토스나 페르시아인들이 키루스의 유년 시절에 관해 기록한 얘기가 순전히 우화에 지나지 않는다고 모두 확신하고 있네. 그리고, 결과적으로 그들의 생각이 옳았다고 한다면? 아마 이곳에서 자네가 경험한 일들은 패트롤이 언제나 제거하려고 하는 시공의 작고 불규칙한 변화에 불과했을지도 몰라."

"무슨 뜻인지 알겠네."

데니슨은 천천히 말했다.

"자네가 아직 그의 봉신(封臣)이었을 무렵 아스티아게스의 궁정에는 꽤 자주 드나들었겠군? 좋아, 날 안내해 줘. 그 친구를 만날 필요가 있네. 가능하다면 밤에 혼자 있을 때 말야."

"16년이란 긴 세월이네."

데니슨이 말했다.

"응?"

"어차피 과거를 개변할 생각이라면, 왜 이 시점에서 나를 이용하는 건가? 내가 키루스가 된 지 1년쯤 지났을 때, 그러니까 어느 정도 엑타바나의 사정을 알게는 됐지만 너무 긴 시간이 흐르지 않았던 시점을 골라서 와 준다면——"

"유감이지만 그럴 수는 없네. 우린 지금 이 순간에도 아슬아슬한 도박을 하고 있어. 세계선(世界線)에 두번째 루프를 만드는 행위가 어떤 결과를 가져올지는 오직 하느님만이 아시네. 설령 성공한다 하더라도, 패트롤은 그런 위험천만한 시도를 했다는 이유로 우리 두 사람을 추방 행성으로 보낼 걸."

"그건…… 맞아. 무슨 뜻인지 알았네."

"또 자네는 자살자 타입이 아냐. 설마 지금 여기 이 순간에 있는 자네가 결코 존재하지 않았으면 좋겠다고 생각하고 있는 것은 아니겠지? 이 사실이 시사하는 바가 무엇인지를 곰곰이 생각해 보게."

그는 기계의 조정을 마쳤다. 뒤에 타고 있는 사내는 몸을 떨었다.

"미트라 신이여! 자네 말이 옳아. 내가 한 말은 잊어 주게."

"그럼 출발하겠네."

에버라드는 메인 스위치를 넣었다.

그들은 본 적이 없는 평원에 세워진 성벽 도시의 상공에 떠 있었다. 이곳에서도 달이 떠 있었지만, 에버라드의 눈에 도시는 단지 검은 덩어리로밖에는 보이지 않았다. 그는 새들백을 뒤졌다.

"자, 이 의상으로 갈아입는 거야. 나는 중기 모헨조다로* 지부에 있는 친구들에게 부탁해서 이번 계획에 알맞은 옷을 만들어 왔네. 그곳에서도 이런 식의 변장이 자주 필요한 상황이 벌어지기 때문이지."

호퍼가 어둠 속을 하강하면서 바람이 그들을 스치고 지나갔다. 데니슨은 에버라드의 어깨 너머로 손을 내밀어 전방을 가리켰다.

"저것이 왕궁이네. 왕의 침소는 동편 건물에 있어……."

왕궁은 파가르사다에의 페르시아 왕궁에 비하면 둔중하고 덜 세련되어 보였다. 에버라드는 가을이 깊어 가는 정원 안에 아시리아인들이 남기고 간 듯한 날개 달린 황소상 한 쌍이 희끄므레하게 서 있는 것을 흘낏 보았다. 눈앞에 있는 창문이 들어가기에는 너무 좁다는 걸 안 그는 짧게 욕설을 내뱉고 가까이 있던 문으로 돌진했다. 말을 탄 두 명의 위병이 고개를 들었고, 자신들을 향해 오는 것을 보고는 비명을 질렀다. 놀란 말들이 뒷다리를 쳐들어 그들을 안장에서 떨어뜨렸다.

* Mohenjodaro, 파키스탄의 펀자브 지방에 있는 인더스 문명의 도시 유적.

에버라드의 타임 머신은 문을 부수고 안으로 돌진했다. 이 시점에서 기적이 하나 더 일어났다고 해서 역사가 바뀌는 것은 아니다. 특히 이런 일들을 20세기인들이 비타민 정제를 신봉하는 것만큼이나 열렬하게—아마 그 이상으로 절실한 이유에서—믿고 있는 시대에서는 말이다. 등불을 따라 회랑을 나아가는 그들을 보고 노예와 위병들이 공포에 질려 울부짖었다. 왕의 침소에 도달하자 에버라드는 검을 뽑았고, 칼자루 끝으로 문을 두들겼다.

"이젠 자네가 나설 차례야, 키이스. 자넨 아리아어의 메디아 판을 알고 있으니까 말야."

"문을 열라, 아스티아게스여! 아후라마즈다의 사자들에게 문을 열란 말이다!"

데니슨이 크게 소리 질렀다.

침소 안에 있던 사내가 순순히 이 명령에 따랐기 때문에 에버라드는 조금 놀랐다. 아스티아게스는 자신의 신민 대다수와 마찬가지로 용맹스러운 인물이었다. 그러나 메디아 왕—그는 실팍한 체구에 냉혹한 얼굴을 한 40대 초반의 사내였다—은 반짝이는 옷을 입고, 머리에는 후광을, 등에는 빛으로 된 커다란 날개를 가진 두 사람의 신인이 철의 옥좌에 앉은 채로 공중에 떠 있는 것을 보자마자 그 자리에서 무너지듯이 부복했다.

에버라드는 데니슨이 알아듣기 힘든 방언을 써서 마치 휘하의 장군들을 질타하는 듯한 어조로 호통치는 소리를 들었다.

"오, 신을 두려워하지 않는 사악한 자여, 하늘의 노여움이 너를 향해 있음을 알라! 네놈은 너의 하찮은 음모가, 비록 그것을 낳은 사악한 어둠 속에 잠겨 있다고 해서, 빛나는 신의 두 눈을 속일 수 있으리라고 생각했는가? 전지전능하신 아후라마즈다가 그런 비열한 음모를 그대로 방치하시라고 정말로 믿고 있었단 말인가……."

에버라드는 이 말을 거의 듣고 있지 않았다. 그는 스스로의 상념에 잠겨 있었다. 아마 이 도시 어딘가에는 하르파구스가 있을 것이다. 청춘의 활력에 넘치고, 아직 자기가 저지른 죄의 중압감을 짊어지고 있지 않은 그가. 이제 그가 그 중압감으로 인해 가책받고 괴로워하는 일은 결코 없을 것이다. 산에 갖다 버린 갓난애가 울고, 몸을 떨고, 마침내 꼼짝도 하지 않게 되는 광경을 자신의 창에 기댄 채로 지켜보고 있지 않아도 되는 것이다. 장래에 그는 개인적인 이유에서 반란을 일으키고, 키루스의 킬리아크가 되겠지만, 음침한 숲 속에서 적의 팔에 안겨 죽음을 맞이할 필요는 없는 것이다. 그리고 이름 모를 한 페르시아인도 그리스인의 칼에 맞아 천천히 무(無)를 향해 떨어진다는 운명에서 벗어날 수 있을 것이다.

그러나 내 손으로 죽인 두 사내의 기억은 영원히 나의 뇌세포에 각인된 채로 남아 있겠지. 내 다리에는 희미한 흰 상처가 남아 있어. 키이스 데니슨은 마흔일곱 살인데다가, 왕처럼 생각하는 법을 배웠어.

"······아스티아게스여, 키루스란 유아가 하늘의 은총을 받은 자라는 사실을 알라. 자비로우신 신들은 네게 먼저 경고를 내리셨다. 죄 없는 자의 피로 네 영혼을 더럽힌다면 그 죄를 영원히 씻을 수 없을 것이다. 키루스를 안샨에서 자라게 하라. 그러지 않으면 너는 아리만과 함께 영원히 지옥불에 타게 될 것이다! 미트라 신은 이렇게 고하셨다!"

아스티아게스는 납작 엎드린 채로 이마를 바닥에 짓찧고 있었다.

"이제 가세."

데니슨이 영어로 말했다.

에버라드는 36년 후의 페르시아 산중을 향해 도약했다. 길 근처에 난 삼목과 시냇물 위로 달빛이 비치고 있었다. 공기는 차가웠고, 어디선가 늑대의 울부짖음이 들려왔다.

에버라드는 스쿠터를 착륙시킨 뒤 안장에서 내렸고, 무대 의상을 벗기 시작했다. 가면을 뗀 데니슨의 얼굴에는 기묘한 표정이 각인되어 있었다.

"우리가 아스티아게스에게 너무 겁을 준 것이 아닌가 하는 생각이 드는군. 페르시아인들이 반란을 일으켰을 때 그는 3년 동안이나 키루스와 싸웠다고 역사에 기록되어 있지 않나."

이렇게 말한 데니슨의 목소리는 주위의 적막함 속에 거의 가라앉다시피했다.

"우린 언제든지 전쟁이 시작된 시점으로 돌아가서 저항을 부추기는 환영(幻影)을 그에게 보여줄 수 있네."

에버라드는 과거의 망령을 쫓으려는 듯 가능한 한 사무적인 목소리를 내려고 노력하며 말했다.

"그러나 그럴 필요는 없으리라 생각하네. 그는 키루스를 그냥 놓아 두겠지만, 일단 신하의 반란에 직면한 후에는 격노한 나머지 36년 전의 먼 기억 따위는 꿈으로 치부해 버릴걸. 또 귀족들이 그가 메디아의 이익을 포기하게 놓아 둘 리가 없어. 하지만 일단 확인해 보는 편이 낫겠군. 동지 축제 때는 왕이 행렬의 선두에 서지 않나?"

"맞아. 그럼 가 보기로 하지. 당장."

곧 그들은 밝게 내리쬐는 햇살을 받으며 파사르가다에 상공에 떠 있었다. 그들은 타임 머신을 감춘 다음 걸어서 산에서 내려왔다. 미트라 신의 생일을 축하하려고 도시로 몰려드는 인파 속에서는 그들도 두 사람의 여행자에 불과했다. 그들은 자신들이 오랫동안 외국에서 지내다가 방금 돌아왔다고 설명하고 지금까지 무슨 일이 일어났는지를 사람들에게 물었다. 이들에게서 들은 대답은 만족할 만한 것이었다. 데니슨의 기억에는 남아 있지만 연대기에는 기술되어 있지 않은 세부적인 부분에도 전혀 문제될 만한 것이 없었다.

마침내 그들은 수천 명의 군중과 더불어 차갑고 청명한 하늘 아래 서서 행진을 구경했고, 키루스 대왕이 코바드, 크로에서스, 하르파구스 등의 심복들을 거느리고 지나갈 때는 이마에 손을 대고 허리를 굽혀 경의를 표했다. 그 뒤로 페르시아 제국의 정수라고 할 수많은 귀인과 제관 등이 따르고 있었다.

　데니슨이 속삭였다.

　"당시의 나보다 젊어 보이는군. 사실 그렇겠지. 몸집도 좀 작은 편이고…… 얼굴도 전혀 다르지 않나? …… 하지만 충분히 해 낼 거야."

　"좀더 있으면서 축제를 즐기고 싶나?"

　에버라드가 물었다.

　데니슨은 망토 자락을 여몄다. 공기는 살을 에듯 차가웠다.

　"아니. 이제 돌아가지. 그건 정말 오랜 세월이었네. 설령 그것이 결코 존재한 적이 없었다고 해도 말야."

　"응. 그것은 결코 존재하지 않았네."

　에버라드의 표정은 성공을 거둔 구조자답지 않게 너무 어두웠다.

10

　키이스 데니슨은 뉴욕에 있는 한 건물의 엘리베이터에서 나왔다. 그것이 어떤 모양을 하고 있었는지도 기억할 수 없었다는 사실에 그는 막연한 놀라움을 느꼈다. 아파트 주소조차도 생각나지 않았기 때문에 주소록을 뒤져야 했던 것이다. 세부(細部), 세부를 기억할 필요가 있었다. 그는 몸을 떨지 않으려고 노력했다.

그가 손을 뻗치자 신시아가 문을 열었다.

"키이스."

그녀는 거의 믿기 힘들다는 투로 말했다.

그는 단지 이런 말밖에는 할 수 없었다.

"맨스에게서 내가 올 거라는 얘기는 듣지 못했어? 그래 주겠다고 했는데."

"예. 하지만 그런 건 상관없어요. 당신의 모습이 이렇게까지 바뀌어 있을 거라고는 미처 생각 못했어요. 하지만 그런 건 상관 안 해요. 오, 내 사랑!"

그녀는 그를 이끌고 안으로 들어와 문을 닫았고, 그의 팔에 몸을 기대 왔다.

그는 실내를 둘러보았다. 그는 이곳이 얼마나 비좁았는가를 잊고 있었다. 그리고 결국 그가 양보하기는 했지만, 그녀의 실내 장식 취향을 결코 마음에 들어 하지 않았던 사실도.

여자가 하라는 대로 하거나, 혹은 그녀의 의견을 묻는다는 행위조차도 그에게는 처음부터 다시 배워야 하는 습관이었다. 결코 쉽지는 않을 것이다.

그녀는 눈물에 젖어 축축해진 얼굴을 들어올리고 그가 키스해 주기를 기다렸다. 그녀는 **이런** 얼굴을 하고 있었단 말인가? 그러나 그는 생각해 낼 수 없었다——그런 일은 불가능했다. 이렇게 긴 세월이 흐른 뒤로, 그가 기억할 수 있는 것이라곤 그녀의 몸집이 작았고 금발이었다는 사실뿐이었다. 그는 그녀와 몇 달 간 함께 살았을 뿐이었다. 카산다네는 그를 나의 샛별이라고 불렀고 그에게 세 자식을 낳아 주었으며 14년 동안 단지 그가 원하는 것을 들어주기 위해 봉사해 왔던 것이다.

"오, 키이스. 잘 돌아오셨어요, 우리집으로."

높고 가냘픈 목소리가 말했다.
우리집이라고! 그는 생각했다. **하느님!**

지브롤터 폭포에서

타임 패트롤 기지는 백여 년 동안만 존재할 예정이었다. 과학자들과 정비 요원들을 제외하면 장기 체류자는 거의 없었다. 따라서 기지 규모는 작았고, 몇몇 산장과 공동 건물들은 근처 풍경에 거의 묻혀 있다시피 했다.

자신이 태어나기 550만 년 전, 톰 노무라는 이베리아 반도 남단의 깎아지른 듯한 벼랑이 자신이 기억하는 것보다 훨씬 더 가파르게 솟아 있다는 사실을 깨달았다. 구릉지대는 북쪽으로 갈수록 급격히 높아졌고, 곧 낮은 산맥으로 변해 시야를 가로막았으며, 이따금 푸른 그림자가 드리워진 협곡 때문에 끊어지곤 했다. 기후는 건조했다. 겨울에는 폭우가 내렸지만 오래 계속되지는 않았다. 여름이 되면 강들은 시냇물로 변하거나 아예 사라졌고, 풀들은 누렇게 말라붙었다. 숲과 관목 지대가 띄엄띄엄 산재하고 있었다. 들판에는 가시나무, 미모사, 아카시아, 소나무, 알로에가 피어 있었고, 샘 근처에는 야자나무, 양치류, 야생란이 있었다.

동물의 종류 또한 풍부했다. 구름 한 점 없는 창공에는 언제나 매와 독수리가 맴돌며 날고 있었고, 지상에서는 수백만 마리의 초식 동물들이 떼를 지어 풀을 뜯고 있었다. 몇백 종류나 되는 이들 동물 중에는 얼룩 무늬가 있는 조랑말, 원시적인 코뿔소, 오카피* 같은 모습을 한 기린의 조상 등이 있었고, 괴상한 모습을 한 코끼리, 짧고 붉은

* okapi, 포유류 소목(目) 기린과의 한 종으로 아프리카 콩고 지방의 삼림지대에 분포함.

털에 뒤덮이고, 거대한 엄니를 가진 마스토돈도 이따금 눈에 띄었다. 육식 동물과 썩은 고기를 먹는 동물로는 고양이과 대형 동물의 전신인 검치호(劍齒虎), 하이에나, 그리고 지상을 돌아다니며 이따금 뒷발로 일어서서 걷곤 하는 유인원들이 있었다. 높이 2미터에 육박하는 개미집도 있었다. 마멋*의 휘파람 같은 울음소리가 들려 왔다.

공기에서는 건초와 햇볕에 그슬린 초목, 말라붙은 동물의 배설물, 따뜻한 털가죽 내음이 났다. 일단 불기 시작한 바람은 천둥소리 같은 굉음을 내며 맹렬하게 몰아쳐 왔고, 먼지와 연기를 얼굴에 뿌렸다. 수많은 발굽이 대지를 박차고 달리는 소리가 울려퍼졌고, 새들이 시끄럽게 울었고, 짐승들은 나팔 같은 울음소리를 냈다. 해가 지면 기온은 급격히 떨어진다. 밤하늘에는 너무나도 많은 별들이 빛나고 있었으므로 별자리 모양이 기묘하다는 사실에는 거의 신경이 쓰이지 않았다.

지금까지는 대략 이런 식이었다. 큰 변화가 일어난 적도 없었다. 그러나 이제 백 년 동안의 뇌명(雷鳴)이 시작되려 하고 있었다. 이것이 끝나면 모든 것들은 옛날과는 영원히 달라져 있을 것이다.

맨스 에버라드는 눈을 가늘게 뜨고 톰 노무라와 펠리즈 아 라흐를 힐끗 보았고, 곧 미소를 지었다.

"아니, 됐네. 오늘은 그냥 이 근처를 돌아다녀 볼 생각이야. 자네들끼리 가서 즐기고 오게."

약간 비틀어진 코에 조금 희끗희끗한 머리를 한 이 거구의 사내는 한순간 노무라를 향해 한쪽 눈꺼풀을 조금 내리깔았던가? 노무라는

---

* marmot, 포유류 다람쥣과의 마멋속(屬) 짐승의 총칭으로 아시아 · 유럽 북부 · 북아메리카 등지에 서식함.

확신할 수 없었다. 그들은 같은 시대에서 왔을 뿐 아니라, 같은 나라 출신이었다. 에버라드가 서기 1954년의 뉴욕에서 패트롤에 입대했고, 노무라가 1972년의 샌프란시스코에서 입대했다는 사실은 거의 문제가 되지 않는다. 그들 사이의 세대차는 과거에 일어났던 일과 미래에 일어날 변화에 비하면 한낱 물거품에 지나지 않는 것이다.

그러나 노무라는 '학원'을 갓 졸업한 신참자였고, 기껏해야 25년 동안의 인생 역정을 경험했을 뿐이었다. 에버라드는 자신이 얼마나 오랜 기간 동안 시간을 방랑했는지 그에게 말해 준 적이 없었다. 그리고 패트롤이 그 구성원들에게 장수 요법을 제공한다는 점을 감안하면 에버라드의 실제 나이를 추측하기란 불가능에 가까웠다. 노무라는 이 무임소 대원이 어떤 의미에서는 펠리즈—그녀는 그들의 2천 년 후 미래에 태어났다—보다 더 이질적인 존재가 됐을 정도로 수많은 경험을 한 것이 아닌가 추측하고 있었다.

"좋아, 이제 시작해."

그녀가 말했다. 무뚝뚝한 말투였음에도 불구하고, 노무라의 귀에 그녀의 시간어는 매우 음악적으로 들렸다.

그들은 베란다에서 나와 뜰을 가로질렀다. 몇몇 대원들이 그들을 보고 인사를 건넸지만, 그들의 관심은 주로 그녀에게 집중되어 있었다. 노무라도 동감이었다. 그녀는 젊고 키가 컸으며, 곡선을 그린 코는 강인한 인상을 주었다. 그러나 커다란 녹색 눈, 풍부한 표정을 가진 입술, 귀까지 짧게 쳤음에도 불구하고 윤기를 잃지 않은 적갈색 머리카락이 그 느낌을 녹여 주고 있었다. 통상적인 잿빛 커버롤과 튼튼한 부츠도 그녀의 완벽한 몸매나 흐르는 듯이 우아한 걸음걸이를 감추지는 못했다. 노무라는 자신이 못생기지는 않았다는 사실—약간 땅딸막하기는 하지만 균형 잡힌 유연한 체격에, 알맞게 튀어나온 광대뼈, 가무잡잡한 피부를 하고 있었다—을 알고 있었지만, 그녀 곁에 있으면 언제나 추남이 된 듯한 느낌이었다.

그럴 만도 하지. 그는 생각했다. 나 같은 신참 패트롤 대원이 — 그것도 순찰 직이 아니라, 일개 박물학자에 불과한 내가, 감히 어떻게 '제1 모계제' 시대에서 온 귀족에게 사랑을 고백할 수 있단 말인가?

멀리 떨어져 있음에도 불구하고 언제나 들려오는 폭포 소리는 마치 합창 소리처럼 느껴졌다. 그건 단지 그의 상상에 불과했을까. 아니면 끝없이 계속되는 대지의 떨림, 뼈에 사무치는 듯한 그 진동을 실제로 느꼈던 것일까?

펠리즈는 격납고 문을 열었다. 안에는 타임 호퍼 몇 대가 놓여 있었다. 이것들은 2인용 안장이 달린 바퀴 없는 모터사이클과 조금 비슷했고, 반중력 추진으로 공간을 이동하며 몇천 년 동안의 시간을 도약할 수 있다(이 기계들과 현 탑승자들은 대형 타임 셔틀에 실려 이곳으로 운반됐다). 그녀의 호퍼는 기록 장비를 가득 싣고 있었다. 그는 이 호퍼에 너무 많은 짐이 실려 있다는 점을 결국 그녀에게 이해시키지 못했다. 그가 만약 이 사실을 상부에 보고하거나 한다면 그녀는 결코 그를 용서하지 않을 것이다. 노무라가 오늘 에버라드 — 휴가중이긴 했지만 이곳에서는 그가 최상급자였다 — 에게 동행해 줄 것을 부탁한 것도, 어쩌면 그가 이 사실을 알아차리고, 조수인 자신이 그녀의 짐을 분담하라고 명령해 주지나 않을까 하고 기대했기 때문이었다.

그녀는 몸을 날려 안장에 걸터앉았다.

"서둘러! 아침이 다 가고 있잖아."

그는 자신의 호퍼에 올라탄 다음 조종간에 손을 댔다. 두 호퍼는 미끄러지듯 격납고 밖으로 나아가서 공중에 떴다. 까마득한 상공으로 떠오른 그들은 남쪽으로 수평 이동을 시작했고, 큰 강물 같은 바다가 세계의 중심으로 흘러 들어가는 장소로 향했다.

아래쪽에서 상승한 수증기는 수평선을 둑처럼 뒤덮었고, 그 경계선상에서는 은빛 안개가 창공의 푸르름에 녹아 들어가 있었다. 가까이 다가갈수록 안개의 벽은 점점 높아진다. 벽을 향해 계속 나아가면 전 세계는 곧 소용돌이치는 잿빛 공간으로 변하고, 굉음이 전신을 강타하며, 입술에서는 쓴맛을 느낄 수 있다. 대하는 암반층 위를 지나 진흙 위에 깊은 골을 새기며 흐른다. 짠맛이 나는 차가운 안개가 너무나도 자욱해서 몇 분 이상 그 공기를 호흡하는 건 불가능했다.

고공에서 보는 정경은 한층 더 압도적이다. 관찰자는 지질 연대의 종언을 목도할 수 있는 것이다. 150만 년 동안 지중해 분지에는 사막이 가로놓여 있었다. 그러나 이제 헤라클레스의 문*은 열려 있었고, 그 사이로 대서양이 흘러 들어오고 있었다.

맞바람에 휩싸인 노무라는 서쪽으로 시선을 돌려 불안정하고, 색채가 뒤엉키고, 새하얀 거품으로 뒤덮인 망망 대해를 바라보았다. 유럽과 아프리카 사이에 새로 생긴 협곡으로 빨려 들어가는 조류의 흐름이 눈에 들어왔다. 그곳해서 해류는 서로 부딪치며 뒤틀렸고, 희고 푸른 혼돈의 바다는 땅과 하늘 사이에서 미친 듯이 날뛰며, 절벽을 무너뜨리고, 골짜기를 메우고, 내륙 깊숙이 침입해서 거품투성이의 해안선을 이루고 있었다. 그곳에서 흘러나오는 순백의 세찬 물줄기에서는 에메랄드처럼 새파란 바닷물의 색조가 언뜻언뜻 드러났고, 울부짖는 듯한 소리를 내며 높이 13킬로미터에 달하는 양 대륙의 절벽 사이

* Gates of Hercules, 또는 Pillars of Hercules; 지브롤터 해협 동쪽 끝의 양 기슭에 있는 두 곳. 전설에 따르면 본디 결합되어 있던 지브롤터의 바위산과 세우타 동쪽에 있는 하초산을 헤라클레스가 떼어 놓았다고 한다.

를 통과했다. 하늘 높이 분출된 수중기는 쏟아져 들어오는 바닷물을 감춰 버릴 만큼 짙었다.

상공에 생성된 구름 사이로 무지개가 반짝이고 있었다. 이렇게 고공에서는 귀청을 찢을 듯한 굉음도 거대한 맷돌을 가는 듯한 소리 정도로 수그러들어 있었다. 펠리즈는 호퍼를 정지시키고 한쪽 팔을 들어 신호했다. 노무라는 수신기에서 흘러나오는 그녀 목소리를 뚜렷하게 들을 수 있었다.

"멈춰. 더 나아가기 전에 조금 더 기록해 두고 싶으니까 말야."

"이미 충분히 보지 않았어?"

그녀의 말투가 부드러워졌다.

"기적은 아무리 봐도 싫증나지 않아."

그는 가슴이 뛰는 것을 느꼈다. 그녀는 얼음장 같은 여장부가 아니었어. 단지 아랫것들을 통치하기 위해 태어났을 뿐인 귀인이 아니었던 거야. 그녀도 이 광경에서 두려움을, 아름다움을, 그리고 신의 손길을 느끼고 있어—

그는 쓴웃음을 지었다. 그건 당연한 일 아닌가!

어쨌든 이 사건의 완전한 감각 기록을 만드는 것이 그녀의 일인 것이다. 첫째날부터 시작해서, 분지가 완전히 물에 잠겨 훗날 오디세우스가 항해할 바다로 변하는 그날까지 말이다. 이 임무에는 그녀 생애의 몇 개월이 소요될 예정이었다. (그리고 내 생애도, 제발.) 타임 패트롤에 소속된 사람이라면 누구나 이 엄청난 사건을 체험하고 싶어했다. 왕성한 모험 정신은 사실상 패트롤 대원이 되기 위한 필수 조건이나 마찬가지였기 때문에 당연한 일이었다. 그러나 그 많은 사람들이 이렇게 먼 과거로 와서, 이렇게 좁은 시간대를 꽉 메우는 일은 그다지 실제적이라고는 할 수 없었다. 그들 대다수는 대리 체험을 통해 만족을 얻는 수밖에 없을 것이다. 이 임무를 위해 패트롤 고위층이 선발한 대원은 적어도 상당한 수준의 예술가여야 했다—이 모든 것을 실제로 체험한 다음, 다른 사람들에게 그 경험을 넘겨줘야 했기 때문이다.

노무라는 자신이 그녀의 조수로 선발됐을 때 느낀 놀라움을 기억하고 있었다. 만성적인 인원 부족에 시달리는 패트롤에서 예술가를 고용할 여유가 있었단 말인가?

불가해한 구인 광고를 보고 응모한 뒤 몇 가지의 기묘한 테스트를 받고 시간 여행이 존재한다는 사실을 알았을 때, 그는 시간 순찰과 구조 행위가 실제로 가능한지를 물었고, 보통은 가능하다는 대답을 얻었다. 그것을 실행하기 위해 행정직과 사무직, 현지 직원, 사료 편찬 요원, 인류학자 그리고 노무라 같은 박물학자가 필요하다는 사실은 이해할 수 있었다. 그러나 그는 지난 몇 주 동안 펠리즈와 함께 일해 오면서 적어도 소수의 예술가들은 이들만큼이나 필요 불가결하다는 결론에 도달했다. 인간이 살아 가기 위해서는 빵, 총, 서류, 논문, 적나라한 실용적 관점 이상의 것이 필요한 것이다.

그녀는 다시 장비를 챙겨 넣고 그에게 명령했다.

"날 따라와."

동쪽을 향해 날아가는 그녀의 머리카락이 한순간 햇빛을 받고 동상(銅像)처럼 반짝였다. 그는 말없이 그녀 뒤를 따라갔다.

지중해 바닥은 해수면 3천 미터 아래에 위치하고 있었다. 바닥으로 낙하하는 바닷물 대부분은 너비 80킬로미터 해협을 통해 유입되고 있었다. 일 년 동안의 유입량은 무려 4만 입방킬로미터가 넘었다. 이것은 빅토리아 폭포 백 개나 나이아가라 폭포 천 개에 필적하는 양이다.

통계상으로 보면 그렇다는 뜻이다. 실제로 그를 맞이한 것은 뿌연 수증기로 뒤덮인 하얀 바다였고, 대지를 산산조각 내며, 지축을 흔드는 굉음이었다. 인간은 그것을 보고, 듣고, 만지고, 냄새 맡고, 맛볼 수는 있다. 그러나 직접 체험하지 않는 한 결코 상상할 수는 없다.

해협이 넓어지는 부분에 오면 급류는 전보다는 천천히 흐르고, 그 색깔 또한 검푸른 빛으로 변한다. 수증기가 점점 사라져 가면서 섬들이 나타나기 시작한다. 이들은 마치 거대한 물살을 가르고 돌진하는 배를 연상케 했고, 다시 생명이 싹트거나 도망칠 수 있는 피난처를 제공했다. 그러나 이들 섬 대부분은 이번 세기가 지나가기 전에 침식되고 사라질 운명에 처해 있었고, 살아남은 생물들도 불규칙한 기후 탓에 절멸하게 되는 것이다. 왜냐하면 이 사건을 기점으로 이 행성은 중신세(中新世)에서 선신세(鮮新世)로 이행하기 때문이다.

전진을 계속했음에도 불구하고, 노무라의 귀에 들리는 소음은 작아지기는커녕 더욱 커져만 갔다. 해류 자체는 아까보다 조용했지만, 낮은 음역에서 들리는 우르릉거리는 듯한 소리는 거대한 종소리를 연상케 하는 굉음으로 변해 갔던 것이다. 그는 침식을 거듭한 다음 언젠가는 지브롤터라는 이름으로 불릴 갑(岬)을 보았다. 그곳에서 그렇게 멀리 떨어지지 않은 곳에 위치한 너비 30킬로미터의 폭포에서는 전체 유입량의 거의 반쯤 되는 바닷물이 흘러내리고 있었다.

바다는 소름 끼칠 정도로 쉽게 밑으로 뚝 떨어지고 있었다. 대륙의 어두컴컴한 절벽과 황갈색 초원 사이로 흐르는 녹색 바닷물은 유리처럼 투명했다. 고공에서 번개가 번득였다. 그 아래쪽의, 영원히 계속되는 바람 속에서 새하얀 수증기 벽이 춤추고 있다. 그 너머로는 푸르른 호수가 펼쳐져 있었다. 호수에서 흘러나오는 강들은 협곡을 깎아 새기며, 알카리성 토양과 회오리바람, 신기루처럼 반짝이는 무더운 대지를 향해 계속 흘러나가고, 결국은 바다를 이룰 것이다.

흐르는 물이 우레와 같은 소리를 냈고, 출렁였고, 포효했다.

펠리즈는 또다시 호퍼를 공중에서 정지시켰다. 노무라도 그녀 곁에 정지했다. 고도가 높은 탓에 그들을 에워싼 공기는 차가웠다.

"오늘은 이 엄청난 사이즈의 인상을 기록에 남기고 싶어. 꼭대기까지 올라가면서 기록을 계속하고, 다시 내려올 생각이야."

그녀가 말했다.

"너무 가까이는 내려가지 마."

그가 경고했다.

그녀는 냉랭한 표정으로 고개를 치켜들었다.

"그건 내가 결정할 일이야."

"아, 난…… 네게 명령하거나 할 생각은 없었어." 그러지 않는 편이 신상이 이로우니까 말이야. 난 보잘것없는 평민인데다가 남자가 아니었던가. "난 부탁하고 있을 뿐이야ㅡ"

노무라는 자신이 얼간이처럼 말을 더듬고 있다는 걸 깨닫고 흠칫했다.

"ㅡ그러니까, 조심해 주지 않겠어? 나에게 넌 소중한 사람이니까."

펠리즈는 그를 보고 활짝 웃었다. 그녀는 안전 벨트가 몸을 조여드는 것에도 아랑곳 않고 상체를 기울여 그의 손을 잡았다.

"고마워, 톰."

잠시 후 그녀는 심각한 표정으로 말을 이었다.

"너 같은 남자를 보면 난 내가 태어난 시대의 잘못된 점이 무엇인지를 깨닫곤 해."

펠리즈가 상냥한 말투로 그를 대하는 경우는 자주 있었다. 사실 대부분의 경우 그랬다고 해야 옳을 것이다. 만약 그녀가 차가운 성격의 여장부에 불과했다면 그는 며칠 동안이나 잠 못 이루는 밤을 지새우거나 하지는 않았을 것이다. 어쩌면 그녀를 사랑하게 된 것은 그녀가 그를 동등하게 취급하려고 얼마나 꾸준히 노력하고 있는가를 알게 됐던 때부터였는지도 모른다. 노무라와 마찬가지로 패트롤에 입대한 지 얼마 되지 않은 신참자인 그녀에게 이것은 쉬운 일이 아니었다── 몇몇 다른 시대에서 온 남자들의 경우, 그녀가 자신들과 똑같은 능력을 가지고 있으며, 자신의 잠재력을 최대한 발휘해야 마땅하다고 진심으로 믿는 일이 쉽지 않은 것과 마찬가지로 말이다.

펠리즈는 언제까지나 심각해 있지는 않았다.

그녀가 외쳤다.

"자, 따라와! 빨리! 저 직선 폭포는 20년 이상 존속될 것 같지는 않아!"

그의 호퍼가 속력을 냈다. 그는 손으로 헬멧의 안면 가리개를 쳐내리고 그녀 뒤를 쫓았다. 그는 테이프와 동력 전지와 기타 보조 장비를 휴대하고 있었다. **조심해 줘.** 그는 속으로 간절히 바랐다. **제발 조심해 줘, 내 사랑.**

그녀는 이미 훨씬 앞쪽을 나아가고 있었다. 그녀의 활기차고 재빠른 움직임은 혜성이나 잠자리를 연상케 했다. 시야 가득히 펼쳐진 까마득한 단애(斷崖)를 가로지르는 그녀의 모습이 보였다. 굉음은 모든 소리를 압도하고 있었고, 곧 그의 머릿속을 그 음울한 공명음으로 가득 채웠다.

수면 위 몇 미터밖에는 되지 않는 곳까지 내려간 그녀는 심연을 향해 호퍼를 몰았다. 그녀의 머리는 다이얼투성이의 상자에 파묻혀 있다시피 했고, 양손으로는 그 계기를 조작하고 있었다. 호퍼는 무릎으로 조종하고 있었다. 물보라가 튀면서 노무라의 안면 가리개에 부옇게 서리가 끼기 시작했다. 그는 자동 클리너를 작동시켰다. 난기류에 휘말려 들어간 그의 호퍼가 갑자기 옆으로 기울어졌다. 헬멧에는 방음 처리가 되어 있었지만 기압 변화에 대처하는 장치는 없었기 때문에, 그는 고막에 날카로운 아픔을 느꼈다.

펠리즈의 호퍼가 갑자기 안정을 잃었을 때 그는 그녀와 상당히 가까이에 있었다. 그는 호퍼가 곤두박질치는 것을 보았고, 녹색의 망망대해로 떨어지는 것을 보았고, 심연이 기계와 그녀를 송두리채 집어삼키는 광경을 보았다. 굉음 때문에 자신의 절규는 들리지 않았다.

그는 속도 스위치를 때리듯이 쳐 올리고 그녀 뒤를 쫓았다. 격랑(激浪)에 휘말리기 일보 직전 반사적으로 호퍼를 상승시켰던 그의 행동은 맹목적인 생존 본능에서 비롯된 것이었을까? 그녀 모습은 완전히 사라져 있었다. 남아 있는 것이라고는 물의 벽, 아래쪽의 구름, 위쪽의 무감동한 푸르름뿐이었고, 느낄 수 있었던 것은 오직 그를 꽉 물고 으스러져라 뒤흔드는 굉음, 추위, 축축함뿐이었다. 입술에서 느껴진 소금기에서는 눈물같은 맛이 났다.

그는 도움을 청하기 위해 도망쳤다.

밖에서는 정오의 햇살이 빛나고 있었다. 대지는 마치 표백된 것처럼 빛이 바래 있었고, 콘도르 한 마리를 제외하면 움직이는 것은 아무것도 없었다. 멀리서 들려오는 폭포 소리만이 정적을 깨고 있었다.

노크 소리를 들은 노무라는 침대에서 몸을 일으켰고, 곧 일어섰다. 금세 빨라지기 시작한 맥박을 느끼며 그는 쉰 목소리로 대답했다.

"들어 오십시오."

에버라드가 들어왔다. 냉방이 되어 있음에도 불구하고 그의 옷은 군데군데 땀이 배어 있었다. 그는 불이 꺼진 파이프를 물고 있었고, 어깨는 축 늘어져 있었다.

"무슨 대답이 왔습니까?"

노무라는 간원하는 듯한 어조로 물었다.

"걱정했던 대로였네. 아무 기록도 없었어. 그녀는 결국 귀환하지 않았네."

노무라는 의자에 털썩 앉아서 눈앞의 허공을 응시했다.

"그건 확실합니까?"

에버라드가 침대에 걸터앉자 침대가 삐걱거렸다.

"응. 방금 메시지 캡슐이 도착했네. 내가 보낸 조회에 대한 응답이었어. 지브롤터에서 임무를 수행하던 펠리즈 아 라흐 대원은 그녀 고향의 패트롤 본부로 귀환하지 않았고, 그녀에 관한 기록은 더 이상 아무것도 남아 있지 않다는 말이었네."

"**어느** 시대에도 말입니까?"

"그 누구도 시공을 넘나드는 패트롤 대원의 행동을 일일이 기록하거나 하지는 않네. 혹시 데이넬리아인들은 그럴지도 모르지만 말야."

"그럼 그들에게 물어봐 주십시오!"

"그들이 대답해 줄 것 같나?"

에버라드는 내뱉듯이 말했다. 까마득한 미래의 이들 초인은 패트롤의 설립자이자 궁극적인 지배자였다. 그는 한쪽 무릎 위에 얹은 손을 꽉 쥐었다.

"또 우리 같은 보통 인간들이 그럴 수 있을 거라고는 생각하지 말게. 자넨 자기 자신의 개인적인 미래를 조사해 본 적이 있나? 알다시피 우리는 결코 그런 짓을 하지는 않아."

에버라드에게서 거친 태도가 사라졌다. 그는 파이프를 쥐고 만지작거리며 극히 부드러운 어조로 말했다.

"만약 우리가 충분히 나이를 먹는다면, 우리가 사랑하는 이들보다 더 오래 살게 되네. 그건 모든 인간에게 공통된 숙명이고, 패트롤도 전혀 예외가 아냐. 그렇지만 자네가 이렇게 젊은 시절에 그 사실을 깨달아야 했다는 점은 유감이네."

노무라는 외쳤다.

"전 아무래도 괜찮습니다! 그녀는 어떻게 되는 겁니까?"

"그래…… 난 자네의 보고에 관해 생각하고 있었네. 추측컨대 그 폭포 근처의 기류는 변덕스러울 정도가 아니라 상당히 위험하다고 할 수 있어. 물론 그건 당연한 추측이라고 해야 하겠지. 너무 무거운 짐을 실은 그녀의 호퍼는 보통 때보다도 더 조종성이 떨어졌어. 에어포켓 내지는 돌풍 같은 것이──그게 무엇이었든 간에──느닷없이 엄습해서 그녀를 급류에 빠뜨렸던 거야."

노무라의 손가락이 뒤틀렸다.

"그리고 제 임무는 그녀를 돌보는 일이었습니다."

에버라드는 고개를 저었다.

"필요 이상으로 스스로를 책망하지 말게. 자넨 단지 그녀의 조수에 불과했어. 좀더 주의했어야 할 사람은 그녀야."

"하지만──빌어먹을, 우린 아직 그녀를 구할 수 있는데도, 허락해 주지 않겠다는 말입니까?"

노무라는 고함에 가까운 소리를 질렀다.

"그걸로 됐네. 더 이상 말할 필요는 없어."

에버라드가 경고했다.

절대로 입에 담으면 안 된단 말이지. 몇몇 패트롤 대원이 과거로 되돌아가서, 견인 빔으로 심연에 떨어지려는 그녀를 끌어 낼 수 있다는 사실을. 혹은 내가 직접 가서, 그녀와 과거의 나 자신에게 경고할 수 있다는 사실을. 그런 일은 일어나지 않았으므로, 앞으로도 일어날 수 없다는 얘기군.

결코 일어나면 안 된단 말이야.

왜냐하면 그런 행위는 과거를 실제로 개변해 버리기 때문이지. 타임 머신을 타고 과거로 돌아간 우리가 그런 짓을 하자마자 현재는 변하는 거야. 만약 일개 인간에게 그런 능력이 주어진다면, 그런 식의 개변이 도대체 어디서 끝나리라고 생각하나? 우선 그녀를 구조해서 감사의 말을 듣는다고 치지. 그런 식으로 링컨

172

의 암살을 저지할 수도 있지만, 또 다른 누군가가 남부 연방을 구하려 하지 않는 다는 보장이 어디 있나―그럴 수는 없어. 신 이외의 그 누구에게도 시간을 맡길 수는 없어. 타임 패트롤은 현실을 지키기 위해 존재하는 거야. 패트롤 대원은 죽는 한이 있더라도 그 신조를 어길 수는 없어.

"죄송합니다."

노무라는 중얼거렸다.

"괜찮아, 톰."

"아니, 저는…… 이렇게 생각했습니다…… 그녀가 사라지는 것을 보았을 때, 저에게 처음으로 떠오른 생각은, 우리가 구조대를 편성해서, 바로 그 순간으로 돌아간 다음 그녀를 구조할 수 있다고―"

"신참자에게는 자연스러운 일이네. 습관적인 생각을 버리기란 결코 쉽지 않네. 문제는, 우리가 그런 일을 하지 않았다는 사실이야. 나 자신에게도 그럴 권한은 거의 없네. 너무 위험하니까 말야. 더 이상 인원을 잃을 수는 없다는 뜻이야. 기록에 구조 가능성이 없다고 나와 있는 이상, 결코 그럴 수는 없어."

"그걸 어떻게든 바꿀 방법은 없습니까?"

에버라드는 한숨을 쉬었다.

"아무 생각도 떠오르지 않네. 운명으로 받아들이게, 톰. 혹시 내가…… 우리가 자네에게 해 줄 일은 없나?"

"없습니다. 저를 잠시 혼자 놓아 두는 것 말고는요."

이렇게 대답한 노무라의 목소리는 거칠었다.

"물론이지. 그녀를 좋아했던 사람은 자네뿐만이 아니었네."

그는 이렇게 말하고 방에서 나갔다.

노무라의 등 뒤에서 방문이 닫히자 폭포 소리는 점점 커지는 듯한 느낌이 들었다. 그 소리는 그의 신경을 닳게 만들었다. 노무라는 허공을 응시했다. 태양은 정점을 지나 천천히 밤을 향해 움직이기 시작했다.

나는 그 즉시 그녀 뒤를 따랐어야 했어.

목숨을 걸고 말이지.

그럼 아예 함께 죽을 수도 있지 않았나?

아냐. 그건 무의미한 짓이야. 두 사람이 죽는다고 해서 생명이 생기는 것은 아냐. 그런다고 그녀를 구할 수는 없었을 거야. 난 장비를 가지고 있지 않았고—그 경우 구조를 요청하러 간 것은 분별 있는 선택이었어.

단지 그 구조는 거부되었고—그걸 거부한 것이 인간이든, 운명이든 간에 무슨 차이가 있단 말인가?—그녀는 그대로 추락하고 말았어. 급류는 그녀를 심연으로 끌어들였고, 그녀의 의식을 빼앗기 전 순간적인 공포를 맛보게 했고, 곧 바닥에서 그녀 몸을 으깨 버렸던 거야. 그녀를 산산조각 내고, 그 뼛조각을 해저에 흩뿌리고—그리고 어느 날, 아직 타임 패트롤이나 펠리즈라는 인간이 존재한다는 사실조차도 전혀 알지 못하는 젊은 내가, 돛을 펼치고 그 바다 위를 항해하게 되겠지. 오, 하느님. 나의 잔해가 그녀와 함께, 지금 이 시간에서 550만 년 후에, 함께 있는 편이 차라리 좋았을 텐데!

은은한 포성처럼 들리는 소리가 공기를 떨리게 했다. 방바닥에서도 그 진동을 느낄 수 있었다. 무너진 둑이 급류로 떨어지는 소리였을 것이다. 그것은 아마 그녀가 즐겨 기록했을 종류의 광경이었을 것이다.

"아마 그랬을 것이라고?"

노무라는 고함을 지르며 의자에서 벌떡 일어났다. 대지는 아직도 그의 발밑에서 진동하고 있었다.

"그렇게 될 거야!"

우선 에버라드와 상의했어야 마땅했지만, 그는 지레짐작으로—아마 비탄에 잠긴데다가 경험이 모자라는 탓에 잘못 판단했을지도 모른다——자신이 허가를 받지 못할 것이고, 곧장 방으로 돌려보내질 것을 두려워하고 있었다.

며칠 휴식을 취한 다음 행동을 시작했어야 마땅했지만, 그는 다른 사람들이 자신의 부자연스러운 태도를 눈치 챌 것이 두려웠다. 휴식은 각성제 알약으로 대신하는 수밖에 없을 것이다.

정식으로 견인 빔 발사 장치를 빌렸어야 마땅했지만, 그러는 대신 그는 그것을 몰래 꺼내 와서 자기 호퍼의 짐칸에 숨겨 놓았다.

그가 호퍼를 타고 기지를 떠나는 것을 본 패트롤 동료 한 사람이 그더러 어딜 가느냐고 물었다. "잠깐 바람 쐬러"라고 노무라는 대답했다. 상대방은 동정하는 태도로 고개를 끄덕였다. 그는 노무라가 연인을 잃었다고 추측하지는 않았을지 모르지만, 동료를 잃는 일 자체가 이미 견디기 힘든 일인 것이다. 노무라는 자신의 모습이 지평선 너머로 사라질 때까지 북쪽으로 나아갔고, 바다 폭포를 향해 기수를 돌렸다.

고개를 돌려 좌우 어디를 보아도 물밖에는 보이지 않았다. 지금 그가 있는 녹색 풀에 뒤덮인 절벽의 중간 지점에서 보아도, 급류의 끝은 행성 자체의 곡선에 가려 보이지 않았다. 그가 거품 같은 느낌의 구름 속으로 들어가자 새하얀 수증기가 그를 감쌌다. 소용돌이치는 물의 입자가 그의 피부를 자극했다.

안면 가리개는 투명함을 유지하고 있었지만, 수면 자체가 워낙 광막했던 탓에 한정된 시야밖에는 얻을 수 없었다. 헬멧의 방음 장치가 청력을 보호해 주기는 했지만, 그의 이빨과 심장과 뼈를 온통 뒤흔드는 폭풍우를 막지는 못했다. 돌풍이 소용돌이치며 그를 강타했다. 그는 비틀거리는 호퍼를 제어하기 위해서 온 힘을 쥐어짜서 바람과 싸워야 했다.

정확한 시각에 도달하려면—

그는 과거와 미래를 왕복했고, 추진 장치를 재조정한 다음 메인 스위치를 또 켜올렸고, 한순간 안개 속에 희미하게 드러난 자기 자신의 모습을 언뜻 보았으며, 안개 사이로 하늘을 올려다보았다. 그는 이 조작을 몇 번이나 되풀이했고, 갑자기 자신이 바로 **그때**로 왔다는 사실을 깨달았다.

훨씬 높은 상공에 두 개의 빛이 보였다……. 그는 그중 하나가 비틀거리고, 곤두박질치는 것을 보았다. 또 하나의 빛은 그 근처를 빠르게 선회하다가 곧 그 자리를 떠났다. 그것에 탄 자는 차가운 바다 안개 속에 숨어 있던 그의 모습을 보지 못했다. 그의 존재는 어느 빌어먹을 기록에도 남아 있지 않는 것이다.

그는 앞으로 돌진했다. 그러나 그는 냉정을 잃지 않고 있었다. 필요하다면 긴 시간을 들여서라도 수색을 계속하며 결정적인 순간을 포착할 용의가 있었다. 죽음에 대한 공포도, 그녀가 죽어 있을지도 모른다는 가능성조차도, 이제는 희미한 꿈에 불과했다. 원초적인 힘이 그를 사로잡고 있었다. 그는 의지 그 자체가 되어 날고 있었다.

그는 수면에서 1미터도 떨어지지 않은 곳에 정지했다. 돌풍은 그녀에게 그랬던 것처럼 그를 잡아 끌어내리려고 했다. 그러나 그는 준비가 되어 있었고, 기수를 돌려 그것에서 벗어난 다음 다시 원위치로 돌아갔다——공간적으로뿐만 아니라 시간적으로. 그 결과 펠리즈가 살아 있었을지도 모를 결정적인 몇 초 사이에 스무 명을 넘는 자기 자신이 폭포 전체를 수색하는 광경이 전개되었던 것이다!

그는 근처에 출현한 복수의 자기 자신에게 전혀 눈길을 주지 않았다. 그들은 단지 그가 통과했거나 앞으로 통과해야 할 단계에 불과했기 때문이다.

저기야!

검고 희미한 물체가 그의 아래쪽을 스쳐갔다. 물결에 휩싸여, 파멸을 향해 가고 있는 그것이. 그는 제어 스위치를 넣었다. 견인 빔이 다른 호퍼를 끌어당겼다. 그의 호퍼는 곤두박질치며 상대방에게 끌려갔다. 이렇게 강대한 힘에 대항하기에는 역부족이었던 것이다.

거의 급류에 빨려들어가기 직전에 도움이 왔다. 두 대, 세 대, 네 대의 호퍼, 모든 호퍼들이 힘을 합쳐 펠리즈를 끌어올렸다. 여전히 안전 벨트를 맨 채로 안장 위에 있는 그녀의 몸은 끔찍할 정도로 축 늘어져 있었다. 그는 당장 그녀에게 손을 뻗치지는 않았다. 그러는 대신 그는 과거의 몇몇 순간을 향해 호퍼를 도약시켰고, 그녀와 자기 자신의 구출자가 되었다.

마침내 안개와 폭풍우 속에 그만 남게 되고, 구출된 그녀가 그의 팔에 안겨 있었을 때, 당장 육지로 가서 그녀를 간호하기 위해서라면 그는 무슨 짓이라도 마다하지 않았을 것이다. 그러나 그 순간 그녀는 몸을 뒤척였고, 눈을 깜박였다. 잠시 후 그녀는 그를 보고 미소 지었다. 그는 울었다.

그들 곁에서 대양이 노도처럼 흘러가고 있었다.

노무라가 되돌아간 일몰 시각 또한 그 누구의 기록에도 남아 있지 않았다. 석양이 대지를 금빛으로 물들이고 있었다. 폭포는 불타는 듯이 반짝이고 있을 것이다. 저녁별 아래에서 그 음악이 메아리치고 있었다.

펠리즈는 침대의 머리판에 베개를 기대어 놓고, 침대 위에서 상체를 일으켜 앉은 다음 에버라드에게 말했다.

"만약 규칙을 어겼다거나, 남자들이 생각해 낼 수 있는 다른 어떤 멍청한 이유를 대고 그를 고발한다면, 저도 이 빌어먹을 패트롤에서 사직하겠습니다."

"오, 그런 일은 일어나지 않네."

큰 몸집의 사내는 마치 상대의 공격을 피하려는 듯이 한쪽 손바닥을 들어 올렸다.

"그건 잘못 생각한 거야. 난 단지 우리가 약간 곤란한 입장에 처해 있다고 말했을 뿐이네."

"어떻게 말입니까?"

의자에 앉아서 펠리즈의 손을 잡고 있던 노무라가 말했다.

"그런 일을 시도하지 말라는 명령은 받은 적은 없습니다. 그렇지 않습니까? 물론 패트롤 대원들은 가능한 한 자신의 안전을 기함으로써 패트롤의 중요한 인적 자원을 보호해야 할 의무가 있습니다. 그렇다면, 한 생명을 구하는 일 또한 중요한 의무라고 할 수 있지 않을까요?"

"맞아, 물론이지."

에버라드는 방에서 왔다갔다하기 시작했다. 급류가 우르릉거리는 소리 위로 발자국 소리가 커다랗게 울렸다.

"우리보다 훨씬 더 긴밀한 조직에서조차, 성공에 이의를 제기하는 사람은 없네. 톰, 오히려 자네가 오늘 보여준 실행력은 자네의 개인적 장래에 좋은 보탬이 되어 줬다고 할 수 있을 정도야. 내 말을 믿게."

그는 파이프를 문 채로 미소 지어 보였다.

"내가 너무 빨리 포기했다고 질책하는 것도 가능하지만, 나처럼 오래된 선임자라면 용서받을 수 있겠지. 희망을 가지기에는 너무나도 많은 절망적 상황을 보아 왔기 때문이야."

그의 얼굴에 언뜻 우울한 빛이 떠올랐다.

그는 멈춰 섰고, 그들 두 사람을 쳐다보았다.

"그러나 이 일을 매듭짓지 않은 채로 그냥 놓아 둘 수는 없네. 문제는, 그녀의 소속 기지에는 펠리즈 아 라흐가 귀환했다는 기록이 남아 있지 않다는 점이네. 영원히 말야."

그들은 마주 잡은 서로의 손을 더욱 꼭 쥐었다.

에버라드는 두 사람에게 미소를 지어 보였다──공허했지만, 미소인 것만은 분명했다.

"그렇다고 두려워하지는 말게, 톰. 전에 자네는 패트롤의 구성원들이──적어도 보통 인간들이, 왜 더 정확한 인적 사항을 기록으로 남기지 않는가 의아해 했지. 이제 그 이유를 알겠나?

펠리즈 아 라흐는 결국 자신의 원래 기지로 귀환하지 않았네. 물론 고향을 방문했을지도 모르지만, 우리는 대원들이 휴가 중에 무슨 일을 하는지를 일일이 묻지는 않아."

그는 숨을 들이켰다.

"그녀의 남은 인생에 관해 말하자면, 만약 그녀가 다른 본부로 전출해서 다른 이름을 갖고 싶어 한다면──적절한 계급의 상급자라면 누구라도 그 선택을 승인할 수 있네. 이를테면 나같은 사람이 말야.

패트롤은 신축적으로 임무를 수행하네. 그럴 수밖에 없기 때문이지."

노무라는 이 말을 이해했고, 몸을 떨었다.

펠리즈의 말이 그를 다시 일상적인 세계로 되돌아오게 만들었다.

"하지만 난 어떤 사람이 되는 거죠?"

그는 이 기회를 놓치지 않았고, 웃음 섞인 커다란 목소리로 말했다.

"미시즈 토머스 노무라라고 하면 어떨까?"

사악한 게임

1

그 사내에게 존 샌도벌이란 이름은 어울리지 않았다. 마찬가지로
긴 바지에 알로하 셔츠 차림으로 아파트 창가에 서서 20세기 중반의
맨해튼을 내려다보는 그의 모습에서도 어딘가 위화감이 느껴졌다. 시
대착오적인 광경에는 익숙해져 있었지만, 매부리코에 가무잡잡한 피
부를 가진 이 사내의 얼굴을 볼 때마다 에버라드는 출진(出陣)을 위
해 물감을 칠한 얼굴, 말, 흰 피부의 도적들을 겨냥한 총 따위를 머리
에 떠올리곤 했다.

에버라드는 입을 열었다.

"알았네. 그럼 중국인이 아메리카를 발견했어. 재미있군. 하지만
하필이면 왜 내가 나서야 하지?"

"그걸 알면 왜 내가 여기 와 있겠나?"

샌도벌이 대답했다. 그는 에버라드가 바르니 헤룰프슨에게서 선사
받은 북극곰 가죽 깔개 위에서 땅딸막한 몸을 돌려 창밖을 내다보았
다. 마천루들은 맑게 갠 하늘을 찌를 듯이 높이 솟아 있었고, 도로
를 왕래하는 자동차의 소음도 이렇게 높은 곳까지는 거의 들리지 않
았다. 그는 뒷짐 진 손을 폈다가 쥐었다가 했다.

"무임소 요원을 한 명 선발한 뒤에, 함께 과거로 가서 적절하다고
생각되는 조치를 취하라고 명령받았을 뿐이네."

잠시 후 그는 이렇게 덧붙였다.

"난 자네를 제일 잘 알고 있었어. 그래서……."

그는 말꼬리를 흐렸다.

"하지만 나보다는 자네 같은 인디언을 골랐어야 하지 않았을까?

13세기의 아메리카에 나 같은 사람은 전혀 어울리지 않을 것 같은데."

"오히려 그쪽이 더 낫네. 가능한 한 인상적이고, 신비한 느낌을 주고 싶으니까 말야……. 실제로는 그렇게 힘든 임무가 아냐."

"물론 그렇겠지. 그게 구체적으로 어떤 임무이건 간에 말야."

에버라드는 닳아 해진 실내용 웃옷 호주머니에서 파이프와 담배쌈지를 꺼낸 다음 조급하게 대통에 담배를 재워 넣기 시작했다. 그가 타임 패트롤에 처음으로 참가했을 당시 배워야 했던 가장 어려운 교훈 중 하나는, 중요한 임무를 수행하기 위해 방대한 조직 전체가 움직일 필요는 없다는 점이었다. 조직화는 20세기에서는 보편적인 방식이었다. 그러나 아테네 그리스 시대라든지 가마쿠라 시대의 일본──그리고 후세의 역사 여기 저기에 산재한 문명들──은 개인의 우수함을 개발하는 데 주안점을 두고 있었다. 패트롤 학교의 졸업생 한 사람은 (물론 미래의 도구와 무기를 갖추고 있을 필요가 있겠지만) 1개 여단에 필적하는 것이다.

그러나 이것은 심미적인 문제인 동시에 필요성의 문제이기도 했다. 몇천 몇만 년의 시간을 감시해야 함에도 불구하고, 대원의 절대수가 모자랐기 때문이다.

"자네 얘기를 듣고 있자니, 이번 임무의 목적은 단순히 시간 외로부터의 간섭을 교정하는 일이 아닌 것 같군."

에버라드는 느릿느릿한 말투로 말했다.

"맞아. 내가 보고한 직후 원조(元朝) 본부는 그 점을 철저하게 조사했네. 시간 여행자는 전혀 관련되어 있지 않았네. 전부 쿠빌라이 칸이 혼자서 생각해 낸 거야. 마르코 폴로에게서 들었던 베니스인과 아랍인들의 항해담에 자극받았는지도 모르지만, 이건 역사적인 사실이네. 비록 마르코의 책에 그런 얘기가 전혀 쓰여 있지 않더라도 말야."

샌도벌은 거친 어조로 대꾸했다.

"중국인들은 독자적인 항해술의 전통을 가지고 있었으니까, 하등 이상한 일이 아닐지도 모르겠군. 그럼 여기서 우리 역할은 뭔가?"

에버라드는 파이프에 불을 댕기고 연기를 깊게 빨아들였다. 샌도벌이 아무런 대답도 하지 않았기 때문에 그는 거듭 물었다.

"애당초 어떻게 이 원정대를 찾아냈지? 그건 나바호족의 땅 밖의 일이 아니었나?"

"쳇. 내 연구는 내 부족에만 한정되어 있지 않아. 알다시피 패트롤에서 아메리칸 인디언 대원은 극소수이고, 다른 인종으로 변장하는 일은 쉬운 일이 아니니까 말야. 난 주로 아타파스카족*의 이주 경로를 조사하고 있었네."

키이스 데니슨과 마찬가지로 샌도벌은 한 민족을 전문으로 연구하는 연구원이었다. 그의 임무는 스스로의 역사를 글로 써서 남기지 않았던 민족의 발자취를 조사해서, 보호해야 할 역사적 사건이 정확히 무엇인지를 패트롤에게 알리는 일이었다.

"난 캐스케이드 산맥의 동쪽 면, 크레이터 호수** 주변을 조사하고 있었네. 그 지방은 루투아미족의 세력권이지만, 예전에 행방을 감췄던 아타파스카의 한 부족이 그곳을 지나갔다고 여길 만한 이유가 있었네. 그러던 중 원주민들이 북쪽에서 온 기묘한 이방인들 얘기를 하는 걸 들었어. 나는 그걸 확인하려고 그곳에 가 보았고, 거기서 그 원정대를, 말을 탄 몽골인들을 발견했던 거야. 그들이 왔던 길을 되짚어가 보니 체할리스강*** 하구에 그들의 캠프가 있었네. 소수의 몽골인

---

* Athapascan, 알래스카, 캐나다, 미국 북서쪽에 사는 인디언 부족.
** Crater Lake, 미국 오리건 주 남서부에 있는 칼데라 호수.
*** Chehalis River, 미국 워싱턴 주 서부의 강.

들이 중국인 선원들과 함께 배를 지키고 있었네. 그 즉시 부리나케 미래로 돌아와서 본부에 보고했던 거야."

에버라드는 의자에 앉아 상대방을 바라보았다.

"중국 쪽 본부에서 한 조사는 얼마나 철저했지? 자네는 절대로 시간 외적인 간섭이 없었다는 점을 확신하고 있나? 혹시 예의 예기치 않은 우연한 간섭의 결과는 아니었을까? 알다시피 그런 경우는 몇십 년이 지난 뒤가 아니면 그 결과를 알 수 없네."

샌도발은 고개를 끄덕였다.

"처음 지령을 받았을 때는 나도 그렇게 생각했어. 그래서 직접 칸발리─내지는 캄발룩, 자네 시대에는 페킹[北京]이라고 부르는 원조(元朝) 지구 본부로 직접 가 보기까지 했네. 본부 말에 따르면 칭기즈 칸의 시대까지 거슬러 올라가서 샅샅이 조사해 보았고, 공간적으로는 인도네시아까지 조사 범위를 확대해 보았다고 했네. 결국 전혀 문제가 없다는 결론이었어. 고대 스칸디나비아인들과 빈랜드*처럼 말야. 단지 빈랜드만큼 많이 알려지지 않았을 따름이네. 중국의 궁정 입장에서 보면 원정대가 한 번 파견된 적이 있었고, 이 원정대는 결국 영영 돌아오지 않았어. 쿠빌라이 칸은 원정대를 재차 파견할 가치는 없다고 생각했네. 이 사실은 원조의 기록으로도 남아 있었지만, 후세에 명조(明朝) 반란 때 몽골인들이 축출되면서 이 기록은 유실되었네. 역사 편찬자들은 이 사건을 잊었던 거야."

에버라드는 아직도 생각에 잠겨 있었다. 보통 그는 자신의 일을 즐겼지만, 이번 임무에만은 뭔가 비정상적인 요소가 있다는 느낌을 지울 수 없었다.

---

* Vinland, 북아메리카 대륙에 있는 삼림지. 고대 스칸디나비아인들이 이름 붙인 빈랜드는 '포도주의 땅'이라는 의미. 바르니 헤룔프슨이 그 발견자로 알려져 있다.

이윽고 그는 말했다.

"결국 그 원정대가 재난을 당했다는 점에는 의심의 여지가 없군. 그것이 무엇이었는지를 알고 싶네. 하지만 왜 그들을 염탐하는 데 무임소 대원이 필요하지?"

샌도벌은 창가에서 몸을 돌려 이쪽을 보았다. 그 순간 에버라드는 이 나바호 인디언이 얼마나 이 장소에 걸맞지 않는 존재인가를 다시금 실감했다. 샌도벌은 1930년에 태어났고, 한국전에 참전했으며, 제대 군인 원호기금으로 대학을 졸업한 다음 패트롤에 들어왔다. 그럼에도 불구하고 그는 어딘가 20세기와는 어울리지 않는다는 인상을 주었다.

아니, 그건 우리 모두 마찬가지가 아닐까? 정말로 뿌리가 있는 인간이라면, 나중에 자신의 민족에게 어떤 일이 일어날지를 뻔히 알면서 어떻게 냉정을 유지할 수 있단 말인가?

"하지만 내 임무는 염탐이 아냐! 내가 본부로 가서 보고하자마자 데이넬리아인의 사령부에서 직접 지령이 내려왔어. 그건 아무런 설명도, 아무 변명조차도 없는 노골적인 명령이었네—그 재난을 일으키라, 내 손으로 역사를 개변하라는 말이었어!"

샌도벌은 외쳤다.

2

서기 일천이백팔십 년.

쿠빌라이 칸의 지배는 대륙 전역에 뻗쳐 있었다. 그는 세계 제국의 수립을 꿈꾸었고, 그의 궁정은 신기한 지식이나 신학문을 가지고 오는 손님을 언제나 환영했다. 이들 중에서도 특히 칸의 총애를 받은 인물은 마르코 폴로라는 베니스 출신의 젊은 상인이었다. 그러나 모든 민족이 몽골 통치자를 원했던 것은 아니었다. 싸잡아서 캐세이*라는 이름으로 불리던 피정복 지역 전역에서는 혁명을 위한 비밀 결사가 끊임없이 생겨나고 있었다. 왕위 뒤에 호조[北條]라는 유능한 실력자의 일족이 자리 잡고 있는 일본은 몽골의 침략군을 이미 한 번 막아내고 있었다. 이론상이라면 또 모르거니와, 몽골 제국도 결코 통일된 국가가 아니었다. 러시아의 대공(大公)들은 황금 군단**의 세리(稅吏)로 전락해 있었고, 바그다드에서는 일 칸 왕조***의 아바카가 왕위에 앉아 있었다.

다른 지역에서는, 압바스 왕조****의 후예가 카이로에서 망명 생활을 하고 있었고, 델리는 노예 왕조*****의 지배 하에 있었으며, 로마 교황은 니콜라스 3세였다. 이탈리아에서는 교황당과 황제당이 첨예하게 대립하고 있었다. 독일 황제는 합스부르크 가의 루돌프, 프랑스왕은 용담왕 필리프였다. 영국은 에드워드 1세가 통치하고 있었다. 동시대의 유명인으로는 단테 알리기에리, 존 던스 스코터스, 로저 베이컨, 스코틀랜드의 전설적 음유시인 토머스가 있었다.

그리고 북 아메리카에서, 맨스 에버라드와 존 샌도벌은 고삐를 잡아당겨 말을 멈춘 다음 언덕의 긴 사면을 내려다보았다.

---

* Cathay, 중국의 옛 이름.
** Golden Horde, 징기스 칸의 손자 바투가 몽골계 타타르인을 앞세워 건국한 몽골 민족의 나라, 13세기 중엽에서 15세기 말까지 러시아를 지배함. 금빛 천막을 썼기 때문에 킵착[金帳]으로도 알려짐.
*** Il-Khan Abbaka, 13세기 중엽에서 15세기 초까지 페르시아를 지배했던 몽골 왕조.
**** Abbasid Caliphate, 바그다드의 이슬람 군주국.
***** Slave Dynasty, 인도의 이슬람 왕조, 1206~1290.

나바호 인디언이 말했다.

"처음으로 저들을 본 것은 지난 주였네. 그 이후 상당히 멀리까지 왔군. 저런 속도로 간다면 두 달 안에 멕시코에 도달할걸. 앞길에 험준한 지형이 가로놓여 있다는 사실을 감안하더라도 말야."

"몽골인의 기준에서 보면 저건 느긋하게 가고 있는 거야."

에버라드는 이렇게 대꾸했고, 쌍안경을 눈에 갖다 댔다. 주위는 눈이 시릴 만큼 푸르른 4월의 신록으로 덮여 있었다. 가장 높고 오래 돼 보이는 너도밤나무 가지에도 새로 돋아 나온 푸른 잎사귀들이 팔락거리고 있었다. 높은 산 위에서 불어오는 차가운 바람이 녹은 눈 내음을 싣고 왔고, 바람에 휩쓸린 소나무 가지들이 포효하는 듯한 소리를 냈다. 고향을 향해 날아가는 철새의 대군이 한순간 해를 가릴 정도로 새까맣게 하늘을 뒤덮었다. 서쪽에 있는, 마치 구름 위에 떠 있는 것처럼 보이는 청백색의 캐스케이드 연봉(連峰)은 아득하게 멀었고, 성스러운 느낌조차 주었다. 동쪽의 낮은 언덕들은 띄엄띄엄 보이는 숲과 목초지에 합류하면서 계곡으로 이어졌고, 먼 지평선 너머에서 버펄로 떼가 질주하는 대초원과 합류하고 있었다.

에버라드는 원정대에 쌍안경의 초점을 맞췄다. 그들은 굽이치는 작은 강을 따라서 평원을 나아가고 있었다. 70여 명쯤 되어 보이는 그들은 암갈색의 텁수룩한 털가죽에 짧은 다리와 길쭉한 머리를 가진 아시아 산 말들을 타고 있었다. 짐말과 예비 말들도 있었다. 에버라드는 생김새나 복장뿐만이 아니라, 서투르게 안장에 걸터앉은 꼴을 보고 몇몇 원주민 안내인들을 식별해냈다. 그러나 그의 주의를 가장 많이 끈 것은 신참자들이었다.

그는 혼잣말하듯이 중얼거렸다.

"짐을 나르고 있는 말 중엔 새끼를 밴 놈들이 많군. 아마 말들을 실을 수 있을 만큼 배에 싣고 온 다음, 정박할 때마다 배에서 내려 운동을 시키거나 풀을 먹인 듯하네. 이젠 이동하면서 말들을 번식시키고 있어. 저런 종류의 조랑말은 그렇게 다루어도 능히 견뎌 낼 정도로 튼튼하네."

"배에 남은 분견대도 말을 기르고 있는 걸 내 눈으로 보았네."

샌도벌이 말했다.

"그것 말고 저 친구들에 관해 알고 있는 게 또 뭐가 있나?"

"그때 얘기했던 것이 전부야. 지금 자네가 직접 보고 있는 것 이상으로는 거의 아는 바가 없네. 쿠빌라이의 기록 보관소에 있었던 기록을 제외하면 말야. 자네도 알다시피, 그 기록에는 노욘 톡타이와 학자리 타이-쭝이 인솔하는 배 네 척이 일본 너머의 섬들을 탐험할 목적으로 파견되었다고밖에는 씌어 있지 않았어."

에버라드는 건성으로 고개를 끄덕였다. 이 자리에 계속 죽치고 앉아서 이미 몇백 번이나 검토했던 사항을 또다시 거론해 보았자 아무 소용이 없었다. 그들은 단지 행동을 미루고 있을 뿐이었다.

샌도벌은 헛기침을 했다.

"두 사람이 함께 저리로 내려간다니 아직도 좀 불안하군. 상황이 험악해질 경우에 대비해서 자네는 여기 남아 있는 게 어떤가?"

"영웅 콤플렉스인가, 엉? 아니, 함께 가는 것이 나아. 문제가 생길 거라곤 생각하지 않네. 아직은 말야. 아무나 닥치는 대로 적대시하기에는 저 친구들은 너무 머리가 좋아. 지금까지 인디언과는 계속 우호 관계를 유지해 오지 않았나? 그리고 저쪽 눈에 우리는 실로 불가사의한 존재로 비칠 거야……. 하지만 가기 전에 한잔 걸치는 것도 나쁘지 않군."

"찬성이야. 그리고 일이 끝난 다음에도 한잔 하지!"

두 사람은 각자의 새들백에서 반 갤런들이 수통을 꺼내 입에 대고 마셨다. 스카치는 에버라드의 목을 얼얼하게 했고, 몸을 따뜻하게 했다. 그는 말에게 짧게 명령했다. 두 사람의 패트롤 대원은 말을 달려 사면을 내려갔다.

날카로운 휘파람 소리가 공기를 갈랐다. 발견된 것이다. 그들은 속도를 늦추지 않고 몽골인 대열의 선두를 향해 갔다. 몽골인 척후 두 기(騎)가 짧은 강궁에 화살을 메긴 채로 양쪽에서 그들을 에워쌌지만, 앞길을 막지는 않았다.

'일단은 위협적이지 않다는 인상을 준 것 같군.'

에버라드는 생각했다. 샌도벌과 마찬가지로 그는 20세기의 야외용 복장을 하고 있었다. 찬바람을 막기 위한 수렵용 재킷, 비를 피하기 위한 모자. 에버라드의 옷차림은 동료인 나바호 인디언이 입은 에이버크롬비 & 핏치사(社) 특제의 우아한 옷들에 비하면 훨씬 투박하게 보였다. 두 사람 모두 보란 듯이 단검을 차고 있었지만, 실제 상황을 위해서는 마우저 머신 피스톨과 30세기의 마비 광선총을 지니고 있었다.

대열이 정지했다. 그들의 움직임은 너무나도 완벽하게 통제되어 있었으므로 마치 한 사람이 멈추는 것처럼 보였다. 다가가면서 에버라드는 그들을 관찰했다. 출발 전 한 시간 동안 그는 상당히 상세한 최면 학습을 받았다──학습 내용은 몽골과 중국뿐만 아니라, 이 지방의 인디언들의 언어, 역사, 테크놀러지, 풍습, 도덕까지 망라하고 있었다. 그러나 이렇게 가까이서 실물을 보는 것은 난생 처음이었다.

그다지 돋보이는 용모라고는 할 수 없었다. 땅딸막한 체구에 안짱다리, 가느다란 수염을 기른 넙적한 얼굴이 햇빛을 반사하며 번들거렸다. 장비는 좋았다. 가죽장화에 바지 차림이었고, 가죽을 겹쳐 만든 흉갑에는 옻칠 장식이 되어 있었으며, 정수리에 창촉이나 깃털이 달린 원뿔 모양의 강철 투구를 쓰고 있었다. 무기는 길게 굽은 장검에 나이프, 장창, 단궁 등이었다. 대열의 선두 가까운 곳에 있던 한 사람은 금사(金絲)로 장식된 야크 꼬리 깃발을 들고 있었다. 패트롤 대원들이 다가오는 광경을 바라보는 그들의 검고 가느다란 눈은 무표정했다.

누가 대장인지는 쉽게 알아볼 수 있었다. 그는 포장 씌운 마차에 타고 있었고, 어깨에는 닳아 헤진 비단 망토가 나부끼고 있었다. 그는 주위를 에워싸고 있는 보통 병사들보다 몸집이 더 컸고, 한층 더 차갑고 위압적인 얼굴에, 불그스름한 수염, 거의 로마인 코에 가까운 매부리코를 하고 있었다. 곁에 있던 인디언 안내인은 입을 딱 벌리고 뒤로 움츠러들었지만, 톡타이 노온은 앉은 자리에서 꿈쩍도 하지 않았고, 맹수를 연상케 하는 날카롭고 침착한 눈초리로 에버라드를 노려보았다.

두 사람이 목소리가 들리는 거리까지 다가오자 그가 입을 열었다.

"안녕하시오. 어떤 정령의 부름을 받고 이곳에 오셨소?"

지독하게 알아듣기 힘든 악센트였지만, 그의 입에서 흘러나온 말은 후세에 클라마스어가 될 루투아미족의 방언이었다.

에버라드는 찌렁찌렁 울리는 유창한 몽골어로 대답했다.

"바투의 아들 톡타이님, 안녕하십니까. 텡그리의 가호 아래, 저희는 평화의 사절로서 이곳에 왔습니다."

이것은 효과적인 일격이었다. 에버라드는 몽골인들이 서둘러 부적에 손을 뻗치거나 액을 막는 손짓을 하는 광경을 보았다. 그러나 톡타이 곁에서 말에 타고 있던 사내는 재빨리 냉정을 되찾았다.

"아. 그럼 서방(西方) 분들도 벌써 이 땅에 와 계셨군. 그 사실은 미처 모르고 있었소."

에버라드는 그 사내를 관찰했다. 사내는 어떤 몽골인보다도 키가 컸으며, 백옥 같은 피부에 섬세한 손과 갸름한 얼굴을 하고 있었다. 복장은 다른 일행과 별 차이가 없었지만, 무기를 지니고 있지 않았다.

그는 노욘보다 더 나이 들어 보였고, 아마 쉰 살쯤 된 듯싶었다. 에버라드는 안장에 앉은 채로 고개 숙여 인사하고 화북어(華北語)로 대답했다.

"리 타이-쭝 대인의 말씀을 저같이 미천한 자가 반박하는 일은 천부당만부당한 일입니다만, 저희들은 서방이 아니라 이곳에서 훨씬 남쪽에 있는 대국(大國)의 신민입니다."

"소문은 들었소."

학자가 대답했다. 그는 흥분한 기색을 완전히 감추지는 못했다.

"이렇게 북쪽에서도, 남방에 찬란한 영화를 자랑하는 부국(富國)이 있다는 소문을 들을 수 있었소. 우리는 그대들의 칸[汗]에게 우리들의 카 칸[可汗], 칭기즈의 손자이자 툴리의 아들인 쿠빌라이의 인사말을 전하고 싶소. 세계는 지금 위대하신 우리 주군의 발치에 부복하고 있소."

"카 칸의 높으신 이름은 익히 들어 알고 있습니다. 칼리프, 교황, 신성로마제국 황제, 다른 소국의 왕들에 관해 알고 있는 것처럼 말입니다."

신중하게 단어를 선택할 필요가 있었다. 에버라드는 노골적으로 캐세이의 통치자를 모욕하는 일 없이, 미묘한 표현을 써서 그가 결코 전 세계를 지배하고 있지는 않다는 사실을 암시해야 했던 것이다. 그는 말을 이었다.

"이들에 비해 우리나라의 존재는 거의 바깥 세상에 알려져 있지 않습니다. 저희들의 주군께서는 외국과의 교섭을 원치 않으시고, 또 상대방이 그러는 것을 탐탁하게 여기시지도 않기 때문입니다. 황송하지만 우선 제 소개를 하게 해 주십니다. 저는 에버라드라고 하며, 제 외양과는 달리 러시아인이나 서방인이 아닙니다. 실은 국경 수호대 소속입니다."

마지막 말을 상대방이 어떻게 해석할지는 그가 알 바가 아니었다.

"그런 데서 온 것 치고는 인원이 얼마 안 되는군."

톡타이가 날카로운 어조로 말했다.

"이 이상은 필요하지 않다고 판단했습니다."

에버라드는 실로 매끄러운 말투로 상대방의 말을 받아넘겼다.

"게다가 고향에서 멀리 떨어진 곳까지 오지 않았소?"

리가 끼여들었다.

"고명하신 여러분들의 고향과 키르키즈의 습지대 사이의 거리밖에
는 되지 않습니다."

톡타이는 허리의 장검 자루에 손을 갖다 댔고, 의심하는 듯한 차가
운 눈초리로 그들을 보았다. 이윽고 그가 입을 열었다.

"오라. 그럼 사신으로 대우해 주겠다. 야영지를 설영한 다음 그대
들의 주군 얘기를 들어 보기로 하지."

3

서쪽 산머리에 걸려 있는 태양이 눈으로 덮인 산꼭대기를 둔한 은
빛으로 물들이고 있었다. 계곡에서는 그림자가 길게 뻗쳤고, 숲은 점
점 어두워지기 시작했다. 그러나 시야가 트인 목초지는 석양을 받고
오히려 더 환하게 빛나고 있었다. 주위에 깔린 정적은 마치 반향판처
럼 들려오는 소리를 증폭시키고 있었다——강의 급류가 소용돌이치며
흐르는 소리, 도끼로 나무를 치는 소리, 말들이 긴 수풀을 뜯어먹는
소리들을. 엷은 나무를 그을리는 연기가 피어오르고 있었다.

몽골인들은 이들 이방인들의 방문과, 평소보다 훨씬 이른 시간에 정지했다는 사실에 당혹감을 감추지 못하고 있었다. 모두들 무표정한 얼굴을 하고 있었지만, 에버라드와 샌도벌을 핼끔거리며 각자의 종교에 따른 기도문——주로 그들 자신의 이교였지만, 불교, 이슬람, 혹은 경교(景敎)도 있었다——을 중얼거리곤 했다. 그러나 일찍 정지했다는 것이 그들이 캠프를 설영하고, 초병을 배치하고, 말들 돌보고, 저녁식사 준비를 하는 데에는 전혀 지장을 주지 않았다. 그러나 에버라드는 이들이 평소보다는 조용하다고 판단했다. 학습 기계가 그의 대뇌에 각인해 놓은 패턴에 따르면 몽골인들은 평소 시끄럽고 명랑하다는 것이 정설이었다.

그는 천막 바닥에 책상다리를 하고 앉아 있었다. 그와 함께 둘러앉은 사람은 샌도벌, 톡타이, 리 이렇게 세 사람이었다. 바닥에는 융단이 깔려 있었고, 놋화로에서는 차가 끓고 있었다. 몽골인들이 세운 천막은 이것 하나뿐이었다. 아마 그들이 소유한 유일한 천막이고, 바로 이런 의례적인 경우를 대비해서 가져온 것이리라. 톡타이는 큰 잔에 직접 쿠미스*를 따라 에버라드에게 건넸다. 에버라드는 작법대로 후르륵 소리를 내며 마신 다음 잔을 돌렸다. 에버라드는 발효된 말젖보다 더 지독한 것을 마신 경험이 있었지만, 이 의식이 끝난 뒤 음료가 차로 바뀌었을 때에는 내심 안도했다.

이윽고 몽골인 대장이 입을 열었다. 그의 말투는 중국인 학자만큼 부드럽지는 못했고, 본능적으로 노여워하는 기색이 역력했다. 색목인(色目人)이면 색목인답게 마땅히 부복하고 복종할 일이지, 카 칸의 신하와 감히 이런 식으로 맞먹으려고 들다니! 그러나 그의 말투만은 여전히 정중했다.

* kumiss, 말의 젖을 원료로 하여 만든 발효주.

"자, 그럼 귀국의 왕의 용건이 무엇인지를 들려주시오. 우선 왕의 이름을 가르쳐 주시지 않겠소?"

"주군의 존함을 입에 담는 일은 허락되지 않습니다. 여러분은 우리 왕국에 관해서는 극히 막연한 풍문밖에는 듣지 못하셨을 것입니다. 그러나 노욘 님, 이렇게 먼 곳까지 단지 우리 두 사람만을, 그것도 각자 한 마리의 말만 딸려서 보내셨다는 사실에서 우리 주군의 힘이 어느 정도인지는 익히 아실 수 있지 않으십니까."

톡타이는 그르렁거리듯이 대꾸했다.

"그대들이 타고 말은 확실히 당당한 모습을 하고 있지만, 초원에서는 얼마나 쓸모가 있을지 의문이군. 여기까지 오는 데는 오래 걸렸소?"

"하루도 채 걸리지 않았습니다, 노욘 님. 특별한 방도가 있기 때문입니다."

에버라드는 안주머니에 손을 넣어 예쁘장하게 포장한 작은 꾸러미 두 개를 꺼냈다.

"캐세이에서 오신 분들께 경의를 표하기 위해 우리 주군이 보내오신 작은 선물입니다."

포장지가 펼쳐지는 동안 샌도벌은 에버라드 쪽으로 몸을 굽히고 빠른투의 영어로 속삭였다.

"저들 표정을 좀 보게, 맨스. 아무래도 좀 실패한 것 같아."

"어떻게?"

"저 번쩍거리는 셀로판지 따위는 톡타이 같은 야만인에겐 확실히 효과적일지도 몰라. 하지만 리의 얼굴을 보게. 본윗 텔러의 조상이 몸에 푸른 물감을 처바르고 있었을 때 리의 문화에서는 이미 서예(書藝)를 연마하고 있었어. 우리의 미적 감각에 대한 저 친구의 평가는 지금 급락했을걸."

에버라드는 눈에 띄지 않을 정도로 슬쩍 어깨를 움츠려 보였다.

"흐음, 하지만 그게 사실 아닌가?"

상대방은 물론 그들이 말을 나누는 광경을 보고 있었다. 톡타이는 차가운 눈초리로 그들을 쏘아보았지만, 곧 자신이 받은 선물로 주의를 돌렸다. 에버라드가 회중전등을 켜 보이자 그는 감탄하는 듯한 소리를 냈다. 처음에는 조금 두려워하는 듯한 기색을 보였고, 입속으로 주문을 웅얼거리기까지 했다. 그러나 자기가 천둥만 제외하면 무서움이라는 것을 모르는 몽골인이어야 한다는 사실을 기억해 낸 그는 표정을 가다듬었고, 곧 어린애처럼 즐거워하기 시작했다.

한편, 유생(儒生)인 리에게 보낼 선물은 책이 가장 좋을 듯했으므로 에버라드가 내어놓은 것은 『인류는 모두 가족』이라는 제목의 책이었다. 그 다채롭고 이국적인 사진 기술은 리에게 감명을 줄 수 있을지도 모른다. 확실히 리는 그들에게 수없이 사의(謝意)를 표했지만, 실제로 그가 깊은 감명을 받았는지는 의문이었다. 패트롤에서 일을 시작하면 곧 알게 되는 것이지만, 세련된 문화적 안목이란 어떠한 기술 수준의 문명에서도 존재하는 법이다.

그들의 선물에 상응하는 답례가 필요했다. 훌륭한 중국산 장검 한 자루와 연안에서 잡은 해달 가죽 한 꾸러미가 교환됐다. 본래의 용건으로 돌아가기까지는 상당한 시간이 걸렸다. 이윽고 샌도벌은 먼저 상대방의 말문을 여는 데 성공했다.

톡타이가 입을 열었다.

"그대들은 이미 사정에 정통해 있는 것 같으니, 아마 우리들이 몇 년 전에 일본 정벌에 실패했다는 사실도 알고 있겠군."

"그 당시엔 천명(天命)이 따라 주지 않았기 때문이오."

리가 궁정인다운 매끄러운 말투로 덧붙였다.

"말 같지도 않은 소리!"

톡타이가 불만 섞인 어조로 내뱉었다.

"그땐 멍청한 놈들이 따라주지 않았기 때문이라고 해야 옳아. 워낙 수가 적고 적에 대해 무지했던 데다가, 너무나도 험한 바다를 건너 너무 먼 곳까지 갔었기 때문이야. 그리고 그게 어쨌다는 건가? 언젠가 다시 돌아가서 정복할 나라야."

사실 그들은 다시 함대를 파견하게 되지만, 폭풍우를 만나 수없이 많은 젊은이들이 바다에 빠져 죽을 것이라는 사실을 기억해 낸 에버라드는 일말의 동정심을 느꼈다. 그러나 그는 톡타이가 말을 계속하도록 내버려두었다.

"카 칸께서는 우리가 이들 섬에 대해 좀 더 알 필요가 있다고 판단하셨소. 아마 홋카이도 북부 어딘가에 기지를 건설할 필요가 있을지도 모르오. 그것과는 별도로, 우리는 예로부터 훨씬 더 서쪽에 있는 땅에 관한 소문을 들어 왔소. 이따금 폭풍을 만나 침로에서 이탈한 어부들의 목격담도 있었소. 시베리아에서 온 무역 상인들은 해협 하나를 건너면 땅이 있다는 얘기를 했소. 그래서 카 칸께서는 중국인 선원을 태운 배 네 척을 준비케 하셨고, 백 명의 몽골인 전사를 거기에 태우고 그 땅을 탐험하고 오라고 내게 명하셨던 것이오."

에버라드는 별로 놀란 기색도 없이 고개를 끄덕였다. 중국인들은 몇백 년 동안 정크로 바다를 항해해 왔고, 이들 배 중에는 천 명을 태울 수 있을 정도로 큰 것도 있었다. 물론 후세에 포르투갈의 영향을 받고 건조된 배들에 비하면 항해 성능이 뒤떨어졌고, 그 선주들이 대양(大洋)에는 별반 관심을 가지지 않았다는 것이 사실이었다. 북방의 추운 바다는 말할 나위도 없었다. 그럼에도 불구하고, 자기들의 조상이 아니라면 이따금 나타나곤 하는 고려인이나 포모사*인 표류자들

---

* Formosa, 지금의 대만.

에게서 항해법을 터득한 중국인 항해자들이 있었다고 해도 하등 이상할 것이 없었다. 적어도 쿠릴 열도에 관해서는 어느 정도 알고 있었을 것이다.

톡타이가 말했다.

"우리는 두 개의 열도를 잇따라 방문했소. 섬들은 모두 황무지에 가까웠지만, 이곳저곳에 정박해서 말을 방목하고, 원주민들에게서 어느 정도 정보를 얻을 수 있었소. 단지 여섯 개의 언어를 단계적으로 거쳐 의사를 소통하는 일이 얼마나 어려운지는 오직 텡그리만이 알고 계시오! 결국 우리는 두 개의 큰 땅덩어리가 있다는 사실을 확인할 수 있었소. 북쪽으로 가면 시베리아와 또 다른 땅은 극히 가깝게 맞닿아 있으므로 가죽으로 만든 보트를 타고 건너거나, 겨울에는 얼음 위를 걸어서 횡단하는 일까지도 가능하다고 들었소. 마침내 우리는 이 새로운 대륙에 도달할 수 있었소. 실로 광활한 땅이었고, 숲, 그리고 많은 사냥감과 물개가 있었소. 단지 비가 너무 많이 내렸지만 말이오. 배들이 더 나아가고 싶어하는 것 같았기 때문에 우리는 연안을 따라 계속 내려왔소."

에버라드는 머릿속으로 지도를 떠올렸다. 우선 쿠릴 열도를 따라가서 알류샨 열도에 닿는다면 땅에서 멀리 떨어지지 않고 계속 항해하는 일이 가능했다. 난파 가능성이 높기는 했지만, 운이 따라준 덕택에 얕은 연안 항해용의 배들은 바위투성이인 이들 섬에서조차 정박지를 찾을 수 있었던 것이다. 해류의 흐름도 그들을 도운 데다가 침로가 대권(大圈) 코스와 거의 일치하고 있었다. 톡타이는 자기도 모르는 사이에 알래스카를 발견했던 것이다. 연안을 끼고 남하할수록 기후가 온화해졌기 때문에 그는 퓨젓 사운드*를 지나 그대로 체할리스 강까

* Puget Sound, 미국 워싱턴 주 북서부에 있는 북태평양 동부의 깊숙한 만.

지 왔다. 아마 인디언들은 그보다 남쪽에 있는 컬럼비아 강 하구가 위험하다고 그에게 경고해 주었는지도 모른다 — 그리고 최근에 그의 기수들을 뗏목에 태워 이 대하(大河)를 건네 주었던 것이다.

몽골인은 말을 이었다.

"그해가 끝나갈 무렵 우리는 캠프를 건설했소. 그곳 부족들은 원시적이긴 했지만 우호적이었소. 우리가 원하는 만큼의 식량, 여자, 노동력을 제공해 주었소. 그에 대한 답례로 우리 선원들은 물고기를 잡는 방법과 배를 만드는 비결을 그들에게 좀 가르쳐 주었소. 우리는 그곳에서 겨울을 났고, 몇 가지 언어를 배운 후 내륙으로 향했소. 어딜 가도 광대한 숲과, 땅을 까맣게 뒤덮을 정도로 많은 야생 소떼가 있다는 평원 얘기를 들었소. 이들 얘기가 사실이라는 것은 우리 눈으로 충분히 보고 확인할 수 있었소. 이토록 풍요로운 땅은 일찍이 본 적이 없소."

그의 눈이 범처럼 날카롭게 번득였다.

"게다가 이렇게 넓은 땅임에도 불구하고 원주민 수는 얼마 되지 않소. 철을 쓸 줄도 모르는 자들이."

"노욘."

리가 경고하는 듯한 어조로 중얼거렸다. 그는 패트롤 대원들을 턱으로 슬쩍 가리켰다. 톡타이는 입을 꽉 다물었다.

리는 에버라드에게 고개를 돌리고 말했다.

"먼 남쪽에 있다는 황금국 소문도 우리 귀에 들어왔소. 우리는 그 나라에 관해 조사하고, 그 사이에 놓인 땅도 탐험하는 것이 우리의 의무라고 생각했소. 그런데 그 나라에서 직접 오신 분들을 만날 수 있다니 더할 수 없는 영광이오."

"오히려 이쪽이 영광입니다."

에버라드는 매끄럽게 대답한 다음, 가능한 한 엄숙한 표정을 짓고 말을 이었다.

"그 존함을 입에 담을 수는 없지만, 황금제국의 제왕이신 우리의 주군께서는 우호적인 목적으로 저희를 파견하셨습니다. 여러분들이 재앙을 당하는 것을 보고만 계실 수 없었기 때문입니다. 저희는 경고를 드리려고 이곳에 왔습니다."

"뭐라고?"

톡타이는 앉은 자세에서 몸을 곧추세웠다. 억센 손이 예절상 곁에 끌러 놓았던 칼을 더듬었다.

"그게 무슨 헛소린가?"

"헛소리가 아닙니다, 노욘 님. 이 땅은 일견 안온해 보일지도 모르나, 실은 커다란 재앙에 직면해 있습니다. 말씀드리게, 형제."

그보다는 언변이 더 나은 샌도벌이 뒤를 이어 말하기 시작했다. 그의 이야기는 반쯤 문명화된 몽골인들의 마음에 아직도 뿌리박고 있는 미신을, 중국인의 회의론을 너무 자극하지 않는 범위 내에서 이용하려는 목적으로 날조된 것이었다.

실은 남쪽에는 두 개의 큰 왕국이 있다고 그는 설명했다. 자신의 왕국은 더 남쪽에 있었고, 그곳에서 약간 북동쪽으로 치우친 곳에 있는 라이벌 왕국은 평원에 성채를 하나 가지고 있었다. 양쪽 왕국 모두 막강한 힘을 보유하고 있었고, 그 힘을 요술이라고 부르든, 아니면 교묘한 공작 기술이라고 부르든, 그건 여러분들의 자유이다. 배드가이즈Bad Guys라는 이름의 북방 제국은 이 지역 전체를 자신들의 영토로 간주하고, 외국의 원정대 따위를 결코 용납하지 않을 것이다. 그들의 척후들은 머지않아 몽골인들을 발견할 것이고, 번개로 내려쳐서 전멸시킬 것이다. 한편 남쪽의 굿가이즈 제국은 유감스럽게도 여러분들을 보호할 수 없고, 단지 우리를 사절로 보내서 몽골인들의 귀향을 촉구할 수 있었을 뿐이다.

"그럼 왜 원주민들은 이들 대국에 관해 아무런 얘기도 하지 않았단 말이오?"

리는 예리하게 지적했다.

"버마의 밀림에 사는 모든 부족이 카 칸의 이름을 알고 있을까요?"

샌도벌이 응수했다.

"나는 이곳에서는 무지한 이방인일 뿐이오. 그대들이 말하는 그 강대한 무기에 관해서 내가 미처 이해하지 못했다면 용서해 주시오."

리가 말했다.

이렇게 정중한 말투로 너는 거짓말쟁이라는 말을 들은 것은 처음이군. 에버라드는 생각했다. 곧 그는 커다란 목소리로 말했다.

"죽여도 지장이 없는 동물을 노욘 님이 한 마리 내어 주신다면, 실제로 작은 예를 하나 보여드릴 수도 있습니다."

톡타이는 이 제의를 생각해 보았다. 그 표정은 마치 상처가 난 돌덩이 같은 느낌이었지만, 얼굴에서는 엷게 땀이 배어 나오고 있었다. 그는 손뼉을 쳤고, 천막으로 고개를 들이민 위병에게 빠른 말투로 명령을 내렸다. 그러고 나서 그들은 잠시 잡담을 했지만, 점점 무거운 침묵이 내려앉는 것만은 어쩔 수 없었다.

기나긴 한 시간이 지난 뒤 병사 하나가 나타나 기수 두 명이 올가미밧줄로 사슴을 한 마리 잡았다고 보고했다. 그걸로 노욘 님의 의향을 만족시켜 드릴 수 있겠습니까? 충분했다. 톡타이는 앞서서 천막을 나가, 떼를 지어 웅성거리고 있는 부하들 사이를 어깨로 밀치며 앞으로 나아갔다. 그 뒤를 따르며 에버라드는 이런 짓까지 할 필요가 없었으면 좋았을텐데 하고 생각하고 있었다. 그는 마우저 권총 자루에 소총식 개머리판을 끼우며 샌도벌에게 물었다.

"자네도 하겠나?"

"맙소사, 난 빼 줘."

생포된 암사슴이 야영지로 끌려왔다. 말총 밧줄이 목에 감긴 사슴은 몸을 떨며 강가에 서 있었다. 서쪽 산 뒤로 막 넘어가려고 하는 석양이 그 몸을 청동색으로 물들이고 있었다. 에버라드를 바라보는 사슴 눈은 사람의 가슴을 아프게 할 정도로 온순했다. 그는 손을 흔들어 사슴 근처에 있던 병사들을 비키게 하고 총을 겨눴다. 사슴은 첫번째 탄환을 맞고 죽었지만, 에버라드는 시체가 피투성이의 끔찍한 몰골이 될 때까지 계속 방아쇠를 당겼다.

그가 총을 내렸을 때 주위의 분위기는 돌처럼 경직되어 있었다. 그는 안짱다리를 한 땅딸막한 사내들의 넙적하고 무표정한 얼굴을 둘러보았다. 부자연스러울 정도로 날카로워진 후각으로 그들의 냄새를 맡았다. 땀과 말과 연기가 어우러진 자연의 내음. 지금 그들의 눈에는 그가 인간으로 보이지 않겠지만, 에버라드 자신도 그렇게 느끼고 있었다.

"저희가 쓰는 무기 중에서는 가장 약한 것입니다. 이런 식으로 육체에서 분리된 영혼은 고향으로 돌아가지 못하고 영원히 방황하게 됩니다."

그렇게 말한 그는 몸을 돌려 그 자리를 떠났다. 샌도벌이 그의 뒤를 따랐다. 그들의 말은 말뚝에 매여 있었고, 마구는 옆에 쌓여 있었다. 두 사람은 묵묵히 말에 안장을 얹었고, 숲 속을 향해 말을 달렸다.

4

일진의 바람을 받은 모닥불이 확 불타 올랐다. 산림에 익숙한 야영

자가 흔히 그러듯 나무를 조금밖에 지피지 않았기 때문에, 두 사내의 그림자가 어둠 속에서 조금 드러났을 정도였다──눈썹, 코, 광대뼈, 번득이는 눈동자. 모닥불은 다시 작아졌고, 이제는 하얗게 타다 남은 숯조각 위로 빨갛고 파란 불꽃이 날름거릴 뿐이었다. 두 그림자는 또 다시 어둠 속에 잠겼다.

에버라드는 어둠에 개의치 않았다. 손에 든 파이프를 만지작거렸고, 꽉 문 다음 연기를 빨아 보았지만, 별반 기분이 나아지지는 않았다. 그가 입을 열자 밤의 어둠 높이 솟아 있는 우듬지를 스치는 바람 소리가 그의 목소리를 거의 지워 버렸지만, 그는 전혀 개의치 않았다.

그들 곁에는 각자의 침낭, 말, 그리고 그들을 이곳까지 데려온 스쿠터──반중력 썰매 겸 시공 도약 장치──가 놓여 있었다. 이것들을 제외하면 황무지나 다름없는 공허한 어둠밖에 없었다. 이 광막한 어둠 속에서, 눈앞의 모닥불처럼 인간들이 피우는 작은 불빛은 전우주의 별들처럼 조그맣고 고독한 존재에 지나지 않았다. 어딘가에서 늑대가 울부짖었다.

에버라드가 말했다.

"아마, 어떤 경찰관도 이따금 자신이 빌어먹을 자식이라고 느낄 때가 있겠지. 자넨 지금까지 관찰자의 역할을 맡았을 뿐이었네, 잭. 하지만 내가 맡는 이런 능동적인 임무는 보통 납득하기 힘든 경우가 많아."

"응."

샌도벌은 자신의 동료보다 한층 더 말수가 적었다. 저녁을 먹은 후로는 몸을 뒤척인 적도 거의 없었다.

"그리고 이번 임무가 주어졌어. 우리가 시간 간섭을 무효화하기 위해 무슨 짓을 하든, 우리는 적어도 본래 있었던 역사선을 회복시키고 있다고 생각할 수는 있네."

에버라드는 연기를 뿜고 말을 이었다.

"그럴 경우 '본래' 라는 말은 무의미하다고 지적하지는 말게. 그렇게 말하면 마음이 편해지기 때문에 그랬을 뿐이야."

"으음."

"하지만 우리의 보스가, 친애하는 데이넬리아의 슈퍼맨들께서, **우리더러** 간섭하라고 명할 경우에는…… 우리는 톡타이 일행이 결국 캐세이로 돌아가지 못했다는 사실을 알고 있네. 그런데 왜 자네나 내가 간섭할 필요가 있단 말인가? 만약 그들이 적대적인 인디언 부족 따위와 만나서 전멸당했다면, 난 굳이 마음 아파 할 생각이 없네. 적어도 인류의 역사라고 불리는 이 빌어먹을 도살장에서 얼마든지 일어나는 비슷한 사건들에 대해 내가 마음 아파 하는 것 이상으로는 말야."

"알다시피 우리가 그들을 죽일 필요는 없어. 그냥 돌아가게만 하면 되는 거야. 오늘 오후에 자네가 보여 준 시위 행동으로 충분할지도 모르네."

"맞아. 돌아가게 해서…… 그 다음엔 어떻게 되는 거지? 아마 바다에서 빠져 죽을 거야. 고향으로 돌아가는 그들의 앞길은 다난하네─폭풍우, 안개, 역류, 암초─그것도 주로 강을 항해하기 위해 만들어진 배를 타고 가야 해. 그리고 우리는 바로 그런 시기를 골라 그들을 돌려보냈던 거야! 만약 우리가 끼여들지 않았다면, 그들의 귀국은 좀더 늦어질 것이고, 항해 상황도 변화하겠지……. 그럼 왜 우리는 이런 비난받을 역할을 맡아야 하지?"

"혹시 무사히 고향으로 돌아갈지도 몰라."

샌도벌이 중얼거렸다.

"뭐라고?"

에버라드가 반문했다.

"톡타이가 한 얘기에서 미루어 보건대, 그는 배가 아니라 말을 타고 돌아갈 작정인 것 같았네. 그가 추측했듯이 베링 해협을 횡단하는 것은 어렵지 않아. 알류샨 열도 주민에게는 익숙한 방법이니까 말야. 맨스, 아무래도 그들을 위협하는 것 가지고는 충분치 않을 것 같다는 생각이 드네."

"하지만 그들은 고향으로 돌아가지 못했어! 우린 이미 알고 있지 않나!'

"그들이 성공한다고 가정해 보게."

샌도벌은 아까보다 더 크고 빠른 어투로 말하기 시작했다. 밤바람이 그의 목소리를 흐트러뜨렸다.

"잠시 공상을 해 보기로 하지. 톡타이가 계속 남쪽으로 나아간다고 가정해 보게. 도대체 그 무엇이 그를 저지할 수 있단 말인가? 그의 부하들은 따로 보급을 받지 않더라도 충분히 현지에서 살아 나갈 수 있고, 사막에서도 생활할 수 있네. 코로나도*나 여타의 다른 탐험가들은 상대도 되지 않을 정도로 능숙하게 말야. 그들은 곧 얼마 가지 않아서 고도의 수준에 달한 신석기 농경 민족, 푸에블로 인디언들과 만나게 될 거야. 그럼 그는 더욱 더 자신감을 갖게 되겠지. 8월이 오기 전에는 멕시코에 도달해 있을 거야. 멕시코는 목하, 코르테스가 보았던─앞으로 볼─멕시코에 뒤지지 않을 정도로 휘황찬란한 황금향이야. 게다가 그때보다 오히려 더 많은 유혹에 차 있지. 아즈텍인과 톨텍인들은 아직도 패권을 다투고 있고, 주위에서 파고들 틈을 엿보고 있는 군소 부족들은 그들에게 대항할 만한 신참자들을 기꺼이 도울 준비가 되어 있네. 만약 자네가 디아스**를 읽은 적이 있다면 스페인 사람들이 가지고 온 총기는 결국 아무런 영향도 끼치지 못했다

---

* Coronado(1510~1554), 16세기 중엽에 북아메리카 남서부의 주요 대지형들을 발견한 스페인의 탐험가.
** Juan Diaz, 16세기에 멕시코를 탐험한 정복자, 신부. 상세한 탐험 기록을 남겼다.

는──못할 거라는 사실을 알고 있을 거야. 일 대 일일 경우 몽골인들은 스페인 사람들과 마찬가지로 훨씬 우위에 설 수 있네…… 물론 톡타이가 도착하자마자 그들을 공격한다는 뜻은 아냐. 그가 매우 정중한 태도를 취하리라는 건 확실해. 그리고 그곳에서 겨울을 나면서 배울 수 있는 것들을 전부 배우겠지. 그리고 다음 해가 되면 그는 다시 북쪽으로 가겠지. 고향으로 돌아가서, 쿠빌라이에게 이렇게 보고하는 거야. 지상에서 가장 부유하고, 넘쳐 흐를 정도로 황금에 가득 찬 땅이, 그의 정복을 기다리고 있다고 말야!"

"다른 인디언들은 어떤가? 그 점에 관해서 나는 별로 아는 바가 없는데."

"마야 제국은 지금 절정기에 도달해 있네. 깨부수기 힘든 상대이기는 하지만, 그것에 걸맞을 만큼 가치 있는 전리품이지. 몽골인들이 일단 멕시코에 정착하기만 한다면, 더 이상 그들을 막을 수 있는 자는 아무도 없어. 현재 페루는 이들보다 한층 더 고도의 문명을 향유하고 있는데다가, 피사로가 직면했던 것에 비하면 훨씬 덜 조직적인 상태에 머물러 있네. 케추아-아이마르, 후세에 잉카 민족으로 불리는 부족은 당시에는 여러 개 있던 유력 부족 중 하나에 지나지 않았어.

그리고 이 땅이 어떤 의미를 가지는지 생각해 보게! 몽골족이 '대초원' 을 어떻게 이용할지 자네는 상상할 수 있나?"

"그들이 떼를 지어 몰려올 것이라고는 생각하기 힘들군."

에버라드가 말했다. 샌도발의 목소리에는 어쩐지 그를 불안하게 하고, 방어적으로 만드는 요소가 있었다.

"시베리아와 알래스카가 너무 많은 장애가 되지 않을까."

"그것보다 더 심한 장애도 극복된 적이 있어. 그리고 그들이 한꺼번에 이리로 몰려온다는 뜻이 아냐. 유럽인들이 그랬던 것처럼 집단 이민을 시작하려면 몇 세기가 걸리겠지. 나는 북미대륙 서부에서 몇십 년에 걸쳐 일련의 씨족과 부족이 생성되는 과정을 상상할 수 있네. 멕시코와 유카탄 반도는 금세 먹혀 버리겠지—혹은 칸의 영토인 카네이트[汗國]가 될 가능성이 더 많다고 보아야겠지. 이들 몽골의 유목 부족들은 인구가 증가하고 새로운 이민이 유입됨에 따라 동쪽으로 이동하게 되네. 원나라가 앞으로 일 세기도 채 되기 전에 멸망할 운명에 처해 있다는 사실을 잊지 말게. 그러면 아시아의 몽골족들은 압박을 받게 되고, 한층 더 이동할 이유가 생기네. 그리고 중국인들도 함께 올 거야. 농사를 짓고, 황금을 나눠 가지기 위해서 말야."

에버라드는 조용히 입을 열었다.

"내가 이런 말을 해도 좋은지 모르겠지만, 다른 사람들은 몰라도 자네만은 아메리카가 더 빨리 정복되는 것을 보고 싶어 한다고는 생각하지 않았는데."

"그건 다른 유형의 정복이 될 거야. 나는 아즈텍인들이 어떻게 되건 상관하지 않네. 만약 그들을 좀 연구해 본다면, 자넨 코르테스가 멕시코에 은혜를 베풀었다는 말에 동의하게 될 거야. 물론 좀더 무해한 군소 부족들도 고통을 받겠지—일시적으로는 말야. 하지만 몽골인들은 그렇게 악랄한 민족이 아냐. 안 그런가? 우린 서구의 편견에 물들어 있는 거야. 우리는 같은 시대의 유럽인들이 얼마나 잔학한 고문과 학살을 즐겼는가를 잊고 있네.

사실 몽골인들은 고대 로마인들과 상당히 닮은 점이 많다고 할 수 있어. 저항하는 지역에 대해서는 철저한 멸절 정책을 펴지만, 그들의 통치에 굴복한 자들의 권리를 존중해 줬네. 양쪽 모두 무력에 의한 보호를 보장했고, 유능한 정부를 가지고 있었네. 상상력이 결여된, 비창조적인 국민성을 가지고 있었다는 점에서도 마찬가지였고, 참된 문명에 대해 막연한 외경심과 선망을 느끼고 있었다는 것도 똑같네. 현시점에서 팍스 몽골리카Pax Mongolica는 과거의 보잘것없는 로마 제국은·꿈도 꾸지 못했을 정도로 넓은 영토를 통합했고, 좀더 많고 다양한 인종에게 자극적인 접촉 기회를 제공하고 있네.

그리고 인디언들에 대해 말하자면—잊지 말게. 몽골인들이 유목민이었다는 사실을. 백인이 인디언을 멸절시키는 이유가 되었던 수렵민족과 농경민족 간의 숙명적인 대결 따위는 존재하지 않네. 게다가 몽골인들은 인종적 편견을 가지고 있지 않아. 아마 약간의 충돌이 있은 뒤로는, 평균적인 나바호, 체로키, 세미놀, 알곤킨, 치페와, 다코다 인디언들은 기꺼이 그들에게 복종하고, 동맹을 맺을 거야. 그러면 왜 안 되지? 그들은 그 대가로 말, 양, 소, 직물, 야금 기술을 손에 넣을 수 있네. 그들은 침략자들을 수적으로 능가하고 있고, 기계 문명 시대의 백인 농민을 상대해야 했던 것에 비하면 그들과 거의 대등한 위치에서 있을 수 있어. 그리고, 거듭 말하지만 중국인들도 이곳에 올 거야. 이 모든 혼합물을 발효시키고, 문명을 가르치고, 지적 능력을 향상시켜 줄 그들이······.

생각해 보게 맨스! 콜럼버스가 이곳에 와서, 타타르의 왕을 발견했을 때 어떤 얼굴을 할지 말야! 이 세상에서 가장 강력한 국가를 통치하는 세이쳄* 칸을 말야!"

샌도벌은 입을 다물었다. 에버라드는 바람을 받은 나뭇가지에서 나는 음산한 소리에 귀를 기울였다. 그는 한참 동안 어둠 속을 응시하다가 입을 열었다.

"가능한 일이야. 물론 우리가 결정적인 순간이 지날 때까지 이곳에 머물러 있을 경우의 얘기지만. 그럼 우리들 자신의 세계는 존재하지 않게 되네. 처음부터 존재하지 않았던 것이 되어 버리는 거야."

"어차피 그렇게 좋은 세계도 아니었어."

---

* Sachem, 북미 원주민의 추장을 의미함

샌도벌은 꿈꾸는 듯한 어조로 대꾸했다.

"그렇지만 자네의…… 그…… 부모님 생각도 해야 하지 않나. 그
분들도 처음부터 태어나지 않은 것이 되는데."

"부모님은 다 무너져 가는 진흙 오두막에 살고 있었어. 한번은 아
버지가 우는 걸 본 적이 있네. 겨울이 왔는데도 자식들에게 신발을 사
주지 못했기 때문이야. 우리 어머니는 결핵으로 돌아가셨네."

에버라드는 미동도 않고 앉아 있었다. 갑자기 고개를 젓고는 껄껄
웃으며 몸을 일으킨 쪽은 샌도벌이었다.

"도대체 지금까지 난 무슨 얘기를 하고 있었지? 그건 그냥 꿈 같은
얘기에 지나지 않네, 맨스. 이제 자는 게 어때. 내가 먼저 파수를 설
까?"

에버라드는 동의했다. 그러나 그는 오랫동안 잠을 이룰 수가 없었다.

5

스쿠터는 이틀 후로 도약했고, 육안으로는 볼 수 없는 고공에 정지
했다. 주위의 공기는 희박했고, 살을 에는 듯 차가웠다. 전자 망원경
을 조정하며 에버라드는 몸을 떨었다. 배율을 최대한으로 올려도 몽
골인들의 대열은 광막한 녹색 평원을 기듯이 나아가는 조그만 점으로
밖에는 보이지 않았다. 그러나 현재 서반구에서 말을 타고 있는 자들
이 그들 말고 있을 리가 없었다.

그는 안장 위에서 몸을 비틀어 동료를 돌아다보았다.

"이젠 어떻게 할까?"

샌도발의 넙적하고 편평한 얼굴은 무표정했다.

"흐음, 만약 우리의 경고성 시위가 효과를 보지 못했다면——"

"효과가 없었다는 점은 명명백백하지 않나! 저들은 예전보다 두 배는 더 빠른 속도로 남쪽을 향하고 있어. 이유가 뭐지?"

"그 질문에 대답하려면 그들 각자를 지금보다 개인적으로 더 깊이 이해하고 있을 필요가 있어, 맨스. 하지만 본질적으로는 우리가 그들의 용기에 도전했다는 얘기가 되겠지. 호전적인 문화에서 절대적인 미덕이란 용기와 강인함밖에는 없어⋯⋯. 계속 전진하는 일을 제외하면 그들에게 무슨 선택이 남아 있겠나? 단순한 위협에 의해 뒤로 물러난다면, 더 이상 얼굴을 들고 살아갈 여지가 없게 되는 거야."

"하지만 몽골인들은 바보가 아냐! 그들이 세계를 정복한 이유는 닥치는 대로 힘으로 밀어붙여서가 아니라, 군사 원칙을 그 누구보다도 더 잘 이해하고 있었기 때문이야. 일단 후퇴해서 자기가 본 것을 황제에게 보고한 다음, 더 큰 규모의 원정대를 보내는 것이 순리가 아닌가."

"그런 일은 배에 남아 있는 자들만으로도 충분히 할 수 있네. 지금 와서 생각해 보니, 아무래도 우리는 톡타이를 너무나도 과소평가하고 있었다는 생각이 드는군. 아마 그는 내년의 어느 기한까지 자기들이 돌아오지 않을 경우 남은 배들만으로 귀향하라고 명령해 놓은 것이 틀림없네. 만약 도중에 뭔가 흥미로운 일, 이를테면 우리 같은 사람들과 조우했을 경우엔 인디언 한 사람에게 편지를 줘서 베이스 캠프로 돌아가게 하면 되는 거야."

에버라드는 고개를 끄덕였다. 그는 이 임무에 앞서 자신이 명령 계통도 무시한 채로 급히 차출되었고, 처음부터 충분히 계획을 짤 만한 여유도 전혀 주어지지 않았다는 사실을 새삼 떠올렸다. 그래서 이렇게 실패하고 말았다. 하지만 그 실패는 어느 정도나 존 샌도벌의 무의식적인 우유부단함에서 기인한 것일까. 이윽고 에버라드가 입을 열었다.

"혹시 우리 태도가 뭔가 수상쩍다고 느꼈을지도 모르겠군. 몽골인들은 언제나 심리전의 달인이었으니까 말야."

"그럴지도 모르지. 하지만 이젠 어떻게 하면 좋겠나?"

아래로 급강하해서, 이 타임 사이클에 장착된 41세기제의 에너지포를 몇 번 발사하면 모든 것이 깨끗이 해결되겠지……. 아냐, 절대로 그럴 수는 없어. 설령 추방 행성으로 쫓겨난다고 해도 그런 명령에 따를 수는 없어. 매사에는 한도라는 것이 있는 법이니까.

"좀더 인상적인 시위를 해야겠군."

에버라드가 말했다.

"그것도 실패할 경우엔?"

"입 닥치게! 일단 해 보는 거야!"

"아까부터 생각해 봤는데 말야."

바람이 샌도벌의 목소리를 갈라놓고 있었다.

"이 원정 계획 자체를 무효로 만들어 버리면 어떨까? 몇 년쯤 과거로 가서, 동쪽으로 원정대를 보내 봤자 아무 소용도 없다고 쿠빌라이 칸을 설득하는 거야. 그럼 이런 일들은 처음부터 아예 일어나지 않을 게 아닌가."

"패트롤 규칙이 역사 개변을 금하고 있다는 사실을 자네도 알고 있지 않나."

"그럼 자넨 우리가 지금 하고 있는 짓을 뭐라고 부를 건가?"

"최고 사령부로부터 특별히 내려온 명령. 아마 다른 장소, 다른 시대에 있었던 간섭을 교정하기 위한 것일지도 몰라. 그걸 내가 어떻게 아나? 난 진화 과정의 한 단계에 불과해. 백만 년 미래의 그들은 내가 상상도 할 수 없는 능력을 가지고 있어."

"하느님 말에 따르라는 말이군."

샌도벌이 중얼거렸다.

에버라드는 입을 꽉 다물었다.

"자네 의견이 어떻든 간에, 세계에서 가장 많은 권력을 쥐고 있는 쿠빌라이의 궁정에서 일어나는 일은 이곳 아메리카 대륙에서 일어나는 그 어떠한 일보다 훨씬 중요하고 결정적이라는 사실이 남아. 나를 이 지긋지긋한 임무로 끌어들인 건 자네라는 사실을 잊지 말게. 난 자네보다 계급이 높으니까 필요하다면 명령을 내릴 용의도 있어. 우리는 저들이 탐험을 단념하도록 만들라는 명령을 받았네. 그 다음에 무슨 일이 일어나건 우리가 알 바 아냐. 결국 저들은 고향으로 돌아가지 못해. 그리고 그건 우리 탓이 아냐. 자네가 저녁식사에 초대한 손님이 오는 도중에 치명적인 사고를 당했다고 해서, 자네를 살인자라고 부를 수 없는 것과 마찬가지네."

"이제 그만 꽥꽥거리고 자네 계획을 행동으로 옮기면 어때?"

샌도벌이 내뱉듯이 말했다.

에버라드는 스쿠터를 발진시켰다.

"저기 저 언덕이 보이나?"

그는 앞쪽을 가리켰다.

"저건 톡타이 일행의 진로상에 있지만, 오늘 밤에는 저곳에서 몇 킬로미터 모자라는 곳, 아마 저 개울 옆 목초지에서 야영할 거라고 생각하네. 하지만 그곳에서라면 언덕 전체를 볼 수 있을 거야. 그곳에 장비를 설치하기로 하지."

"그럼 불꽃놀이를 하잔 말인가? 웬만한 것 가지고서는 별 효과가 없을 거야. 캐세이인들은 이미 화약에 관해 알고 있네. 군사용 로켓까지 가지고 있는걸."

"조그만 화전(火箭) 말이지. 나도 아네. 하지만 출발 전에 장비를

212

챙길 때, 난 처음 임무가 실패할 경우를 대비해서 상당히 넓은 용도를 가진 장비도 넣어 두었지."

언덕 정상에는 드문드문하게 소나무가 자라 있었다. 에버라드는 나무 사이에 스쿠터를 착륙시킨 다음 의외로 넓은 짐칸에서 몇몇 상자를 꺼내기 시작했다. 샌도벌은 묵묵히 작업을 도왔다. 패트롤에서 훈련받은 말들은 자기들을 이곳으로 운반해 온 프레임식 수송 상자에서 침착하게 걸어나온 뒤 언덕 사면에서 풀을 뜯기 시작했다.

잠시 후 인디언이 침묵을 깨뜨렸다.

"이건 내 전공과는 거리가 멀군. 뭘 설치하고 있나?"

에버라드는 반쯤 조립해 놓은 작은 기계를 가볍게 두들겼다.

"이건 미래의 '한랭 시대' 때 사용됐던 기후 조절 장치를 개량한 거야. 전위(電位) 배분 장치라고나 할까. 상상을 초월할 정도로 굉장한 번개를 발생시킬 수 있네. 그에 걸맞을 만큼 시끄러운 천둥도 포함해서 말야."

"흐으음…… 몽골인 최대의 약점을 이용하자는 거군. 내가 졌네. 편하게 앉아서 즐길 수 있을지도 모르겠군."

샌도벌은 갑자기 미소 지었다.

"내가 이 장치를 조립하는 동안 저녁식사를 준비해 주겠나? 당연한 얘기지만 불을 때지는 말게. 그런 흔해 빠진 연기를 보일 수는 없으니까 말야……. 아, 그렇지, 신기루 투영 장치도 가지고 왔네. 적당한 순간에 자네가 그 옷을 갈아입고 두건 같은 걸로 얼굴을 가리고 나온다면 저들도 자넬 알아보지 못할 거야. 그럼 그 기계로 공중에 키가 1마일은 되는 자네 모습을 그려 주지. 적어도 실물의 반은 추한 걸로 말야."

"확성 장치는 없나? 나바호족의 노래는 꽤 무시무시하게 들릴 수도 있어. 그 노래가 단지 예이비차이*에 불과하다는 사실을 모를 경우엔 말야."

"물론 가지고 왔지!"

해가 지고 있었다. 소나무숲에 땅거미가 깔리기 시작했다. 공기는 차가웠고, 톡 쏘는 솔잎 내음으로 가득 차 있었다. 에버라드는 샌드위치를 먹어치운 다음 그가 예상했던 야영지를 몽골인 선봉대가 조사해 보는 광경을 쌍안경을 통해 관찰했다. 몇몇 몽골인들은 그날 잡은 사냥감을 가지고 와서 요리하기 시작했다. 본대는 해질녘에 도착했고, 능숙한 솜씨로 야영 준비를 마친 다음 저녁을 먹었다. 확실히 톡타이는 낮 시간을 한시도 허비하지 않고 맹렬한 속도로 전진하고 있었다. 어둠이 깔릴 무렵 에버라드는 몽골인 몇 명이 시위를 매긴 활을 들고 말을 탄 채로 보초를 서는 걸 보았다. 아무리 애를 써도 자꾸 떠오르는 비관적인 생각을 막을 수가 없었다. 그는 전 세계를 뒤흔들어 놓은 사내들을 겁을 줘서 쫓아낼 작정을 하고 있는 것이다.

눈 덮인 산봉우리 위에서 이른 저녁별들이 반짝이기 시작했다. 슬슬 작전을 개시할 때였다.

"말고삐는 단단히 비끄러매 놓았나, 잭? 놀라 도망치려 할지도 모르니까 말야. 몽골말들은 영락없이 그럴 거야. 자, 그럼 시작하겠네."

에버라드는 자신이 설치해 놓은 기계의 메인 스위치를 넣고 희미하게 조명된 계기반 옆에 웅크리고 앉았다.

처음에는 땅과 하늘 사이의 공간에서 파르스름한 빛이 어렴풋하게 깜박거렸을 뿐이었다. 그러나 곧 번개가 치기 시작했다. 뱀의 혀처럼 쉴 새 없이 날름거리며 하늘을 가로지르는 전광은 일격에 거목들을 꺼꾸러뜨렸고, 그 충격으로 산야 전체가 진동했다. 에버라드는 공 모양의 번개를 발생시켰다. 그것들은 소용돌이치며 도약했고, 길게 불

* yeibichai, 춤과 노래가 따르는 나바호족의 가면 의식

214

꽃을 끌며 야영지 상공까지 날아가서 폭발했다. 한순간 하늘이 새하얗게 불타 올랐다.

굉음과 섬광으로 인해 귀가 멍멍했고 거의 앞을 볼 수도 없었지만, 그는 어떻게든 형광을 발하는 이온 막을 투사할 수 있었다. 피처럼 붉고 뼈처럼 흰 거대한 장막은 북극광처럼 물결쳤고, 끊임없이 계속되는 천둥소리를 뚫고 날카롭게 쉭쉭거렸다. 샌도벌이 앞으로 뛰쳐나왔다. 벗어젖힌 상반신에 점토로 고대의 문양을 칠하고 있었다. 두건 대신 진흙을 처바른 그의 얼굴은 에버라드가 알아볼 수도 없을 정도로 무시무시하게 일그러져 있었다. 기계는 샌도벌의 모습을 스캔한 뒤 그 확대상을 투영했다. 오로라를 배경으로 우뚝 선 그의 모습은 산보다 더 높았다. 거인은 발을 끄는 듯한 동작으로 몇 걸음 걸었고, 지평선 끝에서 끝까지 움직이다가 또다시 하늘을 찌를 듯한 장신을 곧추세웠고, 천둥소리를 잠재울 정도로 날카로운 가성으로 울부짖으며 춤을 추기 시작했다.

에버라드는 섬뜩한 빛 아래서 웅크리고 앉아 있었다. 제어반 위에 올려놓은 손가락이 딱딱하게 굳어 있었다. 그는 자신 내부에 깃든 원초적인 공포를 자각했다. 춤이 그의 마음속 깊은 곳에 잊혀진 채로 가라앉아 있었던 것들을 불러일으켰던 것이다.

하느님 맙소사! 만약 이걸 보고도 그들이 포기하지 않는다면…….

그는 불현듯 정신을 가다듬고 시계를 보았다. 반 시간 지났으니까…… 15분쯤 더 기다렸다가 천천히 지우기로 하자……. 몽골인들은 무턱대고 어둠 속으로 뛰쳐나가는 대신 새벽까지 야영지에 머물러 있는 편을 택할 것이다. 그들에게도 그럴 정도의 규율은 남아 있었다. 그러니까 앞으로 몇 시간 동안 잠잠하게 있다가, 그들 바로 옆에 있는 나무를 벼락으로 내리쳐서 마지막까지 남아 있던 자제심에 결정적인 치명타를 가하는 것이다……. 에버라드는 샌도벌을 손짓해 불렀다.

인디언은 실제로 움직인 것에 비하면 좀 과장되었다 싶을 정도로 거칠게 숨을 몰아쉬며 털썩 주저앉았다.

굉음이 사라지자 에버라드는 말했다.

"멋진 쇼였네, 잭."

자기의 목소리가 조그맣고, 기묘하게 느껴졌다.

"이런 일을 한 건 정말 오랜만이야."

샌도벌은 중얼거렸다. 다시금 그들을 에워싼 정적 속에서 그가 성냥을 켜는 소리는 깜짝 놀랄 정도로 크게 들렸다. 어둠 속에서 불꽃이 타오르며 꽉 다문 그의 입가가 언뜻 보였다. 그가 손을 흔들어 성냥불을 끄자 빨간 담뱃불만 남았다.

이윽고 그는 말했다.

"내가 있던 인디언 보호 거주지에서 그걸 심각하게 받아들이는 사람은 아무도 없었어. 나이 든 사람들 중 몇몇은 전통을 존속시키고, 우리가 아직도 하나의 민족이라는 사실을 확인하기 위해 젊은 우리들에게 그것을 배우게 하려고 했지만, 우리들 대다수는 관광객들 앞에서 그 춤을 춰서 용돈이나 좀 벌어 보려는 생각밖에는 없었지."

더 긴 침묵이 흘렀다. 에버라드는 투영 장치를 완전히 껐다. 주위를 뒤덮은 어둠 속에서, 샌도벌의 담뱃불만이 조그맣고 빨간 변광성(變光星)처럼 밝아졌다가 어두워졌다가 했다.

"관광객들말야!"

잠시 후 그는 내뱉듯이 말했다.

또 몇 분인가 시간이 흘렀다.

"오늘 밤 나는 뚜렷한 목적을 가지고 춤을 췄어. 뭔가 의미가 있는 춤을 말야. 그런 느낌은 처음이었네."

에버라드는 침묵을 지켰다.

그들의 공연에 놀라 고삐를 끊고 도망치려 했던 말 한 마리가 불안한 듯한 높은 울음소리를 냈다.

에버라드는 고개를 들었다. 보이는 것은 어둠뿐이었다.

"무슨 소리가 나지 않았나, 잭?"

회중전등이 그의 얼굴을 정통으로 비췄다.

일순간 눈이 부셔서 아무것도 볼 수 없었다. 그는 욕설을 내뱉으며 벌떡 일어났고, 충격총에 손을 뻗쳤다. 나무 그늘 뒤에서 그림자가 달려나와 그의 갈비뼈를 강타했다. 그는 비틀거리며 뒷걸음질쳤다. 총이 손에 잡히자마자 그는 무턱대고 쏘아 대기 시작했다.

회중전등의 불빛이 다시 한 번 휙 스쳐 갔다. 에버라드는 샌도벌 쪽을 흘낏 보았다. 나바호 인디언은 아직도 맨손이었고, 몸을 숙여 몽골인의 칼날을 피하고 있었다. 상대방은 계속 그에게 달려들었다. 샌도벌은 패트롤의 유도 훈련 때 배운 요령대로 한쪽 무릎을 꿇었다. 말에서 내려 싸우는 것에 익숙지 못한 몽골인은 서툰 동작으로 칼을 휘두르며 돌진했고, 칼이 허공을 가른 순간 샌도벌은 어깨로 몽골인의 배를 힘껏 밀었다. 곧이어 샌도벌은 몸을 곧추세웠고, 손바닥으로 몽골인의 턱을 올려쳤다. 투구를 쓴 머리가 뒤로 푹 꺾였다. 샌도벌은 무방비 상태가 된 몽골인의 목을 수도로 강타했고, 그 손에 들려 있던 칼을 낚아채자마자 뒤로 돌아서서 날아온 칼날을 받아넘겼다.

몽골인들의 날카로운 함성 위로 누군가가 고함을 지르며 명령을 내리는 소리가 들려왔다. 에버라드는 뒤로 물러섰다. 아까 습격자 한 명을 충격총으로 쓰러뜨렸지만, 그와 스쿠터 사이를 또 다른 자들이 가로막고 있었다. 측면으로 우회하며 그들을 마주 보았을 때, 누군가가 던진 올무가 에버라드의 상반신에 걸렸다. 숙달된 솜씨로 한 번 잡아당겨진 밧줄은 그의 몸을 꽉 조였다. 그가 앞으로 고꾸라지자 몽골인 네 명이 한꺼번에 그를 덮쳤다. 대여섯 개의 장창 자루가 샌도벌의 머리를 내려찍는 광경이 시야 가장자리에 비쳤지만, 그 자신도 필사적으로 싸우느라 더 이상 신경 쓸 겨를이 없었다.

에버라드는 두 번 일어섰지만, 충격총은 어딘가로 날아가 버렸고, 홀스터 안에 들어 있던 마우저 권총도 이미 뺏긴 후였다──작은 몸집의 이 사내들도 유도의 전신인 야와라 스타일의 격투기에는 숙달되어 있었다. 그들은 그를 땅에 쓰러뜨린 다음 주먹으로, 장홧발로, 단검 자루 끝으로 마구 때렸다. 마지막 순간까지도 완전히 의식을 잃지는 않았지만, 마침내 그는 저항을 포기했다.

6

톡타이는 해가 뜨기 전에 일행을 야영지에서 철수시켰다. 동녘이 밝아올 무렵 그들은 계곡 아래의 넓은 평지에 산재하는 작은 관목 숲 사이를 누비며 나아가고 있었다. 토지는 점점 평탄하고 메마른 땅으로 바뀌어 갔다. 오른편의 산들은 점점 멀어져 갔고, 이제는 눈을 뒤집어쓴 봉우리 몇 개가 잿빛 하늘을 배경으로 어슴푸레하게 보일 뿐이었다.

작고 강건한 몽골말들은 지친 기색도 없이 앞으로 나아갔다──말발굽 소리와 함께 마구가 삐걱거리며, 짤랑거린다. 이들의 대형은 에버라드의 눈에는 마치 한 덩어리가 되어 움직이는 것처럼 보였다. 장창이 리드미컬하게 상하로 움직이고, 그 밑에서 삼각기와 깃털 장식과 망토가 펄럭거렸으며, 그 아래로 투구가, 실낱처럼 가느다란 눈을 가진 갈색 얼굴이, 그로테스크하게 채색된 흉갑이 언뜻언뜻 보이곤했다. 입을 여는 자는 아무도 없었고, 그들의 얼굴에서는 어떠한 표정도 읽을 수 없었다.

마치 머릿속에 모래가 가득 찬 듯한 느낌이었다. 그들은 그의 손을 그냥 놓아 두는 대신 양 발목을 등자에 비끌어매어 놓았기 때문에 밧줄에 쓸린 부분이 쓰려 왔다. 입고 있던 옷들은 전부 몰수당했다. 이것은 현명한 예방책이었다고 해야 할 것이다——이 이방인이 옷 속에 또 다른 무기를 숨겨 놓지 않았다는 보장이 어디 있단 말인가? 그리고 그 대신 그들이 준 몽골옷은 터무니없을 만큼 작았다. 웃옷을 입기 전에 칼로 솔기를 뜯어야 했을 정도였다.

투영 장치와 스쿠터는 언덕 위에 그대로 남아 있었다. 톡타이는 위험을 무릅쓰고 마력을 지닌 이들 물건에 손을 대지는 않았다. 기묘한 모습을 한 두 마리의 말을 데려오는 일만 해도, 겁에 질린 부하들에게 호통을 쳐서 겨우 명령에 따르게 할 수 있었던 것이다. 이들 말은 안장과 침구를 얹은 채로 짐말들과 함께 그들을 뒤따라오고 있었다.

빠른 말발굽 소리가 들려왔다. 옆에서 활을 들고 에버라드를 감시하던 몽골병 중 하나가 그르렁거리는 듯한 어조로 짧게 대답하더니 자신의 조랑말을 조금 비켜 자리를 내주었다. 리 타이-쭝이 말을 갖다 댔다.

에버라드는 멍한 눈초리로 상대방을 응시했다.

"용건이 뭐요?"

"유감스럽지만 그대의 친구는 다시는 깨어나지 못할 것 같소. 좀 더 편하게 해 주기는 했지만 말이오."

그렇지만, 두 마리의 조랑말 사이에 임시 변통으로 매단 들것 위에 의식을 잃은 사람을 비끌어 매어 놓았다고 해서…… 맞아, 어제 머리를 구타당했을 때 뇌진탕을 일으켰던 거야. 패트롤의 병원으로 데려가면 금세 회복할 수 있겠지만, 여기서 가장 가까운 패트롤 본부는 캄발룩에 있고, 또 내가 스쿠터로 돌아가서 무전기를 쓰는 걸 톡타이가 허락할 리가 없어……. 그렇다. 존 샌도벌은 여기서 죽는 것이다. 태어나기 650년 전에 말이다.

에버라드는 상대방의 침착한 갈색 눈을 들여다보았다. 흥미를 느끼고 있는 듯한 눈초리였고, 동정하는 듯한 기색도 없지 않았지만, 이질적이라는 점에는 변함이 없었다. 어차피 상대방을 설득할 가능성은 없었다. 그가 속한 문화에서는 논리적인 주장도, 지금 이곳에서는 헛소리에 불과한 것이다. 그러나 포기할 수는 없었다.

"적어도 이런 짓이 당신들에게 어떤 재난을 가져올지 톡타이에게 이해시킬 수는 없소?"

리는 끝에서 두 갈래로 갈라진 턱수염을 쓰다듬었다.

"그대의 나라가 우리들이 모르는 기술을 가지고 있다는 점에는 의문의 여지가 없소. 그렇지만 그것이 어쨌단 말이오? 이들 야만인들은——"

여기서 그는 말을 멈추고 에버라드 주위의 감시병들을 흘깃 보았지만, 그가 지금 쓰고 있는 송(宋) 시대의 중국어를 이해하는 자는 한 사람도 없었다.

"——이들 야만인들은, 전투 기술 외에는 모든 면에서 그들보다 우수한 왕국들을 수없이 정복해 왔소. 그리고 이제 우리는 그대가 이 부근의 적대적인 제국에 관해 언급했을 때 진실을, 흐음, 약간 수정했다는 사실을 알고 있소. 만약 그대의 주군에게 우리를 두려워할 이유가 없다면, 왜 거짓말을 하면서까지 우리를 쫓아내려고 했겠소?"

에버라드는 신중하게 말했다.

"우리의 위대하신 주군은 유혈을 좋아하시지 않소. 하지만 이대로 나간다면 부득이 당신들을 처분하는 수밖에——"

"그만 해 두시오."

리는 감정을 상한 듯한 표정을 지었다. 그는 마치 벌레를 쫓듯이 가냘픈 손을 휘휘 저으며 말을 이었다.

"톡타이에게는 무슨 말을 해도 좋고, 나는 당신이 그러는 것을 방해할 생각이 없소. 고향으로 돌아가는 데는 하등 이의가 없으니까 말이오. 황제의 명령만 아니었더라면 애당초 이곳에 오지도 않았을 것이오. 그러니까, 우리끼리 얘기할 때만은 서로의 지성을 과소평가하지 않는 편이 옳을 듯 하오. 그대가 어떠한 말을 해도 이들을 위협할 수 없다는 사실을 이해 못하겠소? 이들은 죽음을 경멸하오. 아무리 오랜 시간을 들여 고문을 해 보았자, 결국은 죽게 되어 있소. 신체에 아무리 끔찍한 짓을 하더라도 스스로 혀를 깨물고 죽을 용의가 있는 자들에게는 아무런 소용이 없소. 만약 현 단계에서 되돌아간다면 톡타이는 자손 대대로 지울 수 없는 치욕을 입게 되오. 반면 이대로 전진할 경우에는 불멸의 영광을 얻을 뿐만 아니라, 상상할 수 없을 정도로 막대한 부를 얻게 될 기회가 올지도 모른다고 생각하고 있소."

에버라드는 한숨을 쉬었다. 실제로, 그가 생포됐다는 굴욕적인 사실이 이들의 행동에 결정적으로 영향을 끼쳤다고 해도 틀린 말이 아니었다. 뇌성벽력이 쳤을 때 몽골인들은 공황 상태에 빠져 도망치기 직전이었다. 많은 자들이 땅에 엎드려서 울부짖기까지 했던 것이다. (그리고 앞으로는 그 기억을 불식하기 위해 한층 더 공격적이 될 것이 뻔했다.) 톡타이는 반은 공포, 반은 반항심에서 천둥의 출처를 향해 돌진했던 것이다. 말을 탄 부하 몇 명도 그의 뒤를 따랐다. 리 자신도 반쯤 책임이 있었다. 학자이자 회의론자이며, 눈속임과 불꽃놀이에 익숙했던 이 중국인은 번개가 실제로 자신들을 내려치기 전에 선제 공격을 하라고 톡타이를 격려했던 것이다.

문제의 본질은, 결국 우리가 이들을 잘못 판단했다는 데 있어. 해당 문화의 미묘한 뉘앙스를 직관적으로 이해하고 있는 전문 연구원을 한 사람 데리고 왔어야 했던 거야. 그러는 대신 우리는 머리에 필요한 사실을 잔뜩 채우고 오는 것만으로도 충분하다고 생각했지. 그건 그렇고 이젠 어떻게 되는 걸까? 언젠가는 패트롤에서 구조대가 오겠지만, 잭은 오늘이나 내일 사이에 죽을 거야……. 에버라드는 옆에서 말을 달리는 병사의 돌처럼 굳은 표정을 흘낏 보았다. 아마 나도 그렇게 될지 모르겠군. 아직도 신경들이 곤두서 있어. 언제라도 기회만 주어진다면 기꺼이 내 목을 조르겠다는 얼굴이군.

게다가 다른 패트롤 대원들이 구해줄 때까지 설령 그가 살아남을 수 있다 치더라도(그럴 리가 없겠지만!)——동료들을 볼 면목이 없었다. 무임소 대원은, 그 계급에 주어지는 수많은 특권에 걸맞게 어떠한 사태도 자력으로 해결할 것을 요구받고 있는 것이다. 귀중한 동료를 죽게 하는 일 없이 말이다.

"그런 연유로 그대에게 더 이상 속임수를 쓰지 말라고 충고하고 싶소."

"지금 뭐라고 했소?"

에버라드는 그제서야 리에게로 몸을 돌리고 되물었다.

"원주민 안내인들이 모두 도망쳐 버렸다는 사실을 알고 있지 않소? 그래서 이제는 그대가 그 역할을 맡았다는 사실을? 그렇지만 우리는 곧 다른 부족들을 만나서, 의사를 소통할 수 있을 것이오……."

에버라드는 고개를 끄덕였다. 머리가 지끈거렸고, 햇살에 눈이 따끔거렸다. 그는 몽골인들이 지금까지 수십 개의 언어 지역을 성공적으로 지나왔다는 사실에도 전혀 놀라지 않았다. 문법만 까다롭게 따지지 않는다면, 몇몇 기본적인 단어와 몸짓을 배우는 데에는 몇 시간이면 충분했다. 그런 다음에는 며칠에서 몇 주 동안 새로 고용한 안내인을 상대로 회화 연습을 할 수 있는 것이다. 리는 말을 이었다.

"……지금까지 그래 왔던 것처럼, 전진하면서 계속 안내인을 획득할 것이오. 따라서 그대가 우리에게 틀린 길을 가르쳐 주더라도 그 사실은 곧 드러날 것이고, 그럴 경우 톡타이는 가장 미개한 방법을 써서 그대를 벌할 것이오. 그렇지만 충실하게 봉사하면 응분의 보상을 받을 것이오. 일단 정복이 완료되면 이곳의 지방 정부에서 고관으로 발탁될 기회를 얻을 수도 있소."

에버라드는 꼼짝도 하지 않았다. 상대방이 무심결에 던진 이 호언장담은 그를 경악게 했다.

지금까지 그는 패트롤이 다른 팀을 보낼 것이라고 지레짐작하고 있었다. 적어도 **무엇인가가** 톡타이의 귀국을 저지하리라는 점은 명백했던 것이다. 그러나 실제로 그렇게 명백하게 단언할 수 있을까? 만약—그의 20세기적 논리로는 파악 불가능한 모종의 역설적인 형태로—이 시점에서 어떤 불확실성, 시공연속체상의 불안정점 같은 것이 존재하지 않았다면, 애당초 왜 이런 식으로 간섭하라는 명령이 떨어졌단 말인가?

빌어먹을! 결국 몽골인들의 원정은 성공할지도 모른다! 샌도벌조차도 감히 꿈꾸려 하지 않았던 아메리카 한국(汗國)이라는 미래는…… 진정한 미래가 될지도 모르는 것이다.

시공에는 이따금 논리만으로는 풀 수 없는 불규칙성과 불연속점이 존재한다. 세계선(世界線)은 과거로 되돌아가서 자기 자신을 무효화해 버릴 수가 있고, 그 결과 인과율과는 무관한 사물이나 사건이 출현하며, 이들 무의미한 동요는 곧 사라지고 망각되기 마련이다. 맨스 에버라드가 바로 그런 경우이다. 결코 존재하지 않았던 타임 패트롤 대원으로서, 결코 존재한 적이 없던 미래에서 와서, 존 샌도벌의 주검과 함께 과거로 유배된 그가.

7

　가혹하리만치 강행군을 해 온 일행은 일몰 무렵 세이지브러시와 명아주가 자라 있는 지대에 닿았다. 주위의 황톳빛 산들은 가팔랐고, 말굽 아래에서는 먼지가 일었다. 짓밟으면 달콤한 내음을 풍기는 은녹색의 관목 수가 점점 줄어 들기 시작했다.

　에버라드는 다른 이들을 도와 샌도벌을 땅에 눕혔다. 나바호 인디언의 눈은 감겨 있었고, 홀쭉하게 여윈 얼굴은 열로 들떠 있었다. 그는 이따금 몸을 뒤치며 뭔가 중얼거리곤 했다. 에버라드가 할 수 있는 것은 갈라 터진 입술 위에 물에 적신 천을 짜 주는 일 정도였다.

　몽골인들은 아침보다는 명랑한 표정으로 야영 준비를 했다. 자신들이 두 사람의 강대한 요술사를 생포했고, 그 이후 더 이상 공격받지도 않았다는 사실을 실감하기 시작한 것이리라. 그들은 서로 잡담을 해 가며 일을 마쳤고, 검소한 저녁식사를 한 다음 쿠미스가 든 가죽 부대를 꺼내 마시기 시작했다.

　에버라드는 샌도벌과 함께 캠프의 중앙 부근에 있었다. 두 명의 감시병이 함께였다. 그들은 시위를 메긴 활을 들고 몇 미터 떨어진 곳에 앉아 있었지만, 침묵을 지켰다. 이따금 그중 한 명이 일어나서 작은 모닥불에 나무를 지피곤 했다. 이윽고 다른 몽골인들도 조용해졌다. 아무리 강인하더라도 역시 지쳐 있었던 것이다. 병사들은 몸을 웅크리고 자기 시작했고, 초병들만이 졸린 눈으로 말을 타고 주변을 돌고 있었다. 밤하늘 가득한 별들 아래에서 모닥불들이 하나 둘씩 재로 변해 갔다. 몇 킬로미터나 떨어진 곳에서 코요테가 짖는 소리가 들려왔다. 에버라드는 점점 내려가는 기온에 대비해서 샌도벌에게 담요를

덮어 주었다. 작은 모닥불이 발하는 빛이 서리로 덮인 세이지브러시 잎사귀를 비췄다. 그는 망토 깃을 여미며 그들이 적어도 자신의 파이프만은 돌려주었으면 좋았을 텐데, 하고 생각했다.

마른 흙을 밟고 다가오는 소리가 났다. 감시병들은 재빨리 화살을 메겼지만, 어둠 속에서 모습을 드러낸 자는 톡타이였다. 망토를 입고 머리에는 아무 것도 쓰지 않은 채였다. 감시병들은 깊게 고개를 숙이고 어둠 속으로 되돌아갔다.

톡타이는 발을 멈췄다. 에버라드는 그의 얼굴을 올려다보았고, 곧 고개를 떨구었다. 노온은 잠시 샌도벌을 내려다보고 있다가, 입을 열었다. 거의 부드럽다고 할 수 있을 정도의 말투였다.

"자네 동료는 내일 일몰 때까지 살아 있지 못할 것 같군."

에버라드는 짧게 그르렁거렸을 뿐이었다.

"뭔가 도움이 될 만한 약을 가지고 있나? 자네 새들백 속에는 몇몇 기묘한 물건들이 들어 있었어."

"감염을 막는 약과 통증을 줄이는 약을 가지고 있소. 그렇지만 지금처럼 두개골에 금이 간 경우에는 솜씨 좋은 의사에게 보여야 하오."

에버라드는 기계적으로 대답했다.

톡타이는 땅에 앉았고, 모닥불에 손을 쬐었다.

"외과의를 데려오지 않아서 유감이군."

"우리를 놓아 줄 수도 있지 않소. 전번 야영지에 두고 온 내 전차(戰車)에 태우고 가면 늦기 전에 그를 구할 수 있소."

그러나 이렇게 말한 에버라드의 목소리는 전혀 그런 일을 기대하고 있지 않다는 투였다.

"내가 그런 일을 허락할 리가 없다는 걸 알고 있지 않나?"

톡타이는 이렇게 말하고 웃었다. 죽어 가는 사내에 대한 동정심은 이미 어디론가로 날아가 버리고 없었다.

"어쨌든, 처음에 소동을 일으킨 자는 에부라, 자네야."

이 말은 사실이었기 때문에 에버라드는 반박하지 않았다.

톡타이는 말을 이었다.

"그렇다고 해서 자네에게 원한이 있는 것은 아니네. 사실을 말하자면, 우리 편으로 삼고 싶다고 생각하고 있을 정도야. 그러지 않았다면 며칠 동안 한 장소에 머무르며 자네에게서 모든 정보를 쥐어짜냈을걸."

이 말에 에버라드는 울컥했다.

"해 볼 수 있으면 해 보시지!"

톡타이는 잔인한 미소를 지었다.

"그럴 경우엔 틀림없이 성공하겠지. 어쨌든 상대는 통증을 막는 약을 가지고 다니는 자 아닌가? 그렇지만 자넨 인질 따위로 쓸모가 있을지도 모르겠군. 그리고 난 자네의 담력이 마음에 들어. 내가 뭘 생각하고 있는지 말해 줄까? 나는 자네가 이 비옥한 남쪽 나라의 신민일 리가 없다고 생각하네. 자넨 일개 모험가, 몇몇 주술사의 일원에 불과해. 자네들은 남쪽나라의 왕을 마음대로 조종하고 있거나, 혹은 그러고 싶다고 생각하고 있고, 신참자들이 나타나서 훼방을 놓는 걸 원치 않고 있는 거야."

톡타이는 모닥불에 대고 침을 뱉었다.

"그런 옛날 얘기는 흔하게 들은 적이 있네. 그리고 마지막에는 영웅이 나타나서 요술사를 퇴치하는 거야. 내가 그러지 못한다는 법이 어디 있나?"

에버라드는 한숨을 내쉬었다.

"왜 그러지 못하는지는 곧 알게 될 거요, 노욘."

이렇게 말하기는 했지만 실은 그도 확신할 수가 없었다.

톡타이는 그의 등을 두들기며 말했다.

"오, 이젠 적당히 해 두게. 조금이라도 좋으니 뭔가 말해 주지 않겠나? 우리들 사이에 원한 관계는 없지 않나? 서로 친구가 되면 어떤가."

에버라드는 엄지손가락으로 샌도벌을 가리켰다.

"물론 일이 저렇게 되어서 유감이네. 하지만 카 칸의 신하에게 계속 저항했기 때문에 하는 수가 없었던 거야. 자, 함께 한잔 하지 않겠나, 에부라. 부하에게 술 부대를 하나 가져오라고 하지."

에버라드는 얼굴을 찌푸렸다.

"그런 걸로는 날 달랠 수 없을 거요!"

"오, 그럼 쿠미스는 좋아하지 않나? 하지만 그것밖에는 없네. 가지고 온 와인은 오래 전에 이미 다 마셔 버렸으니까 말야."

"그럼 내 위스키라도 마시게 해 주시오."

에버라드는 다시 샌도벌을 보았고, 밤의 어둠을 응시했다. 추위가 몸 안으로 스며드는 듯한 느낌이었다.

"그래, 지금 내게 필요한 건 바로 그거야!"

"응?"

"우리가 마시는 술이오. 새들백에 넣고 왔소."

톡타이는 잠시 주저하다 말했다.

"흐음…… 좋아. 함께 가서 가져오기로 하지."

감시병들은 대장과 포로 뒤를 따라왔다. 그들은 덤불 옆에서 자고 있는 병사들 사이를 지나 에버라드의 장비를 쌓아 놓은 곳으로 갔다. 그것들 역시 다른 병사들의 감시 하에 있었다. 그들 중 한 명이 모닥불로 불을 붙인 나뭇가지를 들어올려 에버라드 앞을 비춰 주었다. 그는 무의식중에 등 근육이 긴장하는 것을 느꼈다 — 살촉까지 힘껏 잡아당겨진 화살 몇 대가 자신을 겨냥하고 있다는 것을 알고 있었기 때문이나. 그러나 그는 그 자리에 쭈그리고 앉았고, 너무 빨리 움직이는 일이 없도록 주의하며 자신의 짐을 뒤졌다. 스카치가 든 수통 두 개를 찾아낸 그는 그것들을 들고 원래 장소로 돌아왔다.

톡타이는 모닥불 건너편에 앉았다. 그는 에버라드가 수통 뚜껑에 술을 채운 다음 단숨에 들이켜는 광경을 바라보았다.

"묘한 냄새가 나는군."

그가 말했다.

"마셔 보시오."

에버라드는 그에게 수통을 건넸다.

이것은 순전히 고독감에서 비롯된 충동적인 행동이었다. 톡타이는 그렇게 악한 인간이 아니었다. 이 시대의 기준으로 보면 말이다. 그리고 곁에서 죽어 가는 동료를 속수무책으로 바라보기만 해야 하는 지금같은 때에는, 그 사실을 잊기 위해 악마하고라도 주저없이 술을 나눠마셨을 것이다. 몽골인은 미심쩍은 듯이 킁킁 냄새를 맡았고, 다시 에버라드를 보았고, 잠시 주저하다가 곧 허세 섞인 동작으로 수통을 입에 갖다 대고 꿀꺽 들이켰다.

"우와아—아아—악!"

에버라드는 술이 전부 엎질러지기 전에 황급하게 수통을 받았다. 톡타이는 헐떡였고, 침을 뱉었다. 감시병 한 명이 활에 화살을 매겼고, 다른 한 명은 벌떡 일어나 에버라드의 어깨를 꽉 붙잡았다. 높게 치켜든 칼날이 번득였다.

에버라드는 고함을 질렀다.

"독이 아냐! 단지 그에겐 너무 셌을 뿐이야. 자, 보게. 내가 좀더 마셔 보일 테니까 말야."

톡타이는 손을 흔들어 감시병들을 물러서게 하고 눈물을 머금은 눈으로 에버라드를 노려보았다.

"도대체 뭘로 만든 건가? 용의 피?"

"보리요."

지금은 증류법에 관해 일일이 설명해 줄 기분이 아니었다. 그는 뚜껑에 한 잔을 더 따랐다.

"이제 됐소. 당신은 그 말젖이라도 마시는 게 나을 거요."

톡타이는 쩝쩝 입맛을 다셨다.

"흐음, 이건 확실히 몸이 따뜻해지는군. 고추처럼 말야."

그는 더러운 손을 쑥 내밀었다.

"좀더 마시겠어."

에버라드는 몇 초 동안 움직이지 않았다.

"자, 왜 그러나?"

톡타이가 으르렁거렸다.

"내 말을 들으시오. 이건 몽골인에겐 너무 세단 말이오."

"뭐라고? 이 희멀건 얼굴을 한 돌궐(突厥)놈 같으니—"

"그럼 당신 맘대로 하시오. 하지만 여기 당신 부하들 앞에서 확실하게 경고해 두겠는데, 내일 아침엔 상당히 괴로울 거요."

톡타이는 벌컥벌컥 술을 들이켰고, 트림을 하며 수통을 되돌려주었다.

"말도 안 되는 소리. 처음 마셔 본 탓에 아깐 준비가 안 돼 있었을 뿐이야. 자, 자네 차례야!"

에버라드는 시간을 들여 천천히 마셨다. 톡타이는 조바심을 냈다.

"좀더 빨리 마시지 못하겠나? 아니, 다른 수통을 이리 줘!"

"좋소. 대장은 당신이니까. 하지만 부탁이니 나를 술로 이길 생각은 마시오. 어차피 상대가 되지 않으니까."

"상대가 되지 않는다니 그게 웬 헛소린가? 난 카라코룸에서 스무 명을 상대로 술 마시기 내기를 해서 이긴 적이 있어. 나만 빼고는 모두 뻗어 버렸지. 그것도 겁쟁이 중국놈들이 아니라, 어엿한 몽골인들이었어."

톡타이는 몇 모금을 더 들이켰다.

에버라드는 조심스레 자기 것을 마셨다. 그러나 식도가 타는 듯이 후끈거리는 것을 제외하면 거의 취기를 느낄 수 없었다. 너무나도 신경이 곤두서 있는 탓이었다. 그 순간 탈주의 가능성이 번개처럼 머리를 스쳐갔다.

"자, 밤공기도 춥고 하니 자네들도 이걸로 몸을 좀 덥히면 어때."

에버라드는 제일 가까이에 있던 감시병에게 수통을 건넸다.

톡타이는 고개를 들고 약간 혀꼬부라진 목소리로 불평했다.

"좋은 술이야, 이건. 이 녀석들이 마시기엔 너무 아까……."

여기서 그는 퍼뜩 정신을 차렸고, 입을 다물었다. 몽골 제국은 무자비한 전제 국가였을지도 모르지만, 장교들은 가장 계급이 낮은 졸병들과도 똑같이 음식을 나누어 먹었던 것이다.

병사는 수통을 움켜쥐었고, 분개한 듯한 눈초리로 대장을 흘낏 쳐다본 뒤 수통을 입에 갖다 댔다.

"너무 급하게 마시지는 말아. 세니까 말야."

에버라드는 병사에게 말했다.

"난 아무렇지도 않아."

톡타이가 술을 한 모금 더 들이켜고 말했다.

"아직 중처럼 맨숭맨숭하다니까."

그는 손가락을 휘휘 저어 보였다.

"바로 그게 몽골인의 곤란한 점이야. 너무 튼튼해서 술에 취하기도 힘들다니까."

"그건 자랑이오, 아니면 불평이오?"

에버라드가 말했다. 처음에 술을 맛본 병사는 헛바닥을 손으로 부채질했고, 곧 몸을 곧추세워 다시 경계 자세를 취한 다음 동료에게 수통을 넘겼다. 톡타이는 자신의 수통에서 또 한 모금을 들이켰다. 쾡한 눈초리였다.

"아아! 좋은 기분이야. 이젠 슬슬 자는 게 낫겠군. 이봐, 술병을 이 사내에게 돌려줘."

이 말에 목이 죄어드는 듯한 느낌을 받았지만, 그는 이내 짐짓 심술궂은 표정을 하고 말했다.

"그래 줘서 고맙소. 모두 없어지기 전에 좀더 마시고 싶었으니까. 어쨌든 당신이 너무 과음했다는 걸 자각해서 다행이오."

"지금 뭐라고 했나? 우리 몽골인들에게 과음이란 말은 없어!"

톡타이는 그를 노려보았다.

그리고 또다시 술을 벌컥벌컥 들이켰다. 첫번째 경비병은 동료에게서 수통을 다시 건네 받고, 돌려달라는 말이 나올세라 급하게 쭉 들이켰다.

에버라드는 떨리는 숨을 들이쉬며 호흡을 가다듬었다. 어쩌면 잘 될지도 모른다. 어쩌면.

톡타이는 술을 진탕 마시는 일에 익숙해 있었다. 그와 그의 부하들이 쿠미스, 와인, 에일, 벌꿀술, 크바스, 즉 쌀술이라고 잘못 지칭되고 있는 묽은 맥주를 포함한 이 시대의 모든 술을 통음할 수 있다는 점에는 의문의 여지가 없었다. 마실 만큼 마셨다고 생각되면 동료들에게 잘 자라고 하고 똑바로 잠자리까지 걸어갈 수도 있는 것이다. 문제는 단지 발효시켰을 뿐인 음료는 결코 표준 도수 24도 이상이 될 수 없다는 점이었다. 불순물 때문에 발효 과정 자체가 정지되기 때문이다. 13세기의 양조주 대부분은 알콜 도수 5퍼센트를 밑도는데다가, 높은 영양가를 가진 대량의 술찌끼까지 섞여 있었다.

스카치 위스키는 이것들과는 전혀 종류가 다른 술이었다. 이것을 맥주 마시듯, 혹은 와인 마시듯이 마신다면 문제가 생긴다. 우선 자기도 모르는 사이에 판단력을 잃게 되고, 뒤이어 의식조차도 잃게 되는 것이다.

에버라드는 감시병이 들고 있는 수통에 손을 뻗었다.

"돌려줘! 다 마셔 버리기 전에!"

병사는 씩 웃고 나서 다시 한 번 쭉 들이켰고, 곁의 동료에게 수통을 넘겨주었다. 에버라드는 일어서서 엉거주춤 그것을 빼앗으려고 했다. 병사는 손가락으로 그의 배를 쿡 찔렀고 그는 뒤로 맥없이 쓰러졌다. 몽골인들은 서로를 붙잡고 배꼽이 빠지도록 웃어 댔다. 이렇게 좋은 구경거리를 본 다음에 또 한잔 안 할 수가 없었다.

톡타이가 술에 취해 곤드라지는 광경을 본 사람은 에버라드뿐이었다. 책상다리를 하고 앉아 있던 노욘은 길게 몸을 뻗고 누워 있었다. 모닥불 불꽃이 튀며 멍청한 미소를 띤 얼굴 표정이 언뜻 보였다. 에버라드는 온몸의 근육을 팽팽하게 긴장시킨 채 웅크리고 있었다.

감시병 하나가 곤드라진 것은 몇 분 후였다. 그는 비틀거리다가 무릎과 손을 꿇고 웩웩거리며 먹었던 저녁을 토하기 시작했다. 다른 한명은 눈을 깜빡였고, 그를 향해 몸을 돌리며 칼자루를 더듬었다.

"왜 저러는 거지? 너 무슨 짓 해써? 독이냐?"

에버라드는 움직였다.

상대방이 미처 알아차리기 전에 그는 모닥불을 뛰어넘어 톡타이의 쓰러진 몸을 덮쳤다. 몽골인은 소리를 질렀고, 비틀거리며 그에게 다가왔다. 에버라드는 톡타이의 칼을 찾아냈다. 그가 홱 몸을 일으키자 칼집에서 뽑은 칼이 번득였다. 병사도 자신의 칼을 뽑아 들고 있었다. 그러나 거의 무방비나 다름없는 상대를 죽이는 일은 마음이 내키지 않았다. 에버라드는 재빨리 다가가서 상대방의 칼을 쳐 떨어뜨렸고, 주먹을 힘껏 내밀었다. 몽골인은 힘없이 무릎을 꿇었고, 구토한 뒤에

곯아떨어졌다.

에버라드는 전속력으로 도망쳤다. 어둠 속에서 사내들이 소리치며 움직이기 시작했다. 말발굽 소리가 들려왔다. 파수 한 명이 이 소동의 원인을 확인하기 위해 말을 달려 오는 소리였다. 누군가가 거의 꺼진 모닥불에서 타다 남은 장작을 뽑아 다시 불길이 일 때까지 빙빙 돌렸다. 에버라드는 납작하게 땅에 엎드렸다.

병사 하나가 덤불 속에 엎드린 그를 보지 못하고 그대로 달려갔다. 그는 좀더 짙은 어둠 속을 향해 미끄러지듯이 전진했다. 등 뒤에서 고함 소리가 울려 퍼졌고, 이어서 기관총처럼 연달아 욕을 내뱉는 소리가 들렸다. 누군가가 노욘을 발견한 것이다.

에버라드는 일어서서 뛰기 시작했다.

말들은 여느 때처럼 앞다리를 묶인 채로 몇몇 병사의 감시 아래 방목되어 있었다. 밤하늘 가득히 광채를 발하는 별들 아래 펼쳐진 희끄무레한 평원에 옹기종기 모여 있는 말들의 검은 그림자가 보였다. 에버라드는 방목장을 지키던 몽골인 파수 한 명이 급히 말을 달려 오는 것을 보았다. 몽골인은 고함을 질렀다.

"무슨 일이지?"

에버라드는 일부러 높은 목소리로 대답했다.

"야영지가 습격을 받았어!"

이것은 단지 몽골인 기수가 그의 정체를 알아차리고 활을 쏠 때까지 조금이라도 시간을 벌기 위한 대답이었다. 그는 상대가 자신을 알아보기 힘들도록 몸을 웅크리고 망토로 몸을 감쌌다. 몽골인은 흙먼지를 날리며 말을 멈췄다. 에버라드는 도약했다.

기수가 알아차리기 전에 그는 조랑말의 고삐를 잡고 있었다. 몽골인은 고함을 치며 칼을 뽑아 내리쳤다. 그러나 에버라드는 상대방의 왼편에 서 있었기 때문에, 위에서 내려친 서툰 일격을 쉽게 받아넘길 수 있었고, 연거푸 휘두른 자신의 칼날이 상대방의 살에 박히는 것을 느꼈다. 놀란 말은 뒷다리로 일어섰고, 기수를 등에서 떨어뜨렸다. 몽골인은 몸을 굴렸고, 노성(怒聲)과 함께 비틀거리며 일어섰다. 에버라드는 이미 동그란 접시 모양을 한 등자에 한쪽 발을 딛고 있었다. 한쪽 다리의 상처에서 검붉은 피가 솟구치는 것에도 아랑곳 없이 몽골인은 절뚝거리며 그에게 달려들었다. 그러나 에버라드는 이미 안장에 올라탄 후였다. 그는 칼의 편평한 부분으로 말궁둥이를 철썩 때렸다.

그는 다른 말들을 향해 돌진했다. 다른 기수 한 명이 그의 진로를 막기 위해 말을 달려 왔다. 에버라드는 재빨리 몸을 숙였다. 화살이 휙 소리를 내며 그가 있던 공간을 지나갔다. 에버라드가 강탈한 조랑말은 익숙하지 않은 무거운 짐에서 벗어나려고 뒷다리를 쳐들며 마구 뛰어다녔다. 말을 달래서 다시 명령을 듣게 하기까지는 족히 일 분이 걸렸다. 만약 그 사이에 에버라드에게 육박해서 칼을 썼더라면 몽골인은 그를 제압할 수 있었을 것이다. 그러나 기수는 평소 싸우던 버릇대로 그대로 에버라드를 스쳐 지나가며 다시 활을 쏘았고, 어두웠던 탓에 화살은 빗나갔다. 몽골인이 말머리를 돌리기도 전에 에버라드는 이미 어둠 속으로 사라지고 없었다.

그는 안장 앞가지에서 올가미를 풀었고, 침착을 잃은 말들 사이로 돌진해서 가장 가까운 곳에 있던 말의 목에 밧줄을 걸었다. 다행히도 말은 순순히 그를 따라왔다. 그는 몸을 아래로 내밀고 말의 앞다리를 헐겁게 묶고 있었던 밧줄을 칼로 끊었다. 그는 나중에 갈아 탈 말을 끌고 방목지를 빠져나와 북쪽을 향해 갔다.

이젠 기나긴 추적이 남았군. 에버라드는 속으로 중얼거렸다. 한시라도 빨리 자취를 감춰 버리지 않는다면 결국 그들은 나를 따라잡을 거야. 자, 내가 기억한 지도가 옳다면, 여기서 북서쪽에 그 용암층이 있겠군.

그는 흘낏 뒤를 돌아다보았다. 아직 추적해 오는 자는 없었다. 전열을 정비하려면 조금 더 시간이 걸릴 것이다. 그렇지만…….

가느다란 번개가 연달아 상공을 가로질렀다. 공기가 갈라지면서 나는 굉음이 귀청을 때렸다. 그가 느낀 오한은 차가운 밤공기 때문이 아니었다. 그러나 그는 속도를 늦췄다. 더 이상 급하게 도망칠 필요가 없었기 때문이다. 저것은 맨스 에버라드임에 틀림없었고—

—마침내 패트롤의 타임 스쿠터가 있는 곳까지 도달한 다음, 남쪽으로, 과거로 되돌아와서, 바로 이 순간에 출현하고 있는 자기 자신인 것이다.

좀 아슬아슬했군, 하고 그는 생각했다. 패트롤의 독트린은 이런 식으로 자기 자신을 돕는 행위에 난색을 표한다. 폐쇄된 인과율의 고리에 빠져들거나, 과거와 미래를 뒤죽박죽으로 만들어 버릴 위험성이 너무나도 많기 때문이다.

그렇지만 이번 경우만은 충분히 정당화될 수 있어. 질책조차도 받지 않을 걸. 왜냐하면 이 행위는 내가 아닌 잭 샌도벌을 구하기 위한 것이었기 때문이야. 나는 이미 탈출에 성공했고, 지리에 익숙지 않은 몽골인들을 산에서 따돌리게 되겠지. 이번의 시간 도약은 단지 내 친구의 목숨을 구하기 위한 것일 뿐이야.

게다가 이번에 한 일이(속에서 쓰디쓴 것이 치밀어 올랐다), 미래가 자기 자신의 과거를 재창조하는 일이 아니었다면, 도대체 이 임무를 뭐라고 불러야 한단 말인가? 우리만 아니었더라면 몽골인들은 아메리카를 정복했을지도 모르고, 그 결과 우리들은 결코 존재하지 않았던 것이 되어 버리는 거야.

밤하늘은 광막했고, 검은 수정처럼 청명했다. 이토록 많은 별들을 보는 일은 드물었다. 큰곰자리가 서리로 덮인 대지 위에서 반짝거렸고, 말발굽 소리가 정적을 깨고 울려 퍼졌다. 이렇게 깊은 고독을 느낀 적은 일찍이 없었다.

"그럼 나는 지금 거기서 무엇을 하고 있는 것일까?"

그는 큰 소리로 자문했다.

곧 해답이 떠올랐고, 조금 긴장이 풀렸다. 그는 말의 리듬에 몸을 맡기고 거리를 버는 데에 전념하기 시작했다. 해야 할 일을 한시라도 빨리 끝내 버리고 싶었다. 그러나 그에게 주어진 선택은 내심 두려워하고 있었던 만큼 나쁜 것은 아니었다.

톡타이와 리 타이-쭝은 결국 고향으로 돌아가지 못했다. 그러나 이 것은 그들이 바다나 숲에서 목숨을 잃었기 때문이 아니다. 어떤 요술쟁이가 하늘에서 내려와서 번개로 그들의 말을 전부 쏘아 죽였고, 하구에 정박해 있는 그들의 배 전부를 파괴하고, 불태워 버렸기 때문이다. 중국인 선원들은 이곳 현지에서 건조 가능한 빈약한 배로는 절대로 그 위험한 바다로 나아가려 하지 않을 것이다. 그 어떤 몽골인도 설마 걸어서 고향으로 돌아가는 것이 가능하다고는 생각하지 않을 것이다.

아마 그들 생각이 옳은지도 모른다. 원정대는 이곳에 정착할 것이고, 결혼을 통해 현지 인디언들과 피를 섞고, 천수를 다할 것이다. 치누크, 틀링깃, 누트카 등의 모든 북서안(北西岸) 부족들 ── 외항용의 대형 카누, 오두막집과 동(銅) 세공 기술, 모피와 직조 천과 오만함으로 잘 알려진 종족들과 말이다……. 이들 종족을 위해 하나의 문명을 창조한다는 일은, 한 사람의 몽골인 대장에게는, 아니 한 사람의 유생(儒生)에게 있어서도 좀더 행복하고, 의미 있는 생애가 아니었을까.

에버라드는 고개를 끄덕였다. 그건 이제 됐다. 단지 톡타이의 살벌한 야망을 꺾는 일보다 더 받아들이기 힘들었던 일은 자신의 가족이자 국가인 동시에 존재 이유인 타임 패트롤에 관한 진실이었다. 먼 미래의 초인들은 결국 생각했던 것만큼은 이상주의자가 아니었던 것이다. 그들은 자신들의 미래로 이어지는 (아마) 신성불가침한 역사를 단지 지키는 일에만 만족하지 않고, 여기저기에서 역사에 간섭하고, 스스로의 과거를 창조하고 있는 것이다……. 처음에 '오리지널' 역사가 있었는가를 내게 묻지는 말라. 아예 생각하지 않는 편이 낫다. 인류가 나아가야 할 바큇자국투성이의 길을 바라보고, 다른 곳보다 좀 나은 곳들이 있는가 하면, 때로는 더 나쁜 곳들도 있을 수 있다고 스스로에게 말하라.

에버라드는 말했다.

"이건 사악한 게임일지도 모르지만, 이 방법밖에는 달리 도리가 없어."

흰 서리에 뒤덮인 광막한 들 위로 그의 목소리는 놀랄 정도로 커다랗게 울려 퍼졌고, 그는 입을 다물었다. 말을 격려했고, 조금 더 빠른 속도로 북쪽을 향해 달려갔다.

델렌다 에스트

1

이만 년 전의 유럽에서는 멋진 사냥을 즐길 수 있고, 겨울 스포츠일 경우 모든 시대를 통틀어서 이곳 만큼 좋은 곳은 없다. 그래서 귀중한 인적 자원인 직원의 복지에 언제나 신경을 쓰고 있는 타임 패트롤은 홍적세의 피레네 산맥에 산장을 하나 경영하고 있었다.

맨스 에버라드는 유리로 둘러싸인 베란다에 서서 산의 북쪽 사면에 펼쳐진 빙청색(氷靑色)의 경치를 바라보고 있었다. 사면은 삼림, 소택지, 툰드라 지대로 이어지고 있었다. 거구의 패트롤 대원은 단열 합성 섬유로 만들어진 23세기제의 느슨한 녹색 바지와 튜닉을 입고 있었고, 19세기의 프랑스계 캐나다인에게서 직접 맞춘 가죽장화를 신고 있었다. 그는 연대를 지정하기 힘든 낡아빠진 브라이어 파이프로 담배를 피우고 있었는데 왠지 좀 침착하지 못한 태도다. 그는 산장 안쪽에서 대여섯 명의 패트롤 대원들이 술을 마시고 담소하며 피아노를 치는 소리를 무시하고 있었다.

크로마뇽인 가이드 한 사람이 눈으로 덮인 뜰을 가로질렀다. 에스키모 비슷한 차림을 한(왜 소설가들은 빙하기에 웃옷, 바지, 신발을 착용할 만한 지혜가 구석기인들에게 있었다는 사실을 인정하지 않는 것일까?), 키가 크고 잘생긴 사내였다. 얼굴에 물감을 칠하고, 허리띠에는 보수로 받은 강철 나이프 중 하나를 매달고 있었다. 이렇게 먼 과거로 오면 패트롤은 상당히 자유롭게 행동할 수 있었다. 금속은 언젠가는 부식해 버리고, 이방인들의 기억도 몇 세기가 지나면 잊혀질 것이기 때문에 과거를 뒤집어엎을 염려는 없었다. 제일 귀찮은 문제라고 해 봤자 미래의 좀더 자유스러운 시대에서 온 여성 대원들이 현지의 사냥꾼들과 벌이는 연애놀음에서 야기되는 트러블 정도였다.

피엣 반 사라와크가 에버라드 곁에 와서 섰다. 그는 24세기 초반에서 온, 네덜란드와 인도네시아와 금성인의 피를 이어받은 가무잡잡하고 늘씬한 청년이었고, 빼어난 용모와 연애 기술 탓에 현지인 가이드들에게는 결코 무시할 수 없는 경쟁자가 되고 있었다. 잠시 동안 그들은 우호적인 침묵 속에서 함께 서 있었다. 반 사라와크는 에버라드와 마찬가지로 도움을 요청받으면 어느 시대로도 가는 무임소 직이었고, 과거에도 미국인과 함께 일한 적이 있었다. 이번에는 처음으로 함께 휴가를 얻어서 이곳으로 왔던 것이다.

반 사라와크 쪽에서 시간어로 먼저 말을 걸었다.

"툴루즈* 근처에서 매머드를 몇 마리 봤다는 얘기를 들었어."

물론 이 도시가 건설되는 것은 까마득한 미래의 일이었지만, 오랜 습관을 버리기란 쉽지 않았다.

에버라드는 성급한 말투로 대꾸했다.

"매머드는 이미 한 마리 잡은 적이 있네. 스키도 탔고, 등산도 했고, 원주민들의 춤도 보았어."

반 사라와크는 고개를 끄덕이고 담배를 꺼내 불을 붙였다. 그가 담배 연기를 깊게 빨아들이자 홀쭉한 갈색 얼굴의 골상이 두드러져 보였다.

"여기서 빈둥거리면서 지내는 건 확실히 즐겁네."

그는 일단 동의했다.

"하지만 야외 생활도 시간이 흐르면 좀 싫증이 난다고나 할까."

그들의 휴가는 아직도 2주가 남아 있었다. 이론상으로는 출발했던 순간 직후로 되돌아갈 수 있으므로, 패트롤 대원은 얼마든지 오랫동

---

* Toulouse, 프랑스 남부의 중심 도시.

안 휴가를 즐길 수 있다. 그러나 실제로는 각자의 예상 수명의 일정 기간을 임무 수행에 바칠 것을 요구받고 있었다. (패트롤은 언제 죽을 예정인지를 본인에게 결코 가르쳐 주지 않았고, 또 그것을 굳이 알아내려고 하는 바보도 없었다. 어차피 그것은 확정적인 것이 아니다—시간은 변화하는 것이므로. 패트롤 대원에게 주어지는 특혜 중 하나는 데이넬리아인의 장수 요법이었다.)

반 사라와크는 말을 이었다.

"이젠 슬슬 밝은 불빛과, 음악과, 시간 여행 따위는 들어본 적도 없는 젊은 여성들이 그리워지기 시작하는군—"

"바로 그거야!"

에버라드가 맞장구쳤다.

"그럼 아우구스투스 시대의 로마는 어때? 아직 한 번도 가 본 적이 없거든. 당시 언어와 풍습은 이곳의 최면 학습기로 당장 배우면 되고 말야."

반 사라와크는 진지하게 말했다.

에버라드는 고개를 저었다.

"그 시대는 과대평가되고 있네. 한참 미래로 가지 않는 이상, 가장 퇴폐적이고 유쾌한 문화를 자랑하는 곳은 바로 내가 사는 시대라고 단언할 수 있네. 이를테면 뉴욕 같은…… 물론 적절한 전화 번호를 알고 있으면 말야. 그리고 난 그걸 알고 있어."

반 사라와크는 소리 내어 웃었다.

"고향으로 가면, 나도 추천할 만한 곳을 몇 군데 알고 있네. 하지만 대체로 개척 사회가 세련된 즐거움과는 좀 동떨어져 있다는 것도 사실이야. 좋아. 뉴욕으로 가기로 하지—연대는 언제로 하겠나?"

"1960년으로 하지. 이곳으로 오기 전에 내가 공식적으로 모습을 보였던 마지막 해니까 말야."

그들은 서로를 향해 씩 웃었고, 짐을 싸기 위해 각자의 방으로 갔다. 에버라드는 이렇게 될 것을 반쯤 예상하고 자기 친구의 사이즈에 맞는 20세기 중반의 의류를 준비해 놓고 있었다.

작은 옷가방 속에 옷과 면도칼을 던져 넣으며 에버라드는 자신이 반 사라와크의 맞수가 될 수 있을까 생각했다. 그는 정력적인 탕아였던 적은 한 번도 없었고, 그렇다고 해서 허세를 부릴 생각도 없었다. 좋은 책, 친구끼리 나누는 격의 없는 잡담, 맥주 한 박스——이런 것들이 그의 성격에 맞았다. 그러나 아무리 착실한 사내라도 때로는 속박을 벗어 던지고 싶을 때가 있는 법이다.

혹은 그 이상의 것이 필요한지도 모른다. 만약 당사자가 타임 패트롤의 무임소 대원일 경우에는. 만약 기술 연구소에서 그의 직책이 단지 전 역사에 걸친 그의 방랑과 투쟁을 은폐하기 위한 위장에 불과할 경우에는. 만약 그가 몇 가지 작은 점에서 역사가 다시 쓰이는 광경을 목도했을 경우에는——그런 일들이 신에 의해 행해졌다면 그래도 견딜 만했을 것이다. 그러나 실제로는 제한된 수명을 가진, 결코 오류에서 자유로울 수 없는 인간에 의해 행해졌던 것이다——데이넬리아인들조차도 신이라고는 할 수는 없었기 때문이다. 만약 언젠가 중대한 개변이 행해진 결과, 자기 자신과 전 세계가 처음부터 존재하지 않았던 것이 되어 버릴 두려움에 그가 영원히 시달려야 한다면…… 에버라드는 거칠고 투박한 얼굴을 찌푸렸다. 그는 마치 이 생각을 떨쳐 버리려는 듯이 빳빳한 갈색 머리카락을 손가락으로 훑었다. 그런 생각을 해 보았자 아무 소용도 없었다. 패러독스 앞에서는 어떠한 언어도, 어떠한 논리도 무의미해지는 것이다. 이런 기분이 들 때는 가능한 한 긴장을 풀고 현재에 몰두하는 편이 나았다.

그는 옷가방을 들고 방에서 나와 피엣 반 사라와크와 합류했다.

그들의 조그만 2인용 반중력 스쿠터는 격납고의 발진 장치 위에서 대기하고 있었다. 한 번 보는 것만으로 그 조종 장치가 지구상 어느 곳, 어느 시간으로도 갈 수 있도록 조정될 수 있다는 사실을 상상하기는 힘들 것이다. 그러나 비행기도 처음 보았을 때는 경이롭고, 그점에서는 선박이나 불도 마찬가지이다.

오쁘레 드 마 블론드
낄 훼 봉, 훼 봉, 훼 봉,
오쁘레 드 마 블론드
낄 훼 봉 도흐미르!

(금발의 내 애인 곁에 있으면
정말 즐거워, 즐거워, 즐거워,
금발의 내 애인 곁에서 자면
정말 즐거워라!)

반 사라와크는 커다란 목소리로 노래를 부르며 스쿠터의 뒷좌석에 올라탔다. 얼어붙듯이 차가운 공기 속에서 흰 입김을 뿜고 있었다. 그는 루이 14세의 군대에 종군했을 때 이 노래를 배워 왔던 것이다. 에버라드는 웃었다.

"좀 조용히 해, 친구!"

"이게 어때서?"

젊은 금성인은 노래하는 듯한 어조로 대꾸했다.

"시공 연속체는 아름답고, 우주는 즐겁고 매력에 가득 차 있어. 자, 빨리 출발하세."

에버라드는 자기 친구처럼 낙관적일 수가 없었다. 그러기에는 모든 시대를 통해 너무나도 많은 비참함을 보아 왔기 때문이다. 시간이 흐르면 감수성도 많이 무뎌지게 마련이다. 그러나 온갖 신고를 겪은 농노가 힘없는 눈으로 당신을 응시할 때, 혹은 미늘창에 배를 꿰뚫린 병사가 비명을 지를 때, 혹은 지옥 같은 방사능 속에서 도시 하나가 불타오를 때, 마음 깊숙한 곳에서는 무엇인가가 울고 있는 것이다. 그는 역사를 개변하려고 한 광신자들을 이해할 수 있었다. 단지 그런 행위가 세계를 개선할 가능성은 만에 하나도 없었지만……

그는 기술 연구소의 창고로 좌표를 맞췄다. 안전과 기밀을 유지할 수 있다는 점에서 가장 좋은 장소였다. 그곳에서 그의 아파트로 간 다음, 즐거운 시간이 시작되는 것이다.

"친하게 지냈던 여성분들에겐 작별인사를 하고 왔겠지?"

에버라드가 말했다.

"오, 물론이네. 극히 정중하게 말야. 자, 빨리 가자구. 자넨 명왕성 위의 당밀보다 더 느림보군. 노파심에서 하는 말인데, 이 기계는 노를 젓지 않아도 집까지 자넬 데려다 준다네."

에버라드는 어깨를 움츠렸고, 메인 스위치를 넣었다. 주위의 격납고가 순식간에 사라졌다.

2

너무나도 충격이 컸던 탓에 그들은 한동안 얼어붙은 듯이 꼼짝도 하지 않았다.

그들의 두뇌가 주위의 광경을 완전히 이해하는 데는 조금 시간이 걸렸다. 그들은 지면 위로 십여 센티미터쯤 떨어진 곳에서 실체화했고—스쿠터는 절대로 고체의 내부에 출현하는 일이 없도록 설계되어 있었다—이것은 완전히 예상 밖의 일이었기 때문에 이빨이 덜컥거릴 정도로 심하게 보도에 격돌했던 것이다. 그들이 선 곳은 일종의 광장인 듯했다. 물을 뿜고 있는 근처의 돌 분수대에는 뒤엉킨 덩굴이 조각되어 있었다. 여러 개의 가로가 광장에서 바깥쪽을 향해 뻗어 나가고 있었다. 광장을 에워싼 6층에서 10층 높이의 네모진 건물들은 벽돌이나 콘크리트로 지어져 있었고, 현란한 채색과 장식이 돋보였다. 종류를 알 수 없는 커다랗고 투박한 자동차도 보였다. 그리고 군중이 그들을 둘러싸고 있었다.

"도대체 어떻게 된 건가!"

에버라드는 계기반을 노려보았다. 스쿠터는 1960년 10월 23일 오전 11시 30분의 맨해튼 남쪽에 그들을 내려놓았고, 공간 좌표는 틀림없이 기술연구소 창고로 맞춰져 있었다. 그럼에도 불구하고 그의 얼굴을 향해 휘몰아쳐 온 차가운 바람은 먼지와 숯검댕을 실어 왔고, 굴뚝에서 나오는 연기가 그의 코를 자극했다. 그리고……

반 사라와크의 손이 재빨리 음파충격총을 쥐었다. 군중은 알아들을 수 없는 말로 소리치며 무질서하게 뒤로 물러섰다. 인종은 가지각색이었다. 흰 피부와 금발을 한 장신의 단두(短頭) 인종이 있었고, 개중에는 빨간 머리카락을 가진 자들도 많았다. 다수의 아메린드*가 있었고, 온갖 종류의 혼혈 인종도 눈에 띄었다. 남자들은 색색가지의 헐거운 블라우스에 격자 무늬의 킬트** 차림이었고, 머리에는 스코틀랜

---

* Amerind, 남북미의 원주민(아메리카 인디언 또는 에스키모).
** kilt, 스코틀랜드에서 남자가 전통적으로 입는 체크 무늬 스커트.

드풍의 베레모를 쓰고 있었으며, 단화에 무릎까지 올라오는 긴 양말을 신고 있었다. 머리카락은 길었고, 북실북실하게 흘러내리는 콧수염을 기른 사내도 많았다. 여자들은 모두 발목까지 내려오는 긴 스커트를 입고 있었고, 망토의 두건 밑으로는 길게 땋아 틀어올린 머리가 보였다. 남녀 모두 육중한 팔찌와 목걸이를 잔뜩 걸고 있었다.

"도대체 무슨 일이 일어난 거지? 우린 지금 어디 와 있나?"

금성인이 속삭였다.

에버라드는 빳빳한 자세로 앉아 있었다. 그의 머리는 빠른 속도로 회전하며 자신이 방문해 보았거나 책에서 읽은 적이 있었던 모든 시대를 반추해 보고 있었다. 공업 문명—저것들은 증기 자동차처럼 보이지만, 저 뾰족한 기수(機首)와 장식은 도대체 뭔가?—이곳에서는 석탄을 때고 있었다—그럼 전면 핵전쟁 후의 재건기일까? 아니다. 그 시대 사람들은 킬트 따위는 입지 않았고, 영어를 했던 것이다…….

전혀 들어맞지 않았다. 이런 시대는 그 어디에도 기록되어 있지 않았다.

"빨리 여길 떠나야 해!"

에버라드의 손이 조종간을 쥐었을 때 거구의 사내가 그에게 달려들었다. 그들은 격렬하게 엉켜 싸우면서 보도 위를 굴렀다. 반 사라와크는 총으로 누군가를 쏘아 기절시켰다. 그러자마자 다른 자가 그를 뒤에서 껴안았다. 폭도로 돌변한 군중은 겹겹으로 그들을 덮쳤고, 그 다음에는 뭐가 뭔지 알 수도 없었다.

혼란의 와중에서도 에버라드는 반짝거리는 동제 흉갑과 투구를 착용한 사내들이 경봉을 휘두르며 군중 사이를 헤쳐 나오는 광경을 얼핏 보았다. 그들은 비틀거리는 그를 일으켜 세운 후 손목에 수갑을 채웠다. 그와 반 사라와크는 몸수색을 당한 다음 커다란 유개차로 압송되었다. 닭장차는 어느 시대에도 오십보백보인 듯했다.

겨우 정신이 들었을 때는 쇠창살문이 있는 축축하고 추운 감방에 갇혀 있었다.

"하느님 맙소사!"

금성인은 나무 침대 위에 쓰러지듯이 누우며 양손으로 얼굴을 감쌌다.

에버라드는 문가에 서서 바깥쪽을 바라보았다. 보이는 것이라고는 좁은 콘크리트 복도와 그 너머의 감방뿐이었다. 취객 한 명이 히죽거리며 건너편 감방의 쇠창살 뒤에서 그를 바라보고 있었다. 뭐라고 말을 걸어 왔지만, 알아들을 수가 없었다.

"도대체 무슨 일이 일어나고 있는 거지?"

반 사라와크는 호리호리한 몸을 부르르 떨며 말했다.

에버라드는 느릿느릿한 말투로 대답했다

"모르겠네. 전혀 영문을 모르겠어. 그 타임 머신은 아무리 멍청한 작자가 다루더라도 완벽하게 작동되도록 설계되어 있지만, 아마 우린 그 이상으로 멍청했는지도 몰라."

"이런 장소가 있다는 얘기는 들어 본 적도 없어."

반 사라와크는 절망한 듯한 목소리로 말했다.

"혹시 꿈은 아닐까?"

그는 자기 뺨을 꼬집어 보았고, 이내 창피한 듯한 미소를 지었다. 그의 입술은 찢어진 채로 부어올라 있었고, 눈가에는 실로 깜짝 놀랄 만큼 시퍼런 멍이 생기려 하고 있었다.

"논리적으로 보면, 흐음, 이 뺨을 꼬집는 행위는 자기가 제정신인지 아닌지를 테스트하는 데 적합한 방법이라고 할 수는 없지만, 적어도 어느 정도 마음을 진정시키는 효과는 있는 것 같군."

"차라리 꿈이었다면 좋았을 텐데."

에버라드가 대꾸했다. 그는 쇠창살을 덜컥거릴 정도로 꽉 붙잡고 말했다.

"설마 기계에 문제가 있었을 리는 없지만, 혹시 조정이 잘못 되어 있었던 건 아닐까? 설령 거의 알려지지 않았다 하더라도, 지구 어딘가에—적어도 여기가 지구라는 점에는 의심의 여지가 없으니까—이곳을 조금이라도 닮은 도시가 존재했던 적은 없었을까?"

"내가 아는 한은 없었네."

에버라드는 필사적으로 냉정을 되찾으려고 노력하며 패트롤 대원으로서 받은 심리 훈련을 총동원했다. 훈련에는 완전 기억 능력도 포함되어 있었다. 그는 아직 한 번도 가본 적이 없는 시대를 포함해서 온갖 시대의 역사에 관해 알고 있었다. 박사 학위를 몇 개나 딸 수 있을 정도로 철저하게 그 지식을 습득했던 것이다. 마침내 그는 말했다.

"맞아. 킬트를 입은 단두 백인종이 인디언들과 함께 살며 증기 자동차를 운전했던 시대는 결코 존재했던 적이 없었어."

"조정자(調整者) 스탄텔 5세일지도."

반 사라와크가 힘없는 목소리로 말했다.

"38세기의 '위대한 실험'의 시대 말야—집단적으로 과거의 사회를 재현하려고 시도했던—"

"그때도 이런 것은 없었어."

에버라드가 말했다.

그는 조금씩 진상을 깨닫기 시작하고 있었다. 그것을 부정할 수만 있다면 그는 자신의 영혼조차도 기꺼이 팔아치웠을 것이다. 목청껏 비명을 지르며 벽에 머리를 짓찧고 싶은 충동을 억누르기 위해 그는 온 힘을 쥐어짜야 했다.

"우리가 직접 알아보는 수밖에 없네."

경찰관 한 사람이 (에버라드는 자신들이 사직 당국의 수중에 있다고 생각하기로 했다) 감방으로 식사를 가져다 주고 그들에게 말을 걸어 왔다. 반 사라와크는 상대방의 말이 켈트어처럼 들린다고 했지만, 알아들을 수 있었던 단어는 몇 개에 불과했다. 음식 자체는 나쁘지 않았다.

해질 무렵 세면실로 호송되어 간 그들은 무장 경관의 감시 아래 얼굴과 손발을 씻었다. 에버라드는 경관들의 무기를 관찰했다. 8연발 리볼버 권총과 총신이 긴 라이플이었다. 조명은 개스등이었고, 그 브래킷도 이미 본 적이 있는 뒤엉킨 덩굴과 뱀 문양으로 장식되어 있었다. 경찰서의 설비와 경관들의 화기, 그리고 주위에 가득 찬 냄새로 미루어 보건대, 이곳의 테크놀로지는 대략 19세기 초반의 과학 기술에 필적하는 듯했다.

감방으로 돌아가면서 그는 벽에 달린 몇몇 표지판을 훔쳐보았다. 그것들이 셈 어족 계통의 글씨로 씌어 있다는 점은 명백했다. 그러나 금성의 이스라엘 식민지에서 임무를 수행하면서 어느 정도 히브리어에 익숙해진 반 사라와크도 그것을 읽지는 못했다.

다시 독방에 감금된 그들은 다른 죄수들이 세면실로 호송되어 가는 광경을 보았다. 이들 부랑자, 깡패, 주정뱅이들은 뭐가 그렇게 즐거운지 왁자지껄하게 떠들고 있었다.

"아무래도 우린 특별 대우를 받은 것 같군."

반 사라와크가 말했다.

"전혀 놀랄 일이 아냐. 괴상한 이방인들이 공중에 난데없이 불쑥 나타나서 들어 본 적도 없는 무기를 휘둘렀다면 자넨 어떻게 하겠나?"

반 사라와크는 평소의 그답지 않게 음울한 표정으로 에버라드 쪽을 보았다.

"자네도 지금 나와 똑같은 생각을 하고 있나?"

"아마 그럴지도 모르겠군."

금성인의 입술이 일그러졌다. 그의 목소리에는 공포가 깃들어 있었다.

"이건 다른 시간선(時間線)이네. 이번에 누군가가 **정말로** 역사 개변을 성공시켰던 거야."

에버라드는 고개를 끄덕였다.

그들은 잠 못 이루는 밤을 보냈다. 잘 수만 있었더라면 정말 좋았겠지만, 그러기에는 다른 감방이 너무 시끄러웠던 것이다. 이곳에 엄격한 규율 따위는 없는 듯했다. 게다가 빈대가 있었다.

지친 몸을 일으켜 아침밥을 먹은 에버라드와 반 사라와크는 다시 한 번 세면실 사용을 허락받았고, 평소에 쓰던 것과 그리 달라 보이지 않는 안전 면도기로 수염을 깎았다. 그런 다음 대열을 짠 열 명의 위병들이 그들을 사무실로 호송해 갔고, 주위의 벽에 도열했다.

두 사람은 책상 앞에 앉아서 기다렸다. 가구는 다른 것들과 마찬가지로 낯익어 보이는 동시에 이질적으로 느껴졌다. 이 사실에는 어딘가 사람을 불안하게 하는 요소가 있었다. 상당히 오래 기다린 후에야 두 사람의 고관이 나타났다. 녹색 튜닉과 흉갑을 착용한, 혈색이 좋은 백발의 사내는 치안 책임자인 듯했다. 다른 한 사람은 깡마른 몸에 냉혹한 표정을 한 혼혈인이었고, 반백의 머리와는 대조적인 까만 수염을 기르고 있었다. 그는 파란색 튜닉 차림에 스코틀랜드 풍의 베레모를 쓰고, 왼쪽 가슴에 계급장인 듯한 황금빛 황소 머리를 달고 있었다. 이 인물에게서는 독수리처럼 매서운 일종의 위엄이 느껴졌을지도 모른다——킬트 아래로 털투성이의 비쩍 마른 두 다리가 튀어나와 있지만 않았다면 말이다. 거의 똑같은 제복을 입고 무장한 청년 두 명이 그의 뒤를 따라 들어왔고, 그가 착석한 뒤에는 의자 뒤에서 기립 자세를 취했다.

에버라드는 동료 쪽으로 몸을 기울이고 속삭였다.

"군인이야. 틀림없이. 아무래도 우리에게 흥미를 느끼고 있는 것 같군."

반 사라와크는 힘없이 고개를 끄덕였다.

치안 책임자는 짐짓 거드름 피우는 태도로 헛기침을 한 다음 곁에 앉은 사내——장군?——에게 뭐라고 말했다. 군인은 조급한 말투로 이에 대꾸했고, 수인들에게 큰 소리로 말을 걸었다. 그의 발음은 간결하고 명확했기 때문에 에버라드가 음소(音素)를 확인하는 데는 도움이 됐지만, 어조 자체는 상대방의 마음을 편하게 해 주는 것과 거리가 멀었다.

어떤 식으로든 우선 커뮤니케이션의 기초를 확립할 필요가 있었다. 에버라드는 자기 자신을 가리키며 '맨스 에버라드'라고 말했다. 반 사라와크도 동료의 예를 본받아 자기 소개를 했다.

장군은 몸을 움찔하더니 치안 책임자와 이마를 맞대고 숙덕였다. 이윽고 그는 이쪽으로 몸을 돌리고 잇달아 내뱉듯이 말했다.

"이른 킴버란트(Yrn Cimberland)?"

"고트란트(Gothland)? 스베아(Svea)? 니로인 튜토나크(Nairoin Teutonach)?"

"이들 이름은——만약 이름이라면 말이지만——어딘가 게르만풍으로 들리지 않나?"

반 사라와크가 중얼거렸다.

"그러고 보니 우리 이름도 그런 식으로 들리는군. 아마 우리를 게르만인이라고 생각하는지도 몰라."

에버라드는 긴장된 목소리로 말했다.

그는 장군에게로 고개를 돌렸다.

"슈프레헨 지 도이치(Sprechen Sie Deutsch)?"

이것은 멍한 반응을 끌어냈을 뿐이었다.

"탈레르 니 스웬스크(Taler ni Svensk)? 니이데르란제(Niederlands)? 덴스크 퉁가(Dönsk tunga)? 빠흘레 부 프랑세(Parlez-vous français)? 빌어먹을, 아블라 우스떼 에스빠뇰(¿Habla usted español)?"

치안 책임자는 헛기침을 하고 자기 자신을 가리키며 말했다.

"카드왈라더 맥 바르카."

그리고 장군의 이름은 키니스 압 키온이라고 했다. 적어도 에버라드의 앵글로색슨적 음감(音感)은 귀에 들려오는 잡음을 그렇게 해석했던 것이다.

"켈트족이 틀림없군."

그는 말했다. 땀 때문에 겨드랑이가 따끔거렸다.

"하지만 좀더 확인을 해 볼 필요가……"

그는 묻는 듯한 눈초리로 다른 몇몇 사내들을 가리켰다. 하밀카 압 안구스, 아슈르 이르 카슬란, 핀 오카르티아라는 대답이 돌아왔다.

"아냐…… 이들의 이름엔 셈 어족의 요소도 뚜렷하게 포함되어 있어. 이 사실은 이들의 알파벳과도 일치하네."

반 사라와크는 혀로 입술을 축이고 거친 말투로 에버라드를 재촉했다.

"고전어를 시험해 봐. 그럼 언제 어디서 역사가 미쳐 버렸는지를 알 수 있을지도 모르니까."

"로쿼리스네 라티네(Loquerisne latine)?"

또다시 멍한 표정이 돌아 왔다.

"헬레니크세이스(Ελλενίζεις)?"

압 키온 장군은 몸을 움찔했고, 세게 숨을 내쉬며 눈을 가늘게 떴다.

"헬레나크(Hellenach)? 이른 파르티아(Ym Parthia)?"

그는 힐문했다.

에버라드는 고개를 저었다.

"적어도 그리스인들에 관해선 들은 적이 있는 모양이군."

그는 느린 어조로 말했다. 몇몇 단어를 더 말해 보았지만 이 말을 할 줄 아는 사람은 아무도 없었다.

압 키온은 부하 한 명에게 그르렁거리는 듯한 어조로 명령을 내렸다. 부하는 고개를 숙여 절하고 방에서 나갔다. 긴 침묵이 이어졌다.

에버라드는 사적인 두려움이 사라져가고 있음을 느꼈다. 물론 그는 곤경에 처해 있었고, 또 목숨을 오래 부지할 수 있을 것 같지도 않았지만, 그의 개인적 체험은 전 세계에 대해 가해진 행위에 비하면 실로 하찮은 일에 불과했다.

하느님 맙소사! 이것은 전 우주 규모의 일인 것이다!

그는 그 전모를 파악할 수조차 없었다. 자신이 태어나고 자랐던 땅의 정경이 선명하게 뇌리에 떠올랐다. 넓은 평야와 높게 솟은 산과 오만한 도시들. 엄격한 아버지의 얼굴. 그러나 그는 아직 어린 자신을 머리 위로 높이 들어 올리고 껄껄 웃고 있는 아버지의 얼굴을 기억하고 있었다. 그리고 어머니⋯⋯ 그들은 행복한 생애를 보냈다. 아버지와 어머니는.

그리고 대학에서 알게 됐던 여자 친구의 모습. 더할 나위 없이 사랑스런 모습의 그녀와 빗속을 함께 걸었던 것은 어떤 남자라도 갈구해 마지않았을 특권이었으리라. 그리고 버니 아론슨, 맥주와 담배 연기와 담소가 있었던 수많은 밤들. 필 브랙크니, 기관총탄이 비 오듯이 쏟아지는 프랑스 전선의 진흙탕 속에서 그를 구출해 준 전우. 찰리와 메리 위트콤, 빅토리아 시대 런던의 약한 촉탄불과 티 파티. 키이스와 신시아 데니슨, 뉴욕이 내려다보이는 크롬으로 도금된 마천루 아파트. 아리조나의 황갈색 바위산 속을 나아가는 잭 샌도벌. 옛날에 길렀던 개. 단테의 간결한 시편과 천둥처럼 울려 퍼지는 셰익스피어의 열변. 요크 민스터와 금문교의 영광——신이여. 한 사내의 생애가——고투하고, 인내하고, 웃고, 자손들을 위해 땅을 물려주고 흙먼지로 되돌아간 몇천억, 몇조 명의 인간들의 생애는…… 결코 존재하지 않았던 것이다.

그는 슬픔 탓에 흐릿해진 머리를 흔들었고, 더 이상 이해하려는 노력을 포기한 채로 멍하게 앉아 있었다.

장군의 부하는 지도를 한 장 가지고 돌아왔고, 그것을 책상 위에 펼쳐 놓았다. 압 키온은 지도를 향해 짧게 손을 흔들어 보였다. 에버라드와 반 사라와크는 허리를 굽히고 지도를 들여다보았다.

그렇다, 틀림없이 지구였다. 지도는 메르카토르식 투영도법을 사용하고 있었지만, 그의 화상 기억 속에 각인된 지도와 비교해 보면 상당히 조잡했다. 모든 대륙과 섬들은 밝게 채색된 채로 빠짐없이 기입되어 있었지만, 국가 구분이 전혀 달랐다.

"이 지명들을 읽을 수 있나, 반?"

"히브리어 알파벳을 참고로 하면 어떻게든 추측해 볼 수 있을 것 같네."

금성인이 말했다. 그는 소리 내어 지명을 읽기 시작했다. 압 키온은 불만스럽다는 듯이 끙 소리를 내더니 일일이 발음을 교정해 주었다.

북아메리카 대륙은 남아메리카의 콜롬비아 국경까지 이니스 이르 아팔론Ynys yr Afallon이란 이름으로 불리고 있었고, 여러 주로 나뉘어진 한 국가인 것처럼 보였다. 남 아메리카는 유이 브라실Huy Braseal이라는 이름의 대국과 인디언풍의 이름이 붙은 몇몇 소국가로 이루어져 있었다. 오스트랄라시아,* 인도네시아, 보르네오, 버마, 동인도 및 태평양의 절반 이상이 힌두라지Hinduraj에 속해 있었다. 인도의 나머지 부분과 아프가니스탄은 펀잡Punjab이었다. 중국, 한국, 일본 및 동부 시베리아는 한[漢]으로 통일되어 있었다. 리톤Litton이 러시아의 나머지를 차지하고 있었고, 유럽에도 상당히 깊숙이 진출해 있었다. 영국 제도는 브리티즈Brittys, 프랑스와 베네룩스는 갈리스Gallis, 이베리아 반도는 켈탄Celtan이었다. 중부 유럽과 발칸 반도는 수많은 소국으로 분할되어 있었고, 그중 일부에는 훈족풍의 이름이 붙어 있었다. 스위스와 오스트리아는 헬베티Helveti였고, 이탈리아는 킴버란트 Cimberland였다. 스칸디나비아 반도는 남북으로 갈라져 있었다. 북쪽이 스베아, 남쪽은 고트란트였다. 북아프리카는 하나의 연맹을 이루고 있는 듯했고, 카르타갈란Carthagalann이란 이름 하에 세네갈에서 수에즈 및 적도에 이르는 영토를 장악하고 있었다. 아프리카 대륙 남부는 수많은 소국으로 갈라져 있었고, 대다수가 순수한 아프리카풍의 이름을 가지고 있었다. 근동에는 파르티아와 아라비아가 있었다.

반 사라와크는 고개를 들었다. 눈에 눈물이 맺혀 있었다.

압 키온은 날카로운 어조로 질문했고, 여기저기를 손가락으로 가리켜 보였다. 그는 그들이 어디서 왔는지를 알고 싶어하고 있었다.

에버라드는 어깨를 움츠려 보이고 하늘을 가리켰다. 무슨 일이 있어도 진상만은 가르쳐 줄 수는 없었다. 그와 반 사라와크는 자신들이 다른 행성에서 왔다고 주장하기로 미리 정해 놓았던 것이다. 이 세계가 우주 여행 기술을 가지고 있다고는 도저히 생각하기 힘들었기 때문이다.

압 키온은 치안 책임자에게 뭐라고 말했고, 치안 책임자는 고개를 끄덕이며 대답했다. 수인들은 다시 감방으로 호송되었다.

* Australasia, 오스트레일리아 · 태즈메이니아 · 뉴질랜드 지역의 총칭.

"이젠 어떻게 해야 하지?"

반 사라와크는 간이 침대 위에 털썩 앉아서 감방 바닥을 응시했다.

"이대로 연극을 계속하는 수밖에 없어. 어떻게든 스쿠터를 되찾고 탈출하기 위해서라면 뭐든지 해야 해. 일단 자유의 몸이 된 후에는 좀 더 여유를 갖고 사태를 평가할 수 있겠지."

에버라드는 음울한 어조로 대답했다.

"하지만 도대체 무슨 일이 일어난 걸까?"

"그걸 내가 어떻게 아나? 하지만 지금까지 대충 본 바로는, 어떤 원인에선가 그리스 로마 문명이 전복되는 사태가 벌어졌고, 켈트족이 대타로 등장한 듯하네. 하지만 정확한 원인이 무엇이었는지는 알 수 없어."

에버라드는 감방 안을 이리저리 돌아다녔다. 모진 결의가 서서히 그의 마음속에 자리 잡아 가고 있었다.

"어쨌든 기본 이론을 잊지 말게. 모든 사상(事象)은 복합적인 요소가 작용한 결과 생겨난 거야. 인과 관계에서 단 하나의 원인이란 없네. 그래서 역사를 바꾸기가 그렇게 힘든 거야. 만약 내가 중세로 되돌아가서, FDR*의 네덜란드인 조상을 사살했다고 치세. 그럼에도 불구하고 그는 예정대로 19세기 말에 태어날 거야——왜냐하면 그와 그의 유전자는 그의 조상 전원의 복합체에서 비롯된 것이고, 대상(代償) 작용이 끼어들기 때문이지. 그렇지만 정말로 중요한 키 이벤트, 즉 열

---

* Franklin Delano Roosevelt(1882~1945). 미국의 제32대 대통령.

쇠가 되는 사건이 발생하는 경우도 이따금 있네. 어떤 중심적 사건은
실로 수많은 세계선(世界線)을 파생시킬 가능성을 내포하고 하고 있
기 때문에, 그 사건의 결과는 미래 전체에 결정적인 영향을 끼치게 되
는 거야.

그 방법과 동기는 아직 모르겠지만, 과거로 돌아가서 그런 사건을
자기 마음대로 뒤집어엎은 자가 있었네."

"그럼 이젠 헤스페러스 시티도 볼 수 없단 말인가."

반 사라와크가 중얼거렸다.

"파란 황혼 속에서 운하 옆에 앉아 있을 수도 없고, 아프로디테 와
인도 마실 수 없어. 더 이상—자넨 금성에 내 여동생이 있다는 걸
알고 있었나?'

"시끄러워!'

에버라드는 거의 고함을 지르듯이 말했다.

"물론 알고 있어. 하지만 그런 건 뭐래도 상관없어. 문제는 우리가
어떤 일을 할 수 있는가야."

잠시 후 그는 말을 이었다.

"생각해 보게. 패트롤도 데이넬리아인도 모두 말살되어 버렸네.
(왜 그들이 '언제나' 말살된 상태가 아니었는지를 내게 묻지는 말게.
우리가 먼 과거에서 돌아와서, 미래가 바뀌어 있다는 사실을 발견한
것은 이번이 왜 처음인지도 말야. 가변(可變) 시간 패러독스 따위는
내 이해 범위를 벗어나 있어. 단지 우리가 그런 경험을 한 것은 부정
할 수 없는 사실이네.) 어쨌든 간에, 이 분기점 이전에 위치하는 패트
롤 지부나 휴양지는 개변의 영향을 받지 않았을 거야. 적어도 몇백 명
의 대원을 동원할 수는 있을걸."

"만약 우리가 그곳으로 돌아갈 수 있다면 말이지."

"그렇게 하면 우리는 그 키 이벤트를 찾아낼 수 있고, 그것에 대한

간섭을 막을 수 있어. 우린 어떻게든 돌아가야 해!"

"즐거운 몽상이군. 하지만……."

밖에서 여러 명의 발소리가 났다. 감방의 자물쇠가 찰칵 소리와 함께 열렸다. 수인들은 뒤로 물러났다. 다음 순간 반 사라와크는 정중하게 고개를 숙여 인사했고, 얼굴 가득 미소를 띠고 갖은 애교를 다 부리고 있었다. 에버라도조차도 입을 딱 벌리고 멍하게 바라보았을 정도였다.

세 명의 병사를 뒤에 거느리고 감방으로 들어온 젊은 여자는 깜짝 놀랄 만한 미인이었다. 홀쩍 큰 키에, 암적색의 치렁치렁한 머리카락을 날씬한 허리 근처까지 늘어뜨리고 있었다. 생기 있는 초록색 눈이 반짝거렸고, 아일랜드 미녀의 모든 장점을 한데 모아 놓은 듯한 미모는 눈이 부실 지경이었다. 몸에 꼭 들어맞는 긴 순백의 드레스를 입은 그녀의 모습은 그대로 트로이의 성벽 위에 갖다 놓아도 어울릴 듯했다. 에버라드는 머리 한쪽 구석으로는 이 시간선에서도 화장품 사용이 보편화되어 있다는 사실을 알고 있었지만, 지금 눈앞에 있는 여자에게 그런 것은 거의 필요가 없었다. 금과 호박으로 된 그녀의 장신구나, 그녀의 등 뒤에서 이쪽을 겨냥하고 있는 총 따위에는 전혀 신경이 쓰이지 않았다.

그녀는 조금 수줍은 듯이 미소 짓더니 이내 입을 열었다.

"제 말을 알아들으시겠습니까? 당신들이 그리스어를 알고 있을지도 모른다는 얘기를 들었어요."

그녀의 입에서 나온 말은 현대 그리스어가 아니라 고전 그리스어였다. 알렉산더 대왕 재위 시에 한 번 임무를 수행한 적이 있었던 에버라드는, 세심한 주의를 기울이면 어떻게든 그녀의 악센트를 알아들을 수가 있었다 — 이 경우에는 오히려 상대방에게 주의를 기울이지 않는 편이 더 어려웠을 것이다.

"물론 알아들을 수 있습니다."

그는 대답했다. 조급한 마음이 앞선 나머지 더듬거리는 듯한 말투였다.

"도대체 그건 어디 말이지?"

반 사라와크가 힐문했다.

"고대 그리스어야."

에버라드가 대답했다.

"내 그럴 줄 알았어."

금성인은 슬픈 듯한 어조로 말했다. 몇 분 전의 절망적인 표정은 이미 어딘론가 사라져 버린 후였고, 지금은 튀어나올 듯한 눈으로 그녀를 응시하고 있었다.

에버라드는 자신과 동료를 소개했다. 여자는 자기 이름이 데어드리 맥 몬이라고 말했다.

반 사라와크가 신음하듯 말했다.

"오, 이건 너무 하는군. 이봐, 맨스, 이젠 더 못 참겠네. 나한테도 그리스어를 가르쳐 줘. 빨리."

"조용히 해. 이건 심각한 얘기라는 걸 모르겠나."

에버라드가 말했다.

"물론 그렇겠지만, 나도 그 얘기에 좀 끼워 줄 수는 없겠나?"

에버라드는 동료를 무시하고 여자에게 앉을 것을 권했다. 그들은 침대 위에 나란히 앉았다. 반 사라와크는 불행한 표정으로 그들 근처를 서성거렸다. 위병들은 여전히 총을 든 채로 감시를 계속했다.

"그리스어는 현재도 쓰이고 있습니까?"

에버라드가 물었다.

"파르티아에서만, 그것도 극도로 전와(轉訛)된 형태로만 쓰이고 있습니다. 제 전공 중 하나는 고전학이고, 세란 Saorann 압 키온은 제

백부입니다. 그래서 혹시 당신들과 의사를 소통할 수 있을지 알아보라고 저를 부른 거예요. 아팔론에서 아티카* 말을 할 줄 아는 사람은 거의 없으니까요."

"그랬었군요."

에버라드는 멍청한 미소가 떠오르려는 것을 가까스로 억눌렀다.

"당신의 백부님께 깊이 감사해야 하겠습니다."

그녀는 엄숙한 표정으로 그를 바라보았다.

"당신들은 어디서 왔죠? 그리고 수많은 언어 중에서 유독 그리스어를 하는 이유는 무엇입니까?"

"라틴어도 말할 수 있습니다."

"라틴어?"

그녀는 이마를 찌푸리고 잠시 생각에 잠겼다.

"아, 로마인들의 말 말이군요? 유감스럽지만 그 말에 관해 아는 사람은 거의 없어요."

"그리스어면 충분합니다."

에버라드는 잘라 말했다.

"하지만 아직도 어디서 왔는지 말해 주시지 않았어요."

그녀가 거듭 물었다.

에버라드는 어깨를 으쓱해 보였다.

"지금까지 그다지 정중한 대우를 받았다고는 할 수 없군요."

"죄송합니다. 하지만 우리나라 사람들은 정말 흥분하기 쉬운 성격인데다가, 특히 지금 같은 국제 정세에서는 더욱 그랬을 거예요. 게다가 당신들이 느닷없이 공중에서 출현했다는 말을 들었어요……"

그녀의 말투는 진심인 듯했다.

---

* Attica, 그리스 중동부에 있던 고대 지방으로 아테네가 중심 도시였음.

에버라드는 이 '국제 정세'라는 말에서 귀에 익은, 불길한 어감을 느꼈다.

"그게 무슨 뜻입니까?"

"설마 모르시지는 않겠죠. 유이 브라실과 힌두라지 사이에서는 전쟁이 일어나기 직전이고, 우리들 모두가 다음엔 무슨 일이 일어날지를 몰라 마음을 졸이고 있어요……. 소국(小國)으로 있는다는 건 쉬운 일이 아닙니다."

"소국이라고요? 하지만 전 지도를 보았습니다. 아팔론은 상당히 큰 나라처럼 보였는데요?"

"2백 년 전 리톤과 치른 큰 전쟁 때문에 국력이 피폐했습니다. 현재 각 연맹국들은 단 하나의 정책에도 의견 일치를 보지 못하는 상황입니다."

데어드리는 그의 눈을 똑바로 쳐다보고 말을 이었다.

"왜 이런 일들을 전혀 모르고 있는 거죠?"

에버라드는 마른 침을 삼켰다.

"우리는 다른 세계에서 왔습니다."

"뭐라고요?"

"다른 세계라고 했습니다. 시리우스 주위를 도는 한 플라넷(아니, 이건 그리스어로 '방랑자'라는 의미였지)…… 아니, 구체(球體)에서 온 겁니다. 시리우스란 우리가 한 항성을 부르는 이름입니다."

"하지만—그게 무슨 뜻이죠? 항성 주위를 도는 세계라니요? 무슨 뜻인지 정말 모르겠군요."

"정말 모른단 말입니까? 항성이란 태양과 같은 별로서……"

데어드리는 움찔하며 손가락을 꼬아 액을 쫓는 손짓을 했다.

"위대한 바알Baal의 가호가 있기를."

그녀는 속삭였다.

"당신들은 광인이거나, 아니면…… 별들은 모두 투명한 수정구에 박혀 있어요."

'하느님 맙소사!'

"그럼 하늘을 방랑하는 별들은 어떻게 설명합니까? 마르스(화성)라든지 비너스(금성), 그리고—"

"그런 이름은 들어 본 적이 없어요. 만약 당신이 몰록*과 아슈토레스** 및 다른 별들을 의미하고 있다면, 물론 이들 별들은 우리 세계처럼 태양 주위를 도는 세계입니다. 하나는 사자(死者)의 영혼이 가는 곳이고, 또 하나는 마녀가 사는 곳이며, 다음 것은……."

'세상에. 이런 곳에 덧붙여 증기 자동차가 있다니.'

에버라드는 자신없는 듯한 미소를 지었다.

"내 말을 믿지 못하겠다면, 당신은 내가 누구라고 생각하고 있습니까?"

데어드리는 커다란 눈으로 그를 쳐다보았다.

"틀림없이 요술사들일 거라고 생각해요."

이런 질문에는 대답할 길이 없었다. 에버라드는 힘없는 목소리로 몇몇 질문을 던져 보았지만, 이곳이 카투벨라우난Catuvellaunan이라는 도시이며 산업과 경제의 중심지라는 것 이상은 알아내지 못했다. 데어드리에 의하면 도시 인구는 2백만 명쯤 되고, 아팔론 전체의 인구는 5천만이라고 했지만, 확실한 수치는 알 수 없었다. 이곳에서 인구조사 따위는 행해지지 않는 듯했다.

---

* Moloch, 고대 셈족이 섬기던 신. 화신(火神)으로 어린아이를 불 속에 던져 제사지냈음.

** Ashtoreth, 고대 근동 지방의 대모신(大母神). 아스타르테Astarte.

패트롤 대원들의 장래도 마찬가지로 확실치 않았다. 그들의 스쿠터와 소지품은 군대에 압수당했지만, 아무도 그것들에 손댈 염두를 못 내고 있었고, 그 소유자들을 어떻게 처우할 것인가에 대해 목하 뜨거운 논쟁이 벌어지고 있었다. 에버라드는 군 수뇌부를 포함한 모든 정부 조직이 엉성하게 조직되어 있고, 각자 따로따로 놀고 있다는 인상을 받았다. 아팔론 자체도 가장 느슨한 형태의 연맹에 불과했고, 결코 자국의 권리를 포기하려 하지 않는 과거의 독립 국가—브리티즈의 각 식민지와 유럽 문화를 받아들인 인디언 국가—들이 모여서 생성된 것이었다. 과거의 마야 제국은 텍사스(테하나크 Tehannach)와의 전쟁에 져서 합병되고 말았지만, 결코 옛 영광을 잊지 않고 있었고, 모든 주를 통틀어 가장 다루기 힘들고 시끄러운 대표단을 '연맹 평의회'에 보낸다고 했다.

마야인들은 아마 같은 인디언들끼리의 우애 때문인지 유이 브라실과 동맹을 맺고 싶어하고 있었다. 한편 서부 연안 모든 주들은 힌두라지를 두려워한 나머지 동남 아시아 제국의 눈치만 보고 있었다. 중서부는 (물론) 고립주의에 집착하고 있었다. 동부의 주들은 완전히 분열되어 있다시피 했지만, 브리티즈의 뒤를 따르려는 경향이 강했다.

인종 차이에 입각한 것이 아니기는 하지만 이곳에 노예 제도가 존재한다는 사실을 알아낸 에버라드는 한순간 역사를 개변한 자들이 혹시 딕시크랫*이 아닐까 하는 황당무계한 공상에 잠겼다.

이젠 그쯤 해 둬! 그런 생각을 하는 것보다, 우선 자기 자신과 반 사라와크의 목숨을 지키는 일이 더 중요한 것이다.

---

* Dixiecrat, 주(州)의 권한 존중을 주장하고 미 연방 정부가 남부 여러 주의 인종 문제에 간섭하는 것을 반대해, 1948년 민주당을 떠나 주권 민주당을 조직했던 사람들의 속칭.

"우리는 시리우스에서 왔소."

그는 거만한 태도로 선언했다.

"별들에 대한 당신들의 지식은 잘못되었소. 우리는 평화로운 탐험가로서 이곳에 왔고, 만약 우리를 박해하거나 한다면 우리의 동료들이 꼭 복수하고야 말 것이오."

데어드리가 보인 표정은 그가 일말의 가책을 느꼈을 만큼 비탄에 잠긴 것이었다.

"적어도 어린애들은 용서해 주십시오. 아이들에겐 전혀 죄가 없지 않습니까?"

그녀는 간원했다.

에버라드는 그녀가 머리에 어떤 광경을 떠올리고 있는지를 상상할 수 있었다. 사로잡힌 어린 아이들이 울부짖으며 마녀들의 노예 시장으로 끌려가는 광경이다.

"우리를 해방해 주고 소유물을 돌려준다면 아무 문제도 생기지 않을 것이오."

그가 말했다.

"백부님께 꼭 말씀드리겠습니다. 하지만 백부님의 마음을 돌려놓는다고 해도, 백부는 '평의회'의 일개 의원에 지나지 않습니다. 남자들은 우리가 당신들의 무기를 쓸 수만 있다면 어떤 일을 할 수 있을까 생각하고 모두 제정신이 아닙니다."

그녀는 일어섰다. 에버라드는 그녀의 양손을 잡고——그녀의 손은 따뜻하고 부드러웠다——일그러진 웃음을 지어 보이며 영어로 말했다.

"기운을 내, 아가씨."

그녀는 몸을 떨고 황급히 손을 뺀 후 또다시 액을 막는 손짓을 했다.

독방에 두 사람만 남게 되자 반 사라와크가 말했다.

"흐음. 그래서 무슨 일들을 알아냈나?"

에버라드의 얘기를 듣고 다음 그는 턱을 쓰다듬으며 중얼거렸다.

"그건 그렇고, 그 여잔 정말 눈이 부실 정도로 미녀였어. 이곳보다 얼마든지 더 나쁜 세계로 왔을 가능성도 있었으니까 다행이군."

"혹은 더 좋은 세계였을 수도 있었어."

에버라드는 거친 말투로 대꾸했다.

"이들은 원자폭탄을 가지고 있지 않지만, 페니실린 따위도 보나마나 가지고 있지 않을걸. 우린 신의 역할을 맡으려고 이곳에 온 게 아냐."

"맞아, 맞네. 물론 그렇겠지."

금성인은 한숨을 쉬었다.

4

그들은 불안한 하루를 보냈다. 밤이 되어 복도에 랜턴이 깜박거리기 시작했을 때 호위병들이 나타나 감방문의 자물쇠를 열었다. 위병을 따라 뒷문으로 가자 두 대의 자동차가 대기하고 있었다. 두 사람을 그중 한 대에 태우고 일행은 출발했다.

카투벨라우난에는 가로등이 없었고, 야간의 교통량 자체도 그리 많지 않았다. 이 사실은 왠지 이 제멋대로 뻗어 나간 어둠 속의 대도시에 비현실적인 느낌을 부여하고 있었다. 에버라드는 자동차의 기계 설비에 주의를 돌렸다. 그가 추측한 대로 증기 기관에 의해 추진되고 있었고, 연료로는 분말 석탄을 때고 있었다. 바퀴에는 고무 타이어가 달려 있었고, 날씬한 차체의 뾰족한 앞부분에는 뱀 모양의 장식이 달려 있었다. 조작은 간단했고 튼튼하게 만들어진 듯했지만, 그다지 기능적인 설계라고는 할 수 없었다. 시행착오에 입각한 실제적인 기계공학을 발전시켜 오기는 했지만, 이 세계에 조직적인 과학 체계라고 할 만한 것이 존재하지 않는다는 점은 명백했다.

두 대의 차는 투박한 철제 교각을 넘어 롱아일랜드에 들어섰다. 이 세계에서도 역시 이곳은 부유층들이 사는 주택지구였다. 희미한 석유 램프식 헤드라이트밖에는 없었음에도 불구하고 자동차는 빠른 속도로 달렸다. 다른 차에 거의 충돌할 뻔한 적도 두 번이나 있었다. 교통신호등 따위는 없었고, 안전 주행을 염두에 둔 신중한 운전자는 아예 존재하지 않는 듯했다.

정치와 교통…… 흐음. 이것들 모두는 어딘가 프랑스적인 느낌을 주었다. 프랑스가 나바르의 앙리*나 샤를르 드골에 의해 통치됐던 예외적인 기간을 제외하면 말이다. 그리고 에버라드 자신이 소속된 20세기에서조차도 프랑스는 대부분 켈트적이었던 것이다. 그는 선천적인 인종적 특징이 어쩌고 하는 공허한 이론의 신봉자는 결코 아니었지만, 무의식 속에 뿌리를 박을 정도로 까마득한 옛날부터 계속되어 온 한 민족의 전통을 완전히 무의미한 것으로 치부해 버릴 생각은 없었다. 켈트족이 지배 민족으로 군림하는 서양사회——이 세계에서 게르만족은 몇몇 변경 지역을 확보하고 있을 뿐이다…… 그렇다. 그가 소속된 세계의 아일랜드를 생각해 보라. 혹은 베르신제토릭스**의 반

* Henry of Navarre, 프랑스의 국왕(1553~1610. 재위 1589~1610)이자 부르봉 왕조의 창시자.
** Vercingetorix(?~BC 46). 골 부족인 아르베르나족의 추장. 로마의 골 통치에 대항해 대규모 반란을 지휘했으나(BC 52) 시저에게 패함.

란이 부족 정치에 의해 어떻게 좌절되었는가를…… 하지만 리톤의 존재는 어떻게 설명할 수 있을까? 잠깐 기다려! **그가 아는** 중세 초기의 리투아니아는 강력한 국가였다. 리투아니아는 게르만인, 폴란드인, 러시아인들의 침략을 오랜 기간에 걸쳐 막아냈고, 15세기가 될 때까지는 크리스트교조차 받아들이지 않았던 것이다. 게르만족이라는 경쟁 상대가 없다면, 리투아니아가 동방으로 진출했을 가능성은 많았다…….

켈트족 특유의 정치적 불안정에도 불구하고, 이 세계는 대국들이 지배하는 세계였다. 국가 수는 에버라드의 세계보다도 오히려 더 적었다. 이 사실은 오래된 사회 체제의 존재를 암시하고 있었다. 만약 그가 소속된 세계의 서구 문명이 서기 600년 경에 쇠퇴의 길을 걷고 있던 로마 제국에서 파생되었다고 한다면, 이 세계의 켈트족은 그보다 전에 세계 제국을 건설하고 있었다는 얘기가 된다.

에버라드는 로마 제국에 무슨 일이 일어났는지를 어렴풋이 깨닫기 시작하고 있었지만, 당분간은 결론 내리기를 유보할 작정으로 있었다.

두 대의 자동차는 긴 돌벽에 난 장식적인 대문 앞에서 정지했다. 운전사들은 개인 영지를 의미하는 제복 차림에 노예의 징표인 가느다란 철제 고리를 목에 끼고 있는 두 사람의 무장 경비원들과 말을 나눴다. 대문이 열리자 차는 잔디밭과 나무 사이의 자갈을 깐 차도를 나아갔다. 차도 끄트머리, 거의 해변과 맞닿아 있는 곳에 저택이 한 채 서 있었다. 에버라드와 반 사라와크는 손짓으로 차에서 내리라고 명령받았고, 저택으로 안내되어 갔다.

무질서하게 여기저기 뻗어 있는 목조 저택이었다. 포치의 개스등에서 나오는 불빛이 요란스러운 줄무늬로 채색된 벽을 비추고 있었다. 박공과 벽에서 튀어나온 들보 끝에는 용머리가 조각되어 있었다.

바로 옆에서 파도 소리가 들려왔고, 막 넘어가려고 하는 초승달의 희미한 빛 아래에서도 해안 가까이에 정박해 있는 배 한 척을 볼 수 있었다. 아마 화물선인 듯했다. 높은 굴뚝과 뱃머리의 장식이 눈에 띄었다.

저택 창문에서는 노란 불빛이 새어 나오고 있었다. 노예 집사가 일행을 안으로 들여보내 주었다. 저택 내부는 역시 조각이 된 어두운 색조의 나무 패널로 장식되어 있었고, 마루에는 두터운 카펫이 깔려 있었다. 복도 끝으로 가니 거실이 나왔다. 커다란 소파가 있었고, 판에 박힌 듯 딱딱한 느낌을 주는 그림 몇 장이 벽에 걸려 있었다. 거대한 석조 벽난로에서는 불이 새빨갛게 타오르고 있었다.

'세란' 압 키온이 의자 하나에 앉아 있었고, 다른 의자에는 데어드리가 앉아 있었다. 그들이 거실에 들어서자 그녀는 읽고 있던 책을 한쪽으로 밀어 놓고 미소 지으며 일어섰다. 압 키온은 엽궐련을 뻐끔거리면서 날카로운 눈초리로 그들을 쳐다보았다. 몇 마디 명령이 내려진 후 위병들은 사라졌다. 집사가 쟁반에 올려놓은 와인을 가지고 왔다. 데어드리는 패트롤 대원들에게 앉으라고 권했다.

에버라드는 유리잔에서 와인을 한 모금 마신 다음——와인은 극상(極上)의 버건디*였다——단도직입적으로 물었다.

"왜 우리를 여기로 데려왔습니까?"

데어드리는 눈부신 미소를 지어 보였다.

"감방보다 이쪽이 더 편하게 느껴지지 않습니까?"

"물론 그렇습니다. 훨씬 화려하기도 하고. 그래도 역시 이유를 알고 싶습니다. 우리를 석방할 생각입니까?"

---

* Burgundy, 산지의 이름에서 유래된 적포도주로 '부르고뉴'의 영어명.

"당신들은⋯⋯."

그녀는 잠시 외교적인 대답을 찾으려고 주저하고 있었지만, 그런 식으로 말하기에는 너무 솔직한 성격인 듯했다.

"당신들을 손님으로 환영하겠지만, 이곳을 떠나실 수는 없습니다. 우리는 당신들의 자발적인 도움을 빌리고 싶습니다. 물론 충분한 사례를 할 생각입니다."

"도움? 어떤 식의?"

"우리들의 직공과 드루이드들에게 당신들이 가지고 있던 무기와 마법의 차를 어떻게 만들 수 있는지를 가르쳐 주십시오."

에버라드는 한숨을 쉬었다. 설명해 보았자 아무 소용이 없었다. 이들에게는 그것들을 만드는 데 필요한 도구를 만드는 도구 자체가 없는 것이다. 하지만 마법을 믿고 있는 사람들에게 그 사실을 어떻게 이해시키란 말인가?

"이곳은 백부님의 집입니까?"

그는 물었다.

"아뇨, 제 집이에요. 저는 부유한 귀족이었던 제 부모님의 외동딸입니다. 부모님은 두 분 모두 작년에 돌아가셨습니다."

압 키온이 뭐라고 짧게 말했다. 데어드리는 걱정된다는 듯이 눈살을 찌푸리고 그 말을 통역했다.

"당신들이 출현했다는 소문은 이미 카투벨라우난 사람들 모두가 알고 있다고 합니다. 외국의 스파이를 포함해서요. 이곳이라면 안전하게 숨어 지낼 수 있을지도 모릅니다."

에버라드는 과거에 구축국과 연합국이 포르투갈 같은 작은 중립국에서 어떤 일을 저질렀는지를 기억해 내고 몸을 떨었다. 임박한 전쟁 탓에 자포자기한 자들이 아팔론인만큼 예의 바르게 그들을 대우할 가능성은 적었다.

"그 국제 분쟁이라는 것은 무엇 때문에 일어나려 하고 있는 겁니까?"

그는 물었다.

"물론 이세아니아Iceanian 해의 지배권을 잡기 위한 싸움이죠. 특히 우리가 이니스 이르 리오나크Ynys yr Lyonnach라고 부르는 비옥한 섬들이 쟁점이 되고 있습니다."

데어드리는 흐르는 듯한 동작으로 일어서서 지구의(地球儀)의 하와이를 가리켰다. 그녀는 열심히 말했다.

"이해 못 하시겠어요? 전에도 말했듯이, 리톤과 우리를 포함한 서방 연합은 서로 긴 전쟁을 벌인 끝에 국력이 피폐해 있습니다. 현재 영토를 확장하고, 충돌을 거듭하고 있는 대국은 유이 브라실과 힌두라지입니다. 그들 사이의 분쟁에 다른 소국들까지 휩쓸려 들어갔습니다. 왜냐하면 이 분쟁은 단지 두 나라 사이의 이익 싸움일 뿐만 아니라, 두 체제 사이의 항쟁이기도 하기 때문입니다── 힌두라지의 군주 정치와 유이 브라실의 태양신을 숭배하는 신권주의 사이의."

"괜찮으시다면 당신의 종교는 무엇인지 가르쳐 주시겠습니까?"

데어드리는 눈을 깜박였다. 이것은 그녀에게는 거의 무의미한 질문인 듯했다.

"교양이 있는 사람들은 위대한 바알 신이야말로 다른 신들을 창조한 최고신이라고 믿고 있어요."

잠시 침묵이 흐른 후 그녀는 천천히 말했다.

"그러나 물론 우리들은 고대의 신앙을 유지하고 있고, 더 강력한 이방의 신들, 이를테면 리톤인들의 페르쿠나스Perkunas와 체르네보그Czernebog라든지 킴버란트의 보탄 아몬Wotan Ammon, 브라흐만, 태양신에게도 경의를 표하고 있습니다……. 굳이 이들 신의 노염을 살 필요는 없으니까요."

"그렇군요."

압 키온이 엽권련과 성냥을 권했다. 반 사라와크는 연기를 들이마시고 불평하듯이 말했다.

"빌어먹을. 하필이면 내가 모르는 말만 쓰는 시간선이여야 했을까."

그는 곧 밝은 표정을 지었다.

"하지만 최면 학습 없이도 난 상당히 빨리 말을 배우는 편이야. 데어드리한테 가르쳐 달라고 하면 되겠군."

"나도 같이 배워야 해. 하지만, 우선 내 말을 들어 보게."

에버라드는 황급하게 말했다.

그는 지금까지 판명된 일들을 동료에게 설명했다.

"흐음."

반 사라와크는 턱을 문질렀다.

"별로 좋은 소식이라고는 할 수 없군, 안 그래? 물론 우리가 스쿠터에 타는 일을 이 친구들이 허락해 준다면 쉽게 도망칠 수 있어. 그때까지는 협력하는 척하는 편이 낫지 않을까?"

"이들은 그렇게 바보가 아냐. 마법을 믿고 있을지도 모르지만, 순수한 애타주의 따위와는 인연이 멀어."

"지적으로는 그렇게 뒤떨어져 있는 주제에, 연소 기관을 가지고 있다는 점이 이상하군."

"아냐. 그건 전혀 이상할 것이 없네. 그래서 난 그들의 종교에 관해 물어 보았던 거야. 그것은 언제나 순수한 다신교였네. 유대교조차도 완전히 사라진 것 같고, 불교는 그다지 큰 영향력을 발휘하지 못했어. 화이트헤드*가 지적했듯이, 전능한 신이라는 중세적 개념은 만물에는 법칙이 있다는 관념을 사람들의 마음에 심음으로써 과학의 발전에 지대한 영향을 끼쳤던 거야. 덧붙이자면 루이스 멈포드**는 기계

식 시계를—이건 매우 기본적인 발명이지—발명한 것은 아마 초
기의 수도원이었을 거라고 추측하고 있네. 정시에 맞춰 기도를 할 필
요가 있었기 때문이지. 그런데 이 세계에서 시계는 늦게 발명된 것 같
아."

에버라드는 마음속에 느끼고 있는 슬픔을 감추려는 듯 일그러진
미소를 지었다.

"이런 식으로 말하는 건 이상하군. 화이트헤드도 멈포드도 결국
존재하지 않았으니까 말야."

"그렇지만—"

"잠깐 기다려."

에버라드는 이렇게 말하고 데어드리에게로 몸을 돌렸다.

"아팔론은 언제 발견되었습니까?"

"백인에 의한 발견 말입니까? 4827년이었어요."

"흐음…… 당신들의 연대는 언제를 기점으로 하고 있습니까?"

데어드리는 더 이상 놀라는 것을 포기한 듯했다.

"천지창조 때부터죠. 적어도 철학자들이 추정한 연대는 그래요.
그건 5964년 전의 일입니다."

이것은 어셔 주교***가 주창했던 유명한 기원전 4004년 가설과 일
치했다—이것은 아마 순전한 우연이겠지만, 이들의 문화에 셈족의
요소가 섞여 있는 사실만은 틀림없었다. 창세기의 천지창조 얘기는
바빌로니아 신화에서 그 기원을 찾을 수 있는 것이다.

---

* Alfred North Whitehead(1861~1947), 영국의 수학자이자 철학자.
** Lewis Mumford(1895~   ), 미국의 문명 비평가.
*** Bishop Ussher(1581~1656), 앵글로-아일랜드계의 고위 성직자. 우주의 창조가 BC
    4004년에 이루어졌다고 추정한 그의 연대기적 연구가 실려 있는 성서(1650년대 간
    행)가 있음.

"그럼 엔진을 움직이기 위해 증기pneuma가 처음으로 사용된 것은 언제입니까?"

그가 물었다.

"약 천 년 전의 일이에요. 보로이메 오 피오나라는 위대한 드루이드가—"

"그걸로 충분합니다."

에버라드는 잠시 동안 엽궐련을 피우면서 생각을 정리하다가, 반사라와크를 돌아다보았다.

"점점 전체상이 드러나는군. 대다수의 사람들이 생각하는 것과는 달리 골*족은 전혀 야만족이 아니었네. 그들은 페니키아의 무역상과 그리스의 이주민, 그리고 키살피나** 골 지방에 있는 에트루리아인***들에게서 많은 것을 배웠네. 매우 정력적이고 진취적인 민족이었지. 한편 로마인들은 둔감하고 지적 호기심 따위와는 거리가 먼 민족이었네. 우리 세계를 보면, 서로마제국이 멸망하고 암흑 시대가 올 때까지 이렇다할 만한 기술적 진보를 찾아볼 수가 없었어.

그러나 이 세계의 로마인들은 빠른 시기에 역사의 무대에서 사라졌네. 아마 유대인들도 마찬가지였겠지. 내가 추측한 바로는, 로마에 의한 힘의 균형이 결여된 상태에서 시리아인들은 결국 마카베오****

---

* Gaul, 고대 유럽의 켈트족이 살던 지역. 현재의 프랑스, 벨기에 전역과 이탈리아 북부, 네덜란드 남부, 독일의 라인 강 왼쪽 강가, 스위스의 대부분을 포함함. 갈리아는 골의 라틴어 표기.
** Cisalpine, 고대 로마 시대에 켈트족이 살았던 아펜니노 산맥과 알프스 산맥 사이에 있는 이탈리아 북부 지역.
*** Etruria, 중부 이탈리아에 살던 이탈리아의 선주민. 에트루리아는 현재의 토스카나 지방으로 기원전 3세기경 로마에 정복됨.
**** Maccabees, BC 2세기에 팔레스타인에서 활약한 제사장 가문. 시리아의 통치자 안티오쿠스 4세에 대항해서 반란을 일으키는 데에 성공해 더럽혀졌던 예루살렘 성전을 새로이 봉헌함.

일족의 반란을 진압하는 데 성공했던 거야. 우리 역사에서조차도 그 반란의 성패는 아슬아슬했었으니까 말야. 결국 그렇게 해서 유대교는 사라졌고, 자연히 크리스트교는 나타나지 않았어. 어쨌든 간에, 로마인들이 퇴장한 세계에서 골족이 주도권을 잡는다는 것은 필연적인 일이었네. 그들은 세계를 탐험하기 시작했고, 점점 나은 배를 건조했고, 9세기 경에 아메리카 대륙을 발견했던 거야. 그러나 그들의 문명은 인디언이 도저히 따라갈 수 없을 만큼 앞선 것이 아니었네…… 원주민들이 이에 자극받아 자기 자신들의 제국을 건설했을 정도니까 말야. 오늘날의 휴이 브라질 같은. 11세기에 켈트족은 증기 기관을 실험하기 시작했네. 그들은 화약까지 — 아마 중국에서 들어왔겠지만 — 손에 넣었고, 다른 몇몇 물건들도 발명했어. 하지만 이것들은 단순히 시행착오에서 비롯된 발명들이었고, 진정한 과학에 입각한 것이 아니었네."

반 사라와크는 고개를 끄덕였다.

"아마 자네 말이 맞겠지. 하지만 로마는 어떻게 됐나?"

"그건 나도 모르겠네, 아직. 그렇지만 우리가 찾고 있는 핵심점이 어딘가 그 부근에 있다는 것만은 틀림없어."

에버라드는 데어드리에게로 주의를 돌렸고, 매끄러운 어조로 말했다.

"지금부터 하는 말에 당신들은 놀랄지도 모르지만, 우리 종족은 지금으로부터 약 2천5백 년 전에 이 세계를 방문한 적이 있습니다. 내가 그리스어밖에 할 줄 모르고, 그 이후에 무슨 일이 일어났는지를 전혀 모르는 것도 바로 그 때문입니다. 그래서 당신에게서 그걸 배우고 싶습니다. 당신은 매우 유능한 학자인 듯하니까 말입니다."

그녀는 뺨을 붉히고 빨강머리 여자에게서는 보기 드문 길고 검은 눈썹을 내리깔았다.

"물론 힘이 닿는 한 기꺼이 도와드리겠습니다."

그러다가 그녀는 갑자기 간원하는 듯한 어조로 말했다.

"하지만 그 대신 우리를 도와주시겠어요?"

에버라드는 무거운 말투로 대답했다.

"그건 어떻게 될지 모르겠습니다. 그러고는 싶지만, 그것이 가능한지는 모르겠습니다."

왜냐하면, 결국 내 임무는 당신과 당신의 세계 전체에 사형을 선고하는 일이기 때문이야.

5

이윽고 침실로 안내되어 간 에버라드는 현지인들의 환대가 보통 융숭한 것이 아니라는 사실을 깨달았다. 그러나 이 후의를 받아들이기에는 심신이 너무 피로해 있었다……. 하지만—막 잠이 들려고 했을 때 그는 이런 생각을 했다—적어도 반 사라와크의 방으로 간 노예 여성은 결코 실망하지 않을 것이다.

이곳에서는 모두 일찍 일어났다. 잠에서 깬 에버라드는 2층 창문을 통해 해변을 왔다갔다하는 위병들을 보았지만, 그 광경도 아침의 상쾌함을 깨뜨리지는 못했다. 그는 아침을 먹기 위해 반 사라와크와 함께 아래층으로 내려갔다. 베이컨과 달걀 요리, 토스트와 커피가 준비되어 있었고, 이것들은 이 꿈 같은 광경에 한층 더 몽환적인 느낌을 더해 주었다.

데어드리는 압 키온이 회의에 참석하기 위해 시내로 갔다고 말했다. 그녀는 어젯밤의 우수에 찬 기분을 떨쳐 버린 듯 밝은 어조로 가벼운 잡담을 계속했다. 에버라드가 들은 바로는, 그녀는 어느 아마추어 극단에 소속되어 있고, 그 극단에서는 이따금 그리스 고전극을 원어로 상연하곤 한다고 했다. 그래서 그리스어가 유창했던 것이다. 그녀는 승마, 사냥, 범주(帆走), 수영을 즐겼고──

"그러니까 함께 가서 하면 어때요?"

그녀가 물었다.

"예?"

"수영 말이에요."

그들은 잔디밭 위에 놓인 테이블을 앞에 두고 앉아 있었다. 데어드리는 의자에서 벌떡 일어나 불타는 듯이 새빨간 잎을 가진 나무 아래서 아무 거리낌도 없이 옷을 벗어 던졌다. 에버라드는 반 사라와크의 턱이 땅에 부딪치는 둔한 소리를 들은 것 같은 생각이 들었다.

"오세요! 꼴찌로 오는 사람은 바보!"

그녀는 웃었다.

에버라드와 반 사라와크가 몸을 떨며 해변으로 내려갔을 때 그녀는 이미 회색 파도 속에서 철벅거리고 있었다. 금성인은 신음하는 듯한 소리를 냈다.

"난 따뜻한 행성에서 왔어. 내 조상은 인도네시아인이이고. 열대가 주무대였다는 뜻이야."

"조상 중에는 네덜란드 사람도 있었잖아. 안 그런가?"

에버라드는 이렇게 말하고 씩 웃었다.

"인도네시아로 이주할 만큼의 분별력을 가지고 있던 조상님들이지."

"알았네. 그럼 자넨 해변에 그냥 있게."

"빌어먹을! 저 아가씨가 그럴 수 있다면, 나도 할 수 있어!"

반 사라와크는 바닷물에 발끝을 담가 보더니 또다시 신음했다.

에버라드는 그때까지 체득한 모든 극기심을 총동원해서 물속으로 뛰어들었다. 데어드리가 물을 뿌렸다. 그는 수중으로 잠수해서 그녀의 날씬한 다리를 붙잡고 밑으로 끌어당겼다. 그들은 몇 분 동안 물속에서 장난을 치다가 뜨거운 샤워를 하기 위해 집으로 뛰어들어갔다. 반 사라와크는 재미없다는 듯한 무뚝뚝한 표정으로 그들 뒤를 따르며 중얼거렸다.

"탄탈루스* 저리 가라군. 시공 연속체 최고의 미인이 눈앞에 있는데도, 말을 걸 수도 없다 말인가. 게다가 그녀는 반은 북극곰이나 마찬가지니."

노예들에게 타월로 몸을 말리게 하고 새옷으로 갈아입은 에버라드는 거실의 난로 앞으로 돌아가서 섰다.

"이건 누구의 무늬입니까?"

그는 자신이 입고 있는 킬트의 바둑판 무늬를 가리키며 말했다.

데어드리는 붉은 머리를 들어올렸다.

"우리 씨족의 무늬예요. 우리들이 맞이한 빈객은 함께 있는 동안 언제나 씨족의 일원으로 간주되죠. 설령 그들 사이에 피의 적대 관계가 있다고 해도 말예요."

여기서 그녀는 수줍은 듯이 미소 지어 보였다.

"그리고 물론 우리들은 그런 사이가 아네요, 맨스라크."

이 말은 그를 냉엄한 현실로 되돌려 놓았다. 그는 자신의 목적이 무엇인지를 생각해냈다.

---

* Tantalus, 그리스 신화에 나오는 왕. 제우스의 아들이자 펠로프스의 아버지. 지옥에 떨어진 그는 목까지 차는 물속에 서 있었지만 그가 마시려 하면 물은 다른 곳으로 흘러가 버리고, 또 머리 바로 위에 과일들이 매달려 있었지만 그가 잡으려 하면 바람이 그것들을 흔들어 잡을 수 없었다. 탄탈로스.

"당신들의 역사에 관해 알고 싶습니다. 나는 특히 그 점에 관심이 많습니다."

그녀는 고개를 끄덕였고, 손을 들어 머리의 금제 헤어밴드를 고쳐 끼운 뒤 꽉 찬 책장에서 책 한 권을 꺼내 들었다.

"세계사 중에서는 이것이 제일 좋은 책이라고 생각해요. 무엇이든 알고 싶으신 것이 있으면 여기서 세부(細部)를 찾아드릴 수 있어요."

그리고 당신을 어떻게 하면 소멸시킬 수 있을지를 내게 가르쳐 준단 말인가.

에버라드는 그녀와 함께 소파에 앉았다. 집사가 점심 식사를 왜건에 실고 왔다. 그는 우울한 표정으로 식사를 마쳤다. 무슨 맛이었는지도 기억할 수 없었다.

그러고 나서 그는 질문을 시작했다.

"로마와 카르타고는 싸운 적이 있습니까?"

"예. 실제로는 두 번 전쟁이 있었어요. 처음에는 에피루스*에 대항해서 동맹을 맺고 있었지만, 나중에 가서는 적대 관계로 변했죠. 로마는 처음 전쟁에 이겼고, 카르타고에 무역 제한을 시도했어요."

그녀는 앞으로 허리를 굽혔고, 윤곽이 뚜렷한 얼굴을 공부하기 좋아하는 어린아이들처럼 책 가까이에 갖다 댔다.

"두번째 전쟁은 그로부터 23년 후에 일어났고, 그것은…… 흐음…… 무려 11년 동안이나 계속되었다고 씌어 있군요. 마지막 3년은 한니발이 로마를 점령하고 불태운 뒤 수행한 소탕전에 불과했지만 말예요."

아하! 결국 알아내기는 했지만, 에버라드는 왠지 이 성공을 기뻐하고 싶은 마음이 들지 않았다.

---

* Epirus, 고대 그리스 서부의 지방에 있던 국가. 지금의 그리스 북서부와 알바니아 남부 지방임.

제2차 포에니 전쟁(이곳에서는 로마 전쟁이라고 불리고 있었다)——혹은 그 이후에 일어났던 중요한 사건——이 결정적인 분기점이었다. 그러나 반은 호기심에서, 반은 상대방에게 속마음이 드러나지 않을까 하는 두려움에서, 에버라드는 당장 정확한 사실을 알아내려고는 하지 않았다. 어쨌든 간에, 우선 실제로 무슨 일이 일어났는가를 머릿속으로 반추해 볼 필요가 있었던 것이다. (아니…… 무슨 일이 일어나지 **않았는가를** 알아낼 필요가 있다. 현실은 이곳에 있었다. 지금 그의 곁에 있는 따뜻하고, 숨쉬는 존재이다. 유령은 에버라드였다.)

"그 후에는 무슨 일이 일어났습니까?"

그는 억양이 없는 목소리로 물었다.

"카르타고 제국은 히스파니아, 남부 골, 그리고 이탈리아의 장화 끝을 수중에 넣었습니다. 이탈리아의 남은 부분은 로마 연맹이 붕괴한 뒤에는 무력한 혼돈 상태에 빠져 있었습니다. 그러나 계속 강자로 남기에는 카르타고 정부는 금전적으로 너무나 타락해 있었습니다. 한니발도 그의 고결함이 자신들에게 장애물이 된다고 여겼던 자들에게 암살당했습니다. 시리아와 파르티아는 동부 지중해의 패권을 손에 넣기 위해 싸우고 있었습니다. 결국 파르티아가 승리를 거뒀고, 이 지역은 예전보다 한층 더 헬레니즘의 영향을 받게 되었습니다.

로마 전쟁이 일어난 지 백 년쯤 되었을 때, 몇몇 게르만 족들이 이탈리아를 점령했습니다. (이들은 킴브리 족 및 그들과 동맹을 맺은 테우토네스족과 암브로네스족이었을 것이다. 에버라드의 세계에서는 마리우스에 의해 저지당했던.) 그들이 골 지방을 통과하며 자행한 온갖 파괴 행위는 켈트족의 이주를 촉발했고, 결국 켈트족은 카르타고의 쇠퇴를 틈타 히스파니아와 북 아프리카까지 진출했습니다. 그리고 골족은 카르타고로부터 많은 것을 배웠습니다.

그 이후로는 오랜 기간 동안 전쟁이 계속됐습니다. 그러는 동안 파르티아는 쇠퇴했고, 켈트족의 국가들은 계속 성장했습니다. 중부 유럽에서는 훈족이 게르만족을 정복했지만, 파르티아에게 격퇴당했습니다. 그래서 골족이 그 영토로 들어갔고, 게르만족의 거주지로는 이탈리아와 하이퍼보리아만 남게 되었습니다. (후자는 스칸디나비아 반도를 의미하는 것이리라.) 조선 기술이 발달함에 따라 아라비아 경유로, 또는 아프리카를 직접 돌아가는 방법으로 극동과의 무역이 활발해졌습니다. (에버라드의 역사에 의하면, 줄리어스 시저는 베네티 족들이 지중해에서 최고의 배를 건조한다는 사실을 알고 깜짝 놀랐다고 한다.) 켈타니아인들은 남부 아팔론을 발견했고, 그것을 섬이라고 생각했습니다──그래서 이곳에는 '이니스'라는 접두사가 붙어 있죠. 그러나 그들은 마야족들에게 쫓겨났습니다. 훨씬 북쪽에 있던 브리티즈족의 식민지들은 살아남았고, 나중에는 독립을 쟁취하기까지 합니다.

한편 리톤은 급속히 판도를 늘려나가고 있었습니다. 한동안 유럽의 대부분을 차지했을 정도로. 전에도 말한 적이 있는 '백년전쟁'을 치른 후 평화협정의 일환으로 대륙의 서쪽 끄트머리만이 독립을 되찾을 수 있었습니다. 아시아의 국가들은 피폐한 유럽의 지배에서 벗어나 현대화를 달성했고, 그와는 대조적으로 서방 국가들은 점점 쇠퇴의 길을 걸었습니다."

데어드리는 대강 훑어가며 여기저기를 골라 읽고 있던 책에서 고개를 들고 말했다.

"하지만 지금까지 제가 말한 것들은 개략에 불과해요. 계속할까요?"

에버라드는 고개를 저었다.

"그걸로 충분합니다. 당신은 자국의 정황을 매우 솔직하게 가르쳐 주는군요."

데어드리는 약간 거친 말투로 대답했다.

"사람들은 대부분 인정하려 들지 않겠지만, 저는 진실을 직시하는 편이 최상의 선택이라고 생각해요."

곧 그녀는 진지하게 질문했다.

"당신의 세계에 관해 얘기해 주시지 않겠어요. 상상을 초월한 신기한 곳의 얘기를."

에버라드는 한숨을 쉬고, 양심을 꺼 버린 후 거짓말을 늘어놓기 시작했다.

습격이 있었던 것은 그날 오후였다.

반 사라와크는 평소의 자신을 되찾았고, 지금은 데어드리에게서 아팔론어를 배우느라 바빴다. 그들은 손을 마주 잡고 정원을 거닐었고, 이따금 멈춰 서서 사물의 이름을 지칭하거나 손짓으로 동사를 표현하곤 했다. 그들 뒤를 따르는 에버라드는 혹시 자신이 훼방꾼이 아닌가 하는 느낌을 받았지만, 그의 머리는 어떻게 하면 스쿠터를 다시 손에 넣을 수 있는가 하는 문제로 꽉 차 있었다.

구름 한 점 없는 엷은 푸른빛 하늘에서 밝은 햇살이 쏟아지고 있었다. 단풍나무는 불타는 듯한 선홍색으로 물들어 있었고, 노란 단풍잎들이 잔디 위를 굴러갔다. 갈퀴를 든 나이 든 노예 한 명이 느긋하게 나뭇잎을 긁어 치우고 있었고, 인디언처럼 보이는 젊은 위병이 한쪽 어깨에 소총을 맨 채로 근처를 어슬렁거리고 있었다. 울타리 밑에서는 울프하운드 두 마리가 누워서 낮잠을 자고 있었다. 이 울타리 밖에서 사람들이 집단 살인 행위에 대비하고 있다는 사실을 믿을 수 없을 만큼 평화로운 광경이었다.

그러나 어떤 역사에서든 간에 인간은 역시 인간이었다. 이곳의 문화는 서구 문명의 무자비함과 세련된 냉혹함이 없을지도 모르고, 사실 어떤 면에서는 기묘하게 순진한 구석까지 있었다. 하지만 결코 그런 시도가 적었던 것은 아니었다. 그리고 진정한 과학이 결코 출현하지 않을지도 모르는 이 세계에서, 인류는 전쟁에서 제국, 붕괴, 그리고 또다시 전쟁으로 이어지는 영원한 악순환에 빠질지도 모른다. 에버라드의 미래에서 인류는 마침내 그것에서 탈출하는 데 성공했던 것이다.

하지만 무엇을 위해서? 솔직하게 말해서, 그는 이 시공 연속체가 자신이 소속된 곳보다 더 나쁘다거나 좋다고 판단할 수가 없었다. 단지 이질적일 뿐이었다. 그리고 이곳 사람들은 에버라드가 소속된 세계의 사람들——그가 실패한다면, 모두 무로 변해 버리고 말——과 마찬가지로 존재할 권리를 가지고 있지 않단 말인가?

그는 주먹을 꽉 쥐었다. 그가 다루기에는 문제가 너무 컸다. 이런 일을 결정할 권한이 일개 인간에게 주어질 수 있다고 생각되지 않았다.

결국 막판에 가서 그를 움직이는 것은 추상적인 책임감 따위가 아니라, 그의 뇌리에 각인되어 있는 사소한 일들과, 사소한 사람들의 기억인 것이다.

저택 모퉁이를 돌자 데어드리가 바다를 가리키며 말했다.

"아와르킨Awarkinn."

풀어헤친 그녀의 머리가 바람에 날려 불타는 듯했다.

"흐음. 지금 한 말은 '대양'일까 '대서양'일까 아니면 '물'을 뜻하는 걸까?"

반 사라와크가 웃으며 말했다.

"그럼 가서 확인해 보기로 하지."

그는 그녀의 손을 끌고 해변으로 갔다.

에버라드는 그들 뒤를 따랐다. 해변에서 1,2마일쯤 떨어진 해상에서 길고 날렵해 보이는 한 척의 소형 증기선이 파도를 헤치며 달리고 있었다. 갈매기떼가 눈보라처럼 흰 날개를 퍼득거리며 그 뒤를 쫓고 있었다. 만약 에버라드 자신이 이곳의 책임자였다면, 저곳에 해군 함정을 보내 부근 해역을 경계하며 지키고 있었을 것이다.

그런데 그가 어떤 결정을 내릴 필요는 정말 있는 것일까? 로마 제국 이전의 과거로 파견을 나가 있는 패트롤 대원들은 그말고도 있었다. 그들은 각자가 담당하는 시대로 돌아갈 터이고, 그러면……

에버라드는 그 자리에서 우뚝 멈춰 섰다. 차가운 전율이 등골을 타고 흘러내렸고, 뱃속에 응어리가 맺힌 듯한 느낌을 받았다.

그들은 물론 돌아갈 것이다. 그리고 무슨 일이 일어났는지를 깨닫고 그것을 제지하려 들 것이다. 그들 중 어느 한 사람이 성공하더라도, 이 세계는 시공 연속체 상에서 순식간에 사라질 터이고, 그 자신도 그것과 운명을 함께 해야 하는 것이다.

데어드리가 멈춰 섰다. 진땀을 흘리며 서 있던 에버라드는 그녀가 소리를 지르고 손가락으로 가리킬 때까지 그녀가 무엇을 보고 그러는지를 미처 깨닫지 못했다. 그는 곧 그녀 곁으로 달려가서 함께 바다 너머를 응시했다.

소형 증기선이 어느새 해변으로 다가오고 있었다. 높은 굴뚝에서는 연기와 불꽃이 뿜어 나오고 있었고, 뱃머리의 금박을 입힌 뱀 장식이 번쩍번쩍 빛나고 있었다. 갑판 위를 돌아다니는 사람들의 모습이 보였고, 뭔가 희고, 날개가 달린 것이…… 선미루 갑판에서 발진했고, 로프에 끌리며 하늘로 상승하기 시작했다. 글라이더다! 켈트족의 항공학은 적어도 저 정도의 수준까지는 도달해 있었던 것이다.

"예쁘군. 아마 기구도 가지고 있다고 봐야 하겠지."

반 사라와크가 말했다.

글라이더는 견인용 밧줄을 끊고 내륙을 향해 활강해 오기 시작했다. 해변에 있던 위병 하나가 고함을 질렀다. 나머지 위병들이 저택 뒤켠에서 튀어나왔다. 총신이 햇빛을 반사하며 번쩍였다. 증기선은 해변으로 똑바로 돌진해 왔다. 글라이더는 모래 사장 위에 긴 홈을 남기고 착륙했다.

장교 하나가 패트롤 대원들을 향해 소리를 지르며 뒤로 물러나라고 손짓했다. 에버라드는 영문을 모르겠다는 듯 멍한 표정을 짓고 있는 데어드리의 창백한 얼굴을 흘낏 보았다. 다음 순간 글라이더 상부에 달린 포탑이 회전했고——에버라드 마음속의 냉정함은 그것이 아마 수동으로 조작됐을 것이라고 짐작했다——소형 대포가 불을 뿜었다.

에버라드는 몸을 날려 납작 엎드렸다. 반 사라와크도 데어드리를 함께 끌어내리면서 엎드렸다. 포도탄이 아팔론의 병사들을 향해 가차 없이 퍼부어졌다.

그런 다음 귀를 찢는 듯한 총성이 들려오기 시작했다. 글라이더에서 사내들이 튀어나오고 있었다. 터번을 쓰고 허리에는 사롱*을 두른 검은 얼굴의 사내들. 힌두라지인들이야! 에버라드는 생각했다. 그들은 지휘관을 중심으로 모여든 아팔론 위병의 생존자들과 총격전을 벌였다.

아팔론인 장교는 소리를 지르며 부하들과 함께 돌격했다. 모래 사장에서 고개를 들어 보니 그가 글라이더의 승무원들에게 육박하는 광경이 흘낏 눈에 들어왔다. 반 사라와크가 벌떡 일어났다. 에버라드는 그쪽으로 굴러가서 동료의 발목을 붙잡았고, 그가 이 싸움에 뛰어들

---

* Sarong, 인도네시아·말레이시아·폴리네시아·스리랑카 등지에서 남녀 구분 없이 입는 스커트와 비슷한 의상.

기 전에 밑으로 끌어내렸다.

"이 손 놔!"

금성인은 흐느끼면서 몸을 비틀었다. 포격에 의한 시체와 부상자에게서 흘러나온 피가 모래 사장을 새빨갛게 물들이고 있는 광경은 악몽 그 자체였다. 전투의 소음은 하늘까지 들리지 않나 싶을 정도로 시끄러웠다.

"이 멍청아, 도대체 무슨 생각으로 그러는 거지! 놈들이 노리는 것은 바로 우리들이고, 저 미치광이 아일랜드인은 하필이면 최악의 전법(戰法)을 ──"

새로운 함성이 에버라드의 주의를 끌었다.

스크류로 추진되며 흘수(吃水)가 낮은 소형 증기선이 해변에 올라앉아 무장한 사내들을 뱉어내고 있었다. 탄창이 빌 때까지 총을 다 쏘아 버렸고 이제는 등 뒤에서 공격받고 있다는 사실을 아팔론인들이 깨달았을 때는 이미 때가 늦어 있었다.

"일어나!"

에버라드는 데어드리와 반 사라와크를 끌어 일으켰다.

"당장 여기서 빠져 나가야 해 ── 어딘가 이웃집으로라도 가서……."

증기선에서 내린 병력의 일부가 그들을 보고 진로를 바꿔 달려왔다. 잔디밭에 뛰어들어간 순간, 그는 총탄이 흙에 박히는 둔한 소리를 듣는다기보다는 몸으로 느꼈다. 저택 안에서는 노예들이 날카롭게 울부짖고 있었다. 두 마리의 울프하운드는 침입자들에게 달려들었지만 곧 총을 맞고 쓰러졌다.

허리를 숙이고 지그재그로 달린다. 그렇다, 이렇게 해야 한다. 담을 넘어 바깥쪽 도로로! 에버라드 혼자였다면 성공했을지도 모르지만, 데어드리가 발을 헛디디고 쓰러졌다. 반 사라와크는 그녀를 지키기 위해 멈춰 섰다. 에버라드도 발을 멈췄고, 다음 순간에는 이미 때가 늦어 있었다. 그들은 포위되어 있었다.

검은 얼굴을 한 사내들의 지휘관이 데어드리를 향해 뭐라고 내뱉었다. 그녀는 몸을 일으키고 반항적인 태도로 대꾸했다. 그는 짧게 웃고 엄지손가락으로 증기선을 가리켰다.

"이들은 뭘 원하고 있지?"

에버라드가 그리스어로 물었다.

"당신이에요."

그녀는 공포가 깃든 눈으로 그를 보았다.

"당신들 두 사람과—"

지휘관이 또 뭐라고 말했다.

"또 나를 통역으로…… 안 돼요!"

그녀는 자신의 팔을 붙잡은 손들을 뿌리치려고 몸을 비틀었고, 조금 몸이 자유로워지자마자 옆에 있던 얼굴을 손톱으로 할퀴었다. 에버라드의 주먹이 짧은 호를 그리며 날아갔고, 한 사내의 코를 바스러뜨렸다. 그 느낌을 즐길 틈도 없이 거꾸로 잡은 소총의 개머리판이 그의 머리통을 내리쳤고, 그 다음에는 증기선으로 압송되어갔다는 몽롱한 기억만이 남아 있었다.

6

승무원들은 글라이더를 뒤에 남겨 두고 증기선을 수심이 더 깊은 곳으로 밀고 나간 뒤에 시동을 걸었다. 그들은 죽거나 부상을 입은 아팔론 병사들을 모두 해변에 방치해 두었지만, 자기편 사상자들은 모두 배에 실었다.

에버라드는 상갑판의 벤치에 앉아서 조금씩 밝아 오는 눈으로 멀어져 가는 해안을 멍하게 바라보았다. 데어드리는 반 사라와크의 어깨에 얼굴을 묻고 흐느끼고 있었고, 금성인은 그러는 그녀를 위로하고 있었다. 차가운 바람이 그들의 얼굴에 물보라를 튀겼다.

갑판실에서 두 사람의 백인이 나오는 것을 보고 에버라드는 머리를 얻어맞은 듯한 충격을 받았다. 결국 이들은 아시아인들이 아니었던 것이다. 유럽인이었다! 좀더 자세히 보니 다른 승무원들도 모두 백인의 얼굴을 하고 있었고, 그들의 갈색 피부는 도료(塗料)에 불과했다.

벤치에서 일어선 그는 새로운 지배자들을 주의 깊게 관찰했다. 한 사람은 보통 키에 약간 살이 찐 중년 남자였고, 빨간색 실크 블라우스와 흰 바지 차림에 일종의 아스트라칸 모자*를 쓰고 있었다. 수염은 깨끗하게 깎고 검은 머리카락을 땋아 늘이고 있었다. 다른 한 사람은 조금 더 젊어 보이는 텁수룩한 금발의 거구였다. 동으로 된 고리를 꿰매 넣은 웃옷에 짧은 바지, 각반, 가죽 망토 따위를 입고 있었고, 순수하게 장식적인 뿔이 달린 투구를 쓰고 있었다. 양쪽 모두 허리에 리볼버 권총을 차고 있었다. 선원들은 그들을 정중하게 맞이했다.

"도대체 이건 무슨 뜻이지?"

에버라드는 다시 한 번 주위를 돌아보았다. 육지는 이미 시야에서 사라져 있었고, 배는 북쪽을 향하고 있었다. 전속력을 내고 있는 엔진의 진동에 선체가 떨리고 있었다. 뱃머리가 파도를 가를 때마다 엷은

---

* astrakhan, 러시아의 아스트라한 지방과 중근동 지방에서 나는 새끼양의 털가죽 또는 그것을 본떠 짠 직물.

물보라가 날렸다.

　나이 든 쪽 사내가 아팔론어로 말을 걸어 왔다. 에버라드는 어깨를 으쓱해 보였다. 그러자 턱수염을 기른 북구인이 입을 열었다. 처음에는 전혀 알아들을 수 없는 말이었지만, 그 다음에는 이렇게 말했다.

　"타엘란 투 킴브릭?(Taelan thu Cimbric?)"*

　몇 가지 게르만어를 할 줄 아는 에버라드는 대충 짐작으로 말해 보기로 결심했고, 네덜란드인의 피를 이어받은 반 사라와크는 귀를 쫑긋했다. 데어드리는 눈을 크게 뜨며 몸을 움츠렸고, 이해하기 힘든 상황에 경악한 나머지 얼어붙은 듯이 꼼짝도 하지 않았다.

　"야.(Ja.)"

　금발의 사내가 잘 못 알아듣겠다는 표정을 짓자 에버라드는 이렇게 덧붙였다.

　"아인 베니히.(ein wenig.)"

　"아, 아엔 리트 고데!(Ah, aen litt. Gode!)"**

　거구의 사내는 손을 비볐다.

　"이크 하이트 보어에릭 불필라손 오크 마인 게프레온드 히어 에란 볼레슬라프 아콘스키.(Ik hait Boierik Wulfilasson ok main gefreond heer erran Boleslav Arkonsky.)"***

　이런 말을 일찍이 들어본 적이 없음에도 불구하고──아마 이렇게 긴 세월이 흐른 후로는 원래의 킴브리어라고 할 수조차 없을 것이다──에버라드는 상대방의 말을 어느 정도 쉽게 이해할 수 있었다.

---

* "킴브리어를 말할 줄 아나?"라는 뜻.
** "아, 조금 한단 말이군. 좋소!"라는 뜻.
*** 독일어로 고쳐 보면, "Ich heisse Boierik Wulfilasson und mein Freund hier ist Boleslav Arkonsky," 즉 "내 이름은 보이에릭 울필라손이고, 여기 이 친구는 볼레슬라프 아콘스키라는 사람이오"가 된다.

문제는 이쪽에서 말해야 하는 경우였다. 이 언어가 어떤 식으로 진화했는지 알 도리가 없는 것이다.

그는 자기가 아는 말과 현지어를 되는 대로 섞어 가며 으름장을 놓았다.

"도대체 당신들은 무슨 짓을 하고 있는 건가? 나는 시리우스에서 온 사람이다──시리우스 별, 그 행성계에서 온 사람이란 말이다. 우리를 당장 풀어 주지 않는다면 나중에 큰일을 당할 줄 알라!(What the hell erran thu maching, anyway? Ik bin aen man auf Sirius── the Stern Sirius, mit Planeten ok all. Set uns gebach or willen be der Teufel to pay!)"

보어에릭 울필라손은 감정이 상한 듯한 표정을 보였고, 함께 안으로 들어가서 저 젊은 부인을 통역 삼아 차분하게 얘기하면 어떻겠냐고 제의했다. 그의 뒤를 따라 갑판실로 들어가보니, 좁지만 안락한 가구가 비치된 담화실이 있었다. 열린 채로 있는 문 앞에는 호위가 서서 그들을 감시했고, 그 근처에서 몇 명이 더 대기하고 있었다.

볼레슬라프 아콘스키는 아팔론어로 데어드리에게 뭐라고 말했다. 그녀가 고개를 끄덕이자 그는 그녀에게 와인이 든 잔을 건넸다. 이것으로 조금은 침착을 되찾은 듯했지만, 그녀는 여전히 힘없는 목소리로 에버라드에게 말했다.

"우리는 사로잡혔어요, 맨스라크. 이 사람들의 스파이들이 당신이 있던 곳을 알아냈던 거예요. 다른 그룹은 당신의 여행 기계를 훔치러 갔다고 했어요. 그것이 어디 숨겨져 있는지도 알고 있다고 했어요."

"아마 그럴 거라고 생각했습니다. 하지만 바알의 이름에 걸고, 도대체 이 작자들은 누굽니까?"

보이에릭은 이 질문에 너털웃음을 터뜨리고, 득의에 찬 어조로 자신들의 계략을 설명하기 시작했다. 이 계략의 목적은 아팔론의 모든 주로 하여금 힌두라지가 이 습격의 범인이라고 믿게 하는 데 있었다. 그러나 사실을 말하자면, 리톤과 킴버란트 사이의 비밀 동맹은 매우 유능한 첩보망을 조직해 놓고 있었던 것이다. 그들은 이니스 랑골렌 Ynys Llangollen(낸터킷*)에 있는 리톤국 대사관의 여름 휴양지를 향해 가고 있었다. 그곳에 도착해서 마법사들의 주문을 캐낸 다음, 다른 대국들에 대항해서 깜짝 놀랄 만한 계획을 세울 작정이라는 말이었다.

"그럼, 우리가 당신들 말을 듣지 않는다면?"

데어드리는 아콘스키의 대답을 한 마디도 빠짐없이 통역했다.

"그러면 유감스러운 일이 일어날 것이오. 우리는 문명인이고, 당신들의 자발적인 협력에 대해서는 아낌없이 돈과 명예를 주겠소. 그러나 그럴 수가 없는 경우에는, 억지로라도 협력을 하게 하겠소. 우리 국가의 존망이 걸려 있는 일이기 때문이오."

에버라드는 그들을 찬찬히 관찰했다. 보이에릭은 당혹스럽고 불행한 표정이었다. 조금 전에 보였던 득의만면한 태도는 어디론가로 사라져 버리고 없었다. 볼레슬라프 아콘스키는 손가락으로 테이블을 두드리고 있었다. 굳게 입을 다물고 있었지만, 에버라드를 보는 그의 눈에는 무엇인가를 간원하는 듯한 빛이 깃들어 있었다──우리가 그런 짓을 하지 않게 해 주시오. 가책에 시달리며 살아 가고 싶지는 않단 말이오.

이 사내들은 아마 좋은 남편이자 아버지일 터이고, 여느 사내나 마찬가지로 맥주 한 잔과 친구끼리의 주사위 게임을 즐기는 보통 사람일 것이다. 아마 보이에릭은 이탈리아에서 말을 키우고, 아콘스키는 발트 해 연안의 장미 애호가일지도 모른다. 그러나 적대하는 대국들이 자신들의 이익에 매달리는 이 상황에서는, 이런 것들은 포로들의 운명에 아무런 도움도 되지 못했다.

---

* Nantucket, 미국 매사추세츠 주에 있는 대서양의 섬.

에버라드는 예술적이라고까지 할 수 있는 이들의 교묘한 작전에 잠시 감탄하고 있었고, 곧 앞으로의 대책을 강구하기 시작했다. 이 배는 증기선치고는 빨랐지만, 그의 기억에 따르면 이런 속도로 낸터켓까지 가려면 스무 시간쯤 걸릴 것이다. 적어도 그만큼의 시간 여유는 있다는 얘기가 된다.

그는 영어로 말했다.

"우리는 지쳐 있소. 조금 휴식을 취해도 되겠소?"

보이에릭은 서투르게나마 정중한 말투로 대답했다.

"야 디들리. 옥 뷔어 스칼렌 고드 게프론즈 빈, 니?(Ja deedly. Ok wir skallen gode gefreonds bin, ni?)"*

—석양이 서쪽 하늘을 붉게 물들이고 있었다. 데어드리와 반 사라와크는 갑판의 난간에 기대어 서서 황량한 잿빛 바다를 바라보고 있었다. 얼굴에 칠한 도료를 씻어 내고 옷을 갈아입은 승무원 세 명이 무기를 들고 고물에서 보초를 서고 있었다. 조타수가 나침반을 보며 키를 잡고 있었다. 보어에릭과 에버라드는 후갑판을 거닐었다. 강풍을 피하기 위해 모두 두터운 옷을 입고 있었다.

에버라드의 킴브리어 실력은 어느 정도 향상되어 있었다. 아직도 더듬거리는 것은 어쩔 수 없었지만, 적어도 의사를 전달할 수는 있었다. 그러나 주로 말을 한 사람은 보이에릭 쪽이었다.

"그럼 당신들은 별에서 왔단 말이오? 그런 일들은 난 잘 모르오. 나는 단순한 사내니까 말이오. 할 수만 있다면, 나는 투스칸**에 있는 내 영지를 느긋하게 관리나 하면서, 바깥 세상 일에는 신경을 쓰지 않고 지내겠소. 그러나 우리 국민들에게는 각자의 의무가 있소."

---

* "물론이오. 그리고 우린 좋은 친구가 될 수 있을 거요. 그렇지 않소?" 라는 뜻.
** Tuscany, 이탈리아 중부의 한 지방.

튜튼 족은 이탈리아 전체에서 라틴 민족을 완전히 대체하고 있는 듯했다. 에버라드의 세계에서 잉글랜드인이 브리튼족을 몰아낸 것처럼.

"당신 기분을 나도 이해할 수 있소. 싸우고 싶어하는 사람이 거의 없는데도 이렇게 많은 사람이 싸워야 하다니 정말 기묘한 일이오."

"오, 하지만 이건 필요한 일이오."

킴브리인은 거의 푸념하는 듯한 어조로 말했다.

"카르타갈란이 우리의 정당한 영토인 이집트를 훔쳤기 때문이오."

"이딸리아 이레덴따."*

에버라드가 중얼거렸다.

"흐응?"

"괘념치 마시오. 그럼 킴브리인들은 리톤과 동맹을 맺고, 다른 강대국들이 동방에서 싸우고 있는 틈을 타서 유럽과 아프리카를 빼앗을 생각이오?"

"그런 뜻이 아니오!"

보이에릭은 분개한 듯한 어조로 말했다.

"우리는 단지 역사적으로 정당한 영토권을 주장하고 있을 뿐이오. 우리 국왕 폐하께서도 말씀하셨듯이……."

이야기는 길게 이어졌다. 에버라드는 좌우로 흔들리는 갑판 위에서 다리에 힘을 주고 버티어 섰다.

"우리들 마법사에 대한 당신들의 대우는 좀 거친 듯하군. 우리가 당신들에게 정말로 화를 내지 않도록 조심하는 편이 좋을 거요."

"우리들 모두 저주나 변신 주문으로부터 보호받고 있소."

---

* Italia irredenta." 이탈리아 영토 외에 자국민이 살고 있는 지역. 19세기에 시작된 고토(故土) 회복운동을 의미한다.

"그건——"

"당신들이 우리를 자발적으로 도와 주었으면 좋겠소. 만약 두세 시간만 짬을 낼 수 있다면, 기꺼이 우리 주장의 정당성을 입증해 보여 드리겠소."

에버라드는 고개를 저었고, 그 자리를 떠나 데어드리 곁으로 갔다. 그녀의 얼굴은 주위를 뒤덮기 시작한 어둠에 잠겨 흐릿하게 보였지만, 그는 그녀의 목소리에 깃든 절망적인 분노를 느낄 수 있었다.

"저자더러 그런 계획은 집어치우라고 말하고 왔나요, 맨스라크?"

"아니. 우리는 그들에게 협력할 생각입니다."

에버라드는 침울한 어조로 말했다.

그녀는 마치 뒤통수를 얻어맞은 듯이 그 자리에 우뚝 섰다.

"자네 지금 뭐라고 했나?"

반 사라와크가 물었다. 에버라드는 설명해 주었다.

"말도 안 돼!"

금성인이 말했다.

"아니, 그렇게 해야 해."

에버라드가 말했다.

"난 결코 그따위 짓을 할 생각이 없어! 나는——"

에버라드는 동료의 팔을 붙들고 차가운 목소리로 말했다.

"조용히 해. 난 내가 무슨 일을 하고 있는지를 잘 알고 있어. 이 세계에서 우리는 그 누구의 편도 아닌 거야. 모든 사람들은 우리의 적이고, 자네도 빨리 그 사실을 깨닫는 게 좋을 거야. 유일한 방법은 한동안 이 작자들과 협력하는 척하는 거야. 그리고 절대로 데어드리한테는 말하지 마."

반 사라와크는 고개를 숙이고 생각에 잠긴 채로 잠시 서 있었다.

"알았네."

그는 무거운 어조로 말했다.

7

리톤인들의 휴양지는 낸터켓의 남쪽 해안에 있는 어떤 어촌 부근에 있었고, 어촌과는 돌벽으로 격리되어 있었다. 대사관은 본국의 건축 양식을 그대로 답습하고 있었다. 구내에는 고양이 등처럼 구부러진 지붕을 씌운 긴 목조 주택들이 늘어서 있었고, 본관과 부속 건물들이 포석이 깔린 안뜰을 에워싸고 있었다. 에버라드는 증기선이 대사관의 전용 잔교로 다가가기 조금 전 잠에서 깨어나 아침 식사를 마쳤지만, 홀로 갑판 위에 서서 자신을 바라보고 있는 데어드리의 눈초리 때문에 비참한 기분을 맛보아야 했다. 이미 잔교에는 그가 타고 온 배보다 더 큰 증기선 한 척이 정박해 있었고, 기슭에는 건장한 사내들이 잔뜩 몰려 있었다. 아콘스키는 흥분을 감추지 못하며 아팔론어로 말했다.

"마법의 기계가 벌써 이곳에 도착해 있소. 당장이라도 일에 착수할 수 있을 거요."

보이에릭이 이 말을 통역해 주자마자 에버라드는 가슴이 방망이질 치는 것을 느꼈다.

손님들——킴브리인들은 그들을 이렇게 부르겠다고 고집했다.——은 넓은 거실로 안내되어 갔다. 방으로 들어간 아콘스키는 네 개의 얼굴을 가진 우상(偶像) 앞에서 한쪽 무릎을 꿇고 경의를 표했다. 에버라드의 역사에서는 데인*인들에 의해 땔감이 되고 말았던 스반테비트Svantevit였다. 가을 추위를 막기 위해 난로에서는 불이 타오르고 있었고, 벽가에는 위병들이 늘어서 있었다. 에버라드의 눈에는 오로지 문 앞에서 둔한 빛을 발하고 있는 스쿠터밖에는 들어오지 않았다.

"이것을 손에 넣기 위해 카투벨라우난에서 치열한 전투를 치러야 했다는 얘기였소."

보이에릭이 말했다.

"그 때문에 많은 사상자들이 났지만, 결국 우리 편은 추적자들을 따돌리고 귀환할 수 있었소."

그는 주뼛거리며 스쿠터의 핸들에 손을 댔다.

"이 전차(戰車)가, 탑승자가 원하면, 어느 곳에라도 순식간에 출현할 수 있다는 것은 사실이오?"

"그렇소."

에버라드는 대답했다.

데어드리는 그가 일찍이 본 적 없을 정도의 짙은 경멸이 담긴 눈초리로 그를 보았다. 그녀는 거만한 태도로 고개를 들고, 패트롤 대원들에게서 가능한 한 멀리 떨어진 곳에 서 있었다.

아콘스키가 그녀에게 말을 걸었다. 뭔가 통역해 줄 것을 부탁한 듯했다. 그녀는 그의 발치에 침을 뱉었다. 보이에릭은 한숨을 쉬고 에버라드에게 말했다.

"이 기계가 움직이는 걸 보여 주시오. 당신과 내가 이것에 타고 갈 것이오. 미리 경고해 두겠지만, 난 당신 등에 리볼버를 겨누고 있을 거요. 어떤 일을 하기 전에는, 내게 미리 얘기해 줘야 하오. 만약 뭔가 불의의 사태가 벌어진다거나 하면, 나는 주저 없이 당신을 쏘겠소. 당신 친구들은 이곳에 인질로서 남아 있을 것이고, 조금이라도 의심스

---

* Dane, 8-11세기에 걸쳐 덴마크 지방에서 잉글랜드에 침입한 노르만인.

러운 점이 있을 경우에는 가차 없이 사살하겠소. 그렇지만 친구들 사이에 그런 불행한 사태가 벌어지지는 않을 거라고 나는 확신하고 있소."

에버라드는 고개를 끄덕였다. 온몸이 극도의 긴장에 휩싸여 있었다. 손바닥은 차갑고 축축했다.

"우선 주문을 외울 필요가 있소."

그는 말했다.

그는 재빨리 눈을 돌려 스쿠터의 위치 측정 장치에 표시된 공간 좌표와 시계에 나타난 시각을 기억했고, 아콘스키의 권총과 위병들의 소총에 둘러싸인 채로 벤치에 앉아 있는 반 사라와크의 모습을 흘낏 보았다. 데어드리도 같은 벤치에 앉아 있었다——상체를 뻣뻣이 곧추세우고, 가능한 한 멀리 떨어져서. 에버라드는 스쿠터와 벤치의 상대적 위치를 면밀하게 관찰한 다음, 두 팔을 치켜들고 시간어로 노래 부르듯 말했다.

"반, 이제 자네를 그곳에서 구출해 보겠네. 지금 있는 위치에서 조금도 움직이지 말게. 알겠나. 조금도 움직이면 안 돼. 날아 가면서 자네를 끌어올리겠네. 모든 일이 계획대로 진행된다면, 그 일은 내가 이 털북숭이 친구와 함께 모습을 감추고 나서 일 분쯤 뒤에 일어날 거야."

금성인은 무표정한 얼굴로 꼼짝도 않고 앉아 있었지만, 그 이마에서는 땀이 엷게 배어 나오고 있었다.

"준비는 이걸로 끝났소."

에버라드는 서투른 킴브리어로 말했다.

"뒤쪽 안장에 올라타시오, 보이에릭. 이 마법의 말을 움직이겠소."

금발의 사내는 고개를 끄덕이고 이 말에 따랐다. 앞자리에 앉자마자 에버라드는 떨리는 총구가 등에 닿는 것을 느꼈다.

"아콘스키에게 우리가 반 시간 뒤에 돌아올 거라고 말해 주시오."

에버라드가 지시했다. 이 세계에서도 에버라드의 세계와 거의 같은 시간 단위가 쓰이고 있었다. 모두 바빌로니아에서 비롯된 것이었기 때문이다. 자신의 지시가 실행에 옮겨지자 에버라드는 말했다.

"처음엔 우선 바다 상공에 출현해서, 하늘을 날아다녀 보기로 하겠소."

"조—조—좋아."

보이에릭이 말했다. 그다지 확신에 찬 말투가 아니었다.

에버라드는 공간 조종 장치를 지금 위치에서 10마일 동쪽, 천 피트 상공으로 맞춘 후 메인 스위치를 올렸다.

다음 순간 그들은 마치 빗자루에 올라탄 마녀들처럼 공중을 부유하며, 녹회색의 대해원(大海原)과 흐릿하게 보이는 먼 육지를 내려다보고 있었다. 스쿠터를 뒤흔들 정도의 강풍이 몰아쳐 왔기 때문에 에버라드는 양 무릎을 꽉 죄었다. 보이에릭이 놀라 욕설을 내뱉는 소리를 듣고 그는 긴장된 미소를 띠었다.

"자, 이렇게 와 보니 어떤 기분이오?"

"이건…… 정말 멋지군."

어느 정도 이 상황에 익숙해지기 시작한 킴브리인은 곧 열성적인 어조로 말하기 시작했다.

"이것에 비하면 기구는 정말 아무것도 아니군. 이런 기계들을 가질 수만 있다면, 적의 도시로 날아가서 놈들 머리 위에 불세례를 퍼부을 수도 있을 거요."

그의 이 말은 지금 자신이 하려는 일에 대해 에버라드가 느끼고 있던 심적 부담을 어느 정도 덜어 주었다.

"이제 앞으로 전진하겠소."

그는 이렇게 선언하고 스쿠터를 활공시켰다. 보이에릭은 기분이

고양된 나머지 환성을 올렸다.

"이번에는 당신 고향을 향해 순간적으로 도약하겠소."

에버라드는 방향 조종 스위치를 넣었다. 스쿠터는 공중제비를 돌았고, 3G의 가속도로 낙하하기 시작했다.

미리 알고 있던 에버라드조차도 가까스로 좌석에 달라붙어 있는 것이 고작이었다. 보이에릭이 떨어진 것은 공중제비를 돌았을 때인지, 아니면 낙하를 시작했을 때인지 확실하지 않았다. 단지 강풍이 부는 망막한 공간에서 바다를 향해 곤두박질치는 킴브리인의 모습을 흘깃 볼 수 있었을 뿐이었고, 그 즉시 본 것을 후회하고 있었다.

잠시 동안 에버라드는 파도 위에 그냥 머물러 있었다. 처음에 그를 엄습한 것은 몸의 떨림이었다. 만약 보이에릭에게 총을 쏠 짬이 있었다면? 그 다음으로 찾아온 것은 무거운 죄의식이었다. 그는 그것들을 머리에서 쫓아내고 반 사라와크를 구출하는 문제에 집중했다.

그는 수인들이 앉아 있는 벤치에서 1피트 떨어진 장소로 공간 좌표를 조정했고, 시각을 자신이 출발한 지 1분 후로 맞췄다. 오른손은 조종 장치 곁에 두고 — 재빨리 행동할 필요가 있었다 — 왼손은 비워 두었다.

자, 각오 단단히 하고 있어. 이제 간다.

스쿠터는 반 사라와크 바로 앞에서 실체화했다. 에버라드는 금성인의 웃옷을 움켜잡고 시공 드라이브 필드 안으로 끌어당겼다. 동시에 오른손으로 시간 다이얼을 되돌리며 메인 스위치를 넣고 있었다.

탄환이 스쿠터의 금속 동체에 맞고 튕겨나갔다. 아콘스키가 고함을 지르는 광경이 스치며 눈에 들어왔다. 다음 순간 모든 것이 씻은 듯이 사라졌고, 그들은 풀이 무성한 해변가의 경사진 언덕 위에 있었다. 2천 년 전으로 온 것이다.

그는 전율하며 조종간 위에 엎드렸다.

누군가의 외침이 그를 현실로 되돌아오게 만들었다. 그는 몸을 비틀어 땅 위에 큰대자로 드러누운 반 사라와크 쪽을 보았다. 동료의 한쪽 팔은 아직도 데어드리의 허리를 껴안은 채였다.

바람은 멎었고, 파도는 넓고 하얀 모래사장을 향해 천천히 밀려 왔다. 하늘에는 높은 구름이 떠 있었다.

"자넬 비난할 수는 없군."

스쿠터 앞에서 왔다갔다하던 에버라드는 땅을 내려다보며 말했다.

"그렇지만 문제가 복잡해진 건 사실이야."

"그럼 내가 어떻게 했으면 좋았다는 건가?"

금성인은 목쉰 소리로 대꾸했다.

"데어드리가 그 자식들 손에 죽는 것을 그대로 방치하고 오는 편이 나았을까──그게 아니라면, 그녀의 세계 전체와 함께 말살되는 쪽이 낫다는 건가?"

"우리가 조건 학습을 받았다는 사실을 잊지 말게. 설령 우리가 그걸 원한다고 해도, 허가 없이는 그녀에게 진실을 가르쳐 줄 수도 없어. 그리고 나는 그러고 싶지도 않아."

에버라드는 그녀를 보았다. 그녀는 거친 숨을 몰아쉬며 서 있었지만, 두 눈만은 샛별처럼 빛나고 있었다. 그녀의 머리카락과 길고 엷은 드레스는 바람에 휘날리고 있었다.

그녀는 마치 악몽을 쫓아 버리려는 듯이 고개를 저었고, 달려와서 그들의 손을 잡았다.

"용서해 주세요, 맨스라크. 당신이 우리를 배신할 리가 없다는 것을 알고 있었어야 했는데."

그녀는 두 사내 모두에게 키스했다. 반 사라와크는 열렬히 그녀의 키스에 응했지만, 에버라드는 도저히 그럴 기분이 아니었다. 아마 가룻 유다의 행동을 생각했기 때문이리라.

"여기는 어디죠? 랑골렌처럼 보이지만, 사람이 전혀 보이지 않는 군요. 설마 '행복의 섬'으로 데리고 온 건 아니겠죠?"

그녀는 휙 돌아서서 무성히 자라 있는 여름꽃들 사이로 춤추듯이 돌아다녔다.

"고향으로 돌아가기 전에, 여기서 조금 쉬다 가면 안 될까요?"

에버라드는 깊게 숨을 들이켰다.

"나쁜 소식이 있습니다, 데어드리."

그가 말했다.

그녀는 침묵했다. 마음을 가다듬으려고 하는 기색이 역력했다.

"우리는 돌아갈 수 없습니다."

그녀는 아무 말없이 그가 말을 잇기를 기다렸다.

"나는…… 주문을 써야 했고, 우리 셋의 목숨을 구하기 위해서는──달리 방도가 없었습니다. 하지만 그 주문 때문에 고향으로 돌아갈 수 없게 된 겁니다."

"그럼 전혀 희망이 없단 말인가요?"

거의 들리지 않을 만큼 가냘픈 목소리였다.

그는 눈시울이 뜨거워지는 것을 느꼈다.

"없습니다."

그녀는 몸을 돌려 그 자리를 떠났다. 반 사라와크는 그녀 뒤를 좇으려고 했지만, 곧 마음을 바꿔 에버라드 곁에 앉았다.

"방금 뭐라고 한 건가?"

그가 물었다.

에버라드는 자신이 한 말을 되풀이했다.

"그렇게 하는 것이 최상의 타협안이라고 생각했기 때문이야."

그는 말을 맺었다.

"이 세계를 기다리고 있는 운명 속으로 그녀를 돌려보낼 수는 없으니까."

"맞아."

반 사라와크는 잠시 동안 묵묵히 바다를 바라보다가 입을 열었다.

"지금은 몇 년인가? 크리스트의 시대인가? 그렇다면 우리는 아직도 분기점보다 상당히 뒤에 있다는 얘기가 되는데."

"응. 그리고 우리는 그것이 정확히 무엇인지를 알아내야 할 필요가 있어."

"그럼 더 먼 과거에 있는 패트롤 지부로 가는 편이 낫지 않나? 그곳에서라면 도움을 얻을 수도 있으니까 말야."

"아마 그렇겠지."

에버라드는 풀밭 위에 누워 하늘을 바라보았다. 지금까지 한 일의 반동에서인지 온몸이 피로에 휩싸였다.

"그렇지만 지금 이곳에서 그 키 이벤트를 찾아낼 수 있을 듯한 생각이 드네. 데어드리의 도움을 얻어서 말야. 그녀가 돌아오면 날 깨워줘."

다시 돌아온 그녀의 눈가는 말라 있었지만, 한눈에 울고 있었다는 것을 알 수 있었다. 에버라드가 임무 수행에 협력해 줄 생각이 있느냐고 묻자 그녀는 고개를 끄덕였다.

"물론이에요. 내 목숨을 구해 준 사람은 바로 당신 아닌가요."

이런 지독한 상황에 당신을 빠뜨린 것도 바로 나지만 말야.

에버라드는 진지한 어조로 말했다.

"내가 원하는 건 단지 정보일 뿐입니다. 혹시 당신은…… 사람을

잠들게 해서, 이쪽이 말하는 것을 모두 믿어 버리게 하는 방법에 관해 알고 있습니까?'

그녀는 자신 없는 태도로 고개를 끄덕였다.

"드루이드의 의사들이 그러는 것을 본 적이 있어요."

"당신에게는 전혀 해가 없습니다. 단지 당신을 잠들게 해서, 당신이 과거의 모든 일들을 기억하도록 하고 싶을 뿐입니다. 잊어버렸다고 생각했던 일까지 포함해서 말입니다. 그렇게 오래 걸리지는 않을 겁니다."

그녀는 보는 이가 가슴 아플 정도로 그의 말에 순종했다. 그는 패트롤의 기술을 써서 그녀에게 최면을 걸었고, 제2차 포에니 전쟁에 대해 그녀가 들었거나 읽은 적이 있었던 일들을 완전 기억 상태에서 하나도 빠짐없이 상기하게 했다. 결국 원했던 만큼의 결과를 얻을 수 있었다.

전쟁의 결정적인 계기가 된 것은 에브로* 남쪽에서 노골적으로 평화 협정을 위반하고 카르타고의 무역을 방해한 로마의 행위였다. 기원전 219년 카르타고령 스페인의 총독이었던 한니발 바르카는 사군툼**을 포위 공격했다. 8개월 뒤에 그는 사군툼을 함락시켰고, 마침내 오랫동안 준비해 왔던 로마와의 전쟁을 유발시켰던 것이다. 기원전 218년 5월 초에 그는 9만 명의 보병, 1만2천 기의 기병, 그리고 37마리의 전투용 코끼리를 이끌고 피레네 산맥을 넘었고, 골 지방을 지나서 알프스를 넘었다. 행군 중 카르타고군은 수많은 병사를 잃어야 했다. 그해 말 이탈리아에 도달했을 때는 겨우 2만 명의 보병과 기병 6천이 남아 있을 뿐이었다. 그럼에도 불구하고 그는 티키누스 강변에

---

* Ebro, 에스파냐 북동부, 칸타브리아 산맥에서 발원하여 지중해로 흘러드는 강.
** Saguntum, 로마와 동맹을 맺고 있었던 스페인 동부 발렌시아 지방에 있는 도시.

서 우세한 병력을 가진 로마군을 격파했다. 다음 해에 몇 번인가의 격렬한 전투에서 승리를 거둔 그는 아풀리아 및 캄파니아로 진군했다.

아풀리아, 루카니아, 브루티움, 삼니움 등의 도시는 카르타고군에 투항했다. 이에 대항해 퀸투스 파비우스 막시무스*는 끈질긴 게릴라 전쟁을 수행했지만, 이것은 전세에는 영향을 끼치지 못한 채 이탈리아 전체를 황폐화시켰을 뿐이었다. 그러는 동안에도 하스드루발 바르카**는 스페인에서 전력을 양성하고 있었고, 기원전 211년에는 증원군을 이끌고 이탈리아에 도착했다. 210년 한니발은 로마를 함락시킨 다음 불태웠고, 207년까지는 마지막 남은 동맹 도시들도 모두 그에게 항복했다.

"바로 그거야."

에버라드가 말했다. 그는 곁에 누워 있는 여자의 긴 구릿빛 머리카락을 쓰다듬었다.

"이제 자. 잘 잔 다음에, 기쁜 마음으로 일어나는 거야."

"그녀에게서 무엇을 알아냈나?"

반 사라와크가 물었다.

"여러 가지 세부를 알아냈네."

에버라드가 말했다. 이런 것들을 듣는 데는 한 시간 넘게 걸렸다.

"그러나 가장 중요한 점은 이거야. 그 시대에 관해 그녀는 풍부한 지식을 가지고 있지만, 단 한 번도 스키피오 부자(父子)에 관해 언급하지 않았네."

"무슨 부자라고?"

"푸블리우스 코르넬리우스 스키피오는 티키누스 전투에서 로마군

* Quintus Fabius Maximus(? ~ BC 203). 로마의 군사령관이자 정치가.
** Hasdrubal Barca(? ~ BC 207경). 카르타고의 장군. 한니발의 형.

304

을 지휘했네. 우리들의 역사도 로마군의 참패를 기록하고 있지. 하지만 그에게는 패배 후 서쪽으로 진군해서 스페인에 있는 카르타고의 병참 기지를 공략할 만한 머리가 있었네. 그 결과 한니발은 이탈리아에서 고립되고 말았고, 이베리아 반도에서 보내 온 원조는 족족 차단당했어. 같은 이름의 스키피오의 아들도 역시 총사령관이 되었고, 자마*에서 결국 한니발을 이겼네. 그가 바로 대(大) 스키피오 아프리카누스**야.

그들 부자는 그 당시에 로마에 존재했던 최고의 지휘관들이었네. 그러나 데어드리는 이들 이름을 한 번도 언급하지 않았어."

"그렇다면……."

반 사라와크는 동쪽 수평선을 바라보았다. 그 바다 너머에서는 골족과 킴브리족과 파르티아인들이 고전 세계의 폐허를 휘젓고 돌아다니고 있을 것이다.

"이 시간선에서는 어떤 일이 일어났단 말인가?"

"내 완전 기억에 따르면 이들 부자 모두 티키누스에서 싸웠고, 거의 전사할 뻔했던 것으로 되어 있네. 퇴각 중에 아들이 아버지의 목숨을 구했던 거야. 퇴각이라기보다는 패주라는 편이 더 걸맞겠군. 이 세계의 역사에서 스키피오 부자는 십중팔구 그곳에서 전사했던 거야."

"누군가가 그들을 죽였던 거군."

반 사라와크가 말했다. 그의 어조가 차가워졌다.

---

* Zama, 북아프리카 해안에 있던 고대 도시.
** Scipio Africanus the Elder. 정식 이름은 Publius Cornelius Scipio Africanus(BC 236 ~ 183). 로마의 장군. 카르타고 본국을 침공, 자마전투에서 한니발을 무찔러 제2차 포에니 전쟁을 끝냄. 이 승리를 기념해 아프리카누스라는 이름을 받게 됨. 소(小) 스키피오 아프리카누스는 대 스키피오의 장남의 수양아들이며, 제3차 포에니 전쟁(BC 149~146)에서 카르타고 시를 완전히 파괴함.

"시간 여행자야. 그것 말고는 생각하기 힘들어."

"흐음. 어쨌든 그 가능성이 제일 많아 보이는군."

에버라드는 데어드리의 잠든 얼굴에서 시선을 뗐다.

"곧 알아낼 수 있겠지."

8

홍적세의 휴양지로──그들이 뉴욕을 향해 떠난지 30분 후로──
돌아간 패트롤 대원들은 그리스어를 할 줄 아는 나이 지긋하고 친절
한 여성 대원에게 데어드리를 맡긴 뒤에 동료들을 소집했다. 곧 메시
지가 든 캡슐이 시공을 넘나들기 시작했다.

기원전 218년 이전의 패트롤 지부──이 시기에 가장 가까운 지부
는 기원전 250년에서 230년까지를 담당하는 알렉산드리아 지부였
다──는 '아직도' 존재하고 있었고, 전 지부를 통틀어 도합 2백 명
가까운 패트롤 요원이 남아 있었다. 몇 번인가의 시도가 있은 후, 메
시지를 보내 미래와 교신하는 일은 불가능하다는 사실이 확인되었다.
올리고세에 있는 타임 패트롤 '학원'에서 급거 대책회의가 열렸다.
무임소 대원들은 일정한 연대를 담당하는 지부원들보다 계급이 더 높
았지만, 그들끼리는 동격이었다. 직접 개변된 역사를 체험했다는 점
을 감안, 에버라드는 어느새 최고 간부 위원회의 의장으로 선출되어
있었다.

이것은 쉬운 일이 아니었다. 위원회를 구성하는 남녀는 몇십 세기
를 자유자재로 넘나들며 신들에게 걸맞은 무기를 써 왔던 인물들인

것이다. 그러나 그들조차도 역시 인간이었고, 인류라는 종족 특유의
아집에서도 결코 자유롭지 못했다.

역사가 입은 손상을 시정해야 한다는 점에서는 전원이 동의했다.
그러나 에버라드 자신이 그랬던 것처럼 경고를 받기 전에 개변된 미
래로 가 버린 패트롤 대원들의 안부가 염려스러웠다. 역사가 재수정
되었을 때까지도 돌아오지 않을 경우에는, 두 번 다시 그들의 모습을
볼 수 없게 되는 것이다. 에버라드는 복수의 구조반을 편성해서 미래
로 파견했지만, 성공 여부는 비관적이었다. 그는 구조반원들에게 현
지 시간으로 하루 이내에 돌아와야 한다는 엄한 명령을 내렸고, 이것
을 지키지 않으면 중대한 결과에 직면하게 될 것이라고 경고했다.

'과학 르네상스'의 시대에서 온 사내가 새로운 문제점을 제기했
다. 생존자들의 사명이 '본래의' 시간선을 부활시키는 일이라는 점에
는 의심의 여지가 없었다. 그러나 그들에게는 지식을 얻는다는 의무
또한 주어져 있는 것이다. 지금 인류의 완전히 새로운 한 측면을 연구
할 기회가 온 것이다. 따라서 역사를 수정하기 전에 우선 몇 년 동안
철저한 인류학적 연구를 행할 필요가 있다는 주장이었다. 에버라드는
이 제안을 어렵게 물리쳤다. 그런 위험을 무릅쓰기에는 남아 있는 대
원 수가 너무 적었다.

한편, 각 조사 그룹은 개변이 일어난 정확한 시각과 상황을 알아내
야 했다. 실행 방법에 대한 격론이 끝없이 계속되었다. 에버라드는 창
밖을 쏘아보았고, 인류 탄생 이전의 밤을 바라보며 이곳의 검치호들
은 유인원을 닮은 그 후계자들보다 훨씬 더 즐겁게 살아가고 있는 것
이 아닌가 하고 생각했다.

겨우 각 그룹을 미래로 출발시킨 후, 그는 새 술병의 봉인을 뜯고
반 사라와크와 함께 취할 때까지 마셨다.

다음 날 재소집된 최고 위원회는 미래의 모든 시대를 조사하고 돌

아온 각 파견 그룹의 보고를 들었다. 불유쾌한 상황에 빠져 있던 십여 명의 패트롤 대원이 구출되었다. 나머지 이십여 명의 실종자 중 대다수는 유감스럽지만 포기하는 수밖에 없을 것이다. 스파이 그룹의 보고는 좀더 흥미를 끌었다. 두 사람의 헬베티아*인 용병이 알프스 산맥에서 한니발 군대에 합류했고, 그의 신뢰를 얻었다는 말이었다. 전쟁이 끝난 후 그들은 카르타고에서 높은 지위에 올랐다. 프론테스와 히밀코라는 이름의 이 사내들은 사실상 정부를 조종했고, 한니발의 암살을 막후에서 지휘했으며, 호화 생활로는 역사상 신기록을 수립했다. 그 저택과 당사자들을 직접 보고 온 패트롤 대원이 말했다.

"고전 시대에는 아직 고안되지 않았던 여러 발명품들을 여기저기서 볼 수 있었습니다. 그자들은 '제205기 밀레니엄'에서 온 넬도리아인처럼 보였습니다."

에버라드는 고개를 끄덕였다. 그 시대는 타임 패트롤에게 '이미' 수많은 골칫거리를 안겨 준 악당들의 시대였다. 그는 입을 열었다.

"이걸로 문제가 해결됐군. 그들이 티키누스 이전에 한니발에 합류했느냐 하지 않았느냐 하는 것은 중요하지 않네. 알프스 산중에서 그들을 체포하려고 한다면 너무나도 큰 소동을 일으킨 나머지 우리들이 미래를 바꿔 버릴 위험이 있어. 여기서 정말로 문제가 되는 것은 그들이 스키피오 부자를 죽인 것 같다는 점이네. 그리고 바로 그 순간이 우리의 공격 목표가 될 거야."

유능하지만 이따금 블림프 대령**을 연상시킬 때가 있는 19세기 출신의 영국인이 지도를 펼치고 공중에서 자신이 보고 온 전투에 관

---

* Helvetia, 오늘날의 스위스 서부 및 북부에 해당.
** Colonel Blimp, 영국의 언론인이자 정치 만화가인 로가 만들어 낸 만화 주인공. 극단적 보수 반동의 전형적인 인물로 그려짐.

해 강의하기 시작했다. 적외선 망원경으로 낮게 깔린 구름 아래를 관찰했던 것이다.

"그래서 로마군은 이곳에 포진했고——"

"알아."

에버라드는 그의 말을 가로막았다.

"불리한 상황에도 굴하지 않고 마지막까지 저항하고 있었던 곳이지. 그들이 패주하기 시작한 순간은 과거에 결정적인 영향을 끼치겠지만, 그 직후의 혼란은 우리에게 좋은 기회를 주네. 좋아, 우리는 남의 눈에 띄지 않도록 조용히 전장을 포위할 작정이네. 그렇지만 실제로 그곳에 들여보낼 수 있는 인원은 두 사람이 한계일 것 같군. 자네들도 알다시피 악당들은 역간섭(逆干涉)이 있을 것을 예상하고 주의를 게을리하지 않을 거야. 알렉산드리아 지부에서 반과 나에게 이 작전에 필요한 의상을 준비해 줄 수 있겠지."

"잠깐 기다려 주시오."

영국인이 큰 소리로 말했다.

"그 일에 참가할 특권은 나한테 있다고 생각했는데."

"아니, 미안하지만 그건 안 돼."

에버라드는 입술 끝을 조금 들어올리며 미소 지었다.

"어쨌든 그걸 특권이라고 할 수는 없네. 단지 자기 목숨을 거는 일에 불과해. 자네와 똑같은 인간으로 가득 차 있는 세계 하나를 소거할 목적으로 말야."

"하지만, 그야 어떻게 되든 간에——"

에버라드는 일어섰고, 감정이 제거된 목소리로 잘라 말했다.

"내가 가야 해. 왜 그래야 하는지는 나도 모르지만, 어쨌든 가야 하는 거야."

반 사라와크는 고개를 끄덕였다.

그들은 스쿠터를 덤불 속에 감추고 들판을 가로지르기 시작했다.

주위의 지평선과 하늘 너머에는 백 명의 무장한 패트롤 대원이 대기하고 있었지만, 투창과 화살이 난무하는 전장에서는 별반 위안이 되지 못했다. 낮게 깔린 구름이 쌩쌩 불어오는 차가운 바람에 밀려 흩어졌고, 이따금 후두두 비가 쏟아지곤 했다. 태양의 나라 이탈리아는 바야흐로 만추를 즐기고 있었다.

에버라드는 피로 미끌거리는 진흙탕 위를 빠르게 나아갔다. 흉갑이 어깨를 압박했다. 그는 투구와 정강이받이를 착용하고 있었고, 왼쪽 팔에는 로마군의 방패를 끼우고, 허리에는 짧은 검을 차고 있었다. 그러나 오른손으로는 음파 충격총을 쥐고 있었다. 반 사라와크도 비슷한 차림으로 성큼성큼 뒤따라 오고 있었다. 바람에 휘날리는 장교용 투구의 깃털 장식 아래 두 눈은 세심하게 주위를 관찰하고 있었다.

나팔을 불고 연거푸 북을 치는 소리가 들려왔다. 사내들의 고함 소리, 발소리, 기수를 잃은 말들이 지르는 비명, 쉭쉭거리며 공중을 가르는 화살 소리 등에 파묻혀 이들 소리는 거의 들을 수가 없었다. 몇몇 지휘관과 척후병들을 제외하면 아직도 말에 타고 있는 자들을 전혀 찾아볼 수가 없었다. 등자가 발명되기 이전의 전투가 흔히 그랬듯이, 기병전으로 시작된 싸움은 창기병들이 낙마한 지금 완전히 지상전으로 바뀌어 있었다. 카르타고군은 전진하고 있었고, 뒤로 밀리고 있는 로마군 대열에 육박해서 가차 없이 공격하고 있었다. 로마군의 대열은 이미 이곳저곳에서 분단된 채로 고립되어 있었고, 사내들은 욕설을 내뱉으며 적과 뒤엉켜 싸우고 있었다.

전투의 중심은 이미 이 지구를 지나간 뒤였다. 에버라드 주위에는 시체가 널려 있었다. 로마군 대열 뒤에 위치한 그는 멀리서 번쩍이고 있는 독수리표 깃대를 향해 서둘러 나아갔다. 수많은 투구와 시체 너머로 자랑스럽게 휘날리고 있는 붉은색과 보라색의 깃발도 보였다. 잿빛 하늘을 배경으로 일단의 거대한 전투용 코끼리들이 나타났고, 코를 높게 쳐들고 찢어질 듯한 울음소리를 내며 돌진해 왔다.

전쟁은 어딜 가나 마찬가지였다. 지도 위에 그어진 깔끔한 선이나, 함성과 빛나는 무공의 문제가 아니라, 헐떡거리는 사내들이 영문도 모른 채 땀과 피를 흘리는 광경인 것이다.

호리호리한 체격에 가무잡잡한 얼굴의 청년이 자기 배를 관통한 투창을 뽑으려고 몸부림치며 헛된 노력을 계속하고 있었다. 그는 카르타고의 투석병이었지만, 바로 옆에 앉아서 팔이 잘려 나가고 없는 어깻죽지를 아연한 표정으로 응시하고 있는 건장한 이탈리아의 소작농은 상대방에게 아무런 주의도 기울이지 않았다.

까마귀 떼가 바람에 실려 상공을 배회하고 있었다. 전투가 끝나기를 기다리고 있는 것이다.

"이쪽이야."

에버라드는 속삭였다.

"제발 빨리 좀 오게! 저 대열은 지금이라도 무너질 것 같아."

그는 거칠게 숨을 몰아쉬며 공화국의 군기를 향해 달려갔다. 문득 자신이 언제나 한니발이 이기는 쪽을 원했다는 사실이 생각났다. 로마의 경직되고 비창조적인 탐욕스러움에는 어딘가 혐오스러운 데가 있었다. 그런데 그는 지금 이곳으로 와서 그 도시를 구하려 하고 있다. 유감이지만, 인생이란 기묘한 일들로 가득 차 있는 법이다.

스키피오 아프리카누스가 이 전투에서 살아남게 될 몇몇 안 되는 훌륭한 인격자 중 하나라는 사실만이 그나마 위안이라면 위안이었다.

비명과 금속이 부딪치는 소리가 들리면서 이탈리아인들은 뒤로 물러섰다. 에버라드는 뭔가 파도 같은 것이 몰려와 바위에 격돌하는 광경을 보았다. 그러나 실제로 고함을 지르고, 찌르고, 또 찌르면서 전진해 오는 것은 바위 쪽이었다.

그는 전력 질주하기 시작했다. 공포에 질린 한 로마 군단병이 울부짖으며 후방으로 도망쳤다. 희끗희끗한 머리를 한 고참병 한 명은 땅에 침을 뱉었고, 적에게 난도질당할 때까지 우뚝 서서 싸우며 그 자리를 지켰다. 한니발의 코끼리 떼가 날카로운 울음소리를 내며 그 부근을 짓밟고 다녔다. 카르타고군의 전열은 흔들리지 않았고, 비인간적일 정도로 규칙적인 북소리에 맞춰 전진해 오고 있었다.

바로 저기야, 지금! 에버라드는 말에 탄 사내들을 보았다. 로마군의 장교들이었다. 그들은 독수리기를 높게 쳐들고 뭐라고 소리치고 있었지만, 그들의 목소리는 전투의 소음 속에 완전히 파묻혀 버렸다.

소수의 군단병들이 에버라드 곁을 지나 앞으로 달려갔다. 그들의 지휘관이 패트롤 대원들을 향해 외쳤다.

"날 따라와! 비너스의 부드러운 배에 걸고 맹세컨대, 놈들에게 본때를 보여 주겠어!"

에버라드는 고개를 저으며 계속 달렸다. 로마인 장교는 화가 나서 소리를 지르며 그에게 달려들었다.

"이리 오지 못하겠나, 이 비겁한……"

음파충격총의 충격파가 그의 말을 중단시켰다. 장교는 진흙탕 속으로 털썩 쓰러졌다. 이것을 본 그의 부하들은 몸을 떨었고, 한 병사가 울부짖자 일제히 그 자리에서 도망쳤다.

카르타고인들이 육박하고 있었다. 방패와 방패가 부딪치고, 칼날이 피로 붉게 물들었다. 에버라드는 한 사내의 뺨에 난 납빛 흉터를 보았고, 다른 사내의 커다란 매부리코를 보았다. 누군가가 던진 투창이 쨍 소리를 내며 그의 투구를 맞췄다. 그는 고개를 숙이고 계속 달렸다.

전방에서 처절한 전투가 벌어지고 있었다. 에버라드는 그것을 우회하려다가 난도질당한 시체에 걸려 넘어졌다. 그 위로 다른 로마 병사가 걸려 넘어졌다. 반 사라와크는 욕설을 내뱉고 그를 끌어내어 일으켜 세웠다. 칼날이 금성인의 팔에 상처를 입혔다.

그들 앞쪽에서 스키피오의 부대는 적에게 포위당한 채 희망 없는 저항을 계속하고 있었다. 에버라드는 멈춰 섰고, 헐떡거리며 숨을 들여마시면서 가랑비 너머를 응시했다. 일단의 로마 기수들이 코까지 진흙투성이가 된 말을 달려 이쪽으로 다가오고 있었다. 비에 젖은 갑옷이 둔하게 반짝였다. 바로 저 기수가 장래에 스키피오 아프리카누스라는 이름을 얻게 되는 아들임에 틀림없었다. 아버지를 구하려고 달려온 것이다. 말발굽 소리는 지축을 뒤흔들었다.

"저기 있어!"

반 사라와크는 고함을 지르고 손가락으로 그 방향을 가리켰다. 에버라드는 허리를 굽혔다. 빗물이 투구를 따라 뺨으로 흘러내렸다. 다른 방향에서 독수리기를 둘러싸고 싸움이 벌어지고 있는 곳을 향해 카르타고군 기수의 일단이 돌진해 오고 있었다. 그들의 선두에서 넬도리아인 특유의 큰 키에 울퉁불퉁한 얼굴을 한 두 명의 사내가 말을 달리고 있었다. 그들은 이 시대의 갑옷을 착용하고 있었지만, 각자 가는 총신이 달린 소총을 들고 있었다.

"이쪽이야!"

에버라드는 몸을 홱 돌리고 그들을 향해 돌진했다. 발을 디딜 때마다 흉갑의 가죽 부분이 삐걱거렸다.

패트롤 대원들은 발견되지 않고 상당히 가까운 거리까지 접근할 수 있었다. 다음 순간 그들을 본 기수 한 명이 경고를 발했다. 두 명의 미치광이 로마인! 에버라드는 그 사내가 수염투성이인 얼굴로 히죽거리는 것을 보았다. 넬도리아인 한 명이 열선총을 들어올렸다.

에버라드는 땅에 납작 엎드렸다. 강렬한 청백색 광선이 쉭쉭거리며 그가 있던 공간을 통과했다. 그는 재빨리 충격총을 발사했다. 아프리카인의 말 한 마리가 째지는 듯한 비명을 올리며 옆으로 쓰러졌다. 반 사라와크는 그 자리에 선 채로 침착하게 사격을 계속했다. 두 명, 세 명, 네 명—그리고 넬도리아인 하나가 진흙탕 속으로 낙마하는 것이 보였다!

스키피오 부자 주위에서는 아직도 격렬한 전투가 계속되고 있었다. 넬도리아인의 호위병들은 공포에 질려 비명을 질렀다. 열선총의 위력은 이미 보아 알고 있었겠지만, 충격총의 눈에 보이지 않는 타격은 전혀 별개의 것이었다. 그들은 도망쳤다. 놀란 말을 가까스로 달랜 악당도 말머리를 돌려 그들 뒤를 좇았다.

"자네가 기절시킨 쪽을 맡아 처리해, 반."

에버라드는 헐떡이며 말했다.

"전장에서 끌어내란 말이야—나중에 심문해 봐야 하니까—"

그러고 나서 그는 몸을 일으켰고, 주인을 잃은 말을 향해 달려갔다. 그는 거의 무의식적인 동작으로 안장에 올라탔고, 다음 순간에는 이미 도망친 넬도리아인의 뒤를 좇고 있었다.

그의 등 뒤에서, 푸블리우스 코르넬리우스 스키피오와 그의 아들은 혈로를 뚫고 나가 후퇴 중인 자신들의 군대에 합류했다.

에버라드는 혼돈 속을 질주해 갔다. 빨리 달리라고 말을 다그치기는 했지만, 우선은 추적하는 것만으로도 만족하고 있었다. 일단 인적이 없는 곳으로 나가기만 하면, 하늘에서 급강하해 온 스쿠터가 간단히 넬도리아인을 잡을 것이다.

시간 범죄자도 똑같은 생각을 한 듯했다. 그는 고삐를 당겨 말을 멈추고 추적자에게 총을 겨눴다. 에버라드는 눈부신 섬광을 보았고, 아슬아슬하게 얼굴을 비켜간 열선에 뺨이 따끔거리는 것을 느꼈다.

에버라드는 자신의 충격총을 광각 모드로 조정한 후 마상에서 방아쇠를 당겼다.

그와 동시에 두번째 열선이 그가 탄 말의 가슴을 직통으로 맞췄다. 말이 고꾸라지면서 에버라드는 안장에서 굴러 떨어졌다. 훈련으로 단련된 반사 신경이 낙마의 충격을 완화시켜 주었다. 그는 벌떡 일어나 비틀거리며 적을 향해 갔다. 충격총은 진흙탕 어딘가에 떨어진 채 사라졌고, 일일이 찾고 있을 틈도 없었다. 나중에 찾으면 되니까 걱정할 필요도 없었다. 만약 살아남는다면 말이다. 광각 빔은 목표물을 명중시켰다. 위력이 많이 줄어 든 탓에 단번에 기절시키지는 못했지만, 넬도리아인은 열선총을 떨어뜨렸고, 말은 눈을 감고 비틀거렸다.

빗방울이 에버라드의 얼굴을 때렸다. 그는 무거운 발걸음으로 말이 있는 곳까지 갔다. 넬도리아인은 땅으로 뛰어내려 칼을 뽑아 들었다. 에버라드의 칼도 쉭 하는 소리와 함께 칼집에서 뽑혀 나왔다.

"그렇게 소원이라면 상대해 주지."

그는 라틴어로 말했다.

"우리 두 사람 중 하나는 어차피 살아서 이곳을 떠나지 못할 테니까."

9

산 위로 떠오른 달이 설경을 파르스름하게 물들였다. 북쪽 먼 곳에서 빙하가 달빛을 반사했고, 늑대가 울부짖었다. 크로마뇽인들이 동굴 속에서 영창하고 있었고, 그들의 희미한 노랫소리는 바람에 실려 베란다까지 흘러들어 왔다.

데어드리는 어둠 속에 서서 밖을 바라보고 있었다. 월광이 그녀의 얼굴을 얼룩지게 했고, 반짝이는 눈물을 언뜻 비췄다. 에버라드와 반 사라와크가 등 뒤로 다가서자 그녀는 놀라 몸을 움찔했다.

"이렇게 빨리 돌아왔어요? 오늘 아침에 이곳으로 와서, 저를 두고 가셨잖아요."

그녀가 물었다.

"그리 오래 걸리지 않았습니다."

반 사라와크가 대답했다. 그는 최면 학습으로 아티카 방언을 이미 습득하고 있었다.

"그럼—"

그녀는 미소를 지어 보이려고 했다.

"그럼 이걸로 당신의 일이 끝나 좀 쉴 수 있었으면 좋겠군요."

"예, 일은 끝났습니다."

에버라드가 대답했다.

그들은 잠시 동안 나란히 서서 창밖의 겨울 경치를 바라보고 있었다.

"예전에 들었던 말이 사실인가요? 제가 다시는 고향으로 돌아갈 수 없다는 말이?"

데어드리가 조용한 목소리로 물었다.

"유감이지만 사실입니다. 마법의 주문이……."

에버라드는 반 사라와크에게 눈짓했다.

그들은 데어드리에게 마음 내키는 대로 사정을 설명하고, 그녀가 제일 행복하게 살 수 있으리라고 판단되는 장소로 그녀를 데려가도 된다는 상부의 허가를 받아 놓았다. 반 사라와크는 자기 시대의 금성 이야말로 바로 그 장소라고 주장했고, 동료와 논쟁을 벌이기에 에버 라드는 너무 지쳐 있었다.

데어드리는 길게 숨을 들이켜고 말했다.

"그렇다면 할 수 없군요. 필요 이상으로 비탄에 잠겨서 인생을 허비할 생각은 없어요. 하지만 바알의 이름으로, 그들이 행복을 찾았으면 좋겠군요. 고향 사람들 말이에요."

"틀림없이 그렇게 될 겁니다."

에버라드가 말했다.

에버라드는 갑자기 만사가 다 귀찮아졌다. 지금은 단지 잠을 자고 싶을 뿐이었다. 나머지 일들은 반 사라와크에게 맡기면 될 것이다. 해야 할 말을 하고, 그것이 무엇이든 간에 응분의 보수를 받는 일 따위는.

그는 동료에게 고개를 끄덕여 보였다.

"난 그만 자러 가겠어. 잘 해 보게, 반."

금성인은 데어드리의 팔을 잡았다. 에버라드는 천천히 자기 방으로 돌아갔다.

해 설

시간여행 SF 약사(略史)

김상훈(SF평론가, 행복한책읽기 SF총서 기획자)

1. 타임 머신

문학에 처음으로 과학의 논리를 도입했으며, 과학 소설(science fiction; 이하 SF로 표기)과 추리 소설 양쪽의 대부로 추앙받는 문호 에드거 앨런 포(1809~1849)를 제외하면, 현대 SF의 진정한 '아버지'라고 할 만한 사람은 영국의 허버트 조지 웰즈(1866~1946)와 프랑스의 쥘 가브리엘 베른(1828~1905)이라는 주장에 이의를 제기할 사람은 없을 것이다. 여기에 상업화된 장르 SF의 창시자로 일컬어지는 미국의 휴고 건즈백(1884~1967)을 덧붙이면 적어도 초창기 SF 역사의 반은 답파한 것이나 마찬가지다. 그러나 형식이 아닌 **내용**, 즉 SF의 소재 및 주제에 가장 지대한 영향을 끼친 사람을 꼽으라면 역시 H. G. 웰즈를 지목해야 할 것이다. 대중적으로도 잘 알려진 『우주 전쟁 *The War of the Worlds*』(1898), 『투명 인간 *The Invisible Man: A*

Grotesque Romance』(1897), 『타임 머신 *The Time Machine: An Invention*』(1895)을 비롯해서, 상대적으로 인지도가 낮기는 하지만 중요성은 결코 뒤지지 않는 『모로 박사의 섬 *The Island of Dr. Moreau*』(1896), 『달세계 최초의 인간 *The First Men in the Moon*』(1901), 『미래의 모습 *The Shape of the Things to Come*』(1933)에 이르기까지, 각각 '침략,' '변신,' '시간 여행,' '진화,' '우주 여행,' '유토피아/디스토피아' 등, SF의 주요 테마를 거의 모두 망라하고 있기 때문이다.

이 경우 웰즈가 SF 작가라기보다는 과학 저널리스트에 가까웠고, 이른바 '과학적 로맨스Scientific Romance'의 형식을 빌려 빅토리아 시대의 사회상을 예리하게 비판한 문명 비평가였다는 사실은 (적어도 후세의 SF 작가나 독자들의 관점에서는) 별로 중요하지 않다. 베른의 대표작인 『지구 중심으로의 여행 *Le Voyage au centre de la terre*』(1863), 『해저 2만 리그 *Vingt mille lieues sous les mers*』(1870) 『80일 간의 세계 일주 *Le tour du monde en quatre-vingt jours*』(1873) 들이 본질적으로는 시대 사조에 편승한——더 정확하게 말하자면 19세기 중반의 유럽/백인 중심의 장밋빛 미래관에 입각한——근대 모험 소설이며, 베른에 비하면 웰즈의 방법론은 '비과학적'이었다는 사실도 『뉴로맨서 *Neuromancer*』(1984)의 저자 윌리엄 깁슨을 위시한 일부 베른 옹호자들의 주장만큼 치명적인 결함은 되지 못한다. 결정론일지도 모르지만, 실제로 후세 작가들에게 영향을 끼친 것은 고매한 사상이 아니라 훨씬 더 즉물적인 소도구gadget였고, 일종의 대상(代償) 체험을 통해 얻을 수 있는 흥분이었다. 그리고 1세기 가까운 SF의 역사를 통틀어서 가장 유명한 도구는 물론 시간을 항행하는 기계——타임 머신이다.

직접 만든 타임 머신을 타고 80만 년 후로 간 후기 빅토리아 시대의 한 발명가는 지상 낙원처럼 보이는 미래 세계에 도착한다. 인류는 온화한 기질을 가졌지만 무기력한 엘로이족Eloi과 지하에 서식하는 흉포한 몰록족Morlocks으로 분기(分岐) 진화해 있었다. 그곳을 떠나 한층 더 머나먼 미래로 간 그는 차갑게 식어가는 태양과 생명의 종말을 목도한다……

어느 면으로 보든 간에 극히 '환상적' 인 내용임에도 불구하고, 웰즈의 『타임 머신』에 담긴 통렬한 사회 풍자를 읽어 내기는 어렵지 않다. 지상에서 태평성대를 구가하는 엘로이족에게 봉사하는 동시에 그들을 식량으로 삼는 프롤레타리아/몰록족의 우화(寓話)에는, 하층계급 출신자에게 주어지는 핸디캡에도 굴하지 않고 스스로의 재능과 부단한 노력을 활용해서 고등 교육을 받았던 웰즈 자신의 전(前) 사회주의적 입장이 짙게 반영되어 있다. 『타임 머신』은 백여 년 전인 1895년 영국에서 출간되자마자 커다란 반향을 일으켰으며, 이 첫 작품의 성공에 자극받은 웰즈는 그 이후 SF의 고전으로 간주되는 명작을 잇따라 발표했다. (문필가로서의 웰즈의 경력은 4년 전에 이미 시작되었고, 『타임 머신』의 근간이 되는 아이디어를 포함한 일련의 과학 에세이 『시간의 모험자들 The Chronic Argonauts』은 1888년에 발표되었지만, 기계적인 동시에 철학적 메커니즘인 타임 '머신' 의 개념이 장편 소설의 형태로 일반 독자들에게 제공된 것은 그때가 처음이었다.)

『타임 머신』에 대한 당시 비평가들의 평가는, 이 소설은 (1) '천재' 적인 소설적 재능의 발로이며 (2) '상상력' 의 극치이자 (3) 과학계몽주의 냄새를 물씬 풍기는 베른의 '문학적' 라이벌이 등장했다는 주장으로 요약될 수 있다. 의외로 소설의 소프트웨어, 즉 사상적인 면에 대한 반향이 컸던 반면, 타임 머신이나 시간 여행 자체에 대한 언급은 그리 많지 않았다. 물론 특수 상대성 이론의 발표를 10년이나 앞둔 시점에서, 데카르트-뉴튼적 시간축 위를 '앞으로' 이동하는 기계의 존재를 과학적으로 설명하기란 불가능에 가까웠고, 타임 머신의 존재 자체가 예나 지금이나 의사(擬似) 과학 내지는 순수한 사유(思惟)의 단계에 머물러 있다는 사실도 큰 걸림돌로 작용했을 것이다. 타임 머신에 대한 웰즈의 묘사가 피상적이며("지렛대가 두 개 달린 바퀴 없는 자전거 같은 기계"), 생물학도였던 웰즈가 열렬히 숭배했던 다위니즘이 생물학적 시간의 개변 가능성과는 상충된다는 아이러니도 한몫 거들었다. 그러나 '타임 머신'이란 단어가 일반 대중의 집단적인 기억에 하나의 뚜렷한 기호로 각인된 이후, 이 개념은 웰즈의 소설관을 초월한 곳에서 '홀로 걷기'를 시작했다.

2. 시간 SF의 분류

웰즈의 주요 관심사는 진화론 및 사회 개혁론의 관점에서 본 미래상이었고, 이 작품 이후 타임 머신에 관한 작품은 전혀 쓰지 않았다. 그러나 다른 작가들이 이 탁월한 문학적 장치를 간과했을 리 없다. 『타임 머신』에서 비롯된 시간 테마 SF는 후세의 장르 작가들에 의해 변모를 거듭했지만, 기본적인 패턴은 모두 '조부(祖父) 패러독스'로 대표되는 역사의 가변(可變) 가능성에서 파생되었다고 할 수 있다. 『타임 머신』에서 시작된 시간 SF를 경향 별로 분류해 보면 다음과 같다.

초기의 시간 여행 소설

가상적인 기계에 의사 과학적인 설명을 덧붙여서 소설상의 리얼리
티를 증대시켰다는 점에서 『타임 머신』은 최초의 본격적인 시간 SF라
고 할 수 있다. 그러나 1895년 이전에도 시간 여행을 다룬 작품이 존
재한다는 것은 주지의 사실이다. 이들 작품에서는 주로 꿈 내지는 몽
상이 시간 여행의 수단으로 사용되고 있으며, 시간 여행 자체도 단순
한 플롯상의 장치에 불과했다고 해도 과언이 아니다. 이런 식의 '몽
상적' 시간 여행이 사용된 대표적인 예는 찰스 디킨스의 『크리스마스
캐럴 *A Christmas Carol*』(1843)이며, 포의 『*A Tale of the Ragged
Mountains*』(1844)에서도 비슷한 경향을 찾아볼 수 있다.

여담이지만 고대 문학의 가장 중요한 소재 중 하나이자 생물학과
심리학의 입장에서 보아도 여전히 풀리지 않는 수수께끼로 남아 있는
꿈과 수면(睡眠)은 현대 SF에서도 꾸준한 탐구의 대상이 되고 있으며,
꿈과 시간 여행을 가장 효과적으로 결합한 최근 작품으로 기억에 남
는 것으로는 코니 윌리스의 『링컨의 꿈 *Lincoln' s Dreams*』(1987)이
있다. 1세기 전 남북 전쟁에 참전한 누군가가 시간의 간극(間隙)을 넘
어 보내오는 악몽에 시달리는 여주인공의 비극을 그린 이 인상적인
데뷔작은, SF가 더 이상 빅토리아 시대의 고색창연한 시간 여행 기계
에 구속받을 필요가 없다는 사실을 반증이라도 하듯 SF계의 최우수
신인에게 주어지는 존 W. 캠벨 주니어 기념상을 수상했다.

한편, 웰즈의 성공에 자극받은 동시대 영국 작가들이 쓴 시간 여행
소설들은 당시의 대중이 『타임 머신』을 어떻게 받아들였는지를 극명

하게 보여주고 있다. 단순화해서 말하자면 웰즈가 지향했던 소설, 즉 '예언적 비전을 전파하기 위한 과학적 로맨스'의 범위를 크게 벗어나지 못했다고 해야 할 것이다. 이런 경향을 대표하는 작품으로는 익명 작가에 의해 씌어진『미래의 시대, 혹은 리즈 비어티화이드 The Coming Era, or Leeds Beatified』(1899)와 H. S. 맥케이의『팬크로니콘 The Panchronicon』(1904) 등이 있다. 특히『타임 머신』의 아류에 해당하는 전자에서는 웰즈의 '제자'가 타임 머신을 빌려 또다시 미래의 역사를 탐방한다는 형식을 취하고 있다는 점이 이채롭다. 역사상의 유명 인사들을 현대인과 직접 맞대면시킨다는 아이디어는 SF에 국한된 것이 아니지만, 실은 웰즈 본인이 직접 타임 머신을 '발명'했다는 악명 높은 (그리고 인기 있는) 플롯의 씨앗은 이 시기에 이미 잉태되어 있었다고 보아야 할 것이다. (참고로 이미 널리 알려진 다른 문학 작품의 무대를 차용하거나 과거의 실존 인물을 등장시키는 SF를 특히 '회귀recursive SF'로 부른다.)

제국주의가 몰락의 징조를 보이기 시작했고 과학에 대한 무조건적인 신뢰에도 금이 가기 시작했으며, 잘 알려져 있지는 않지만 온갖 기괴한 발명품과 세기말적 의사 과학이 횡행했던 빅토리아 시대 말기에 타임 머신이 탄생했다는 사실은 결코 우연의 일치가 아니다. 비단『타임 머신』뿐만 아니라, '기념비적' 문학 작품들은 언제나 가장 첨예한 형태로 시대 정신Zeitgeist을 반영하고 있으며, 90년대의 SF 작가들이 어떤 의미에서는 18세기보다 훨씬 더 바로크적인 기상(奇想)에 가득 차 있었던 빅토리아 시대로 눈을 돌리고 있다는 사실은 매우 시사하는 바가 크다.

타임 슬립 SF

시간 SF가 웰즈류의 암울한 사색을 본격적으로 도입한 것은 영국에서 시작된 뉴웨이브New Wave 운동의 영향이 SF계 전체에 침투한 1960년대 후반의 일이며, 타임 머신이 소설의 주인공, 나아가서는 작가 정신의 연장선 상에서 '자연과학'적인 기능을 발휘하기 시작한 것은 하드 SF의 중흥기인 70년대 이후이다. 한편, 웰즈의 타임 머신이 끼친 영향 탓에 꿈이나 몽상 따위의 모호한 설명만으로는 더 이상 독자를 만족시킬 수 없게 된 주류 문학 측은 새로운 시간 여행의 메커니즘을 발명하는 대신(어차피 그것은 SF의 역할이 아니었던가?), 단순 명료한 물리적 투사(投射)라는 형태로 퇴보(?)하게 된다. 이른바 '타임 슬립time slip' 물로 분류되는 이들 소설에서 주인공들은 글자 그대로 과거나 미래의 세계로 '미끌어지게' 된다. 그럴 경우 타임 슬립의 원인에 관해서는 최소한의 합리적인 설명밖에는 주어지지 않는 것이 특징이다. 어차피 초기의 타임 슬립 소설에서는 사회 풍자가 주된 목적이었으니 만큼 그다지 놀랄 만한 일은 아닐지도 모르지만, 비 주류 문학 내지는 대중 문학으로 간주되는 SF의 아이디어에 주류 문학이 어떻게 반응했는지를 엿볼 수 있어서 흥미롭다.

타임 슬립 소설의 효시는 물론 마크 트웨인(1835~1910)의 『아서 왕궁의 코네티컷 양키 *A Conneticut Yankee in King Arthur's Court*』(1889)이다. 트웨인의 걸작 중 적어도 세 손가락 안에는 드는 이 작품을 넓은 의미의 SF로 보는가 안 보는가는 비평가의 관점에 따라 달라질 수도 있겠지만, 적어도 비(非)리얼리즘 문학과 대중적 오락성의 결합이라는 측면에서 볼 때 장르에 관계없이 후세에 지대한 영향을 끼친 작품이라는 사실에는 변함이 없다. 또한 유머가 풍자 효과의 중요한 일익을 담당하고 있다는 점도 특기할 만하다. (스위프트의 『걸리 버 여행기 *Gulliver's Travels*』(1726)에서 볼 수 있듯이 풍자와 피상적 인 유머는 반드시 동일한 것은 아니다.)

1941년에 발간된 L. 스프레이그 디캠프(1907~2000)의 『어둠을 저 지하라 *Lest Darkness Fall*』는 이런 맥락에서 『아서 왕궁의 코네티컷 양키』의 직계에 해당하는 작품이다. SF/판타지 작가이자 '검과 마법 Sword and Sorcery'라는 용어를 고안한 저명한 히로익 판타지 비평가 이기도 한 디 캠프는 트웨인의 전통에 대한 경의homage를 표함과 동 시에, 캐멀롯과 원탁의 기사 류의 전설이 아닌 실제 역사를 배경으로 채택함으로써 유머러스하고 오락성이 강한 SF의 하위 장르를 창시했 다. 미국의 젊은 고고학자가 제2차 세계대전 직전의 로마를 방문하던 중 '벼락을 맞고' 기절한 뒤 서기 535년의 로마에서 깨어났다는 간결 한 (어떻게 보면 무책임한) 도입부와, 평범한 주인공이 게르만족의 유 입에 의한 암흑시대의 도래를 막기 위해 가지고 있는 지식과 능력을 총동원해 고투한다는 플롯은 타임 슬립 SF의 원형(元型)을 제시하고 있다고 해도 과언이 아니다. 역사를 소재로 삼고 있다는 점에서는 대 체역사물과도 일맥 상통하지만, 그 본질적인 '가벼움'으로 인해 깊이 있는 과학적 사유가 봉쇄되고 있다는 점에서 현대의 타임 슬립물은 '닫힌' 장르이다. 그러나 80년대 이후에도 폴란드계 미국인 SF작가 리오 프랑코프스키의 『콘라드 스타가르드의 모험 *The Adventures of Conrad Stagard*』(1986~1990) 5부작이나, 밀리터리 SF로 분류되지만 본질적으로는 타임 슬립물의 모든 조건을 충족시키고 있는 제리 퍼넬 의 『재니써리즈 *Janissaries*』(1979~1987) 시리즈 등이 꾸준히 발간되 고 있다는 사실은 현실도피적인 타임 슬립 SF의 인기가 결코 사그러 들지는 않았다는 사실을 증명하고 있다.

시간 로맨스

타임 슬립의 경우 SF 작가들이 불가항력의 시간 여행이 야기하는 일상적인 충격에 초점을 맞추었던 반면, 시간 여행의 멜로드라마틱한 측면에 주목했던 일단의 작가들이 있었다. 소설에 등장하는 시간 여행자들의 가장 강력한 동기가 소망 충족wish fulfillment임을 감안하면 그리 의외는 아닐지도 모른다. 앞서 언급했듯이 시간 여행과 통속적인 의미의 '로맨스'를 결합한 소설은 웰즈 이전에 이미 존재했으며, 이 분야의 선구적인 작품 『아리아 마르셸라 Arria Marcella』(1852)를 쓴 테오필리 고티에(1811~1872)를 위시해서, 마가렛 어윈(1899~1067), J. 스토러 클라우스턴(1870~1944), 랄프 L. 핀(1912~) 등의 작가가 있다. 환상 문학 측에서는 『제니의 초상 Portrait of Jennie』(1940)를 쓴 로버트 네이선(1894~1985)이 유명하며, 헨리 제임스 말년의 미완성작인 『과거의 느낌 The Sense of the Past』(1917)도 시간 로맨스의 요소를 짙게 함유하고 있다.

시간 로맨스에서 가장 자주 쓰이는 시간 여행 수단은 물론 타임 슬립이지만, 남녀 간의 시간을 넘어선 비련을 주제로 삼고 있다는 점에서 정통 시간 여행물과 구별된다. 자연히 과거에 대한 작가의 관점은 결정론적이 되며, 플롯의 갈등 해결 수단으로는 역사가 아닌 개인사의 개변이 즐겨 사용된다. 미국 작가들이 쓴 시간 로맨스의 배경에는 프랑스의 벨 에포크에 상당하는 19세기 말 자국의 좋았던 옛 시절 good old days에 대한 작가의 향수가 깔려 있는 경우가 많고, 이런 경향을 가장 짙게 반영하고 있는 작가는 잭 피니(1911~1995)이다. 그의 대표작인 『과거로 돌아가면 *Time and Again*』(1970)의 줄거리는 다음과 같다.

　정부의 시간 여행 프로젝트에 참가, 1세기 전의 과거인 19세기 말로 간 주인공 사이몬은 줄리아라는 여성과 사랑에 빠지고, 당시의 전아(典雅)한 생활에도 점점 애착을 느끼게 된다. 그러나 연적의 간계로 도망치듯이 현대로 되돌아와야 했던 그는 비밀 프로젝트의 진정한 목적이 역사 개변을 통한 미국 영토의 확장이라는 사실을 깨닫고, 이 계획 자체를 아예 '없었던 것으로' 하기 위해 다시 과거로 돌아간다…….

　일단은 역사 개변 SF의 체재를 답습하고 있지만, 주인공의 주요 동인이 (줄리아를 포함한) 과거에 대한 향수라는 점에서 여느 SF와는 다른 취향을 보이고 있다. 실제로 『과거로 돌아가면』은 본문의 반 이상을 정교한 풍경 묘사에 할애하고 있으며, 삽화 대신 쓰인 수십 매에 달하는 19세기 말의 흑백 사진들이 소설의 노스텔직한 느낌을 한껏 강화하고 있다. 피니는 단편 『제3의 레벨 *The Third Level*』(1957) 및 『나는 게일즈버그의 봄을 사랑한다 *I Love Galesburg in the Springtime*』(1963)에서도 동일한 주제를 다루고 있으며, 이 방면에서는 일가를 이루고 있다고 해도 과언이 아닐 성싶다. 우리 입장에서 보면 기묘하게 느껴질 수도 있는 이런 과거 숭배fetish에 가까운 경향은 시간 로맨스의 작가들에게만 국한된 것이 아니며, 현대 미국 문단에 서조차도 무시할 수 없는 저류(底流)를 이루고 있다는 것은 지적하고 넘어가야 할 사항이다. 미국인의 뿌리 깊은 역사 콤플렉스가 도피 문학의 형태로 분출되었다고 보는 견해가 있는가 하면, 시간 로맨스를 SF가 아닌 판타지로 간주하는 비평가들이 있다는 사실도 이런 맥락에서 이해될 수 있을 것이다.

그런 의미에서 코니 윌리스가 쓴 일련의 시간 여행 SF는 매우 특이한 예외에 속한다. 처녀 장편인 『링컨의 꿈』을 전후해서 씌어진 단편 『화재 감시원 Fire Watch』(1982)과 장편 『둠즈데이 북 Doomsday Book』(1992)은 21세기 중반의 케임브리지 대학 역사편찬국의 연구원이 타임 머신을 타고 과거를 탐방한다는 배경을 공유하고 있으며, 각각 제2차 세계대전 초기에 독일 공군의 공습에 시달리는 런던과 흑사병이 맹위를 떨치는 14세기 중반의 영국을 무대로 하고 있다. 역사 고증에 많은 공력을 기울이고 있다는 점에서는 전형적인 시간 로맨스와 다를 바가 없지만, 이 장르의 가장 중요한 요소라고 할 수 있는 '아름다운 과거에 대한 감정적 몰입'이 '고통에 찬 과거 앞에서 더 이상 관찰자의 역할에 머무를 수 없는 주인공의 고뇌'로 대치되고 있다는 사실에 주목할 필요가 있다. 특히 『둠즈데이 북』을 통해 윌리스가 독자 앞에 펼쳐 보이는 과거상은 웬만한 역사 소설 한 다스를 합쳐도 대적할 수 없을 만큼 리얼리스틱하며, 소설-주인공 및 소설-독자 사이의 감정 이입을 단순한 문학적 효과가 아닌 하나의 구체적인 현실로 형상화했다는 점에서 작가의 탁월한 감각을 엿볼 수 있다. 'SF와 본격 역사소설에서 최상의 부분만을 뽑아 만든 작품'이라는 평가를 얻은 『둠즈데이 북』은 독자와 비평가들의 예상대로 SF의 3대 상인 휴고와 네뷸러상 및 로커스 지의 최우수 장편상을 동시에 수상했다.

그러나 잭 피니의 『과거로 돌아가면』의 속편이 『때때로 From Time to Time』가 전편이 씌어진 지 무려 4반세기만인 1995년에 호화장정판으로 출간되어 인기를 끌고, (SF 입장에서 보면) 통속적인 시간 로맨스의 전형이라고 할 수 있는 오드리 니페네거의 『시간 여행자의 아내 The Time Traveler's Wife』(2003)가 전미 베스트셀러 자리에 오르는 것을 보면 전통적인 시간 로맨스에 대한 미국인들의 애착이 얼마나 뿌리 깊은 것인지를 알 수 있다.

유토피아/인공 수면

굳이 헉슬리나 오웰을 예로 들지 않더라도, 현대의 유토피아 문학과 초기의 SF가 밀접한 관련을 가지고 있다는 것은 널리 알려진 사실이다. 특히 SF적인 소도구를 다용하고 있는 헉슬리의 『멋진 신세계 Brave New World』(1932)는 고래(古來)의 문학적 전통과 SF의 접점을 '과시'하는 수준에서 인용되는 경우가 많지만, 토머스 모어 (1478~1535)의 『유토피아 Utopia』(1516/1551)로 대표되는 풍자 문학과 19세기 이후에 씌어진 '완성된' 유토피아 문학 사이에는 과학 기술 문명의 도래——그리고 타임 머신의 창조——라는 무시하기 힘든 간극이 존재한다. 중세의 지식인들이 몽상했던 지리적인 이상향에서 벗어나, 현실의 연장선 위에서 바라본 미래 사회라는 새로운 시점을 개척한 작품으로는 에드워드 벨라미의 『회고: 2000년에서 1887년까지 Looking Backward, 2000-1887』(1888)와 윌리엄 모리스의 『존재하지 않는 곳에서 온 소식 News from Nowhere』(1890)이 유명하지만, 이들 작품에서 미래에 도달하는 수단으로 쓰인 최면술(내지는 잠)은 타임 슬립의 경우와 마찬가지로 편리한 문학적 장치에 불과했다. 이 장치에 논리적으로 명확한 형태를 부과한 작가는 역시 H. G. 웰즈였다. 그가 쓴 최초의 디스토피아 소설인 『잠자던 자가 깨어날 때 When Sleeper Wakes』(1899)에서 제기된 생명 활동 정지suspended animation의 아이디어는 1960년대 들어 주목을 끌기 시작한 냉동 보존 cryonics 개념의 효시라고 할 수 있으며, SF에서는 타임 머신을 사용하지 않을 때—특히 항성 간 세대 우주선generation starship의 개념을 뒷받침할 때 가장 흔히 쓰이는 주관적인 시간 여행 기법이라고 할 수 있다.

시간 전쟁

미국에서 SF가 상업적인 장르로 정착된 것은 1930년대이며, 당시의 여느 대중 소설과 마찬가지로 주로 펄프 잡지에 게재되던 단계를 거쳐 인기 작가들의 단행본이 속속 출판되는 황금시대를 맞은 것은 제2차 세계대전이 종결된 뒤의 일이다. 그러나 『타임 머신』이 발명된 지 반세기가 지나도록 장르 SF는 웰즈의 그늘에서 벗어나지 못하고 있었다. 얼핏 들으면 기묘하게 생각될지도 모르지만, 시간 여행의 논리적 귀결인 '조부 패러독스' 조차도 프리츠 라이버의 『과거를 바꿔보라 Try and Change the Past』(1958) 이전에는 찾아보기가 힘들다. 막스 플랑크가 양자 가설을 제기한 것이 1900년, 아인슈타인이 특수 상대성 이론을 발표한 것이 1905년이니까 뉴튼 역학의 산물인 '단일 시간축'의 속박에서 헤어날(?) 시간은 충분히 있었으리라고 생각되지만, 실제로 시간 SF가 양자론적 개념에 관해 언급하기 시작한 것은 잭 윌리엄슨의 『시간의 군단 The Legion of Time』이 전문지 『어스타운딩 사이언스 픽션 Astounding Science Fiction』에 실린 1938년부터이다. 과학 이론보다는 '시공을 초월한' 로맨스와 액션에 치중한 전형적인 펄프 SF이기는 하지만, 미래에서 온 두 개의 시간선—유토피아와 디스토피아—이 결정적인 역사상의 분기점에서 스스로의 생존을 위해 치열한 각축을 벌인다는 줄거리를 통해 시간의 가소성이라는 아이디어를 명확하게 제시한 기념비적인 작품이다.

『시간의 군단』을 기점으로 해서 장르 SF는 유토피아 문학의 존재 이유이자 한계였던 '현재'의 속박을 벗어던지고 역사 개변과 시간 패러독스가 난무하는 '타임 오페라'의 시대로 접어들게 된다. 표면적인 황당무계함에도 불구하고 시간 이론의 과학적 근간을 이루는 우주론과 양자역학에 근접해 있다는 점에서 시간 전쟁은 매우 매력적인 주제이며, 후세에 맹위를 떨치게 될 대체 역사 SF의 효시라는 점에서 결코 무시할 수 없는 하위 장르이다. 『시간의 군단』이후 씌어진 주요 작품으로는 영국 작가 배링턴 J. 베일리의 『시간 충돌 *Collision with Chronos*』(1973) 및 『시간 제국의 붕괴 *The Fall of Chronopolis*』(1974)와 하드 SF 작가 J. P. 호건의 『프로테우스 작전 *The Proteus Operation*』(1985) 등이 있다.

시간 패러독스

대부분의 시간 SF가 적든 많든 시간 패러독스에 관해 언급하고 있기는 하지만, 패러독스 자체를 정면에서 다룬 작품은 의외로 많지 않다. 앞서 언급한 라이버의 『개변 전쟁 *The Change War*』(1958~1961) 시리즈를 필두로, 『타이거! 타이거! *Tiger! Tiger!*』(1956)의 작가인 알프레드 베스터의 단편 「마호메트를 살해한 사나이 *The Men Who Murdered Mohammed*」(1958), 존 브러너의 『셀 수 없는 시간 *Times Without Number*』(1962) 등이 대표적이며, 시간 경찰을 다룬 SF도 넓은 의미의 시간 패러독스물이라고 할 수 있을 것이다. 시간 패러독스물의 가장 기본적인 플롯은 시간 여행자의 간섭에 의해 인과율의 고리loop가 생성된다는 것으로, 작품의 가치는 (1) 작가의 설명이 얼마나 논리적인가, 혹은 (2) 그 설명 자체가 독자들을 얼마나 현혹(?)하는가에 달려있기 마련이다. 이 두 가지를 모두 성공시킨 고전으로는 로버트 A. 하인라인의 단편 「자기 힘으로 *By His Bootstraps*」(1941)와 「너희 좀비들은… *All You Zombies…*」(1959) 및 장편 『여름으로 가는 문 *The Door Into Summer*』(1957)을 들 수 있으며, 특히 「너희 좀비들은…」은 이 분야의 걸작으로 손꼽힌다.

갓난애 때 부모에게 버림받고 고아원에서 성장한 여주인공은 어떤 남자의 유혹에 빠져 아이를 낳지만, 갓난애는 어떤 시간 여행자의 손으로 병원에서 납치되고 만다. 시간 여행자는 타임 머신을 타고 과거로 돌아가 문제의 고아원 현관에 갓난애를 버린다. 한편 출산시 주인공에게 제왕절개 수술을 한 의사는 산모가 더 이상 임신이 불가능한 양성체(兩性體)임을 알고 (내친 김에) 성전환 수술을 해 버린다. 이 사건이 있은지 6년 뒤에 시간 여행자는 남자가 된 주인공을 과거로 데려가서……

이쯤 되면 명민한 SF독자들께서는 얘기의 결말이 어떻게 날지 짐작할 수 있을 것이다. 논리를 중요시하는 시간 패러독스물이 흔히 퍼즐러puzzler로 불리는 본격 추리물과 많은 유사성을 가졌다는 점을 감안하면, 장편보다는 단편이 많은 것도 어느 정도 수긍할 수 있다. 『타임 머신』 발간 이래 시간 SF는 (여느 하위 장르와 마찬가지로) 동시(同時) 진화를 거듭해 왔지만, 시간 패러독스라는 장르의 성립에 의해 비로소 형이상학/사회 비판/로맨스의 가식(?)을 벗어던지고 순수한 지적 유희의 전쟁터로 돌입할 수 있었던 것이다.

시간 경찰

윌리엄슨의 『시간의 군단』에서 이미 예견된 일이기는 하지만, 타임 머신의 무분별한 사용이 역사, 나아가서는 우주의 평형성에 어떤 악영향을 끼치는지는 굳이 열역학 제2법칙을 들먹이지 않더라도 자명한 일이다. 타임 머신이라는 가공의 개념에 대해 작가가 부여하는 물리적인 한계가 존재론뿐만 아니라 플롯 자체의 타당성에도 직결된다는 사실은 제한 없는 마법을 금기시하는 판타지의 입장과도 일맥상통한다. 타임 머신이 범죄에 이용된다는 아이디어를 즐겨 다루는 시간 패러독스물이 확립됨에 따라 "개인사가 아닌 역사 자체의 개변이 가능하다면, **우리가 아는** 현실은 왜 이대로 남아 있는가?"라는 질문이 제기되었다. 사이언스 '픽션'을 표방하면서도 과학 및 논리와 결코 결별할 수 없는 SF다운 의문이 아닐 수 없다. 이 딜레마에 대해 SF작가들은 시간 범죄자들을 단속하고 '원래의' 역사를 지키는 '시간 경찰'이 존재한다는 '가설'을 내놓았다. 시간을 초월한 권력 기구의 존재는 시간 전쟁과도 밀접한 연관을 가지고 있으며, 이 두 가지 조건을 모두 충족시킨 작품으로는 E. E. 스미스와 함께 스페이스 오페라 초창기의 양대 거두였던 에드먼드 해밀턴이 『캡틴 퓨처』(1940~1951) 시리즈의 일환으로 동명 잡지에 게재했던 『시간의 로스트 월드 *The Lost World of Time*』(1941)가 있다.

실제로 시간을 관리하는 시간 경찰 내지는 시간 관리국을 시간 여행 소설의 전면에 내세운 최초의 작품으로는 아이작 아시모프 (1920~1992)의 장편 『영원의 끝 *The End of Eternity*』(1955)과 본서 『타임 패트롤』 시리즈의 제1중편인 「타임 패트롤」(1955)을 가장 유력한 후보로 꼽을 수 있을 것이다. 전자는 방대한 『로봇』 시리즈 (1940~1993), 『파운데이션』 시리즈(1942~1993)와는 전혀 관계가 없는 완전히 독립된 장편이라는 사실 하나만으로도 희소가치가 있다고 할 수 있겠다. 『영원의 끝』이 말년에 와서 『로봇』과 『파운데이션』 시리즈 및 (가능하다면) 자신의 전 SF를 통합하려는 야심을 불태웠던 아시모프의 마수(?)에서 벗어날 수 있었던 가장 큰 이유는, 이 작품이 아시모프의 모든 장편을 통틀어 유일한 시간 SF였기 때문인지도 모른다. 아시모프 작품의 특징인 거대한 공간 스케일이 시간축으로까지 확대 투영되었을 뿐만 아니라(주인공은 482세기를 담당하는 시간 관리국원이다), 하인라인이 쓴 최상의 단편에 뒤지지 않는 복잡한 패러독스를 구사한 『영원의 끝』을 그의 최고 걸작으로 꼽는 비평가들도 적지 않다.

한편, 무려 10만 세기에 이르는 까마득한 시간을 통괄하는 아시모프의 시간 관리 기구 '영원Eternity'에 비해 폴 앤더슨의 타임 패트롤은 과거 지향적이며, 주인공의 패트롤 '범위'가 이미 기록된 역사에 밀착되어 있다는 점에서 90년대 시간 SF의 주류인 대체 역사물의 효시라고도 할 수 있다. 이미 이 책을 읽은 독자들은 수긍하겠지만, 『타임 패트롤』 시리즈는 시간을 주제로 한 수많은 SF 중에서도 철저한 역사 고증과 사색의 견실함으로 가장 높은 평가를 받고 있는 정통 시간 SF이며, 제목이 말해 주듯 시간 경찰물을 대표하는 작품이기도 하다.

아시모프가 '미래'를, 앤더슨이 '과거'를 다루었다고 한다면, 1950년대에서 60년대에 걸쳐 주로 『어스타운딩 사이언스 픽션』에서 활약한 미국의 모험 SF작가 H. 빔 파이퍼(1904~1964)는 시간 경찰물에 '폭력'을 도입한 장본인으로 알려져 있다. 그가 잡지에 발표한

『평행시간 경찰 *Paratime Police*』시리즈는 복수의 시간선, 즉 평행 우주parallel universe를 횡단할 수 있는 과학력을 보유한 '기본 시간선 Home Timeline'의 이익을 지키는 경찰 기구 '패러타임 폴리스'의 활동을 다룬다. 하지만, 이 시리즈의 유일한 장편인『칼반 경의 모험 *Lord Kalvan of Otherwhen*』(1965)은 우연한 사고로 인해 (원문을 인용하자면, "두 대의 평행시간 이동 기계가 항행 중에 서로를 관통해서 정반대의 '방향'으로 나아갈 경우, 시간 이송 역장이 일시적으로 약화되면서 다른 시간선의 물체 내지는 생물이 끼어드는 수가 있기" 때문이다) 16~17세기 유럽 정도의 과학 기술을 가진 세계로 전송된 20세기 펜실베이니아 주의 경찰관 캘빈 모리슨의 모험에 초점을 맞추고 있다.

이 세계의 북미 대륙에는 3000년 전에 서쪽과 남쪽으로 이동하는 대신 알류샨 열도를 통해 동쪽으로 이주한 아리아 민족이 살고, 이들 백인종이 세운 수많은 소왕국들은 갑옷, 장검, 머스켓총, 구식 대포 따위를 사용해서 치열한 각축을 벌이고 있었다. 우연한 기회에 인접국에게 흡수 통일당할 위기에 처한 펜실베이니아의 한 소국(小國)의 손님이 된 '칼반 경' 캘빈 모리슨은 이 분열의 이면에 화약 제조법의 비밀을 독점하고 있는 세속적 종교 집단 '스타이폰 가(家)'의 음모가 개재되어 있다는 사실을 깨닫고, 자신이 가진 능력과 (화약 제조법을 포함한) 20세기의 지식을 총동원해서 반(反) 스타이폰 전선의 최고 지휘관 자리에 오르게 된다. '우연히도' 모리슨은 프린스턴 대학 시절 중세의 전쟁사를 연구했을 정도의 밀리터리 마니아였고, 전략/전술적인 우월성을 살려 '무능한' 적들을 통쾌하게 무찌른다. 코네티컷 양키에게 주어진 비장의 카드——야금학과 외연 기관의 비밀——는 이 경우 라이플 제조법과 독도법(讀圖法) 따위의 군사 과학으로 대체되어 있으며, 트웨인류의 풍자는 (물론) 존재하지 않는다.

『칼반 경의 모험』은 타임 슬립이 발생하는 도입부 및 대체 역사의 아이디어를 제외하면 20세기 초에 영국에서 유행했던 제국주의적 군사 모험담Military Adventure에 한없이 가깝지만, '테크놀러지가 세계를 바꾼다'라는 SF의 명제를 가장 알기 쉽고 오락적인 형태로 구현했다는 점에서 SF 사상 매우 특이한 위치를 차지하고 있다. 비판 없이 폭력을 수용하는 ("조니 리코를 방불케하는") 주인공의 니힐리스틱한 성격이라든지, 작가의 우익적 자유의지론Liberatianism이 일반 독자가 소화하기 힘들 만큼 노골적으로 표출되어 있다는 사실을 지적하는 비판의 목소리도 높았지만, 사색보다는 오락을 우선시하는 모험 SF팬들에게는 더할 나위 없이 매력적인 소재였다고 할 수 있을 것이다. (참고로 청년기에 이 소설을 읽었던 밀리터리 SF의 거두 제리 퍼넬이, 유혹에 못 이겨 준(準) 파스티시 장편 『재니써리즈』를 쓰고야 말았다는 유명한 일화가 있다.)

시간 경찰을 소재로 삼은 SF의 의의를 말하자면, 우선 시간 SF 관련 용어——타임 머신, 조부의 패러독스, 평행 세계, 대체 역사, 시간 루프——들을 (SF팬들의 입장에서는) 더 이상 설명이 필요하지 않은 일상적인 용어로 환원해 버렸다는 점을 들 수 있을 것이다. 제2차 세계대전 이후의 스페이스 오페라가 더 이상 우주선, 광선총, FTL(Faster Than Light: 초광속) 비행, 핵 미사일 따위에 관해 일일이 설명하지 않아도 되었던 것과 마찬가지로, 타임 머신은 SF팬들의 어휘 속에서 하나의 뚜렷한 기호로 자리 잡았던 것이다.

시간 여행을 다룬 소설들이 SF라기보다는 현실도피적인 '착취exploitation' 장르로 타락하고 있다는 평론가들의 지적이 비슷한 시기에 나왔다는 사실에도 주목할 필요가 있다. 영어권의 SF가 침체기에 들어섰던 1960년대에는 주요한 아이디어 대다수가 이미 소진된 감도 없지 않았지만, 기사회생의 전기가 되었던 뉴 웨이브 운동의 와중에서 종래의 관점을 참신한 시각에서 재해석한 시간 SF가 속속 출간되었다.

영국 뉴 웨이브의 중심 인물 중 한 사람인 마이클 무어콕에게 네뷸러 상을 안겨 주었던 중편 「이 사람을 보라 *Behold the Man*」(1966)을 위시해서, 역시 영국의 뉴 웨이브 작가인 브라이언 올디스의 정신적 시간 여행을 다룬 『크립토조익! *Cryptozoic!*』(1967)이 이런 경향을 대표하고 있으며, 미국의 로버트 실버버그가 쓴 『시간의 가면 *The Masks of Time*』(1968)과 『시간선을 거슬러 올라가서 *Up the Line*』(1969)도 빼어놓을 수 없는 인상적인 걸작이다. 특히 『시간선을…』은 재인(才人) 실버버그의 작품답게 지금까지 고안된 모든 시간 패러독스를 총망라하고 있으며, 시간 경찰뿐만 아니라 '시간 관광 공사'라는 흥미로운 아이디어를 구체적으로 제시하고 있다. 후자는 물론 시간 관광객들을 역사상의 유명한 사건으로 안내해 주고 보수를 받는 영리 기구이다.

여기서 재미있는 점은 시간 관광에서도 가장 인기가 높은 시점(이를테면 '골고다 언덕 투어' 따위)에만 관광객이 몰린 탓에 급기야는 예루살렘 전체가 시간 관광객으로 뒤덮여 버린다는 '누적 패러독스'나 (여담이지만 누군가가 지옥에 관해서도 비슷한 문제를 제기하지 않았던가?) 시간 여행 중인 사람은 역사 개변의 영향을 받지 않는다는 '배제 패러독스' 따위의 복잡 기괴한 역설에 실버버그가 정면으로 도전하고 있다는 사실이다. 또한 『시간선을 거슬러…』는 작가의 위악(僞惡) 취미가 유감 없이 발휘된 매우 외설적이고 난잡한 작품이다. 60년대의 질풍노도기에 씌어진 SF에서 노골적인 성묘사는 그다지 신기한 것은 아니지만, 실버버그는 고의로 시간 로맨스의 로맨스를 '섹스'로 대체함으로써 과거의 현실도피적 작품들에 대한 패러디 효과를 달성하고 있을 뿐만 아니라, 과거로 거슬러 올라간 주인공이 자신의 "음탕한 증증증···증조모"와 끝없는 근친상간적(?) 애정 행각을 벌인다는 플롯을 통해 현대인의 끝없는 성적 욕망을 희화화하고 있다.

평행 우주 / 대체 역사

우리의 우주와는 '평행한' 형태로 복수의 평행 우주가 존재한다는 가정은 타임 머신을 이용한 역사 개변의 필연적 귀결이라고 할 수는 있을 것이다. (왜냐하면 역사 개변으로 인해 새로운 시간선 내지는 우주가 '생성' 될 가능성이 있기 때문이다.) 하지만 산업혁명 전후에 씌어진 근대 팬터지 대다수가 이미 이와 유사한 '다른 세계other worlds' 라는 배경을 즐겨 채택하고 있었다는 사실에서 미루어 보면 반드시 이 개념을 20세기 양자론의 다원 우주multiverse 이론에 억지로 끼워 맞출 필요는 없을 것이다.

영국의 항공 기사이자 작가였던 J. W. 던 (1875~1949)이 『시간 실험 An Experiment with Time』(1927)에서 제기한 시간 가설은 초기 SF 작가들에게 은연중 영향을 끼쳤다는 점에서 거론할 가치가 있다. 던은 시간을 개변 불가능한 흐름이 아니라 일종의 지리적 공간으로 보았으며, 인간은 꿈을 통해 시공을 초월할 수 있다는 주장을 폈다. 바꿔 말하자면 데카르트-뉴튼적인 직선 시간 개념에서 탈피해서, 고대 문명의 직관을 방불케하는 일종의 순환적인 시간관을 주창했던 것이다.

그의 주장은 과학 이론이라기보다는 의사 과학에 가깝고, 논리적

이라고 하기에는 너무 초월적인 색채가 짙었지만, 타임 머신 없이는
접촉 불가능했던 과거와 미래의 비(非) 현재 시간을 적어도 일반인도
쉽게 이해할 수 있는 순수 추론의 단계까지 끌어내렸다는 점이 흥미
롭다. 이 '시간의 공간화'는 결국 평행 우주 개념을 시간 이론에서 독
립시키는 결과를 낳았으며, SF의 황금시대인 1950년대에 이르러서는
시간 SF에 맞먹는 하위 장르가 되었다.

평행 우주물의 효시로는 역시 프레드릭 브라운의 『미친 우주
What Mad Universe』(1946)를 들 수 있을 것이다. 달 로켓의 폭발 사
고로 인해 '다른' 지구로 전송된 주인공이 온갖 모험을 경험한다는
단순한 줄거리이지만, 우리 세계와는 미묘하게 다른 세계가 무수하게
존재한다든지, 평행 세계가 (결국 작품 속에서 부정되긴 했지만) 실은
한 SF광의 망상이었는지도 모른다는 가설은 동시대 작가들의 실험 정
신을 자극하기에 충분했다. 특히 인간 의식이 세계의 양태(樣態)에까
지 영향을 끼칠 수 있다는 매력적인 아이디어는 필립 K. 딕
(1928~1982)의 『하늘의 눈 Eye in the Sky』(1957)의 중심 주제가 되고
있다. 반면 키스 로머(1925~1993)는 007풍의 스파이 액션과 시간 전
쟁물을 뒤섞어 놓은 듯한 『임페리움의 세계 The Worlds of the
Imperium』(1962)에서 타임 머신 대신 아예 평행 우주 횡단 기계인
'MC 전이(轉移) 장치'를 사용하고 있으며, 결국 이 작품은 오락성이
짙은 '평행 시간 전쟁물'의 원형이 되었다. 좀더 판타지 쪽에 근접한
작품으로는 로저 젤라즈니(1937~1995)의 『앰버 연대기 The
Chronicles of Amber』(1970~1991) 10부작이 유명하다.

대체 역사alternate history라는 용어는 초기에는 평행 우주물과 같은
의미로 쓰였지만, 평행 우주가 (시간 여행처럼) 하나의 기호로 정착됨

에 따라 점점 '과학적 설명 대신 평행 우주 자체의 묘사, 나아가서는 우리가 아는 현실 자체를 재해석한 SF'를 가리키게 되었다. 따라서 대체 역사 소설에서는 도구인 타임 머신보다는 배경이 되는 평행 세계의 역사 및 그 이질성에 초점이 맞춰져 있는 것이 보통이며, 이 소재를 통해 어떤 것을 말할지는 작가의 마음에 달렸다고 해도 좋을 것이다. 그럴 경우 SF작가는 판타지와 마찬가지로 한 세계를 자기마음대로 '창조' 할 수 있기 때문이다.

초기의 대체 역사물에서는 SF적인 설명이 필요하다는 제약이 있었지만, 필립 K. 딕의 대표작인 『높은 성의 사나이 The Man in the High Castel』(1962)에 이르러서는 독자들은 아무런 설명도 없이 제2차 세계대전에서 승리한 독일과 일본에 의해 양분된 미국이라는 디스토피아와 마주치게 된다. 제2차 세계대전의 승패가 뒤바뀌었다는 배경은 후세의 대체 역사물에서는 (1) 남북 전쟁에서 남군이 승리한 세계, (2) 스페인 무적 함대가 넬슨 함대를 무찌른 세계와 (3) 과학 대신 마법이 발달한 세계와 더불어 가장 인기가 있는 설정이기는 하지만, 딕이 『높은 성의 사나이』에서 실제로 다뤘던 것은 세계율(世界律)의 가변 가능성이라는 난해한 (그리고 실로 SF다운) 주제였다. 대체 역사가 단순한 문학상의 기법 내지는 장치에 머물지 않고 하나의 장르로 확립될 수 있었던 것은 바로 이 주제 의식에 기인한다고 해도 과언이 아니다.

시간 이론

역사가 아닌 시간론 자체를 자연과학적인 입장에서 다룬 일련의 하드 SF는 소수임에도 불구하고 결코 무시할 수 없는 시간 SF의 한 유파이다. 앞서 언급한 J. P. 호건의 『프로테우스 작전』은 양자론과 대체 역사(나치 독일이 승리한…)를 소재로 한 스파이 스릴러이며, 이론 물리학자 겸 SF 작가인 그레고리 벤포드의 『타임스케이프 Timescape』(1980)는 타키온에 의한 정보 전달 및 과거의 개변이라는 무거운 주제를 성공적으로 결합시킨 네뷸러상 수상작이다. 세계적인 천체 물리학자인 영국의 프레드 호일(1915~2001) 경의 『10월 1일은 너무 늦다 October the First is Too Late』(1966)는 국지적인 타임 슬립에 의해 지구 전체가 각각 다른 시간대로 분리되었다는 대담한 착상을 바탕으로 독특한 시간 이론을 전개한 작품으로, 『타임스케이프』와 함께 이 분야의 양대 걸작이라고 해도 무리는 없을 것이다. 이들 이공계 작가들에 의한 작품의 매력은 다른 장르에서는 맛보기 힘든 능동적인 현장감이라고 할 수 있으며, 가장 SF적인 주제라고 할 수 있는 시간 여행과 첨단 이론 사이의 접점을 제공해 준다는 점에서 현재도 많은 발전 가능성을 내포한 장르라고 할 수 있다.

한편, 이론 물리학자들을 주축으로 전개된 타임 머신 논쟁 또한 시간 SF와는 떼어 놓을래야 떼어 놓을 수 없는 분야이다. 일반 상대론의 입장에서 본 시간 여행의 가능성으로는 (1) 잘 알려진 이론상의 입자인 타키온을 이용하거나, (2) 웜홀로 대표되는 시공의 왜곡을 이용하는 방법, (3) 이미 존재가 입증된 양전자를 이용하는 방법들이 있지만, 질량을 가진 물체를 직접 이동시킬 수 있다는 이유로 역시 (2)번이 가장 많은 주목을 받았다. 이 가능성에 정면으로 도전한 논문으로는 미국 물리학회가 간행하는 학회지 『Physical Review Letters』의 1988년 9월 26일 호에 실린 칼테크의 이론 물리학자 쏜(K. S. Thorne, M. S. Morris, and U. Yurtserver) 등의 「Wormholes, Time Machines, and the Weak Energy Condition」이 잘 알려져 있다. "진보한 문명이 물리 법칙에 반하는 일 없이 공간에 웜홀을 만들 수 있으며, 그것을 유지해서 항성간 여행에 이용할 수 있다고 가정하자. 그럴 경우, 그 웜홀은 인과율을 파괴하는 타임 머신으로 전용(轉用)될 수 있을 것이다"라는 유명한 문장으로 시작되는 이 논문은 물리학계뿐만 아니라 일반인들 사이에서도 화제가 되었으며, 1991년 고트(J. R. Gott III)는 무한하게 긴 두 개의 우주 스트링cosmic strings에 의한 공간의 왜곡을 이용하면 굳이 웜홀을 수집해 오지 않더라도 시간 여행은 가능하다는 반론(?)을 동 학회지에 제기했다.

이에 대해 『시간의 역사』 등의 대중적 우주론의 집필자로 유명한 천체 물리학자 스티븐 호킹은 1992년 7월 15일자의 『Physical Review』지에 악명 높은 「시간 순서 보호 가설 Chronology Protection Conjecture」을 게재, 후배 물리학자들의 논쟁에 종지부를 찍을 것을 시도했다. "진보된 문명은 시공간을 왜곡시켜서 과거로의 여행을 가능하게 할 수 있다는 주장이 제기되고 있지만" 무한히 긴 코즈믹 스트링 따위는 존재하지 않으며, 웜홀을 만들 수 있다고 해도 다가갈 수가 없으므로 시간 여행은 불가능하다는 것이 그 요지였다.
중력장을 양자역학적으로 다룰 수 있는 이론이 아직 완성되지 않은 상태에서 시간 여행을 논해 보았자 별로 의미가 없다고 단언한 호킹은, 현시점에서 우리가 과거로부터의 간섭을 받고 있지 않다는 '실증적(!) 증거'를 들어 시간 여행이 불가능하다는 결론을 내렸다. 마지막에 가서는, 설령 시간 여행이 가능하다고 해도 '조부 패러독스'로 대표되는 인과율의 파탄을 막기 위한 '시간 순서 보호국'이 존재하고 있을지도 모른다는, 농담인지 아닌지 알기 힘든 결론을 내렸던 것이다.
이 반론에 대해 비서(M. Visser)를 위시한 다른 물리학자의 반론이

게재되는 식으로 현재까지 논쟁이 계속되고 있지만, 호킹은 1995년 10월 종래의 주장을 뒤집고 항성간 초광속 항행이 가능할 경우 과거로의 여행과 같은 효과(로렌츠-피츠제랄드의 시간 팽창 효과를 의미한 것일까?)를 낼 수 있다는 의견을 피력했다. 10년 후인 2005년 D. 그린버그와 K. 스보질은 과거에 위치한 양자역학적 관찰자가 아직 '수축collapse' 하지 않은 미래를 바라볼 경우에는 패러독스의 인과율 또한 유동적일 수도 있음을 시사하는 새로운 시간여행 모델을 제시해서 주목받았다.

인류가 실제적인 시간 여행의 실마리를 얻을 수 있을 때까지 이런 (즐거운) 논쟁은 계속될 것이고, 시간 SF를 쓰려는 작가들에게도 결코 마르지 않는 영감의 원천이 되어 줄 것이다. 그런데 호킹은 도대체 어느 정도까지 SF를 읽었던 것일까?

3. 엔트로피의 기사: 폴 앤더슨(1926~2001)

폴 앤더슨은 1926년에 미국 펜실베이니아 주에서 스칸디나비아계 이민의 아들로 태어났다. 그의 이름이 영어식인 Paul이 아니라 Poul 인 것은 바로 그 때문이며, 제2차 세계대전 직전 잠시 덴마크에 거주한 적도 있다고 한다. 미네소타 대학에 입학한 뒤에는 물리학을 전공으로 택했고, SF와 판타지 애호가들의 모임인 미네아폴리스 판타지 협회에 가입, 고든 R. 딕슨이나 클리포드 D. 시맥같은 작가 지망생들과 친교를 맺었다.

앤더슨은 졸업 1년 전인 1947년에 『어스타운딩 Astounding』지에 F. N. 월드롭과의 공동 저작인 단편 「내일의 아이들 Tomorrow's

Children」을 게재, SF 작가로 데뷔했다. 처음에는 과학자가 되는 것이 희망이었지만, 전후의 취직난 탓에 그는 결국 전업작가의 길을 택했고, 1952년에는 처녀 장편인 『시대의 하늘 *Vault of the Ages*』를 출간했다. 핵전쟁 후의 지구를 배경으로 한 청소년 SF인 이 장편은 그다지 세인의 주목을 끌지 못했지만, 다음 해에 잡지에 게재됐던 장편 『뇌파 *Brain Wave*』(1953/54)는 평론가와 팬들의 격찬을 받았고, 앤더슨을 비슷한 시기에 등단한 딕슨 및 시맥과 더불어 50년대의 가장 유망한 신인 작가의 반열에 올려놓았다.

『뇌파』는 몇백만 년 동안이나 태양계를 감싸고 있던 전자기 장의 소멸로 인해 지능이 급격히 상승한 인류가 지구 중력의 속박을 벗어던지고 별로 향한다는 줄거리를 담고 있다. 『뇌파』는 탁월한 아이디어, 지적인 사색, 그리고 현실적인 미래상을 균형 있게 조화시켰다는 점에서 당대의 수준을 훨씬 뛰어넘고 있었으며, 일부 평론가들의 의견에 의하면 (아직도) 그의 최고 걸작이라고 한다. 그러나 향후 40여 년에 걸친 그가 SF계에 남긴 위대한 족적을 감안하면 그렇게 설득력이 있는 주장은 아니다. (필자는 이 해설을 쓰기 전에 이 책을 다시 읽어 보았지만, '견실' 하다는 단어가 가장 먼저 머리에 떠오른다.) 왜냐하면 그는 무려 60여 편에 달하는 장편과 2백 편을 넘는 중단편을 정력적으로 발표했으며, 7개의 휴고상과 3개의 네뷸러상을 수상한 명실상부한 장르 SF의 '거장' 이기 때문이다. 작품 수로만 따지자면 아시모프나 실버버그에 뒤지지만, 하드 SF, 역사 SF, 스페이스 오페라, 판타지를 자유자재로 넘나드는 폭넓은 작풍과, 결코 실패작을 찾아볼 수 없는 견실한 직인(職人) 정신 및 온후한 인품은 앤더슨을 현재 SF계에서 가장 존경받는 중진 중 한 사람으로 만들었다. 이런 미덕에 덧붙여 그는 세계사와 신화에도 조예가 깊으며, '피와 살' 을 가진 시대적 인물상의 창조에도 탁월한 재능을 가진 작가로 알려져 있다.

제3장편인 『세 개의 심장과 세 마리의 사자 *Three Hearts and Three Lions*』(1953)는 전작과는 전혀 작풍이 다른 일종의 평행 세계 판타지였고, 나치와 총격전을 벌이다가 중세적인 '검과 마법'의 세계로 전송되어버린 한 레지스탕스 요원의 모험을 그리고 있다. 설정 자체는 그다지 독창적인 것이 아니지만, 오더(질서)의 기사로 발탁되어 카오스(혼돈)와 싸우는 주인공상을 정립하고 북구풍의 음울한 상상력과 독특한 유머를 결합시켰다는 점에서 앤더슨 판타지의 원점이라고 할 만한 작품이다. 참고로 앤더슨과 함께 유머 SF인 『호카 *Hoka*』(1957~1982) 시리즈를 쓴 동료 작가 고든 R. 딕슨의 『드래곤과 조지 *The Dragon and the George*』(1976)는 이 작품의 직접적인 영향을 받고 쓰였다. 그밖의 주요 판타지로는 북구적 색채가 농후한 영웅 환상담Heroic Fantasy 『부러진 장검 *The Broken Sword*』(1954), 십자군이 하이테크 무기에만 집착하는 멍청한 우주 침략자들을 무찌르고 은하계에 진출하는 『우주 십자군 *The High Crusade*』(1960), 그리고 과학 대신 마법이 발달한 세계에서 사라센 연합군이 미국 본토를 침공한다는 『혼돈 작전 *Operation Chaos*』(1971) 등이 있으며, 특히 마지막 두 작품은 앤더슨이 장난기와 독자 서비스 정신을 최대로 발휘한 유머 판타지/SF의 걸작으로 손꼽힌다.

『세 개의 심장…』 이후에는 주로 단편에 주력했던 앤더슨에게 커다란 도약의 계기가 된 것은 1950년대 들어 그가 이들 단편들을 적극적으로 하나의 미래사(未來史)로 통합하기 시작했을 때부터였다. 하인라인과 아시모프의 미래사와 더불어 SF의 3대 미래사 시리즈로 불리는 앤더슨의 『테크닉사 *Technic History*』는 실제로는 우주 거상(巨商) 니콜라스 반 라인을 주인공으로 한 『폴레소테크닉 연합 *Polesotechnic League*』(1958~1973) 시리즈와 반 라인의 시대에서 3세기가 지난 후 몰락의 길을 걷기 시작했던 지구 제국의 첩보원 도미닉 플랜드리 경의 모험을 그린 『도미닉 플랜드리 *Dominic Flandry*』(1966~1983) 시리즈로 이루어져 있다. 셰익스피어의 폴스타프를 연상케 하는 반 라인도 매력적이지만, 키스 로머의 『레티프 *Retief*』(1963~1993) 시리즈와 더불어 우주의 007로 불리는 플랜드리 시리즈는 스페이스 오페라로서도 높은 평가를 받고 있는 작품이다. 특히 주인공 플랜드리의 페시미스틱하면서도 세련되고 강인한 인물상에서 이 책 『타임 패트롤』의 주인공 맨스 에버라드를 위시한 앤더슨의 남자 주인공들의 기본적인 성격을 이미 볼 수 있다는 점이 흥미롭다.

환경이 작가의 성향을 규정한다는 것은 자명한 이치지만, 앤더슨과 동료 작가인 딕슨과 시맥의 주인공들은 미국 중서부의 보수성과 로맨티시즘, 그리고 일종의 우익적/개인적 무정부주의를 지향하는 자유 의지론Libertarian적 성향을 가지고 있다는 공통점을 가지고 있다. 물론 '전원(田園) SF'의 대가로까지 지칭되는 시맥만큼 지역성을 띠고 있지는 않지만, 『타임 패트롤』을 이미 읽은 독자라면 수긍이 가는 대목일 것이다.

미래사 및 판타지의 연장선상에 있는 작품들과 더불어 중기 앤더슨을 규정하는 장르는 하드 SF다. 견고한 과학적 토대를 바탕으로 하고는 있었지만 초기에는 주로 스페이스 오페라나 판타지에 주력했던 그에게 '하드 SF 작가'라는 명칭이 따라붙게 된 것은 『타우 제로 *Tau Zero*』(1967/1970)가 출간되면서부터였다. 빅뱅 이론이 우주론 cosmology으로서 확립되기 시작했으며, SF계에서는 올드 웨이브와 뉴

웨이브파가 충돌하던 미묘한 시기에 씌어진 이 장편은 사고로 감속 장치를 파괴당해 '브레이크를 걸 수' 없게 된 아광속 우주선의 기구한(?) 운명을 그리고 있다.

상대론적 효과에 의해 승무원들이 우주의 종말까지도 목도하게 된다는 스케일도 스케일이거니와 당시의 최신 이론——물론 지금은 이미 낡은 이론이 되었지만——을 총동원해서 구축한 정교한 플롯의 양식미(樣式美)는 30년 가까이 지난 지금 읽어도 역시 감동적이며, 자연과학 이론과 SF의 상호 작용을 관찰할 수 있다는 측면에서도 가치가 있는 작품이다. 정치적 색채가 가미된『아바타르 *Avatar*』(1978)와 최근작인『별의 수확 *Harvest of Stars*』(1993) 시리즈도『타우 제로』의 전통을 잇는 하드 SF라고 할 수 있을 것이다.

지면 관계상 앤더슨의 방대한 저작을 모두 열거할 수는 없지만, 우주론과 함께 결코 빼놓을 수 없는 앤더슨의 주요 관심사 하나를 든다면 역시 '시간' 일 것이다. 가상 유명한『타임 패트롤』시리즈 이외의 시간 SF로는『시간의 회랑 *The Corridors of Time*』(1965)과『시간은 존재하리라 *There Will Be Time*』(1972)가 잘 알려져 있고, 이들 장편은 각각 시간 터널과 초능력에 의한 시간 여행을 소재로 하고 있다. 장편『백만 년의 배 *The Boat of the Million Years*』(1989)는 그가 쓴 시간 SF의 총결산이라고도 할 수 있는 작품으로, 몇십 세기에 걸쳐 인류와 함께 살아가는 소수의 불사인(不死人)들의 궤적을『타우 제로』를 방불케하는 차분한 수법으로 묘사한 앤더슨 필생의 대작이다.

이 책『타임 패트롤』을 위시한 이들 시간 SF의 배경에 깔린 시간관이 상당히 고전적이고, 작가가 묘사하려는 것이 추상적 시간이 아닌 실존하는 역사 그 자체라는 사실을 깨닫기란 그리 어렵지 않다. (그렇지 않다면 '하드' SF 작가 앤더슨이 그리스 고전극의 '데우스 엑스 마키나deus ex machina'와 별반 다르지 않은 역할을 수행하는 데이넬 리아인을 안이하게 등장시켰을리가 없다.) SF팬들 사이에서도 별로 평판이 좋지 않았던 1975년의 단편 「지브롤터 폭포에서」를 제외하면 이 책 『타임 패트롤』은 시리즈 초기의 중편들로 이루어져 있으며, 각 중단편은 잡지에 게재된 순서가 아니라 주인공 에버라드의 순차적 체험을 바탕으로 재배열되어 있다는 것이 특색이다.

중복을 피하기 위해 자세한 설명은 생략하지만, 『타임 패트롤』은 남녀노소를 막론하고 SF팬들의 변함없는 사랑을 받고 있는 걸작인 동시에 작가의 해박한 역사 지식이 유감없이 발휘된 극히 지적인 작품이다. 잘 드러나지는 않지만 이따금 얼굴을 내밀곤 하는 앤더슨 류의 유머도 독자들의 지적 허영심(?)을 충분히 만족시키고 있다. 이를테면 「왕과 나」와 함께 시리즈 중 가장 높은 평가를 받고 있는 중편 「델렌다 에스트」는 '카르타고는 멸망해야 한다 Carthago Delenda est'라는 로마의 유명한 고사성어를 줄인 말이고, 조금 **차원**이 다르기는 하지만 본문에서 에버라드와 위트콤이 애들턴의 고분에서 만난 탐정은……. (참고로 앤더슨은 아는 사람은 아는 '베이커 스트리트 유격대Baker Street Irregulars'의 회원이었다.)

시공을 넘나드는 타임 패트롤맨 에버라드의 활약을 통해 독자가 얻을 수 있는 대리 만족은 양질의 모험소설에서 얻을 수 있는 쾌감에 필적하지만, 작품을 좀 더 깊게 이해하려면 이런 표면적인 즐거움 외에도 시간 SF에서만 가능한 '생생한' 역사 체험이라든지, 작품의 철학적, 정치적(!) 근간이 되고 있는 '질서 대 혼돈'이라는 원초적인 주제가 어떤 식으로 구현되어 있는지를 모색해 볼 수도 있을 것이다. SF팬인 샌드라 미젤은 토Tor 출판사 판의 『타임 패트롤』 후기에서 보수파로 이름 높은 앤더슨의 작품은 모두 '엔트로피와의 싸움'이라는 비유적인 맥락에서 이해 가능하다고 주장했고, 이 책 이후에 나온 『타임 패트롤』 시리즈를 읽어 보면 이것이 매우 타당한 지적이라는 것을 알 수 있다. 단순한 대체 역사가 아닌 하나의 완전한 세계를 소멸시키는 대가로 자신의 세계를 구한다는 「델렌다 에스트」의 패턴은 장편 『몸값의 해 *The Year of the Ransom*』(1988)와 가장 최근의 작품인 『시간의 방패 *The Shield of Time*』(1990)에서도 되풀이되며, 이 시리즈가 단순한 모험담이 아닌 일종의 초월적인 도덕극임을 증명해 주고 있기 때문이다.

『타임 패트롤』 게재지 일람

1. 「타임 패트롤」—『판타지 앤드 사이언스 픽션』(1955년 5월호)
2. 「델렌다 에스트」—『F & SF』(1955년 12월호)
3. 「왕과 나」—『F & SF』(1959년 8월호)
4. 「사악한 게임」—『F & SF』(1960년 1월호)
5. 「지브롤터 폭포에서」—『F & SF』(1975년 10월호)

『타임 패트롤』 시리즈

1. *Guardians of Time* (1960)
2. *The Guardians of Time* (1981)—이 책. 1에 단편 「지브롤터 폭포에서」를 덧붙임.
3. *Time Patrolman* (1983)—중편 *Ivory, and Apes, and Peacocks, The Sorrow of Odin the Goth*를 포함.
4. *Annals of the Time Patrol* (1984)—2와 3의 합본
5. *The Year of the Ransom* (1988)—장편
6. *The Shield of Time* (1990)—장편(연작 중편집)
7. *The Time Patrol* (1991)—2, 3, 5에 장편 *Star of the Sea*를 덧붙인 결정판.

* 이 책은 토 출판사에서 나온 1991년도 하드커버 판을 텍스트로 사용했다.